O FALCÃO DE ESPARTA

OBRAS DO AUTOR PUBLICADAS PELA EDITORA RECORD

O Falcão de Esparta
O livro perigoso para garotos (com Hal Iggulden)
Tollins – histórias explosivas para crianças

Série *O Imperador*
Os portões de Roma
A morte dos reis
Campo de espadas
Os deuses da guerra
Sangue dos deuses

Série *O Conquistador*
O lobo das planícies
Os senhores do arco
Os ossos das colinas
Império da prata
Conquistador

Série *Guerra das Rosas*
Pássaro da tempestade
Trindade
Herança de sangue
Ravenspur

Conn Iggulden

O Falcão de Esparta

Tradução
Maria Beatriz de Medina

EDITORA RECORD
RIO DE JANEIRO • SÃO PAULO
2021

EDITORA-EXECUTIVA
Renata Pettengill

SUBGERENTE EDITORIAL
Mariana Ferreira

ASSISTENTE EDITORIAL
Pedro de Lima

AUXILIAR EDITORIAL
Júlia Moreira

COPIDESQUE
Helena Coutinho

REVISÃO
Tuca Mendes

CAPA
Jason Edwards / National Geographic and © Shutterstock

DIAGRAMAÇÃO
Abreu's System

TÍTULO ORIGINAL
The Falcon of Sparta

CIP-BRASIL. CATALOGAÇÃO NA PUBLICAÇÃO
SINDICATO NACIONAL DOS EDITORES DE LIVROS, RJ

Iggulden, Conn, 1971-
O falcão de Esparta / Conn Iggulden; tradução de Maria Beatriz de Medina. – 1. ed. – Rio de Janeiro: Record, 2021.
; 23 cm.

Tradução de: The Falcon of Sparta
ISBN 978-65-55-87013-8

1. Esparta (Cidade extinta) – Ficção. 2. Xenofonte – Ficção. 3. Grécia – História – Expedição de Ciro, 401 a.C. – Ficção. 4. Ficção inglesa. I. Medina, Maria Beatriz de. II. Título.

21-72446
CDD: 823
CDU: 82-3(410.1)

Meri Gleice Rodrigues de Souza – Bibliotecária – CRB-7/6439

Copyright © Conn Iggulden, 2018

Texto revisado segundo o novo Acordo Ortográfico da Língua Portuguesa.

Todos os direitos reservados. Proibida a reprodução, no todo ou em parte, através de quaisquer meios. Os direitos morais do autor foram assegurados.

Direitos exclusivos de publicação em língua portuguesa somente para o Brasil adquiridos pela
EDITORA RECORD LTDA.
Rua Argentina, 171 – Rio de Janeiro, RJ – 20921-380 – Tel.: (21) 2585-2000, que se reserva a propriedade literária desta tradução.

Impresso no Brasil

ISBN 978-65-55-87013-8

Seja um leitor preferencial Record.
Cadastre-se no site www.record.com.br e receba informações sobre nossos lançamentos e nossas promoções.

Atendimento e venda direta ao leitor:
sac@record.com.br

A meu filho Cameron,
que foi comigo a Esparta.

Em 401 a.C., o rei persa governava um império que ia do mar Egeu ao norte da Índia. Seus súditos chegavam a cinquenta milhões de pessoas — e seus exércitos eram vastos.

Num trabalho conjunto em terra e mar, só Esparta e Atenas conseguiram rechaçá-los.

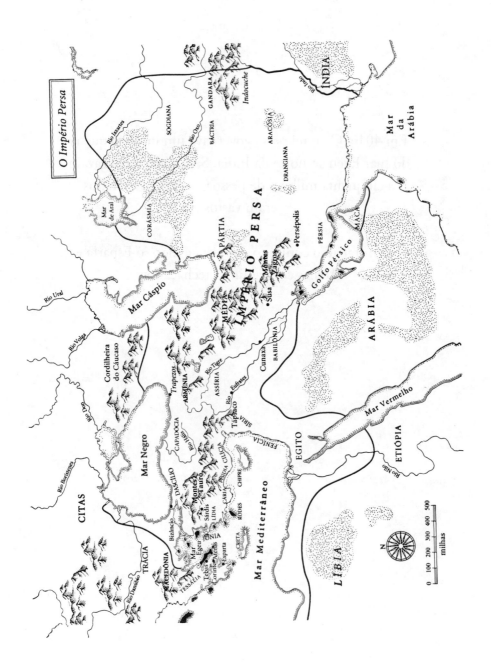

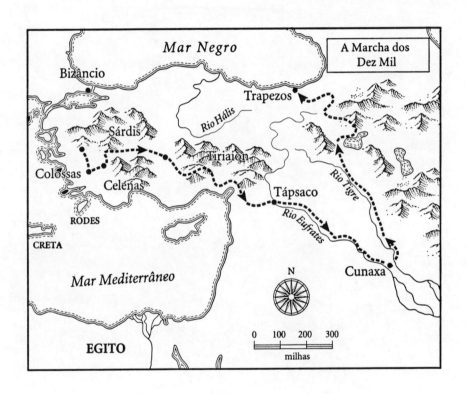

Prólogo

Na Babilônia, os estorninhos abriam os bicos no calor, mostrando a língua escura. Para além das vastas muralhas da cidade, o sol se lançava sobre os trabalhadores nos campos, esmagando-os.

Enquanto andava pelo meio da rua, o Grande Rei exibia um brilho na pele, se de óleo ou suor o filho não saberia dizer. A barba do pai reluzia em cachos negros definidos, tão parte dele quanto o odor de rosas ou a longa capa em painéis que usava.

O ar cheirava a pedra quente e ciprestes, como lanças contra o céu. As ruas em volta tinham sido esvaziadas dos que moravam lá. Nenhuma criança, nenhuma velha, nenhuma galinha foi deixada para arranhar a terra enquanto os soldados imperiais limpavam o caminho para o rei andar. O silêncio era tão pesado que o menino ouvia passarinhos cantarem.

A rua Ningal fora coberta com macios ramos de palmeiras, espessos sob os pés e ainda verdes. Nenhum mau cheiro interromperia a conversa nem distrairia o homem mais velho nesse momento de instrução. Seu propósito era a sobrevivência da própria linhagem, e ele não permitira que cortesãs nem espiões se aproximassem o suficiente a ponto de escutar. Os seus capitães pensavam que um capricho real os mandara limpar os bairros dos dois lados naquela manhã, muito antes que o sol nascesse. A verdade era que algumas palavras não podiam ser ouvidas. O rei sabia que havia muitos ouvintes na corte. Havia simplesmente sátrapas demais, reinos demais cuja coroa ele esmagara sob as suas sandálias. Noventa governantes pagavam espiões para escutar, enquanto mil cortesãos brigavam por cargos. O prazer simples de caminhar sozinho com o filho, como qualquer pastor poderia fazer, se tornara um luxo tão grande quanto rubis, tão valioso quanto as grossas moedas de ouro chamadas de "arqueiros" que levavam a imagem do rei Dario por todo o império.

Enquanto os dois andavam, o menininho enviava olhares furtivos na direção do pai, adorando-o e confiando nele para tudo. O jovem Artaxerxes igualou seu passo ao do rei, embora com isso tivesse de acrescentar meio passo de vez em quando, pulando para acompanhá-lo. Dario parecia não notar, embora Artaxerxes soubesse que o pai perdia pouquíssima coisa. O segredo do seu longo reinado residia na sua sabedoria. Se algum dia pedissem a opinião do menino, ele diria que o pai nunca errara.

Nos dias de tribunal, o rei julgava os seus nobres mais poderosos, homens cujos exércitos chegavam às dezenas de milhares de soldados e que governavam terras de jade e marfim tão distantes quanto a Lua. Dario escutava e passava a mão pela barba, deixando os dedos brilhantes. Esfregava polegar e indicador ou pegava uma uva de um prato dourado seguro por um escravo ajoelhado aos seus pés. E, assim, Dario via através do âmago do problema enquanto os seus conselheiros ainda sopesavam e discutiam. Artaxerxes queria essa visão extraordinária, e assim escutava e aprendia.

A cidade estava tão silenciosa como apenas milhares de soldados aproximando facas contra gargantas conseguiriam. Os generais sabiam que a ira do rei cairia sobre as suas cabeças se o perturbassem — assim, pai e filho caminhavam como se fossem as únicas pessoas vivas no mundo, com poeira, afeto e o pôr do sol lhes trazendo tranquilidade depois do calor do dia.

— A Babilônia já foi o coração de um império, um dos grandes — disse o rei Dario. A voz dele era gentil, mais de professor do que de guerreiro.

O filho ergueu os olhos brilhantes.

— Mas a Pérsia é maior — disse Artaxerxes.

O pai sorriu do orgulho do filho.

— É claro! Em todos os aspectos. A Pérsia é dezenas de vezes maior do que as ambições da velha Babilônia. As fronteiras do meu império não podem ser percorridas a pé durante toda uma vida... ou duas, ou três. Mas ele não me foi dado, menino. Quando mataram o meu pai, a coroa passou para o meu irmão. Ele a tomou antes que as lágrimas secassem no seu rosto... e só governou um mês até ser assassinado.

— E o senhor se vingou de quem o matou — disse Artaxerxes, querendo agradar.

O rei parou e virou o rosto para o sol, fechando os olhos para ver melhor as lembranças.

— Isso. Quando o sol nasceu naquele dia, éramos três, três irmãos. À noite, eu estava sozinho. Salpicado de sangue... mas era rei.

Dario encheu o peito, fazendo os painéis da capa rangerem sobre as sedas finas por baixo. O filho se endireitou em imitação consciente. Artaxerxes não sabia por que o pai o chamara para o seu lado naquele dia nem por que até os famosos guardas Imortais estavam fora de vista. O pai não confiava em ninguém, assim diziam, mas caminhava a sós com o seu herdeiro, o filho mais velho. Com catorze anos, isso enchia Artaxerxes de orgulho e felicidade.

— Os reis precisam de mais de um filho — continuou o pai. — A morte vem depressa demais, como o vento do deserto que se ergue sem aviso. Pode estender a mão quando um cavalo tropeça ou uma faca escorrega. Pode vir de veneno ou traição, de carne estragada, de febres e dos *jinns* do ar. Num mundo desses, um rei com apenas um filho é um desafio para os deuses, assim como para todos os seus inimigos.

Dario continuou andando, cruzando as mãos nas costas e fazendo o menino correr para acompanhar. Quando Artaxerxes o alcançou, o pai continuou:

— Mas se esse primogênito, esse menino muito amado, sobreviver para se tornar homem, um jogo diferente começa. Se, então, ele tiver irmãos, tão vitais nos anos passados, são eles os únicos no mundo que podem lhe tirar tudo.

— Ciro? — disse Artaxerxes de repente. Apesar da cautela, apesar do respeito ao pai, a ideia de que o irmão caçula poderia se tornar um inimigo fez seus olhos cintilarem de riso. — Pai, Ciro nunca me faria mal.

O pai girou no mesmo lugar. Os painéis da capa subiram como a carapaça de um besouro prestes a voar.

— Você é meu filho e meu herdeiro. Se for levado, Ciro será rei. Esse é seu... propósito. — O rei se apoiou num dos joelhos e segurou as mãos do menino nas suas. — Você usará minha coroa, eu lhe juro. Mas Ciro... é um guerreiro nato. Só tem treze anos, mas monta tão bem quanto meus próprios guardas. Já viu como o olham? Mês passado, carregaram-no nos ombros pelo pátio do palácio quando ele atingiu um pássaro em voo com uma flecha. — O rei inspirou fundo, querendo que Artaxerxes compreendesse. — Meu filho, amo vocês dois, mas, quando estiver no meu leito de morte, quando o império estiver em silêncio e em prantos, nesse último dia eu o chamarei de volta... e você terá de matá-lo. Porque, se o deixar vivo depois disso, sem dúvida alguma ele o matará.

Artaxerxes viu lágrimas cintilarem nos olhos do pai. Era a primeira vez que via uma demonstração de emoção como essa, e isso o abalou.

— Acho que o senhor está enganado, pai, mas me lembrarei do que disse.

O rei se levantou, a capa rangendo. Estava corado, mas se era por raiva ou por alguma outra emoção era difícil dizer.

— Então lembre-se disso também — ralhou. — Se disser uma só palavra a Ciro, qualquer que seja, sobre esse assunto que me esforcei tanto para manter privado, você estará cortando a própria garganta. Não hoje nem este ano, é claro, enquanto vocês riem e brincam juntos. Ele vai lhe jurar lealdade, e não tenho dúvidas de que o fará com todo o coração. Então chegará o dia em que você cairá, ou em que ele verá que nunca terá a autoridade que quer, não como mero príncipe. Nesse dia, ele virá até você e tomará o trono para si. E, se eu estiver vivo nesse dia, se ele vier até mim depois, mesmo que tenha o seu sangue nas mãos... mesmo assim, eu não terei outro filho, por isso o abraçarei. Entende, Artaxerxes?

— Entendo — disse o filho, sua própria raiva crescendo. — Mas, se o admira tanto, pai, por que não simplesmente me mata aqui na rua e deixa Ciro ficar com o trono? — Antes que o pai respondesse, Artaxerxes continuou: — Porque o senhor não tem outros filhos e poria em risco a sucessão. O senhor é mesmo tão frio assim? Não lhe importa qual de nós será rei?

— Se não me importasse, eu não teria mandado esvaziar meia cidade para caminhar sozinho com você. Está vendo Ciro por aqui? Você foi o filho que tanto esperávamos, meu bravo menino. Não duvido da sua inteligência, da sua sabedoria, Artaxerxes. Você tem meu sangue e será um grande rei.

Dario estendeu a mão e tocou o rosto do filho.

— Vi o meu pai arruinado quando voltou da Grécia. O rei Xerxes venceu os espartanos nas Termópilas, mas depois os seus exércitos foram derrotados em Plateia. Exatamente como o pai dele foi feito em pedaços em Maratona, dez anos antes. Pois não mais!

Jurei quando me tornei rei. Deixamos sangue demais na Grécia, o suficiente para mil anos. Em vez da guerra, o meu reinado preservou a paz — e nos trouxe jardins, vinho, ouro e conhecimentos extraordinários. Há coisas comuns hoje que seriam feitiçaria em outra época. Com você, iremos avançar ainda mais: o maior império que o mundo já conheceu. Se for você. Se os deuses puserem Ciro naquele trono, ele travará guerras de novo, não tenho dúvida. Ele é parecido demais com o meu pai, parecido demais com o pai *dele*.

— Sei lutar, sabe? — disse Artaxerxes, ressentido. — Sei que o senhor não pensa em mim dessa maneira, mas eu sei lutar.

O rei riu e deu um tapinha nas costas do menino. Ele amava o filho demais para feri-lo com discordâncias.

— É claro. Embora os guardas de qualquer agiota saibam lutar. Você é um príncipe, Artaxerxes! Será rei. Portanto, precisa de mais do que um sorriso rápido e uma espada ainda mais rápida. Precisa de outro tipo de força. A partir de hoje. Você não é novo demais para isso.

O rei olhou em volta a rua vazia. Nenhum rosto espiava pelas janelas.

— Lembre-se. No dia em que for rei, você precisa lhe dar um fim. Até então, aprenda com os seus tutores, cavalgue, goze dos prazeres das mulheres, dos meninos e do vinho tinto. Não fale desse dia a ninguém. Você me entendeu?

— Entendi, pai — disse Artaxerxes.

O rosto sério do menino fez o rei sorrir, toda a sua fisionomia mudando, e ele estendeu a mão e despenteou o cabelo do filho.

— Sou mil vezes abençoado.

PRIMEIRA PARTE

1

A montanha aconchegava a cidade como uma mãe com o filho no colo. Antes de subir os degraus até o grande platô, Ciro decidiu levar a sua guarda pessoal ao rio. Os espartanos deixaram as armas e armaduras na margem e se lançaram na água, lavando alegremente o pó e o suor de mais de seiscentos quilômetros.

Do alto do seu corcel, o príncipe sorriu ao vê-los espirrarem água e correrem os dedos pelos cabelos e pelas barbas. A marcha para o leste deixara os seus homens magros como cães de caça, escurecera a sua pele e retesara os tendões dos músculos. Eles não fraquejaram, embora alguns tivessem deixado pegadas de sangue na estrada.

— Meu senhor não mudará de ideia? — perguntou Tissafernes em voz baixa.

Ciro deu uma olhada no velho amigo e tutor. Tissafernes montava um cavalo castrado castanho que bufava e sacudia a cabeça, de linhagem tão boa quando qualquer outro cavalo da Pérsia. O nobre mantinha o olhar sobre os espartanos, a expressão amarga.

— Devo subir os degraus sozinho? — respondeu Ciro. — Devo chegar em casa como um mendigo? Quem sou eu, senão príncipe e filho do meu pai? Esses são os meus guardas. São os melhores.

Tissafernes mexeu a boca como se um dente o incomodasse. O príncipe Ciro tinha vinte e poucos anos, não era mais um jovem tolo. O tutor deixara claras as suas reservas, e mesmo assim ali estavam eles, às margens do rio Pulvar, com homens de Esparta se lavando como cavalos, borrifando água para o alto. O príncipe trouxera um velho inimigo até o coração da Pérsia. Tissafernes franziu a testa ao pensar nisso. Ele vira mapas do mundo feitos pelos gregos que pouco sabiam do grande império do leste. Não tinha nenhum desejo de ajudar os espartanos a preencher a localização de Persépolis, menos ainda os túmulos reais ao longo do rio, a apenas meio dia de marcha dali.

— Alguns podem considerar um insulto, Alteza, trazer os mesmos homens que enfrentaram os seus ancestrais, que lhes negaram a terra e o mar. Espartanos! Pelos espíritos devas. Aqui, no coração do mundo! Ah, se o seu pai ainda fosse um homem jovem e estivesse bem de saúde...

— Ele me parabenizaria, Tissafernes — ralhou Ciro, cansado da voz do outro. — Esses homens correram ao meu lado. Não fraquejaram nem pediram descanso. Eles são leais a mim.

— Eles são leais ao ouro e à prata — murmurou Tissafernes.

Ciro trincou os dentes, e os músculos se destacaram.

— Eles nada possuem. Até as suas armas vieram das mãos de pais e tios, ou lhes foram dadas por atos de bravura. Chega disso. Agora não, leão velho.

Tissafernes aceitou a censura e baixou a cabeça.

Os gregos foram rápidos em seus banhos e saíram depressa para ficar nas margens e secar ao sol da tarde. As lavadeiras locais assoviaram e gritaram ao ver tantos homens nus. Um ou dois guerreiros sorriram de volta, enquanto outros se alongavam com exercícios. Não eram feitos para o riso ou a conversa fiada.

Ainda irritado com o seu companheiro, Ciro apeou, tirou o capacete, a túnica e a armadura, as perneiras e a capa, depois descalçou as sandálias, tudo com hábil economia de movimentos. O príncipe não se incomodava com a nudez e entrou na água fazendo um simples sinal de cabeça para Anaxis, o oficial espartano que observava na margem.

As lavadeiras pararam de gritar ao ver o jovem que usava a barba cacheada como um persa e deixara sobre a capa um capacete marcado com penas de ouro. Talvez não soubessem o seu nome, mas não ousaram gritar para ele. Ciro se lavou na água com um cuidado lento, quase como um ritual, limpando mais do que suor e cheiro de cavalo. Os espartanos na margem ficaram calados em sinal de respeito. Afinal de contas, o príncipe tinha voltado para casa para chorar o pai.

A mensagem chegara a Ciro catorze dias antes, e ele forçara os espartanos quase além do suportável para chegar a tempo. O príncipe trocara os cavalos em tabernas da coroa na grande Estrada Real e cortara caminho por campos arados de trigo e cevada, mas seus homens mantiveram o ritmo, correndo ao seu lado dia após dia, como se não fosse nada. Eram extraordinários, e ele se orgulhava de suas capas vermelhas e da reação dos outros quando descobriam quem eram. A reputação fora conquistada várias e várias vezes.

Naquele lugar, com o frescor do final da tarde sobre eles, Ciro recobrou o ânimo. A cidade de Persépolis parecia quieta, mas não se viam os ritos públicos de luto. As ruas não estavam ladeadas de soldados, nem envoltas em panos de luto, com vasos de madeira de sândalo queimando. Mesmo agora, antes de passar pelos portões do platô acima da cidade, Ciro não podia ter certeza de que o velho ainda vivia. Ele se virou ao pensar nisso, olhando a montanha que seu pai e seu avô tinham refeito, a planície imperial que era uma linha verde e cinzenta àquela distância. Falcões selvagens voavam em círculos preguiçosos no ar quente acima dela, procurando pombos gordos nas árvores frutíferas. Aquele terraço real continha palácios, quartéis, teatros e bibliotecas. O pavilhão do pai ficava no centro do jardim luxuriante que eles chamavam de "paraíso", o coração verde e secreto do império.

Às margens do rio agarravam-se arbustos baixos, as raízes desgastadas como esculturas lisas. Flores brancas de jasmim apareciam em trepadeiras, enchendo o ar com o seu aroma. O príncipe inspirou profundamente, em pé com água até a cintura, os olhos fechados. Estava em casa.

Os espartanos se secaram rapidamente, batendo no corpo com as capas e correndo os dedos pelo cabelo, resfriado apesar do sol. O príncipe também se refrescara e voltava a se vestir com cuidado. Afivelou a armadura sobre a túnica, mas também as grevas espartanas de bronze sobre as canelas, perfeitamente moldadas a ele, de modo que os músculos e a curva da rótula estavam marcados no metal polido. Eram mais úteis aos que caminhavam com escudos do que aos que montavam, mas Ciro gostava de homenagear seus homens dessa maneira. Tissafernes achava que era uma quinquilharia estrangeira e inferior a ele, é claro.

Se não estivesse de volta a casa para o leito de morte do pai, Ciro talvez se divertisse com o jeito como as pessoas da cidade se reuniam para observar os estrangeiros. Os mercadores da feira de frutas vieram andando, enquanto os que eles pagavam para protegê-los olhavam de cara feia. Os gregos de capas vermelhas eram famosos até mesmo ali, embora houvesse nações inteiras e um trecho de alto-mar entre Persépolis e o vale do Eurotas — a três meses e um mundo de distância. Além das capas lendárias, os espartanos usavam grevas de bronze que cobriam as duas pernas do tornozelo ao joelho. Estavam prontos para a guerra, mesmo ao escoltar um príncipe até a sua casa.

Eles tinham arrumado os escudos em pilhas perfeitas e os deixado sem ninguém vigiar enquanto mergulhavam na água, como se não conseguissem imaginar que outro homem roubaria deles. Cada escudo era marcado com o nome do dono por dentro, e uma única letra mostrava ao inimigo onde Esparta ficava na Grécia: o lambda era a primeira letra da região da Lacedemônia. Cada escudo brilhava de tão polido e era bem-tratado como um amante.

Ao montar no cavalo, Ciro se perguntou se algum dia os que o fitavam conheceriam Esparta como ele. Para as mães que apontavam os guerreiros estrangeiros para os filhos, aqueles eram os mesmos que tinham humilhado várias vezes os Imortais persas e se tornado lendas. Aqueles homens da Grécia tinham esmagado o exército de Dario, o Grande, em Maratona. Foram espartanos que comandaram os soldados gregos contra o rei persa Xerxes nas Termópilas, em Plateia e em Mícale. A Pérsia conquistara quase trinta nações, mas fora rechaçada pela Grécia — e pelos guerreiros de capas vermelhas.

Aqueles dias sombrios estavam num passado distante, embora as lembranças fossem duradouras. Ciro afastou os olhos enquanto seus homens formavam uma fila dupla perfeita, prontos para as suas ordens. Espartanos tinham vindo para vencer Atenas e, por fim, dominar toda a Grécia, mas lutavam por ele porque os pagava — e porque entendia a sua honra. O ouro e a prata que lhes dava iam para casa, para construir templos, quartéis e arsenais. Eles não ficavam com nada para si, e Ciro os admirava acima de todos os homens — a não ser o pai e o irmão.

— Vamos, leão velho — disse a Tissafernes. — Já me demorei demais. Não vou deixar isso me abater, embora mal possa acreditar que não seja um erro, mesmo agora. Meu pai é forte demais para morrer um dia, não acha?

Ele sorriu, embora a dor fosse clara. Em resposta, Tissafernes estendeu a mão e segurou seu ombro com força, consolando o mais jovem.

— Eu era servo do seu pai trinta anos atrás, antes que o senhor nascesse. Ele tinha o mundo nas mãos naquela época. Mas até os reis têm apenas um curto período sob o sol. Acontece com todos nós, embora os seus amigos filósofos questionem até isso, tenho certeza.

— Gostaria que você tivesse aprendido grego o suficiente para entendê-los.

Tissafernes fez um som de desdém.

— É a língua dos pastores. Por que eu me incomodaria com a fala dos escravos? Sou persa.

Ele falava a curta distância dos espartanos, mas os homens não deram sinais de terem ouvido. Ciro olhou para o oficial, o que se chamava Anaxis. Fluente nos dois idiomas, nada escapava dos ouvidos de Anaxis, embora fizesse tempo que desprezava Tissafernes como um persa tagarela. Por um brevíssimo momento, os olhos de Ciro encontraram os de Anaxis, que piscou.

Tissafernes viu a expressão do príncipe se aliviar e se remexeu na sela, tentando descobrir o que causara a mudança de humor, quem ousara zombar da sua dignidade. Ele só conseguiu ver que os espartanos estavam prontos para voltar à marcha e balançou a cabeça, resmungando sobre agricultores e estrangeiros.

Os espartanos levavam o escudo às costas nas marchas longas. Embora não corressem perigo, Ciro ordenou o estilo de desfile. Ao marchar por uma das três capitais do Império Persa, eles levariam os discos de madeira e bronze dourado no braço esquerdo, com as longas lanças em riste no direito. Usavam espadas curtas nos quadris, com a famosa cópis pronta na região lombar. Essas lâminas curvas e pesadas eram assustadoras, consideradas antiesportivas pelos inimigos. Os espartanos riam desse tipo de reclamação.

O elmo de bronze que usavam cobria a barba e as grossas tranças de cabelo que pendiam até os ombros. O elmo escondia a exaustão e as fraquezas dos homens, deixando o aspecto frio de estátuas. Esconder os traços do rosto na sombra era só uma das coisas que os tornavam tão temidos. A reputação significava algo mais. Levar as armas e o escudo de um pai ou avô, mais ainda.

Quando o rio ficou para trás, Ciro e Tissafernes levaram suas montarias pelas ruas, a multidão se abrindo à frente, dando-lhes espaço. Um silêncio arrepiante caiu, tanto do povo da cidade quanto dos homens que marchavam por ali.

— Ainda acho que o senhor deveria ter deixado seus mercenários para trás, Alteza — murmurou Tissafernes. — O que o seu irmão dirá quando vir que os gregos foram escolhidos em vez dos persas?

— Sou príncipe e comandante dos exércitos do meu pai. Se o meu irmão disser alguma coisa, será que a minha dignidade é a honra da nossa linhagem. Os espartanos são os melhores do mundo. Quem mais conseguiria nos acompanhar nessas últimas semanas? Vê algum Imortal aqui? Os meus servos? Um dos meus escravos *morreu* no caminho, tentando me acompanhar. O resto ficou para trás. Não, esses homens conquistaram o seu lugar ao meu lado por ficarem ao meu lado.

Tissafernes baixou a cabeça como se aquiescesse, embora estivesse irritado. Ciro tratava os espartanos como homens de verdade, e não como os cachorros loucos que eram. O general persa sabia, sem virar a cabeça, que alguns o observavam enquanto marchavam. Eles não confiavam em ninguém que se aproximasse do seu senhor, como vira-latas que ameaçassem e rosnassem. Ainda assim, não demoraria muito. Os dois cavaleiros conduziram os espartanos morro acima, seguindo a estrada até a grande escadaria que os levaria mais alto até o platô do rei persa.

Os grandes degraus tinham sido cortados largos e baixos para permitir que o rei permanecesse montado ao voltar de uma caçada. Ciro e Tissafernes levaram as montarias à frente, e, em fileiras tilintantes, os espartanos os seguiram. Ciro sentiu os olhos dos Imortais do pai sobre ele quando se aproximou do estreito portão da muralha externa. Seu pai gastara o tesouro de nações no platô, tanto para aprofundar o corte na face da montanha quanto em todos os luxos que havia lá dentro. Embora fosse o jardim de um império, também era uma fortaleza, com guarda permanente de dois mil homens.

O último degrau terminava à porta, e não havia lugar para o inimigo se reunir e atacar. Ciro sentiu a luz mudar quando oficiais persas bloquearam o sol lá em cima, fitando o seu grupo embaixo — especificamente os espartanos nos degraus mais atrás, cada homem carregando quatro armas. Ciro mostrou o rosto neutro quando olhou para o alto das muralhas, douradas pela luz do sol poente.

— Sou o príncipe Ciro, filho do rei Dario, irmão do príncipe Artaxerxes, comandante dos exércitos da Pérsia. Em nome do meu pai, abram essa porta para que eu possa vê-lo.

Eles o deixaram esperando por mais tempo do que ele esperava, e Ciro começou a corar. Seu mau humor crescente cedeu quando ele ouviu correntes e travas sendo removidas e o portão se abriu, revelando um longo pátio à frente. Ele engoliu em seco, decidido a não demonstrar medo. Nisso, ele e os espartanos combinavam bem.

Sem apear, Ciro e Tissafernes levaram seus cavalos para o pátio ensolarado. A luz ficava mais suave a cada hora, baixando suavemente para a noite de verão. Ciro sabia que finalmente estava em casa, que devia relaxar e aguardar para ver o pai. Ainda não tinha certeza de como o velho reagiria a ele, nem ele ao Grande Rei. Sentia-se inseguro diante daquela perda que se precipitava sobre ele. Nem a força de todos os exércitos do mundo manteria o pai ali mais um dia se a sua hora chegasse. Esse desamparo é que fazia Ciro tremer, não o campo de morte onde entrara.

As defesas do platô não eram apenas os homens nas muralhas externas, mas também os funis pelos quais os atacantes teriam de passar. Se, de alguma forma, os invasores alcançassem os degraus e arrombassem o portão, cada lado da fortaleza era separado do outro. As forças inimigas só conseguiriam se reunir depois de passar por dois pátios compridos e estreitos, abertos para o céu.

Ciro e Tissafernes não hesitaram e cavalgaram até o fim do campo de morte. Cinquenta fileiras de seis espartanos seguiram em perfeita ordem, a base das lanças descansando no chão empoeirado quando pararam diante de um portão ainda maior à frente.

Atrás deles, o portão externo foi fechado e travado. Mais de um espartano franziu a testa ao ver que estavam presos num lugar onde não poderiam manobrar. Havia plataformas de pedra correndo em volta de todo o pátio, da altura de dois homens em relação ao piso abaixo. O seu propósito não era óbvio, e Anaxis, o oficial espartano, segurou a lança com mais força. Ele sentiu os olhares hostis dos guardas persas, mais acostumados a demonstrar elegância com seus painéis polidos do que ao verdadeiro combate.

Na frente, Ciro e Tissafernes se entreolharam e apearam. Anaxis tentou não espichar o pescoço para ver quem viera recebê-los, já que a conversa fora bloqueada de seus olhos pelos cavalos. Ele não gostou disso. Seu dever era proteger Ciro e, talvez, o velho gordo também. Mas não foram dadas ordens para se manterem alertas ou atentos a uma ameaça. Anaxis sabia que estava na cidadela de um antigo inimigo, mas também era o guarda pessoal de um dos seus príncipes, um homem que ele admirava bastante pela franqueza e pela falta de afetação. Sem dúvida, para um persa, o príncipe era dos bons. Ciro não mostrara medo nem nada além de preocupação com o pai. No entanto, Anaxis se viu erguendo os olhos para as plataformas de pedra em torno deles, quase como os longos bancos de um teatro ateniense. Os persas eram arqueiros quase decentes, ele sabia. Os espartanos não gostaram da ideia de serem vigiados de cima, não naquele lugar.

Nenhum desses pensamentos era aparente em seu rosto, que permanecia oculto à sombra do elmo. Anaxis estava imóvel como uma estátua de bronze enquanto Ciro e Tissafernes falavam em voz baixa à frente. Mesmo assim, ficou contente quando uma das montarias se mexeu e permitiu que ele visse o príncipe.

Ciro se virou para o espartano às suas costas, o rosto rígido e sério.

— Meu irmão deu ordens para que eu entre nos jardins reais sem guardas — disse ele.

Ciro parecia prestes a falar de novo, mas balançou a cabeça. Mal foi um sinal, embora Anaxis sentisse o coração se apertar.

— Talvez o seu irmão não se importe se eu o acompanhar — disse Anaxis.

Ciro sorriu para ele.

— Meu amigo, se houver traição, um homem a mais não faria diferença.

— Sempre faço diferença — disse Anaxis, muito sério.

— É verdade, mas tenho de confiar na honra do meu irmão. Ele é o herdeiro do trono, e não lhe dei razões para duvidar de mim.

— Esperaremos aqui até que o senhor retorne — disse Anaxis, apoiando-se num joelho.

Ele falou como um juramento, e Ciro baixou a cabeça antes de fazer o homem se levantar.

— Obrigado. Você me honra com o seu serviço.

Ciro se virou e viu que Tissafernes observava com uma expressão desdenhosa e apontava o portão que levava mais profundamente para o platô real. Além daquele pátio comprido ficavam os primeiros jardins, plantados em terra trazida das planícies e cuidados por mil escravos. Árvores tinham sido plantadas ali, formando avenidas sombreadas, com macaquinhos minúsculos caçando passarinhos de galho em galho e o ar denso com o aroma de jasmim e ramos verdes.

Ciro ignorou o pequeno senescal que veio recebê-lo, ainda sem saber se a posição do homem seria um insulto ou não. Seu irmão Artaxerxes seria encontrado ao lado do pai, é claro. Não significava nada que enviasse um mero criado para acompanhar Ciro pelos jardins.

Tissafernes parecia livrar-se dos cuidados e tensões da jornada enquanto andava, inspirando profundamente fragrâncias que conhecia bem e quase crescendo ao alongar as costas e ficar mais ereto. Ele conhecia Ciro a vida inteira e foi seu mentor e amigo durante boa parte dela. Mas os dois tinham pontos de vista muito diferentes. Ciro amava pessoas, não havia outra maneira de descrever. Elas eram a sua paixão, e ele colecionava amigos como outros homens ganhariam moedas. Comparado ao príncipe, Tissafernes mal conseguia esconder seu desagrado com multidões e soldados suados.

Eles andaram uma hora por caminhos tão sinuosos que um estranho se perderia uma dúzia de vezes. Ciro conhecia todos eles desde a infância e seguia o senescal com a mínima concentração. O pavilhão do pai ficava no outro lado do platô, cercado de palmeiras e escravos, todos esperando o seu último suspiro. Ciro sentiu a garganta se apertar enquanto andava, ouvindo as vozes chorosas das mulheres do pai.

Anaxis ergueu os olhos ao primeiro raspar de sandália na pedra acima. Os espartanos tinham ficado em silêncio durante cerca de uma hora, seguindo o seu exemplo. Anaxis praguejou entre dentes quando viu a tropa de soldados persas sair e encher as plataformas nos dois lados. Usavam armadura preta ornamentada e traziam arcos cravejados de pedras preciosas, como os guardas de uma peça teatral ou talvez de uma porta de bordel. A seus olhos, pareciam crianças que tinham enlouquecido com o tesouro de um rei.

O oficial persa usava plumas pretas e brancas, que balançavam com o vento, muito mais grandiosas do que tudo o que Anaxis já vira em casa. A pele do homem brilhava com óleo e suas mãos com pedras preciosas. Ele não portava nenhum arco, apenas uma espada curta numa bainha de ouro que, por si só, devia valer uma pequena cidade. Anaxis ergueu as sobrancelhas ao pensar nisso. Havia saque e pilhagem naquele lugar. Valia a pena recordar essas coisas.

— Preparar escudos — disse Anaxis com clareza.

Muitos homens tinham guardado os escudos nas costas ou os deixado apoiados contra as pernas. Eles o pegaram mais uma vez, sombrios com o mesmo desagrado de Anaxis. Nenhum deles se sentia à vontade com arqueiros em pé numa posição superior enquanto eles se amontoavam num campo de morte abaixo.

Anaxis mirou as paredes de pedra com novos olhos, vendo como eram lisas. Acima de sua cabeça, três filas de arqueiros persas pararam à esquerda e à direita, talvez tantos no total quanto os que os observavam taciturnos embaixo.

O oficial emplumado desceu por um caminho estreito no canto e parou com metade da sandália para fora da borda de pedra, de modo que Anaxis viu a sola cravejada. Por algum tempo, ninguém se moveu, e o ar ficou parado, sem nenhuma brisa para lhes dar alívio. As sombras tinham se deslocado alguma distância desde que o príncipe e Tissafernes continuaram portão adentro, mas a luz do fim da tarde não parecia ter mudado. Embora fizesse calor, Anaxis sentiu os testículos se apertarem. Os homens que olhavam os espartanos de cima sorriam enquanto tocavam as suas armas. Tinham encordoado os arcos, ele notou. Embora vestissem a armadura cerimonial da corte real, estavam equipados para o massacre. Ele coçou a barba.

— Seria muito difícil subir naquela plataforma? O que você acha? — perguntou ao amigo Cínis.

Em tempos normais, Cínis era um homem robusto, devidamente orgulhoso da sua força. Catorze dias correndo por estradas arenosas o deixaram mais esguio e ameaçador. Ele deu de ombros.

— Se dois homens segurarem um escudo na horizontal, assim...
— Ele segurou o seu pela borda — Um terceiro poderia ser facilmente levantado. Acha que vão atacar?

— Acho — disse Anaxis.

Ele ergueu a voz para o resto, sabendo que era improvável que alguém lá em cima entendesse uma palavra de grego.

— Alguém decidiu nos atacar, ao que parece. Portanto, escudos prontos para erguer sobre a cabeça. Grupos de três. Não se mexam, a menos que sejamos atacados, mas, se formos, quero homens pulando sobre eles. Gosto deste lugar. Acho que devemos defendê-lo até o retorno do príncipe Ciro.

— Ou lutar para abrir caminho até o rio e ir embora — murmurou Cínis.

Anaxis fez que não, como o amigo sabia que faria. Ele dera a sua palavra. Não sofreria a vergonha de Ciro voltar e descobrir que abandonara o seu posto. Cínis deu de ombros com uma raiva crescente quando viu os primeiros arcos se curvarem.

Acima da cabeça deles, o oficial persa inspirou fundo para dar uma ordem. Cínis ergueu o escudo, o outro lado imediatamente segurado por outro. Os seus olhos se encontraram furiosos com a traição.

O oficial emplumado gritou, e os arcos persas se curvaram inteiramente, o barulho como um bater de asas quando as primeiras flechas mergulharam entre eles. Enquanto elas caíam, Anaxis pulou no escudo com uma dúzia de outros em toda a extensão do pátio. Cada um daqueles homens foi lançado para cima, caindo entre os arqueiros espantados. Anaxis chegou em seu meio com a lança e a lâmina da cruel cópis prontas, rindo do seu pânico.

2

Ciro parou num caminho largo entre limoeiros. Tissafernes deu mais alguns passos antes de retornar ao seu lado.

— O que foi? — perguntou o velho.

— Pensei que... Ah, fiquei longe de casa muito tempo. Foi o grito dos pássaros ou o lamento dos escravos. O império está de luto, leão velho. O meu coração chora dentro de mim, e achei ter ouvido a sua voz. Meu pai fez o mundo em torno dele. Veja só este lugar! É uma maravilha estar tão acima da planície, sentir esta brisa e conhecer a sombra destas árvores, e recordar que este platô inteiro foi cortado do flanco de uma montanha. Os reis alcançam mais do que outros homens, se tiverem visão.

— Seu pai sempre foi um homem de vontade — disse Tissafernes. — Embora nem sempre acertasse, ele tomava a decisão e agia com base nela. A maioria dos homens acha esse ato cansativo, enquanto o seu pai ficava mais forte e seguro a cada ano que passava.

— Com menos dúvidas.

— As dúvidas são para as crianças e os muito velhos. Temos escolhas demais hoje em dia, e reduzi-las a um único ato é mais difícil. Mas, como homens na flor da idade, eliminamos as escolhas fracas e estendemos a mão para a espada, a enxada ou a mulher.

Ciro deu uma olhada no homem que conhecia desde sempre, vendo-o perdido em lembranças.

— Você estava aqui quando ele se tornou rei, é claro — disse Ciro, a voz seca.

Tissafernes ergueu os olhos para o céu noturno por um momento.

— O senhor zomba de mim. Sim, já lhe contei uma dúzia de vezes, mas vi grandeza nele já naquela época. O irmão dele era rei... e o seu pai aceitou e lhe fez o juramento de lealdade. Ele se lançou no chão, e todos os homens souberam que ele o cumpriria.

— Conheço a história — disse Ciro, sentindo-se cansado de repente.

Tissafernes continuou como se não tivesse ouvido.

— Mas o outro irmão não tinha o espírito tão grandioso. Não, o príncipe Soguediano não foi capaz de pôr a honra antes do próprio desejo de governar. Apenas seis semanas depois da coroação, ele se enfiou no quarto real com uma faca de cobre. Apresentou-se à corte quando o sol nasceu, embora rubro e manchado de sangue real, embora deixasse rastros e pistas atrás de si, como se tivesse se divertido. Ele disse a todos que era rei, e nenhuma voz se ouviu em reclamação. Foi então que o seu pai saiu da multidão.

— Eu sei, leão velho. Ele era leal ao primeiro irmão e se vingou do segundo. A corte aclamou a sua bravura e o seu direito. Ele conquistou o trono para si.

— Ele amava os dois, mas era um homem de lealdade férrea — disse Tissafernes, fazendo que sim.

— Como eu.

— Como o senhor — concordou Tissafernes imediatamente. — O senhor tem o coração do seu pai, creio eu. Embora ele nunca tenha sido tão tolerante com os gregos quanto o senhor.

Foi a vez de Ciro de revirar os olhos e estalar a língua para si.

— Conquistei a lealdade deles.

— *Comprou* a lealdade deles — disse Tissafernes, fungando.

— Não. Você não os conhece. Não há ouro suficiente no mundo que compre o serviço de espartanos se eles escolherem não o conceder.

Tissafernes fez um som sibilado.

— Ciro, meu caro rapaz, há ouro suficiente no mundo para comprar qualquer coisa.

O mais jovem balançou a cabeça, mas ambos tinham visto um grande pavilhão entre as árvores. Os guardas os observavam ao lado do caminho, e eles se calaram diante da perspectiva de encontrar o rei moribundo.

Ciro sentiu uma parte dele relaxar quando o irmão Artaxerxes veio recebê-lo. Um ano mais velho, eles eram o mais diferentes possível tendo ainda o mesmo sangue. Artaxerxes sempre fora o estudioso. Ambos treinaram sob o olhar rigoroso do pai, mas foi Artaxerxes quem tropeçou na própria lança. Ciro fora aquele que dançava com os mestres de armas, saltando como um salmão com grandes gritos de alegria. A princípio, o irmão mais novo não entendera os olhares raivosos e o mau humor dirigidos a ele. Mesmo quando teve idade suficiente para entender o ressentimento do irmão, isso não o incomodara. Ciro sabia que nascera leal, assim como sabia que nunca seria rei. Toda a habilidade que conquistara para si refletia meramente a glória do trono do pai. Mesmo quando o rei escolheu Ciro para comandar os exércitos e o mandou aprender aos pés dos seus maiores generais, o jovem príncipe sabia que isso apenas o tornaria mais útil, aumentaria o seu valor para o pai.

Artaxerxes fora estimulado a continuar pelo sucesso do irmão e por suas próprias ambições. Continuara a treinar com a espada, e isso ficava claro pelos ombros largos e pelas mãos fortes quando abraçou o irmão, beijando-o nos dois lados do rosto e nos lábios. Artaxerxes segurou a cabeça de Ciro nas mãos, e o brilho das lágrimas do príncipe mais velho provocou-as no mais novo.

O medo tomou conta de Ciro, que falou num sussurro seco:

— Ele está...?

Ciro não conseguiu continuar. Perguntar se o pai estava vivo era sugerir que talvez não estivesse. Seria o mesmo que perguntar se as montanhas tinham caído, se os rios tinham secado.

— Não, embora não deva demorar muito agora. Ele tem chamado por você, irmão. Achei que você nunca chegaria.

— Então saia da frente. Deixe que eu o veja — disse Ciro, olhando por sobre o ombro do irmão.

— Desse jeito? Suas roupas estão manchadas de suor. Vai insultá-lo?

— Mande trazer roupas novas, se isso o incomoda! Eu me lavei no rio e estou limpo. Agora, irmão, vou entrar. Não me obrigue a pedir de novo.

Um toque de ferro entrara na voz do príncipe mais jovem. Artaxerxes hesitou e deu um passo atrás, indicando a porta aberta. Ciro passou por ele sem olhar para ver o que Tissafernes faria.

O pavilhão era enorme e se estendia centenas de passos em todas as direções a partir da entrada. Lá dentro havia piscinas e jardins, salões de banquete e dezenas de escravos pessoais do pai para cuidar dele. Jovens calados em belas túnicas se ofereceram para segurar sua capa antes que Ciro desse um passo para dentro. Mas ele não parou. Voltara a ser um menino correndo para o pai.

Atrás, em pé à porta do imenso pavilhão, Artaxerxes ergueu a mão quando Tissafernes se aproximou. O velho se ajoelhou e depois se prostrou em presença do príncipe. O herdeiro do império o levantou e baixou a cabeça para cochichar no ouvido de Tissafernes:

— Ele falou contra o trono, contra mim?

Tissafernes fez que não enquanto se levantava.

— Nem uma palavra, Alteza. Juro pela honra da minha família.

Artaxerxes ficou imóvel enquanto pensava.

— Você era amigo do meu pai. Tem sido leal ao rei da sua juventude. Será leal a mim?

Tissafernes escolheu se curvar mais uma vez, pressionando a testa e os lábios no chão. Ele esperou que Artaxerxes o tocasse de leve no rosto, dando-lhe permissão para se levantar. A pele ficou marcada por pedrinhas grudadas no suor.

— A minha lealdade é à sua família, Alteza — disse Tissafernes —, ao trono da Pérsia, à linhagem de Dario, o Grande, por meio de Xerxes até o seu pai... e ao senhor. Sou leal até a morte e além dela. Chame-me no outro mundo e irei até o senhor.

Artaxerxes fez que sim, satisfeito. Nunca se cansava da adulação que recebia. A capacidade dos homens de lhe entregar a sua honra era apenas o que ele esperava.

— E o meu irmão? Você também o conhece a vida toda.

Pela primeira vez, Tissafernes hesitou.

— Ciro é de se admirar, Alteza. Amo-o como amo os meus filhos. Mas ele não herdará o império que nos torna grandes. Isso é o que importa, mais do que a minha vida ou a dele.

Artaxerxes relaxou um pouquinho, comovido pelo que ouvia.

— Entre, então, velho amigo. Banhe-se e vista sedas limpas. Agora o meu pai dorme quase o dia inteiro, mas vai querer saber que você finalmente chegou. Achei que chegaria tarde demais. Agradeço que não.

— O seu irmão... trouxe consigo uma guarda de trezentos — disse Tissafernes. — Homens de Esparta, guerreiros excepcionais.

Artaxerxes franziu a testa, olhando o caminho por onde Tissafernes andara.

— Ele os admira, eu sei.

— Ouvi dizer que a lenda deles é muito exagerada, Alteza. Não... acredito que seja o caso. São homens hábeis. Seu irmão insistiu em trazê-los para cá, apesar do problema que isso pode causar. — Ele parou de falar, escolhendo as palavras e lhes dando uma determinada ênfase na sua hesitação. — Alteza, eu não permitiria que eles andassem livres em nossas terras.

Com um sorriso tenso, Artaxerxes lhe deu um tapinha no ombro.
— Não andarão. Já me assegurei disso.

Anaxis correu pelo degrau mais baixo, matando todos em seu caminho. O espartano se mantinha abaixado, agachado, embora as pernas fossem fortes e ele se movesse com perfeito equilíbrio. Tinha um olhar selvagem por causa da traição, e ele avançou como o anjo da morte entre os persas, que ainda lançavam suas flechas com a maior rapidez possível. Anaxis derrubou meia dúzia de homens da plataforma nos primeiros momentos, sabendo que os que estavam embaixo os matariam mais depressa do que ele. Perdeu a lança na axila de um, arrancada da sua mão quando não seguiu a queda da arma. O oficial espartano sorriu para o próximo persa aterrorizado a enfrentá-lo, mostrando-lhe a lâmina da cópis no nível dos olhos, enquanto a usava num homem no degrau de cima. Anaxis rechaçou uma estocada para baixo e a usou para impedir o ataque de outro homem. Cortou o tornozelo de um desconhecido que tentou lançar uma flecha no espartano louco que pulara sobre eles pelo ar. Nisso, não havia pânico em Anaxis, apenas um pouco de arrependimento. Ele sabia que lutava no seu último dia e estava muito calmo. Os persas tinham esperado um massacre — e o teriam, embora não fossem apreciá-lo tanto quanto gostariam.

No pátio embaixo, os gregos seguravam os escudos sobre a cabeça, presos e incapazes de manobrar. Dúzias deles tinham atirado as lanças ou as usado para furar e enganchar a panturrilha dos arqueiros. Corpos de roupas escuras cobriam o chão, e havia alguns espartanos entre eles. Os gregos se mantinham em grupos unidos, sobrepondo os escudos e espiando pelas lacunas, mas não se acovardavam. Nos vislumbres que conseguia obter, Anaxis viu que Cínis os mantinha em boa ordem, indicando alvos.

Anaxis percebeu que sorria enquanto fazia uma finta para desequilibrar o camarada à sua frente, um arqueiro de cara feia, barba imensa e ombros larguíssimos. O homem se esquivou para o lado para evitar o golpe que não veio, e, nesse momento de fraqueza, Anaxis o puxou com força pela manga e o jogou pela borda para cair sobre os espartanos lá embaixo. Eles gritaram com raiva para que Anaxis prestasse mais atenção no que estava fazendo. Ele riu em resposta enquanto cortava e golpeava, um dervixe que respingava sangue e escamas de armaduras persas enquanto progredia.

Tantos arqueiros tinham caído no longo pátio que alguns gregos lhes tinham tomado os arcos e as flechas. A maioria caçara lebres na infância e dificilmente errariam os persas que estavam postados sem escudo, à altura de apenas dois homens de distância. Seis ou oito deles começaram a devolver as longas flechas. Os persas hesitaram em enfrentar as suas próprias armas e recuaram em grupos, aglomerados, em vez de continuar o massacre.

Anaxis reuniu três homens ao seu lado. Os de baixo tinham erguido os escudos, e foi um alívio ficar atrás deles enquanto as flechas martelavam a madeira e o bronze dourado. Estavam todos feridos, Anaxis viu. Dois deles tinham o toco preto das flechas que tinham quebrado no peito. Não mostravam sinais de sofrimento, embora se esforçassem para respirar e o sangue pingasse deles enquanto suas forças se esgotavam. Uma grande faixa de costelas exibia o osso branco no flanco de um dos homens. Ele deu de ombros quando Anaxis apontou.

— Mando costurar depois — disse ele.

— Costuro para você — disse Anaxis. — Mas não se esqueça: não deixe Cínis nem chegar perto.

— Não esquecerei — disse o homem. Eram velhos amigos e não precisaram dizer mais nada.

Anaxis grunhiu de dor quando uma flecha passou entre os escudos e atingiu o lado do seu corpo, perfurando os músculos estriados ali. Ele viu as penas, mas não ousou puxar. A ferida provocou uma onda de náusea, e nada parecia certo.

— Gostaria que eles se lembrassem de nós — disse Anaxis. — Se vocês já descansaram, quero dizer.

— Achei que você estava descansando — respondeu indignado um dos espartanos.

Anaxis sorriu. A lâmina da sua cópis serrou rapidamente a haste preta, fazendo-o grunhir quando algo se mexeu dentro dele.

Ao recuar com medo, os arqueiros deixaram um espaço bastante adequado. Estavam desesperados para impedir que os poucos espartanos que tinham atingido os degraus se aproximassem e que algum outro subisse ou saltasse para se unir aos irmãos em armas.

Anaxis e os outros os atacaram, segurando os escudos no alto. Os persas despejaram flechas sobre o pequeno grupo, que uivava e mergulhava entre eles mais uma vez. De perto, os escudos se tornaram armas, as bordas tão úteis quanto lanças para os que tinham sido treinados. Houve pânico nas fileiras persas, que recuaram em farrapos. Lá embaixo, no pátio, os espartanos ainda vivos começaram a entoar o hino de batalha da morte, o peã.

Anaxis chegou ao degrau mais alto antes que a lâmina da cópis fosse finalmente arrancada da sua mão. Ele viu filas de guerreiros persas descansados saindo por portas dos dois lados, uma torrente interminável deles, trazendo arcos, espadas e lanças. As lanças eram mais adequadas para matar os que não conseguissem sair da armadilha, pensou ele. Essa seria a sua ordem, se estivesse no lugar do oficial persa. Uma matança com arcos era um insulto, e não havia necessidade de tanta mesquinharia entre homens. Ele sentiu a vista enfraquecer e ofereceu a alma a Hades e a Hermes. Seria agradável encontrar o rei Leônidas, que lutara nas Termópilas. O homem conhecia bastante bem a traição persa. Anaxis esperava erguer uma taça de bom vinho tinto com ele naquela mesma noite, se atravessasse o rio a tempo.

No pátio, Cínis viu os que tinham sido lançados até os degraus serem derrubados, um por um, levando consigo as últimas esperanças. As lanças tinham sumido, as aljavas estavam todas vazias, embora houvesse flechas quebradas por toda parte entre os mortos.

Os arqueiros persas não zombavam mais. Dezenas de homens de túnica preta jaziam mortos no pátio, e o sangue de outros mais manchava os degraus de ambos os lados. Mas os espartanos tinham perdido metade dos seus, e a melhor probabilidade de romper a armadilha não dera em nada. Um ou dois ainda tentaram levantar os colegas, mas nisso os arqueiros sabiam que podiam vencer. Concentraram os tiros nessas tentativas, e os homens caíram, espetados por flechas.

Cínis deu ordens para pegar as armas dos mortos e lançá-las. Enquanto as flechas os derrubavam, os espartanos cumpriram a ordem, com mira cuidadosa. A lâmina das cópis zumbiu alto no ar, assim como a das espadas curtas. Depois, um ou dois escudos subiram girando e, onde bateram, homens caíram para trás. Alguns desses caíram no poço e em instantes foram feitos em pedaços, embora a chuva de flechas se intensificasse.

Cínis os manteve unidos em grupos cada vez menores, usando os escudos aglomerados para que pudessem se deslocar pelo campo e recolher armas caídas e depois lançá-las, girando pelo ar para levar mais alguns consigo. Nos degraus, o regimento persa continuava a chegar, homens descansados e apavorados com o número dos seus próprios mortos. Eles puxavam a espada ou encordoavam os arcos, e a última coisa que alguns viram foi uma cópis zumbindo na sua direção.

Os espartanos lutaram até os quatro últimos estarem juntos, todos cobertos de sangue e gravemente feridos, tão cansados que mal conseguiam segurar os escudos enquanto as flechas ainda os golpeavam. A superfície de bronze batido parecia a pele depenada de uma ave, com furos e hastes quebradas tão grossas que os tornavam difíceis de erguer.

— Parem! — veio uma ordem de cima.

Alguns espartanos conheciam as ordens persas, mas a ignoraram. Ainda assim, todos os arqueiros em cima pararam e recuaram, ofegantes. O primeiro oficial persa jazia morto no chão. Seu substituto chegou à borda e espiou lá embaixo, balançando a cabeça de espanto com a pura selvageria da cena.

— Sou Hazar Zaosha — disse ele em grego imperfeito. — Sou... oficial dos Zhayadan. Vocês me entendem? Os Imortais. Não podem mais vencer. Vão se render, homens de Esparta? Vocês são poucos e nós somos muitos. Quero saber...

Cínis lançou uma espada nele, e o homem recuou para se esquivar. Com um grito de horror, Zaosha pisou no espaço vazio e caiu no pátio lá embaixo. Ele ergueu os olhos para os quatro espartanos ensanguentados em pé acima dele que o miravam com vivo interesse.

— Matem-nos! — rugiu Zaosha. — Mat...

Cínis o cortou com um golpe forte da cópis e depois caiu sobre ele com um grunhido. Flechas saíam das suas costas. Cínis respirou no rosto do oficial persa enquanto ambos morriam, embora Cínis sorrisse para esconder a sua fúria. Já era suficientemente ruim que tivessem sido traídos por antigos inimigos. Era pior que ninguém pudesse levar a notícia a Esparta, para que os éforos soubessem que tinham morrido honrosamente e sem nenhuma humilhação.

O pavilhão era refrescado pela brisa que todo entardecer descia pela encosta da montanha, uma maravilha gozada pelo rei e pela corte, tanto pelos nascidos escravos quanto pela família real. Quando o calor do verão ficava insuportável nas planícies, não havia lugar como aquele. Ciro sentiu o suor secar no rosto e inspirou, o pesar se firmando. Achou que sentia cheiro de canela no ar, embora fosse difícil ter certeza. Não punha os olhos no pai havia anos. Para ele, a brisa era infância e lar.

Ciro não teve de perguntar onde estava o pai. O número de escravos aumentava conforme ele se aprofundava no pavilhão. Eles se aglomeravam como abelhas em torno do leito do pai, prontos a atender ao seu mais leve capricho. Guardas imensos se postavam imóveis em cada ponto cardeal em torno do rei moribundo, olhando para fora contra todas as ameaças. Ciro pôde ver o homem recostado em almofadas, a testa refrescada por uma mulher que mergulhava um pano numa vasilha com água onde pétalas flutuavam. O odor de rosas era doce e enjoativo quando Ciro se apoiou em um joelho.

O Grande Rei virou a cabeça quando um dos escravos lhe sussurrou. Dario procurou o filho com o olhar, e Ciro avançou, parando quando um criado estendeu a mão.

— Alteza, sua espada. Por favor.

Ciro desafivelou o cinto e o entregou. Então, os guardas se afastaram, e ele chegou perto do homem que controlara sua vida desde os primeiros anos.

Ciro sorriu, embora fosse mais de dor do que de prazer. O velho fora carcomido por algum flagelo. Os braços que antes seguravam a espada real estavam dolorosamente finos, a pele esticada sobre os ossos, mostrando antigos hematomas e manchas pretas.

— Estou aqui, pai — disse Ciro, sentando-se quando puseram uma cadeira ao seu lado. — Vim assim que soube, o mais depressa que pude.

— Esperei e esperei por você, Ciro — disse o pai. A voz era um sussurro, e o príncipe se inclinou para ouvir. — Eu não poderia morrer antes de saber que você tinha chegado. Finalmente.

Ciro viu uma estranha expressão passar pelo rosto do pai, algo que poderia ser desprezo ou triunfo, não saberia dizer. Os olhos do rei se fecharam, e as rugas da testa se reduziram. Por impulso, Ciro estendeu o braço e pegou a mão do pai, que o esbofeteara mil vezes quando menino, sentindo o calor na dele. Estava pouco à vontade enquanto procurava as palavras.

— Obrigado, pai, por tudo. Queria que o senhor se orgulhasse de mim.

Não houve resposta, e Ciro pôs a mão do pai no lençol, acariciando os nós dos dedos por algum tempo antes de se recostar. A escrava com a vasilha com água de rosas se inclinou e limpou mais uma vez o rosto do pai. A brisa passou por aquela parte do pavilhão, embora parecesse menos gentil então, mais como os ventos fortes que vinham no outono, que sopravam quentes e incessantes e enlouqueciam os homens bons.

— Pai? — disse Ciro mais alto.

Ele se levantou e observou, desamparado, um desconhecido entrar e escutar a respiração e o coração do rei, fazendo que sim.

— Não vai demorar, Alteza. Ele pode nos ouvir. Pode acordar de novo... ou não. Ele chamou pelo senhor muitas vezes. Estou contente que tenha vindo, afinal.

Lá estava outra vez, a farpa — e de alguém que não ousaria lançá-la em tempos normais. Havia naquele pavilhão algo parecido com ressentimento pelo filho do rei. Ciro conseguia senti-lo em torno de si.

Naquele instante, ele não aguentou mais. Percorrera uma dúzia de parasangas por dia durante catorze dias para alcançar o velho. Só os espartanos conseguiram acompanhar o seu ritmo, e sofreram lesões e exaustão. Ele disse a si mesmo que se consolasse com o fato de não ter se atrasado demais, mas era difícil. Nenhuma palavra de agradecimento ou prazer do velho, só aquela estranha nota de amargura, como se todos eles estivessem à sua espera.

Ciro se sentiu estranhamente abatido e confuso quando se afastou do leito do doente. Passara dias temendo se atrasar demais. Naquela impaciência, pensara no sorriso do pai, no abraço que nunca conhecera. De repente, tudo era lata, as pedras preciosas da imaginação transformadas em vidro. Ele nunca deixara o homem orgulhoso. Não importava o que fizesse, só Artaxerxes tinha importância para o pai.

Ciro estendeu a mão para que lhe devolvessem a espada. O criado que a segurava o fitou de olhos arregalados, segurando junto ao peito a correia e a bainha cravejada.

— Mordomo. Entregue-me o que é meu — disse Ciro devagar.

Ele achou que o dia não poderia ficar mais estranho, mas então ouviu o irmão se aproximar com Tissafernes. Ciro viu que ambos pareciam relaxados e refrescados. Tissafernes trocara as túnicas por seda esvoaçante e encontrara tempo para se banhar, o cabelo ainda molhado. Mais surpreendente era a presença de guardas armados com eles, espalhando-se enquanto se aproximavam pelos jardins. A intenção era inconfundível, e Ciro baixou a cabeça, pensando.

Antes que o mordomo conseguisse mais do que ganir, o príncipe arrancou a espada das suas mãos e a afivelou.

— Pronto, assim é melhor — disse. — Agora, irmão, que ameaça traz espadachins a este pavilhão numa hora dessas?

— Você — respondeu Artaxerxes.

Ele sorriu enquanto os guardas entravam e cercavam o príncipe mais novo. Ele viu Ciro considerar resistir a eles, mas o pai morria a poucos passos, e os fatos o tinham surpreendido. Artaxerxes viu a cabeça do irmão baixar e seus dentes se mostrarem, brancos.

— Você está preso, Ciro. Por ordem do nosso pai. Para ser executado.

Ciro estivera prestes a atacar. Marcara o homem que teria de derrubar para romper o círculo e teria se movido se não fossem aquelas palavras. Em vez disso, virou-se, espantado. Viu que o pai o observava, uma expressão de paz no rosto. Na hora em que Ciro compreendeu que o velho sabia, os olhos dele se fecharam mais uma vez.

Seus braços foram segurados e lhe tiraram a espada. A guarda pessoal do irmão o escoltou pelo pavilhão de volta ao paraíso de jardins e caminhos. Artaxerxes e Tissafernes andavam atrás dele, e Ciro espichou o pescoço para falar, embora os guardas o empurrassem para a frente.

— Por que isso, irmão? Sempre fui leal. *Nunca* lhe dei razão para duvidar de mim. Nem uma única vez na vida inteira!

Ele achou que Artaxerxes franzia os lábios e trincava os dentes para não responder. Quando Ciro se virou para Tissafernes, o velho balançou a cabeça e olhou as pedras do caminho, incapaz de enfrentar o seu olhar.

3

Ciro sentou-se num catre de soldado. A porta estava trancada, embora fosse o mero quartinho de um oficial da guarda do seu pai, bem diferente da cela de uma prisão. Fosse ele quem fosse, o ocupante anterior gozara de uma variedade de óleos e pós, dois pares de tesouras egípcias, escovas duras para as unhas e a barba, além de hastes de marfim finamente esculpidas para limpar o nariz e as orelhas, tudo ainda arrumado numa pia no canto.

Ciro conseguia ouvir o ruído do quartel em volta, com ordens gritadas e risos semelhantes a latidos. Fixou o olhar na porta e esperou. Ainda não entendia o que tinha acontecido, mas conhecia Artaxerxes bem demais para achar que seria arrastado e decapitado sem possibilidade de falar. O irmão gostaria de tripudiar ou de acusar... algo assim. Ciro sabia disso com a certeza de dois rapazes que tinham crescido juntos. Conhecia Artaxerxes. Pelo menos, assim esperava. Estivera muito tempo longe de casa.

Com o passar da noite, a lua subiu como um crescente no céu claro, brilhante acima do platô. Ciro achou que não conseguiria dormir, mas se virou para a parede e fechou os olhos, os pensamentos em um turbilhão.

Sem noção da passagem do tempo, despertou de repente. Ele se levantou da cama num instante, piscando confuso com a luz da manhã. Estivera exausto com os dias de estrada e com a tensão da prisão e do luto pelo pai. Para sua vergonha, dormira feito uma criança e acordara renovado, muito mais alerta. Com a vida pendendo por um fio! Ele passou a mão pelo rosto, fazendo uma careta com os cachos grossos. Preferia estar bem barbeado, mas isso exigia trabalho e as melhores lâminas. Não havia navalha na pia do oficial. Era presumível que o homem usasse tesouras na barba ou a trançasse com linhas.

Ciro piscou quando as travas da porta foram puxadas e Tissafernes entrou, meio sem jeito, de modo que, com os dois, o quarto minúsculo ficou quase cheio. Os guardas espiavam de fora, mas não havia como se unirem a Tissafernes, nem para protegê-lo. Apenas fizeram cara feia, enquanto Ciro esperava que o amigo lhe dissesse o que estava acontecendo.

O homem mais velho decidiu sentar-se no catre, que rangeu quando ele se apoiou. Ciro continuou contra a parede, e um dos guardas avançou pela porta para observar.

Ciro apenas ergueu as sobrancelhas quando Tissafernes o olhou. Sentia que era a parte prejudicada e que cederia a vantagem se falasse.

Depois de um longo tempo, Tissafernes suspirou.

— Alteza, sinto muito que tenha sido assim. Eu poderia afastar a lâmina de qualquer outra mão, é claro. Não da de seu pai. — Tissafernes parecia exausto, como se não tivesse dormido nada. — Ciro, estou aqui para lhe dizer que o aspecto mortal do rei faleceu à noite. Sinto muito. Esta manhã, o seu irmão é o Grande Rei, o deus-imperador da Pérsia, abençoado por Mitra, Aúra-Masda e todos os bons espíritos. Que seja bem-vindo entre os seus ancestrais.

Apesar do choque da notícia, Ciro sentiu a esperança aumentar no peito.

— Se estou aqui por ordem do meu pai, seja lá como isso aconteceu, Artaxerxes me libertará — disse ele com alívio. — Achei que um espírito ou demônio tomara posse do meu pai no final, talvez se esgueirando quando ele estava mais fraco ou delirante de dor. Pelo menos, agora ele está além dessa influência. Posso...

Tissafernes fez que não.

— Alteza, o seu irmão confirmou a ordem ontem à noite. Isso me entristece, é claro, mas o senhor será executado nesta mesma manhã. — O homem que fora o seu mentor na infância passou a mão pela barba, acariciando o cone na ponta. Ciro viu que o outro estava nervoso. — Devo... levá-lo à praça do quartel sem demora. Não haverá cerimônia nem testemunhas além de alguns guardas. Invoque a sua dignidade, meu menino. Entregue a alma a Deus e se prepare para o julgamento.

Ciro o encarou. Não perguntou sobre os espartanos que levara àquele lugar. Conhecer o seu destino de nada adiantaria, não era algo que pudesse influenciar. Mas aprendera com eles a se manter calmo nas únicas ocasiões realmente importantes. Permitiu que os seus traços relaxassem enquanto pensava. Não tinha armas, embora pudesse arrancar uma de algum guarda. Isso significaria que a sua vida terminaria alguns passos antes do que se andasse até o pátio e se ajoelhasse para o carrasco. Não via sinais de apoio em Tissafernes, mas o velho professor não era o seu único aliado.

— Antes, gostaria de ver a minha mãe — disse Ciro. — Para me despedir. — Ele observava Tissafernes com atenção e escondeu um sorriso ao ver que o homem franziu a testa. — Não contaram a ela? Sou seu filho, afinal de contas.

— Acredito que tais coisas são de responsabilidade do Grande Rei — disse Tissafernes com formalidade.

Ambos ergueram a cabeça com um súbito estrépito e alarme do lado de fora da cela. Emoções diferentes encheram os dois homens quando ouviram a voz de uma mulher disparar ordens com a certeza absoluta de que seriam obedecidas.

Ciro se afastou da parede, embora os olhos cintilassem.

— Não esquecerei o papel que você teve nisso, Tissafernes — disse ele.

Como se puxado por cordas, Tissafernes se levantou da cama.

— Alteza, meramente obedeci ao seu pai e ao seu irmão — disse o homem, olhando nervosamente o primeiro vislumbre da rainha Parisátide.

— Saiam da minha frente! — veio a voz que todos conheciam, uma tempestade caindo sobre eles. Tissafernes fez uma careta de antecipação quando a voz soou mais uma vez. — Tragam o meu filho aqui, de onde quer que o tenham escondido! Ciro? Onde está o meu *filho*?

O guarda à porta se virou para encará-la. Ciro pensou em estrangular o homem por trás, ou talvez quebrar o pescoço de Tissafernes quando o velho tentou se curvar naquele espaço pequeno.

A rainha Parisátide usava azul-escuro para o luto, embora não tivesse corrido até o quartel sem pôr várias pulseiras de ouro que se chocavam e tilintavam enquanto se movia. O cabelo estava bem preso junto à cabeça, seguro por uma rede dourada na nuca. Ainda era bonita aos quarenta anos e se movia com a leveza de uma mocinha. Seu aroma chegou antes dela, trazendo a essência de rosas a homens imóveis como bezerros assustados.

— Ciro? Você está aí dentro? Aquele Tissafernes está com você? Venham cá, vocês dois. Não vou entrar no quarto de um soldado suado! *Agora*, Ciro!

O príncipe descobriu que ria de alívio depois do medo que sentira. Tissafernes parecia enraivecido enquanto seguia o guarda pela portinha até o corredor.

— Senhora, o seu filho, o rei Artaxerxes, deu ordens... — começou Tissafernes.

A rainha Parisátide virou-se para o guarda e pousou a mão na pele nua do seu braço.

— Se esse homem voltar a falar comigo sem primeiro demonstrar reverência, pode remover a sua cabeça.

O guarda não deu sinal de ter ouvido, mas Tissafernes escolheu a cautela em vez da possibilidade de morte súbita. Com rigidez, apoiou-se num joelho, depois no outro e finalmente baixou o corpo até a testa tocar o chão — que não estava lá muito limpo, notou Ciro com algum prazer. Fezes de ratos grudaram na testa do homem quando ele voltou a se levantar.

— Eu lhe dei permissão para se levantar? — perguntou docemente a rainha Parisátide.

Tissafernes corou mais um pouco de humilhação. Mais uma vez, preferiu não testar a autoridade da dama naquele lugar. Vivera anos suficientes na corte real para saber que alguns problemas eram resolvidos com sangue... e só depois com desculpas. Voltou a encostar a testa no chão e ficou como morto.

— Ciro — disse a rainha em saudação.

O príncipe pegou a sua mão e foi a sua vez de se ajoelhar.

— Mãe — disse ele em resposta. — Fico muito grato. Tissafernes aqui parece pensar que a minha morte foi ordenada.

A rainha fez um gesto como se limpasse a poeira.

— Verei qual é a verdade disso, pode ter certeza. Mas não aqui, entre esses homens comuns. Não discutiremos assuntos *particulares* com criados e soldados escutando. Agora, siga-me. Suas roupas estão sujas de suor. Eles o mantiveram como um animal.

Antes que Ciro respondesse, a mãe estendeu a perna e apoiou o pé nas costas de Tissafernes, fazendo-o grunhir de dor.

— Esses homens foram longe demais na sua arrogância — disse ela. — Mas vou remediar isso. Eu o compensarei. Venha.

Ela se virou para ir embora, e Ciro deu uma olhada no capitão dos guardas. O rosto do homem era uma boa tentativa de obediência vazia, mas os olhos estavam com medo. Sabia que a sua vida estaria em jogo se o novo rei viesse perguntar por que tinham permitido que o prisioneiro fosse embora. Mas não era possível dizer não à rainha; na verdade, ela agiu como se a possibilidade nem sequer lhe ocorresse. Nos poucos instantes em que o oficial poderia fazer objeção, a rainha Parisátide passou por ele sem esperar. Ciro a seguiu, sentindo a força de vontade do homem vacilar e falhar. Mesmo então, quando passou pelo corredor e pelo quartel, vendo os Imortais do pai em vários estágios de espanto e nudez, Ciro temeu o grito que poderia subir para detê-lo.

A mãe caminhava depressa, embora o vestido impedisse passos largos. Em vez disso, ela deslizava, os quadris balançando à frente do filho. Muitos homens que saíram para ver o que estava acontecendo tiveram o olhar atraído pela rainha e ficaram fascinados. Ciro sorriu para si com o efeito que ela ainda causava.

— *Não* permitirei que o meu filho seja preso como um criminoso — anunciou a mãe ao quartel. Sua voz soou com indignação, e alguns que haviam chegado à porta voltaram o olhar para os pés, como se fossem pegos fazendo algo vergonhoso.

Se Parisátide hesitasse ou pedisse permissão, Ciro achou que o feitiço se quebraria, e um deles, talvez um dos oficiais superiores, teria impedido sua fuga. De algum modo, a autoridade dela se manteve até a porta.

O quartel ficava a certa distância da borda do platô. Mesmo com a rainha ao lado, Ciro estava tenso com a expectativa de um grito ou uma mão caindo sobre o seu ombro. Ele tentou ouvir o tilintar da armadura de homens correndo e sentiu o suor escorrer frio pelas costelas. Viera como um cordeiro entre lobos, e sabia que ainda não escapara. Seu tempo na cela lhe permitiu repassar tudo o que vira e ouvira. A conclusão era tão inescapável quanto dolorosa. Não houvera erro nas ordens.

De cabeça baixa, seguiu a mãe pelo portão da casa de guarda e se juntou a um grupo de escravos que ela deixara no lado de fora. Estavam prostrados no chão, e Ciro adivinhou que não tinham se mexido desde a chegada da mãe. Eles pularam de pé assim que ela pisou na liteira aberta e afofaram as almofadas ao lado dela. Ciro entrou, fazendo as varas rangerem com o seu peso.

— Mãe — começou ele.

Ela fez que não.

— Agora não, Ciro. O seu pai era um homem teimoso, e precisarei de uma conversinha com o seu irmão antes que esse assunto ridículo fique para trás. Somos egípcios para matar os nossos? Antes mesmo que Artaxerxes tenha um herdeiro? Só por isso, seu pai foi apressado.

Ciro piscou devagar, aceitando a avaliação dela.

— Eu... não pensei que ele ordenaria que me matassem — disse.

A mãe ergueu a cabeça e tocou o joelho dele quando os escravos se puseram em movimento.

— Seu pai era rei, Ciro. Punha o império acima de todos nós. Não espero que o perdoe neste momento, enquanto tudo ainda está em carne viva, mas com o tempo você verá que ele foi um homem de grande honra. Ele viu quem você era, quem você se tornou. Optou por removê-lo. De certo modo, chega a ser um elogio.

— Ele cometeu um erro — protestou Ciro. — Sempre fui leal. Valorizo isso nos meus homens, honro em mim. Sou um príncipe que não será rei. Sempre soube disso. Nunca fui uma ameaça para Artaxerxes!

— Querido menino, um rei é aquele que remove a ameaça antes mesmo que ela saiba de si. O império leva paz e ajuda a milhões. O que é uma vida comparada àquela mão firme? Não desculpo seu pai, Ciro. Ele não me tirará meu amado menino em seu espasmo de morte. Eu o proíbo. Você virá a perdoá-lo com o tempo.

Ciro se sentiu um menino emburrado com as palavras dela. Resistiu à ânsia de discutir com a mulher que o salvara da morte naquela manhã. Enquanto os carregadores atravessavam o platô, passando por pomares regados por escravos e sombreados por redes contra o sol, ele percebeu que estaria morto naquele momento se a mãe não tivesse ido ao quartel. Seu sangue estaria profundamente embebido na areia do pátio. Era um pensamento de arrepiar. Em certo sentido, aquela era a primeira manhã de uma nova vida, um novo ramo, uma escolha feita. Ele ficou algum tempo calado, deixando o movimento da liteira acalmá-lo.

— Onde estão os meus homens, mãe? — perguntou dali a algum tempo.

— Todos mortos. Seu irmão mandou matá-los.

A mãe observou o filho com atenção, vendo o relâmpago de raiva que ele não conseguiu esconder.

— Pode condená-lo, Ciro? Você trouxe espartanos ao coração da capital do seu pai. Ele deveria tê-los mandado mansamente para casa? Quem sabe o que aqueles selvagens pensam? Não, nisso ele acertou, apesar do custo horrível. O seu irmão nem conseguiria isso sem... bem, agora não importa. Artaxerxes é rei, embora tenha começado mal. Dá uma ordem para que o matem e falha. Manda arqueiros matarem os seus homens e meio regimento é massacrado no ato, com um primo real e dois homens importantes entre os mortos.

Ciro deu um sorriso sombrio, sabendo que os espartamos gostariam que soubessem como tinham morrido. Mais do que tudo, consideravam a maneira que morriam tão importante quanto a maneira que viviam. Sussurrou uma rápida oração por eles aos seus deuses gregos, pedindo que fossem bem-vindos no Hades. A mãe se virou para observá-lo.

— Se conheço bem o seu irmão, ele se disporá a deixar o dia de ontem para trás. Foi um único dia ruim; agora, quem poderia dizer que aconteceu? Vivemos, é o que importa. Acredito que consigo convencê-lo a desfazer a ordem da sua execução e devolvê-lo à autoridade como comandante dos exércitos. Artaxerxes precisa de você, Ciro! Quem mais tem sido tão leal? Quem mais entende os nossos exércitos tão bem? Nossos inimigos vivem com medo por sua causa. Ele seria um tolo se o perdesse, e vou lhe dizer isso.

Ciro ergueu os olhos dos seus pensamentos e descobriu que os escravos o tinham levado ao quartel externo, por onde entrara a cavalo no dia anterior. Ele se virou para a mãe com uma das sobrancelhas erguidas, e ela suspirou.

— Permita que eu fale por você, Ciro. Não quero fazer o seu irmão recuar no primeiro dia como rei. Se eu o forçar a engolir o orgulho a seu respeito, ele vai se ressentir e passará meses zangado. Não duvido que Tissafernes já tenha lhe cochichado.

— Tissafernes lhe dirá que sou leal — disse Ciro, embora percebesse que não tinha fé nas palavras assim que as proferiu.

A mãe balançou a cabeça.

— Tissafernes é homem dele, Ciro. Sempre foi. Não é amigo seu.

Ciro fez uma careta, sentindo a traição como o rasgar de um músculo. Ele era um príncipe real. Era ridículo ter pensado que tinha amigos na corte, em vez de homens que tramavam por influência e poder. Sentiu mais uma vez saudade dos seus espartanos. Anaxis tinha sido um amigo, assim como Cínis. Era difícil acreditar que alguém tivesse matado os dois, sem falar do resto deles. Ciro sentiu uma alegria selvagem por terem cobrado um preço tão alto. Os seus espartanos carregavam uma lenda nos ombros. Gostariam de acrescentar algumas linhas a ela. Mais ainda, tinham compreendido a lealdade. Às vezes, parecia que ninguém mais compreendia.

Ele desceu da liteira e estendeu a mão para a mãe antes que os escravos se movessem. Parisátide pegou os dedos dele nos seus e andou com o filho até o portão. Ciro sabia que deixara Anaxis e os espartanos no pátio além dele. Quando uma rachadura de luz apareceu, não sabia o que esperar. Sua mão largou a da mãe quando olhou as paredes manchadas de sangue que se estendiam por sessenta passos até o outro lado.

Os corpos tinham sumido, mas o ar ainda estava cheio de moscas e cheirava a morte, fazendo os olhos arderem. Quando menino, Ciro visitara matadouros com o pai para observar o gado sangrar e ser morto. Sentiu o estômago se rebelar quando algo da mesma mistura de sangue e entranhas lhe voltou.

— Não avançarei com você, meu filho — disse a mãe. — Vou conversar com Artaxerxes.

Ela havia empalidecido com o fedor que vinha daquele lugar. Ciro viu que o olhar dela esvoaçava de uma mancha marrom a outra, nunca parando enquanto tentava não imaginar a violência que bramira naquele lugar poucas horas antes.

— Diga a ele que sou leal, mãe, que sempre fui leal. Nunca lhe dei razão para duvidar de mim. Diga a Tissafernes também.

— Direi, é claro. — A mãe levantou os braços e o puxou para um abraço. — Ele conhece o seu valor, meu filho. Eu lhe lembrarei tudo o que você fez. Volte ao seu trabalho agora e não tema os assassinos. Eu lhe escreverei quando tiver certeza.

Ciro fez que sim, beijou-a nos lábios e andou a passos largos pela areia, já quente sob as suas sandálias. Ele entrara com uma guarda de trezentos homens, com Tissafernes ao lado e o cavalo favorito sob si. Partia sem nada além da vida.

Não olhou para trás para ver a mãe ou os homens que fechavam um portão, nem os outros que abriam o da frente. Só podia torcer para que a autoridade dela o protegesse, embora temesse a flecha única nas costas a cada passo por aquele pátio que fedia a sangue. Havia pontas de flecha cintilando na areia, com cacos de lança e flocos de bronze que pareciam moedas de ouro. Ele lamentou os que tinham confiado na sua palavra. Ciro tinha certeza de uma única coisa quando o último portão se abriu e ele olhou a grande escadaria de pedra que levava à planície lá embaixo. Ele fora leal — ao pai, ao irmão. Em troca, eles o tinham atacado. E erraram, embora talvez algo tivesse morrido dentro dele no fim das contas.

Ele começou a descer correndo os degraus que subira tão facilmente a cavalo. A cidade de Persépolis se estendia pela planície, mas o mundo inteiro jazia além. Ele era conhecido em todo o império como comandante de todos os exércitos do pai. Assim, deixaria a capital do pai por algum tempo, e visitaria regimentos distantes e os oficiais que os comandavam — oficiais que tinham se ajoelhado diante de Ciro para lhe fazer o seu juramento.

Ele arreganhou os dentes enquanto descia cada vez mais depressa os degraus, deixando para trás o olhar fixo dos guardas, o cheiro de sangue e traição. Voltaria. Veria Tissafernes e o seu querido irmão outra vez, jurou para si. Se tivesse de formar um exército, formaria. O mensageiro do rei o encontrara em Susa, onde começava a Estrada Real que ia para oeste, para Sárdis. O que parecia um fim poderia, com a mesma facilidade, ser um começo. Era uma nova manhã, afinal de contas.

4

Ciro andava cambaleando rumo à fortaleza, afastada da trilha que ia para oeste. Estava coberto de poeira, os olhos vermelhos com o pó levantado e o suor da testa. Fazia dois dias que estava na estrada, sem comida e só com um pequeno odre de água. Aprendera a resistir com os espartanos até que ponto a pura força de vontade levaria um homem que estivesse suficientemente determinado — se ninguém jamais lhe dissesse que poderia se deitar e morrer.

Não havia rios naquela paisagem de montes marrons e chão seco. A própria fortaleza era feita de barro cozido e rodeada por um poço, a estrutura inteira parecendo ter brotado da terra como um osso velho. Ciro achou que esse era um dos lugares onde descansara com os espartanos, mas não tinha certeza. Temia encontrá-lo abandonado, o poço interno seco, os soldados ausentes de volta às suas tribos nos morros. Ele teve vontade de chorar quando viu movimento na alta muralha junto ao portão, mas não tinha água dentro de si e não conseguia chorar.

— Abra o portão — disse.

Sua voz era um sussurro, e ele recordou que tinha guardado um gole d'água para molhar a língua para esse momento. Desembrulhou a rolha e levantou o odre, mas não havia nada. Ele tomara até aquelas últimas gotas em algum ponto da estrada.

Ficou de pé, olhando lá em cima o soldado que o olhava de cara feia.

— Vá embora, mendigo — disse o homem. — Se eu descer daqui, vou lhe dar uma surra. Não me obrigue a me mexer neste calor. Fora!

— Preciso de água — grasnou-lhe Ciro.

O soldado olhou para o outro lado, mas todos os homens conheciam a dor da sede naquele lugar — e o valor da preciosa água onde havia tão pouca. Os rios eram veios de vida, e todos os homens viviam entre eles. Se acontecia de eles secarem durante a estação quente, as plantações se perdiam, aldeias inteiras viravam ossos e pele empoeirada, caladas na morte. Nos contrafortes, o soldado engoliu em seco e olhou para trás. Sem mais palavras, sumiu de vista.

Uma porta menor embutida no portão se abriu momentos depois. O guarda saiu, a espada desembainhada e os olhos desconfiados. Jogou para Ciro um odre meio cheio, quente como sangue, enquanto observava os morros em volta.

Ciro bebeu com avidez, deixando o líquido abençoado enchê-lo de vida e propósito. Conseguiu sentir a força de vontade retornar e pensou nas flores que viu serem regadas e que se abriam outra vez diante dos olhos. Água era vida, e ele ficou extremamente grato.

— Muito obrigado — disse. — Vou recompensá-lo pela gentileza com um desconhecido.

— Não há necessidade — respondeu o homem, estendendo a mão para pegar o odre.

Foi difícil devolvê-lo, mas Ciro não mostrou nenhum sinal dessa luta.

— Sou o príncipe Ciro da casa dos Aquemênidas, filho do rei Dario. Digo que há necessidade. Você salvou a minha vida. Como se chama? Qual o seu papel aqui?

O homem ficou paralisado com o choque, a crença escrita no rosto.

— Eu... Eu já vi o senhor — disse ele com espanto. — Quando passou por aqui com aqueles homens correndo como cães de caça. Eu vi o senhor! — Ele caiu de joelhos e tocou a testa no chão arenoso. — Meu senhor e príncipe — disse ele. — Perdoe-me. Não o reconheci.

— Levante-se, doador de água — disse Ciro. — Você ainda não me disse o seu nome.

— Parviz, Alteza. Mas que infortúnio lhe aconteceu para o senhor estar aqui sozinho? Sem sequer uma espada? Foram bandidos? Só temos quarenta homens aqui, e o comandante costuma ficar na cidade. Alteza, veio removê-lo do posto? Ele é um tolo preguiçoso, e não seria má decisão.

Ciro riu da rapidez do homem para defender as suas causas.

— Se sabe quem sou, sabe que está sob o meu comando, Parviz.

O homem começou a se ajoelhar de novo, mas Ciro o pegou pelo braço, e ele se pôs de pé, tremendo.

— Sei, é claro, Alteza.

— Tem cavalos?

— Seis belas montarias, meu senhor, embora uma seja manca. Sinto muito. Se soubéssemos que o senhor...

— Ficarei com as cinco que podem ser montadas. Tenho de chegar à cidade de Susa, onde começa a Estrada Real, Parviz. O seu dever é me ajudar, entende? Conhece Susa?

O homem fez que não, e Ciro engoliu um suspiro. Estava acostumado a voar pela noite em cavalos velozes, mas quase todos os súditos de seu pai viviam e morriam à distância de um dia a pé de onde tinham nascido. Para eles, colônias distantes como Índia, Egito e Trácia eram meros nomes.

— Fica a oeste... mais de doze dias daqui a cavalo. Portanto, reúna e arme três dos seus melhores homens. Você será o quarto e cavalgará ao meu lado. Consiga-me uma espada e uma lança, Parviz.

— Meu senhor, não temos nada que um príncipe desejaria carregar. Este é um lugar pobre.

— Não preciso de joias — disse Ciro. — Traga-me a lança de um caçador, a lâmina de um soldado. Sinto necessidade de caçar, cavalgar veloz e deixar esta poeira para trás. Gostaria de voltar a ver rios e florestas verdejantes.

— Obedeço, Alteza — disse Parviz.

Ele abriu a portinha e a deixou balançando enquanto saía correndo. Ciro fechou os olhos e ergueu o rosto para o sol.

Em Susa, Ciro deixou Parviz e os guardas com os cavalos e parou num agiota das legiões na rua dos reis. Fontes e pátios construídos pela glória de seu pai e avô estavam à sua volta, suas imagens observando em pedra branca. Lá dentro, assinou com seu nome, pressionou o sinete real num pedido de cem arqueiros de ouro e jogou a bolsa para Parviz. O seu mais novo servo arregalou os olhos ao ver aquilo e não resistiu a espiar o interior da bolsa e tocar as moedas. Enquanto Parviz trocava metade delas por prata, Ciro tirou um dia para se banhar e ter seus músculos massageados. Num palácio real, alfaiates o mediram para fazer roupas, e o governador local lhe trouxe as melhores montarias disponíveis. O príncipe comeu bem e abrigou os seus homens em quartos próximos às muralhas da cidade. Quando cumpriu as suas obrigações para com eles, Ciro foi até o quartel e campo de treino imperial.

Vestido de seda e ouro, foi imediatamente reconhecido pelos oficiais que promovera e treinara pessoalmente, que correram para fazer o que ele pedisse. O mendigo empoeirado das estradas do deserto tinha sumido, e ele era grato por isso. Com o passar dos anos, Ciro se orgulhara de raramente passar uma segunda noite na mesma cama, tendo visitado todos os comandantes e oficiais do império ocidental, desde os que guarneciam as muralhas da cidade de Sárdis até os soldados das montanhas distantes que guardavam um único santuário. Seu rosto era conhecido.

O quartel de Susa ficava no limite da cidade, onde antes a terra não tinha valor. O ouro persa fizera uma extensão de grama verde e prédios brancos, regados e mantidos por escravos, com mil homens treinando a qualquer momento. Ciro os fez ficar em formação e os inspecionou com Parviz ao seu lado.

Quando ficou sozinho com os oficiais do regimento, recebeu bebidas frescas e foi abanado na sombra. Todos os homens ali mantiveram uma conversa leve ao jantar, embora o observassem e aguardassem as suas ordens, perguntando-se o que o levara àquele lugar.

O príncipe manteve a expressão leve enquanto limpava a boca e se recostava. Virou-se para o polemarco, o comandante mais graduado.

— Polemarco Behrouz, precisarei de uma guarda pessoal, é claro. Seus homens servirão muito bem, pelo que vi. O senhor merece congratulações pela qualidade deles. Escolha... trezentos dos melhores para me acompanharem amanhã. — Ele se inclinou à frente enquanto o homem fazia que sim sobre as costeletas de cordeiro. — E, senhor, alguns homens se sentem tentados a afastar aqueles de quem não gostam: os preguiçosos, os reclamões, os homens de mau caráter. Saberei se isso aconteceu.

— O senhor só receberá de mim os melhores, Alteza, eu lhe juro. Para o filho do seu pai, não posso fazer menos.

Ciro fitou o homem, sem saber se a notícia da morte do pai tinha chegado àquele lugar. Era improvável, embora viesse a toda atrás dele. Certa vez, ele ouvira a história de um eclipse, em que o sol fora coberto por uma grande sombra. O velho que o descreveu aos jovens príncipes era um astrólogo, trazido por centenas de quilômetros para instruí-los. O detalhe que ficara na mente de Ciro era a lembrança assombrada que o homem contava de uma sombra que vinha correndo do horizonte em sua direção, mais veloz do que um cavalo a galope, cobrindo o mundo inteiro. A notícia do falecimento do pai era como essa linha de sombra. Não podia ser detida nem ultrapassada. Ela alcançaria todos eles, e mudaria o império na sua esteira.

O polemarco Behrouz do quartel real pareceu pouco à vontade com o silêncio à mesa e balbuciou enquanto Ciro tomava um gole de vinho tinto.

— Na verdade, Alteza, pensei que o senhor tinha vido por causa dessa questão com o espartano renegado. Juro que vamos expulsá-lo do império assim que chegarem reforços.

Ciro tomou um longo gole antes de responder. Seu pai sempre preferira negociar à mesa, pelas oportunidades de distração que permitia.

— Diga-me o que acha ser verdade — disse ele finalmente.

Behrouz corou, mas se postou para fazer o relatório ao superior.

— O sujeito comanda uns dois mil gregos, senhor. Dizem que eram um exército de Esparta enviado para proteger cidades gregas na Trácia, ao norte, de alguma pequena rebelião. Esse general mandou buscar esses homens em casa; eles vieram marchando para encontrá-lo e aceitaram o seu comando. Mas, Alteza, esse espartano é um tirano impiedoso, como todos sabem. Hoje mesmo preparei cartas para pedir mais homens.

— Como ele se chama? — perguntou Ciro.

— Clearco, meu senhor. O próprio povo da Trácia enviou cartas à Grécia perguntando por que esse homem, que massacrou uma aldeia sem razão, por que lhe deram um exército para fazer coisa muito pior.

— Já ouvi falar dele — disse Ciro.

Clearco fora um famoso governador de Bizâncio, nomeado quando os Trinta governavam Atenas. Quando eles caíram, ele foi junto. Era verdade que diziam que era um homem impiedoso, no sentido de que não via espaço para misericórdia ou compaixão. Ciro desejaria uma dúzia de homens como ele naquele momento. Sentiu uma empolgação crescente no peito e na barriga, como se o vinho fosse mais forte do que imaginara.

— Onde ele está agora, Behrouz, esse tirano de Esparta? Marchando de volta para casa?

— Alteza, pensei que tivesse sido por isso que o senhor veio a nós. Ele acampou nos morros, a menos de três dias de marcha desta cidade. Estamos prontos para defender as muralhas se ele vier, pode ter certeza.

— E ele tem dois mil espartanos? — perguntou Ciro.

— Capturamos um dos seus batedores, Alteza, esgueirando-se pelas muralhas de Susa. Ele disse que havia mais do que isso, embora os gregos sempre mintam.

Ciro percebeu que sorria.

— Sim. Nunca conheci um povo que tenha tanto prazer nisso quanto eles. O batedor ainda está vivo?

O oficial fez que sim, e Ciro se levantou de seu lugar e limpou a boca com um pano antes de largá-lo.

— Ótimo. Mostre-me onde o mantém... e me arranje um cavalo veloz.

Ciro inspirou profundamente e se forçou a se acalmar, invocando as lembranças dos espartanos que tinha conhecido e pedindo em silêncio a sua bênção e a sua ajuda. Anaxis o repreenderia pelo tremor das mãos, embora fosse mais por falta de sono e preocupação do que qualquer outra coisa.

Enquanto esperava dias em Susa que o general espartano viesse sob uma trégua, Ciro pôs camadas de império em torno de si. Rezou nos templos e tomou dois banhos por dia, mandou chamuscar e perfumar o cabelo. Treinou com espada e escudo como um soldado comum, embora só achasse poucos homens capazes de pô-lo à prova. O resto estava assombrado demais com o seu título, ou desdenhoso demais do trabalho braçal, físico. A disciplina e o exercício constantes que aprendeu com os espartanos azedaram sua indulgência com os soldados de Susa. Pareciam passar boa parte do tempo marchando em belos uniformes e pouquíssimo tempo no treino com armas. À noite, Ciro lia na biblioteca do palácio, mas não conseguia relaxar. O sono vinha agitado ou não vinha. O pai estava morto; o irmão governava o império. O mundo mudara. Havia horas em que Ciro achava que era o único que se lembrava de como tudo era antes.

Tempo suficiente se passou para a linha de sombra da morte do pai chegar a Susa. Ciro vira cavaleiros virem do deserto, a cidade começou um período de luto, e todos os homens desviavam os olhos dos dele. Talvez a mãe tivesse prevalecido sobre Artaxerxes; ele não tinha como saber. Ciro dormia com uma faca de cabo de pérola na mão para o caso de que ela não tivesse, embora duvidasse que conseguisse ouvir o assassino antes que fosse tarde demais. A ideia encheu seu estômago de ácido amargo, e ele soltou um arroto. Sentia-se pouco à vontade naquela noite, menos seguro do si na presença do espartano do que o normal.

O general Clearco se sentou como se fosse pular em combate a qualquer momento. De peito largo e com cicatrizes nos braços, o homem usava uma capa vermelha sobre o peitoral de bronze e o saiote e as grevas de couro. As coxas estavam nuas, muito musculosas, como as de um lutador. Ele se recostou como um gato que descansasse ao sol, com suprema confiança na própria força. Clearco não barganhara os termos da trégua; ele meramente entrou em Susa a pé para encontrar o príncipe com apenas dois companheiros, e deixou os dois no lado de fora. Afinal de contas, não estavam em guerra.

Ciro sentia uma tensão incômoda, talvez porque parte da mente soubesse que o general era uma ameaça e não fecharia um único olho na sua presença. Mas, a seu modo, a ameaça era sincera. Era uma coisa que Ciro apreciava nos soldados daquela cidade específica. Os atenienses discutiriam com qualquer um só por discutir. Pareciam gostar de nós tortuosos e escolhas morais difíceis. Os persas eram mais parecidos do que a maioria gostaria de admitir. Com os próprios olhos, Ciro já vira mercadores ignorarem filas de compradores para barganharem com o único freguês que tentara negociar o preço.

Em comparação, os espartanos exibiam abertamente o seu orgulho, embora os inimigos o chamassem de arrogância. Escolhiam a simplicidade em tudo, ou seja, não mentiriam nem enganariam, como questão de honra pessoal, para poupar os sentimentos dos amigos nem para incentivar os fracos. Quem não quisesse uma resposta franca de um espartano faria melhor se não perguntasse. Ciro percebeu que sorria com a ideia, embora soubesse que a sua expressão estava sendo observada e julgada.

— O senhor pede muito — disse Clearco. — Para um homem que já perdeu trezentos do meu povo.

Ciro sentiu a raiva subir nele com aquelas palavras, com a insinuação de que tinha sido sua culpa. Mas se recostou na cadeira, forçando-se a relaxar.

— Já expliquei isso. Também mandei os salários deles aos éforos de Esparta até o dia em que foram mortos.

— Então o senhor via Anaxis como um mercenário — disse Clearco suavemente.

— Ele era um mercenário — respondeu Ciro. — Se me chamava de amigo ou se eu o chamava assim, isso ficava entre nós. Cumpri a minha responsabilidade; e lembro-lhe, Clearco, que foi o apoio do meu pai, o ouro da minha família, que o auxiliou em todas as suas campanhas. Esparta conseguiria pôr o seu Conselho dos Trinta para governar Atenas sem mim?

— Não falo por Esparta, principalmente este ano, quando sou chamado de tirano pelos tolos em casa. Não. Tudo tem a sua hora — disse Clearco. — Agora mesmo, os atenienses gritam outra vez na sua ágora, afirmando que arrancaram a democracia das nossas mãos indispostas. Generais leais são assassinados por escravos, e os homens de bem são desonrados, privados da autoridade por aqueles que nem sequer conheceram o comando. — Ele suspirou e esfregou o alto do nariz. — Se os atenienses governam Atenas outra vez, lutamos para vencer o quê? O que mudou?

— Esse é um argumento para não fazer nada — disse Ciro, desconfiando que o homem o testava. Muito bem, ele seria igualmente franco. — Todas as vidas são breves. Então por que fazer qualquer coisa além de dormir ao sol? Todos terminamos no mesmo lugar. Mas, quando temos orgulho, lutamos até o último suspiro. Eu o conheço muito bem, Clearco. Como você me conhece. O que importa é que as armas e as leis espartanas dominaram toda a Grécia por algum tempo. Que os cachorrinhos latam agora e se digam vitoriosos. Alguns de nós se lembram de como foi. Trinta espartanos governaram Atenas, com três mil atenienses para cumprir as suas ordens. Você deu a todos eles um vislumbre de grandeza. Eles não esquecerão isso tão facilmente.

Clearco deu uma risadinha, recostando-se na cadeira.

— Vejo que o senhor ainda gosta de discutir. É quase grego nisso. — Ele sorriu com a mudança de expressão do príncipe. — Acredite, foi um elogio. Não, não busco negar a nossa dívida de honra, Alteza. O senhor tem sido um amigo para mim, para Esparta... e para a Grécia. Busquei meramente me assegurar de que o senhor não desperdiçou os homens que o acompanharam. Conheci bem Anaxis. Lamento a sua perda.

— Você o verá de novo — disse Ciro.

O espartano fez que sim.

— Verei — disse ele com certeza absoluta, os olhos escuros no rosto queimado de sol. — Ele não se afastará do rio, não importa o quanto eu o faça esperar. Eu lhe direi que o senhor mandou a notícia a Esparta, para que o nome dele pudesse ser marcado no muro branco... e o pagamento pela sua morte, que servirá para alimentar os filhos e filhas de Esparta enquanto crescem. E é claro que lhe direi que o senhor veio a mim pedindo ajuda para a sua vingança... e que não a neguei.

— Terei de mentir para muitos que vierem comigo — disse Ciro muito sério. — Entende? Queria que você soubesse a verdade do que pretendo.

— Então a sua avaliação foi correta. Eu não perdoaria uma mentira sua, Alteza — respondeu Clearco. — O senhor compra o meu serviço e conquista a minha amizade. Não o decepcionarei, mas também não mentirei pelo senhor. Se os outros oficiais me perguntarem por que está reunindo uma dúzia de pequenos exércitos para marchar pelos desertos do seu Império Persa, mandarei lhe perguntarem e direi que sou um simples soldado, que fico onde me mandam ficar e mato quando me mandam matar.

Ciro piscou com a intensidade do homem sentado à sua frente. Clearco era como um leão com as garras recolhidas e que, mesmo assim, sabia que ainda era um leão.

— Você deveria me permitir que lhe comprasse um cavalo — disse Ciro, para conseguir tempo e organizar os pensamentos. — Não é apropriado que um general caminhe ao lado dos seus homens.

— Em Esparta, é — disse Clearco. — Vou andando. — Ele se remexeu, pouco à vontade. — Na verdade, não gosto de cavalos. Eles me espreitam.

— Tem medo de cavalos? — perguntou Ciro espantado, sem pensar.

O general espartano ficou muito imóvel, como se o tempo parasse. Ciro engoliu em seco.

— Não tenho *medo* de nada — disse Clearco. — Não *gosto* de cavalos. É bem diferente.

Ciro percebeu que prendia a respiração e soltou o ar lentamente.

— Sim, é claro. Não é a mesma coisa.

Clearco o olhou por algum tempo. Pareceu satisfeito com o que viu.

— Talvez devêssemos discutir o pagamento — disse ele.

Ciro ergueu os olhos.

— Você vai me servir?

— Por um dárico de ouro por mês, por homem, ou 26 dracmas de prata, sim. Elevado para um dárico e meio por dia em combate ou em períodos de serviço extremamente árduo. Tenho dois mil esparciatas, uns oitocentos escravos hilotas e alguns periecos, guerreiros de classe inferior. Sugiro meio soldo para os periecos. Os hilotas, naturalmente, só precisarão de comida e equipamento.

— É claro — concordou Ciro.

Os termos eram justos, não mais do que ele já pagara, embora sentisse que o general os considerasse uma irrelevância.

— Porei meu selo em dez mil dáricos, general. Será suficiente?

A quantia era imensa, e Clearco cuidou para não engasgar com o vinho. Ele limpou o queixo.

— É suficiente, sim, Alteza. Por essa quantia, o senhor será homenageado em casa... e temido pelos seus inimigos.

— Você descreve as únicas coisas de valor no mundo, general — disse Ciro, sondando o homem. — Ouro e prata são assim tão importantes em comparação?

Para sua surpresa, Clearco deu uma risadinha.

— Aí fala aquele que nunca sepultou um filho no inverno, quando não havia comida. É claro que são importantes. O seu ouro pagará pelo treinamento dos espartanos, pela chance de o nosso povo sobreviver e viver em paz no vale do Eurotas. Nenhum exército estrangeiro entrou na nossa terra, a côncava Lacedemônia, desde que descobrimos o nosso modo de vida, há seiscentos anos. — Ele parou, considerando o interlocutor. — Embora os persas tenham chegado bem perto.

Ciro inclinou a cabeça, aceitando o cumprimento como fora pretendido.

— Mas para você. Era o que eu queria dizer. Você serve por ouro?

Clearco se inclinou à frente, descansando os antebraços nos joelhos.

— Cada um dos meus homens tem entre vinte e sessenta anos. Marchamos e lutamos pela Lacedemônia por quarenta anos, porque é... água derramada em pedra quente, o nosso lar. Tem de ser sempre renovada, senão sumirá como se nunca tivesse existido.

— E quando voltar para lá, quando tiver servido, e então?

— Quando voltarmos, seremos alimentados e poderemos ficar em paz, embora os meninos zombem dos soldados velhos que dormem. Sempre foi assim... todos os meninos são tolos. — Ele sorriu e passou a mão no rosto. — Ainda não encontrei um modo de passar a vida melhor do que o nosso, Alteza. O seu ouro compra o meu serviço, sim, mas, além disso, o senhor terá o prazer de ver espartanos em combate. É uma dádiva rara que vale mais do que meras moedas. Afinal de contas, a maioria dos homens só vê isso uma única vez e nunca mais.

Ele se recostou, e Ciro sorriu com ele, o feitiço quebrado.

— Vinho, aqui — gritou Ciro aos criados. — Temos de erguer a taça a essa dádiva rara.

Quando ele se voltou para o espartano, sua expressão ficou séria.

— Obrigado, general. Quando o ouço falar, sinto ainda mais saudade de Anaxis.

— Lute bem e, talvez, algum dia o senhor mesmo possa lhe dizer isso — comentou Clearco.

— Sou um príncipe persa, embora a minha situação talvez esteja incerta este ano.

— Há príncipes no Hades, meu senhor. Eu mesmo pus um ou dois deles lá.

— Agora você se diverte à minha custa — disse Ciro.

— É verdade, Alteza. — O espartano bebeu da taça e estalou os lábios com prazer. — Conheço este vinho. É de casa.

Ciro sorriu, contente porque o seu gesto não foi desperdiçado.

— Feito pelo sol, pelo solo e pela vinha. — Ele levantou a taça, e o espartano copiou o gesto.

— Aos que já foram. Que voltemos a vê-los — disse Clearco.

Sem mais palavras, eles tocaram as taças e beberam até o fim.

5

Xenofonte abriu a porta da rua e entrou, empurrando-a com as costas até fechar. O rapaz estava corado, com cara de raiva, o seu quíton e a capa com marcas escuras. Enquanto respirava fundo, algo molhado e imundo escorregou da bainha e caiu no chão de pedra.

O ateniense dono da casinha ergueu os olhos da mesa coberta com uma dúzia de diferentes tipos de folhas e talos verdes, além de várias cavalinhas que ele desossava com a faca. Era um homem baixo e robusto, de cabelo branco e o topo da cabeça calvo, tão castanho e sardento quanto couro velho. Apesar da idade, dava a impressão de força, com braços e peito poderosos e pernas levemente curvadas aparecendo nuas sob a mesa.

— Xenofonte! — gritou Sócrates com prazer, contornando a mesa e limpando as mãos no avental antes de estendê-las em saudação. — Veio jantar conosco? Tenho uma receita cretense com folhas de louro... e figos maduros para mais tarde.

Antes que o rapaz respondesse, Sócrates o puxou para um abraço com grande entusiasmo, quase tirando-o do chão. Contra a vontade, Xenofonte sentiu o seu humor começar a melhorar.

— Xântipe! — rugiu Sócrates por sobre o ombro. — Mais um para o jantar! — Ele ficou imóvel um momento, escutando. — Onde *está* aquela moça? Será demais pedir que ela cumprimente as minhas visitas? Estou até os cotovelos de peixe. A sua capa está molhada ali. Está chovendo? Não, eu teria escutado. Eu teria sentido...

O telhado está com goteiras outra vez, e também sou culpado por isso. Portanto, sem chuva. Vejo que você sorri agora, enquanto busco os seus segredos, mas você não estava sorrindo antes. São aquelas gangues de políticos, aquelas crianças, é claro.

— Não são crianças, Sócrates. Eles ficam mais ousados e mais cruéis cada vez que me veem na rua. Vivem e se multiplicam como ratos.

— Melhor que joguem frutas do que pedras, velho amigo.

— Foram ambas, frutas e pedras — disse Xenofonte.

Ele cerrou o punho e puxou para trás a capa manchada para revelar uma cópis espartana no quadril. Sócrates assoviou baixinho.

— Essa não é uma arma para as ruas de Atenas. Se puxar uma lâmina espartana à sombra da Acrópole, o que fará com ela?

— Eles são uma turba violenta! Eles me vigiam, passam a notícia e se reúnem aonde quer que eu vá. Ouço os seus passos ressoando nos becos, e então aparecem, rugindo para mim, me mostrando a boca vermelha! Cuspindo! Quer que eu ande desarmado entre pedras que voam e jovens que gritam? — indagou Xenofonte. Ele baixou a cabeça. O bom humor sumira dentro dele, de modo que ficou novamente teimoso e agitado. — Quando estava no conselho, eu tinha o direito de carregar armas. Isso não me foi tirado, como tantas outras coisas. Você me quer indefeso?

Sem emitir uma palavra, Sócrates o pegou pelo braço e o levou mais para dentro do cômodo que era o centro da casa, com uma escada bamba até o único quarto de dormir acima. Xenofonte se abaixou de repente, mal evitando uma viga baixa em que já tinha batido muitas vezes. Ele fechou a cara, e o amigo deu uma risadinha.

— Viu como é melhor ser baixo?

— Eu não tinha esse problema na sua casa antiga — disse Xenofonte. — Pelo menos lá eu podia ficar ereto.

— Mas o aluguel! Aquela velha, dona do lugar, me espremeu feito uma ameixa.

Ele pegou dois figos na mesa e gesticulou com eles, fazendo Xenofonte se encolher. Sócrates suspirou.

— Quando eu era pedreiro, comia e dormia como um rei. Quando eu era soldado também. Você não me conhecia na época, quando força e habilidade com a espada eram tudo o que eu tinha. Três campanhas, Xenofonte. Três vezes, pisei na pista de dança de Ares pelos meus senhores... e salvei a vida de Alcebíades!

— É mesmo? Você nunca me contou — respondeu Xenofonte secamente.

Sócrates lhe deu um tapinha no ombro, fazendo-o cambalear.

— Já contei a história vezes demais, eu sei, embora uma boa história seja uma obra de arte, como uma estátua. É o polimento que conta, tanto quanto a pedra.

— As mentiras.

— Não, não é a mesma coisa. O polimento. Mas voltemos aos seus problemas, meu amigo. Todo dia você suporta essas implicâncias e insultos à sua honra. Diz que estão piorando. Você me mostra uma cópis espartana como se fosse usá-la, embora os seus inimigos sejam jovens demais para atacar com honra. Vai correr atrás deles e matar crianças?

— Eles não são crianças — respondeu Xenofonte.

— São homens, então? Barbados e treinados? Armados para a guerra?

Xenofonte fez que não com a cabeça, recordando os membros esfarrapados da gangue que corria para cima dele. Sabia que Sócrates exigia que respondesse em voz alta e suspirou.

— Não, não eram homens.

Sócrates balançou a cabeça, levantando o dedo para reforçar a questão.

— Ameaçar com uma lâmina que você não usará parece a ação de um fraco... e, meu amigo, você não é fraco. A sua intenção é brandir um pedaço de ferro afiado para que cubram os olhos e se curvem diante de você?

— Não — respondeu Xenofonte com relutância. — Mas achei que poderia.

— É uma boa ideia pensar bem nas coisas antes de ser preso por lesão ou homicídio, é o que sempre achei. Tome, pique estes para mim, o menor que conseguir. Não as folhas de louro, elas são apenas um condimento. Ah, as verduras... Elas são a matéria-prima da vida! O vigor da azedinha e da urtiga, do amaranto e da ervilhaca, da chicória e da erva-moura.

— Essa última não é veneno? — perguntou Xenofonte enquanto pegava a faca e começava a picar.

— A erva-moura? Não se for colhida madura e depois fervida, como fiz. Eu poria em risco a vida dos meus meninos? Do meu nobre hóspede? Não. O mundo inteiro é uma despensa para o homem com olhos que conseguem ver, com mãos que podem separar as folhas boas do mero capim. Pergunte-me quanto custou essa refeição, Xenofonte, essa refeição que alimentará a minha mulher, os meus filhos, o meu convidado e o meu próprio apetite, que com demasiada frequência é o meu senhor e nunca meu escravo?

Xenofonte olhou a série de cavalinhas, mais de uma dúzia de peixes disposta na bancada. Mas ele conhecia bem demais o filósofo.

— Nem uma única moeda — respondeu.

— Nem uma única moeda! — repetiu Sócrates enquanto ele falava. — Ah, você é um oráculo! O velho Anatole, lá no cais, me deu o peixe em troca da minha ajuda para remendar a sua rede. Os nós são muito interessantes, e ganhei uma nova habilidade que vale mais do que alguns peixes. Ele achou que estava me pagando pelo meu trabalho. — Ele se inclinou para mais perto, a voz caindo até um murmúrio conspirador. — Na verdade, eu é que deveria pagar. Não é? — Com prazer, ele bateu a mão forte na mesa de madeira, fazendo a sala toda balançar.

Xenofonte ergueu os olhos com um tumulto vindo de cima. Gostaria que o seu velho mestre aceitasse um presente, ou mesmo um empréstimo, para morar num lugar melhor de Atenas, mas Sócrates não queria saber disso. Uma discussão começou no vizinho, do outro lado da parede, bastante audível mesmo quando Sócrates continuou.

— Mas você me distrai, Xenofonte, com essa conversa de ervas e pescadores. Voltemos ao seu problema. Não gosto de ver você zangado. Portanto... se não vai atacar esses jovens imberbes, se não vai ameaçá-los como uma velha senhora, que tal reuni-los e lhes explicar que não deveriam zombar e jogar pedras?

— Acho que não farei isso. Minha dignidade não sobreviveria.

— Isso é verdade. Meninos podem ser rudes, como ainda me lembro. Zombariam de uma mão gentil. Ainda assim... você não será rude. Usará uma vara? Vai lhes dar um pontapé? Melhor do que uma cópis, penso eu.

— Talvez — disse Xenofonte com satisfação, imaginando a cena.

Ele picava as verduras enquanto falava, os movimentos rápidos e seguros ao pôr cada punhado numa vasilha enorme, pronta para a família.

— Trouxe vinho? — perguntou Sócrates.

Xenofonte fez que não, sem graça. O filósofo deu de ombros, puxou um odre velho de debaixo da mesa e tirou a tampa.

— Não importa, há um pouco aqui. Homens de palavras não podem falar a seco. Serei um asno ou bode para beber água? Não, um homem bebe vinho para aquecer o sangue, para sair de si e olhar para trás com o juízo dos outros. Esse êxtase, esse *ekstasis*, esse movimento de sair de si, esse é o segredo da boa vida, meu amigo. Não podemos ser sempre quem somos. É cansativo demais.

Xenofonte percebeu que sorria enquanto o velho punha dois copos diante dele e os enchia.

— Minha querida Xântipe não vê o valor do odre, não como vejo. Ela... — Sócrates pensou melhor no que ia dizer quando a esposa desceu a escada. — Minha flor mais querida, Xenofonte consentiu em se unir a nós para a refeição da noite. Não me ouviu chamar?

— Ouvi — disse Xântipe com rispidez. Ela parecia irritada, e Xenofonte desviou os olhos, permitindo-lhes intimidade. — Os meninos estavam lá fora no telhado do vizinho de novo, sabia?

— Minha amada, temos um convidado. E meninos escalam mesmo. É da natureza deles.

— Hum. Quando são incentivados, talvez. Seja bem-vindo ao nosso lar, conselheiro, do jeito que está — disse Xântipe.

Xenofonte fez uma profunda reverência e tocou as bochechas dela com as suas, embora as mãos estivessem cheias de fios e gavinhas verdes.

— Obrigado — disse ele. — Embora infelizmente não haja mais conselho. Seu marido estava me ajudando com um problema.

— Ah, sim, ele é muito bom em resolver os problemas dos outros — disse ela.

— Meu figuinho doce, abri o último odre de vinho — disse Sócrates. — Você me buscaria mais dois na lojinha do velho Délios?

— Buscarei se você tiver dinheiro para pagar — disse ela.

— Ele é amigo, meu amor. Diga-lhe que pagarei na semana que vem.

— Ele disse que você tem de pagar pelo mês passado antes que ele lhe dê mais.

— Mesmo assim — insistiu Sócrates. — Diga-lhe que tenho um velho amigo para o jantar. Ele entenderá.

Xenofonte estendeu a mão para a bolsa, mas sentiu o braço ser agarrado por dedos que trabalharam com marreta e cinzel desde a juventude.

— Você é meu convidado — disse Sócrates baixinho. — Não pegue as suas moedas nesta casa.

— É só que eu deveria ter me lembrado de trazer.

— Estamos onde estamos — disse Sócrates dando de ombros.

— Deixe-me o meu orgulho, a minha tola vaidade. Três alunos novos me procuraram na semana passada.

— Você deveria ter lhes ensinado a esculpir a pedra — disse Xântipe. — Pelo menos, lhe pagariam por isso. Ou como usar lança e escudo. Não por todas as suas perguntas. Eles não lhe pagam nada pelo que você lhes dá gratuitamente.

— Vai buscar o vinho, minha romãzinha? — perguntou Sócrates, a voz endurecendo.

Xântipe decidiu que já forçara demais e saiu, batendo a porta com força.

— Ela é... uma mulher impetuosa — disse Sócrates. Ele olhou a porta com adoração. — Eu não a mereço.

— A filosofia realmente gera tão pouco? — perguntou Xenofonte. — Posso pagar, como seu aluno, se me permitir. Eu disse isso quando você saiu da sua última casa.

— Sou um homem orgulhoso — disse Sócrates. — Como todos os atenienses. Não gosto de andar com as mãos estendidas, dizendo "alimente-me", "vista-me", a outros homens. Não. Faço o meu *próprio* caminho. Vivo da minha inteligência. Alimento os meninos e minha mulher, e se houver algumas dívidas e meses difíceis, e daí? Temos um tempo de vida tão breve, Xenofonte! Eu deveria desperdiçar o dia com preocupações? Quando dormir hoje à noite, puf, posso ir embora num sopro. Minha querida Xântipe pode me achar fria amanhã, a minha mulher viúva e chorosa, os meus filhos forçados a serem escravos ou a morrer de fome. Mas, como pedreiro, eu poderia morrer dormindo, e o resultado seria o mesmo. Poderia morrer no campo de batalha, e eles sofreriam do mesmo modo. Em vez disso, faço as minhas perguntas e, às vezes, os homens veem verdades que antes não conseguiam ver. Isso pode ser sua própria recompensa, Xenofonte...

— Então me pergunte — disse Xenofonte, sombrio.

— Você já sabe a verdade. O meu desejo é só arrancá-la, fazer você segurá-la diante dos olhos para realmente ver. Alguns homens não suportam a luz e ficam estranhamente raivosos quando olham nessa direção. Crítias foi um desses, e a sua raiva foi seu erro, no final. Que a sua alma tenha paz.

Xenofonte baixou a cabeça com a lembrança. Sócrates fez que sim, como se concordasse consigo mesmo.

— Você é feito de matéria-prima melhor do que a dele, acho eu. Muito bem.

Os dois homens se encararam, um de cada lado da mesa, o peixe e as verduras picadas esquecidos.

— Por que os jovens das ruas lhe jogam pedras e frutas podres?

— Porque se permite que corram soltos. Porque esta não é uma parte rica da cidade. Não há ordem aqui.

— Eles jogam pedras em todos os que passam nesta rua?

Houve silêncio até Xenofonte fazer que não.

— Então, por que você, meu amigo?

— Você sabe muito bem por quê.

— Ainda assim, gostaria de ouvi-lo dizer.

— Eles me viram muitas vezes neste lugar. Sabem o meu nome.

— Eles odeiam o seu nome, então? Com certeza, devem odiar, para jogar pedras nele.

— Eles me veem como traidor — murmurou Xenofonte, corando.

— Então não é o seu nome, mas o que você fez?

— Não fiz nada de errado. Nada!

— Então por que eles acreditam que você é um traidor?

Xenofonte levantou as mãos.

— Vim procurá-lo como amigo, não como aluno. Não estou com humor para isso hoje. Por que não servir o resto do vinho ou me deixar comprar mais? Podemos falar de qualquer outra coisa. Que eu deixe isso lá fora na rua, na sarjeta.

Sócrates empilhou o peixe e as verduras picadas na vasilha com uma fatia de queijo branco. Despejou azeite até tudo brilhar e depois esfarelou grossas pitadas de sal entre os dedos.

— É melhor fazer isso enquanto minha amada está fora de casa. Ela diz que uso sal demais, e é verdade, mas o que é a vida sem ele? E, meu amigo, você não me visita há um mês, embora toda a cidade esteja fervendo. Hoje você veio atrás de respostas, talvez de conselhos. Portanto, como os vendedores de caracóis com seus palitinhos de osso, vamos procurar a carne lá dentro.

A porta se abriu de novo, e a esposa do filósofo retornou. Ela olhou com raiva a grande vasilha e os dois homens enquanto punha duas ânforas de cerâmica cheias de vinho na mesa entre eles.

— Délios disse que tem de ser pago, senão não haverá mais, e que ele não é um agiota. Disse que você beberia até deixá-lo pobre, se ele permitisse.

— Ele é um amigo querido, um herói entre os homens — disse Sócrates com satisfação.

Ele tirou as duas tampas de argila e couro, farejando-as com prazer.

— São novas, cruas e jovens, meu amor. São as primeiras semanas de um casamento, novos amigos, novos amores, novos triunfos!

A mulher fungou, embora não resistisse quando ele a abraçou. Xenofonte nunca gostara dos modos dela com Sócrates. Parecia que Xântipe achava o marido irritante e constrangedor, mas eles tinham criado três filhos juntos. Embora estivesse presente no comportamento dela, o fio real de amargura era quase sufocado pelo seu amor pelo homem robusto que a beijava tão sonoramente naquela cozinha.

— Chame os meninos, querida — disse Sócrates. — O conselheiro estava me explicando a raiva dele.

— O conselho foi dissolvido — disse Xenofonte com cautela. — Não tenho nenhum cargo agora.

Ele estava familiarizado com as perguntas certeiras e ainda não se dispunha a examinar melhor o assunto, embora parecesse que Sócrates tinha esquecido a sua objeção.

— Então a cidade não precisa de um conselho? Não restam bons homens em Atenas para assumir as obras públicas?

Sócrates lhe passou um copo do vinho novo, e Xenofonte tomou um gole, sentando-se à mesa enquanto Xântipe berrava pelos filhos e arrumava vasilhas, colheres e facas para todos. Ela acendeu uma lamparina a óleo, e o cômodo clareou-se em ouro.

— Por que tenho de dizer o que você já sabe? — perguntou Xenofonte.

— Por que você tem de resistir? Você vê o que você é?

Xenofonte trincou os dentes, o seu estado de espírito escurecendo enquanto a sala clareava.

— Muito bem. O conselho foi dissolvido quando os espartanos foram derrubados. É o que quer ouvir? Os Trinta foram presos, e a maioria deles foi morta nas ruas pela multidão. Crítias, o seu aluno espartano, foi enforcado. É por isso que não há mais conselho.

— E você, meu amigo? — perguntou Sócrates baixinho.

Enquanto ele falava, seus três filhos desceram a escada fazendo barulho, arrastando os pés e rindo, embora se sentassem em silêncio ao ver o pai com o convidado.

— O que sobre mim?

— Como você está vivo? Como sobreviveu à rebelião que arrancou os estandartes espartanos?

— Fui perdoado com outros três mil.

Xenofonte cerrou o punho ao falar, e Sócrates estendeu o braço e deu tapinhas carinhosos na mão trêmula pousada na mesa.

A comida foi servida, e Xântipe agradeceu à deusa Deméter e às ninfas do mar por fornecerem a sua comida. Dois meninos eram altos e magros como varas, enquanto o último poderia ser uma versão mais jovem do pai, com uma massa espessa de cabelo preto. Os três meninos se puseram a comer como cães famintos, limpando cada gota de azeite com crostas de pão seco.

— Se foi perdoado, então por que gritam contra você nas ruas? — perguntou Sócrates. — Por que lhe jogam pedras e frutas?

Xenofonte baixou a cabeça.

— Os pais de alguns morreram por ordem dos Trinta. Eles culpam a nós, que os ajudamos no trabalho, embora só quiséssemos ordem e a melhor maneira de viver. O que a democracia nos trouxe, além de destruição? Quantos homens de Atenas perdemos em Siracusa? Quantos mais apodreceram nas prisões das cavernas? Três vezes, Esparta veio a nós e disse: "Somos todos gregos. Vamos dar fim à guerra entre nós." Três vezes, o voto democrático de Atenas desdenhou esse gesto nobre. Mesmo quando estávamos perdendo, eles vieram nos oferecer a paz, e a rejeitamos.

— E você se zangou com eles? Achou que os espartanos eram mais nobres?

— Achei, porque eram. Essa não é uma opinião. Atenas deu voz à turba... e o que a turba quer além de viver sem trabalhar, deitar-se ao sol, receber o que não merece? É claro que me uni aos Trinta no seu trabalho. E estava certo.

— E agora? O povo de Atenas o perdoou?

— Não. Eles me atormentam. Depois de tudo o que fiz por eles, me veem como inimigo! Ocupamos o poder durante um único ano na longa história de Atenas, Sócrates. E, durante esse tempo, houve pão e grandes peças foram apresentadas. Não houve revoltas na cidade por meses. Nenhum criminoso teve permissão de escolher como morreria! Os que ameaçaram a paz foram mortos, e em consequência houve paz.

— Então a violência acabou? — perguntou Sócrates, quase num sussurro. — Quando esses criminosos foram executados?

Xenofonte soltou o ar, a cabeça afundando até o peito. Até os meninos tinham parado de comer para ouvir.

— Piorou. Dia a dia, mês a mês. Achamos que, se matássemos os líderes, o resto se acalmaria e obedeceria à lei, mas eles continuaram brotando. Primeiro, foram os filhos e tios dos agitadores, depois eles se multiplicaram como as cabeças da Hidra. Em todas as ruas, homens que não conhecíamos se levantaram para falar à multidão. Mandamos que se dispersassem, e não fomos gentis. Impusemos um toque de recolher à noite na cidade inteira e enforcamos cada vez mais gente.

— Mas houve paz no final? — perguntou Sócrates.

— Não. Eles se levantaram com tochas e ferros. Em todas as ruas, mataram os Trinta no leito, assassinaram, saquearam e... — Ele se sacudiu, para livrar-se das lembranças.

— Mas depois o perdoaram? Já se passou, o quê, quase outro ano? Devem ter deixado aqueles dias sombrios para trás. Com certeza reconstruíram as muralhas demolidas pelos espartanos para desnudar nossa submissão para toda a Grécia ver?

Xenofonte olhou em volta, a mulher de rosto duro, os três filhos a observá-lo com fascínio enquanto passavam o dedo nas vasilhas vazias, para não perder nada. E fez que não.

— As muralhas foram deixadas em escombros, as pedras levadas para fazer novas casas. E, não, eles não me perdoaram. Agora há oradores que clamam por novas punições para os que ajudaram os Trinta, pela anulação de todos os perdões. Dizem que foram lenientes demais.

Ninguém interrompeu o silêncio que se seguiu até Xenofonte voltar a falar:

— Não sei o que fazer. Não posso fugir, mas, se ficar, acho que isso não vai acabar bem.

— Você não tem esposa nem filhos, Xenofonte. A sua vida é só sua. Que idade você tem, trinta?

— Vinte e seis! — respondeu ele.

Sócrates deu uma risadinha.

— Um dia, conversaremos sobre vaidade, meu amigo. Até lá, veja a sua vida agora como ela é. O que você fará? Continuará como sempre foi? Que mudanças pode fazer?

Xenofonte endireitou as costas e aceitou outro copo, embora o vinho fizesse os seus sentidos oscilarem. Tentou sair de si e ver os seus dias como se observasse um desconhecido. O poder do vinho era exatamente o que Sócrates tentava fazer, para que grandes revelações venham aos que têm coragem de responder com franqueza.

— Tenho de partir de Atenas — disse ele. — Embora seja o meu lar, tenho de partir.

Ele disse as palavras quase em transe. Sócrates sorriu para ele e pegou seu antebraço sobre a mesa.

— Não para sempre. Até mesmo os atenienses esquecem e perdoam no fim. Você é jovem, Xenofonte, e marcha no mesmo lugar com medo e preocupação sobre os ombros. Jogue essas coisas fora!

Veja o mundo. Com o tempo, você retornará. Eles terão esquecido toda essa turbulência, eu lhe juro. Assim são os homens. Vá para longe e prospere. Traga histórias de volta para entreter a minha amada esposa.

Xenofonte se levantou e abraçou o homem mais velho.

— Tudo o que sempre pedi foi aprender a viver melhor — disse ele. — Você sempre soube o que só posso vislumbrar. Eles deviam ser liderados por você, Sócrates. Então Atenas seria grande.

— Ah, rapaz, ela é grande agora! Gostaria que você pudesse ver. Se confia em meu juízo até agora, você deveria dar um pouco mais de valor à voz do povo. Crítias era igual. Amanhã darei aula a um rapaz que me diz que o homem precisa ter os seus guardiões, assim como as ovelhas precisam de pastores. Por que todos os meus melhores alunos não veem valor nas nossas discussões atenienses, nos nossos questionamentos? O resto do mundo está cheio de tiranos e guardiões do povo. Reis são como abelhas, enxameiam em grande número! Só em Atenas damos voz ao jovem, ao pobre, ao inteligente. Ao feio como eu, sem riqueza nem patronos. Meu menino, o que temos aqui é uma flor sob o sol do meio-dia, mais frágil do que o vidro.

— Os deuses nos aconselham e nos governam — disse Xenofonte, sério. — Como um pai instrui os filhos. Os reis e líderes não passam da natureza do homem que repete essa ordem. Ou você vê autoridade nos que gritam mais alto? Deixaria os de voz mais alta uivarem e dominarem os sábios e os santos?

— Já desafiei os deuses a me atingirem — disse Sócrates. — Eles...

A esposa passou o braço na frente dele para recolher as vasilhas, de modo a esconder o marido dos olhos de Xenofonte, que ouviu as palavras sibiladas trocadas entre eles, embora fingisse que não. Algumas coisas não eram para o ouvido das crianças nem para os árbitros da moralidade pública. Nem todos em Atenas apreciavam o desejo de Sócrates de discutir e questionar tudo, até a sua própria destruição. Xenofonte refletiu sobre essa estranha ideia enquanto o vinho era servido mais uma vez, com uma tábua de queijos com pão e uvas. Os meninos pediram permissão para sair e correram assim que a receberam.

— Sabe, Sócrates... você deu aulas ao espartano Crítias, que se uniu aos Trinta e governou Atenas antes que a multidão fosse buscá-lo. Por que é que eu sou perseguido pelas ruas e ameaçado pelo papel que representei, enquanto ninguém o incomoda?

— Sou muito amado — disse Sócrates. A mulher fez um muxoxo enquanto limpava as vasilhas, e ele sorriu para ela. — Na verdade, eles sabem que os amo. Não me veem me pondo acima dos homens comuns. Que loucura seria fazer isso! Sou um homem de Atenas. Sou um grego. Sou um pedreiro, um soldado e um questionador. Ando descalço entre eles, e eles veem os jovens se juntarem para me escutar. Não sou ameaça para eles.

— Eles o chamam de homem mais sábio de Atenas — disse Xenofonte secamente.

— O que fiz que vale tanto quanto um copo de bom vinho tinto? Quando cortava pedra, lá estava uma coisa nova no mundo. Quando estava com os meus amigos na linha de frente, conheci a dor e vi sangue, eu era temido. Tudo o que faço agora são perguntas na feira.

— Alcebíades disse que você o fez entender que toda a vida dele era a de um escravo — disse Xenofonte baixinho. — Há os que não apreciam esse tipo de conhecimento.

— Ele é um grande homem. Estou contente de ter lhe salvado a vida, mesmo que ele não fosse mais à guerra depois. Quanto ao resto, tenho quase setenta anos. Quando ando pelas feiras, uso uma túnica remendada e levo um cajado de pastor. Ninguém tem medo de mim. Mas você, Xenofonte, quando ergue a sobrancelha para eles, quando assume os modos do seu pai, dos que pensam que sabem mais, talvez você não esteja fazendo um favor a si mesmo.

Xenofonte ficou algum tempo sem dizer nada, embora eles esvaziassem a primeira ânfora e começassem a segunda. No fim, o mais jovem concordou.

— Pensarei no que você disse. Irei à feira, aos recrutadores lá. Enquanto o seu vinho está nas minhas veias. E deixarei que os deuses escolham o meu caminho.

— Você é um bom homem, filho de Atenas — disse Sócrates. — Se eu tivesse a minha juventude para gastar outra vez, iria com você. — Ele olhou para trás, para onde a esposa esperava. — Como a minha juventude se foi e sou casado, contudo, o meu tempo nem sempre é meu. Desejo-lhe sorte.

Eles se abraçaram mais uma vez, e Xenofonte escapuliu pela porta, um tanto trôpego, mas com o olhar fixo na distância.

Quando voltou à mesa, Sócrates achou a bolsa de moedas de prata que Xenofonte deixara sob uma vasilha virada. Brincou com elas por algum tempo, mergulhado em pensamentos; depois, deu de ombros e mandou buscar mais vinho para comemorar a boa sorte inesperada.

6

A cidade de Sárdis fica no limite oeste do império, ao sul de Bizâncio. Em Sárdis, os homens acreditavam que a distante Susa era a capital persa. A cidade de Persépolis, onde uma montanha fora escavada em um platô, não era sequer um lugar de mitos.

Gregos ricos andavam com seus guardas nas feiras de Sárdis, escolhendo produtos e especiarias para vender nos mercados em casa ou para o seu próprio prazer. Escravos louros da Gália ou seda da China podiam ser comprados na cidade por imensas quantias, embora a verdadeira riqueza não estivesse à vista de olhos vulgares. Muros altos escondiam as propriedades de príncipes e reis, de modo que quem passasse não saberia que jardins tão vastos quanto os do oeste se encontravam no outro lado.

No coração da cidade, o palácio e as terras imperiais eram mantidos em perfeita prontidão, embora nenhum membro da família pusesse os pés lá havia doze anos. Um exército de servos e escravos varria, pintava e podava mesmo assim. Mantinham boa distância do príncipe real, de modo que ele e os seus três companheiros pareciam caminhar por jardins vazios. Como tantas outras coisas, a privacidade era mera ilusão.

Ciro vestia túnicas leves no calor, com uma lâmina curva à cintura, o punho cravejado de rubis. Um anel de ouro adornava a sua mão esquerda, o único outro sinal de riqueza e poder. O espartano

Clearco caminhava ao seu lado, as pernas nuas, com uma capa vermelha que esvoaçava na brisa enquanto ele escutava.

— Achei que eu conhecia aquela parte da Anatólia, meu senhor — disse um dos homens.

O general Próxeno não chamaria o príncipe real de mentiroso naquele lugar, mas a dúvida estava clara nos seus traços pesados. Todos os oficiais gregos tinham boa forma física e eram bronzeados, como a profissão os deixara. De certo modo, Próxeno da Beócia parecia feito de osso. A testa sombreava os olhos, e o grande nariz cortava o ar à frente como a proa de um navio. Clearco gostava dele, mas o espartano compreendia que testemunhava o jogo dos reis, onde a franqueza poderia matar um homem antes mesmo que se tornasse uma ameaça.

— Próxeno, você não pode conhecer todas as tribos das montanhas, não é mesmo? — disse Ciro, dando-lhe um tapinha nas costas. — Toda a Anatólia faz parte do império do meu irmão, até mesmo o sul rebelde, e eu comando os seus exércitos. Talvez devesse levar alguns milhares de persas orientais até aqueles morros, não? Homens que nunca andaram por aquelas terras? Não, acho que preciso de soldados gregos para esse serviço. Clearco o recomendou, e ouvi falarem seu nome como o de um bom líder para os homens.

— O senhor me lisonjeia, Alteza — disse Próxeno, apoiando-se num dos joelhos e se levantando.

— Não mais do que o merecido. Então, está disposto, Próxeno? Consegue me arranjar dois mil hoplitas de boa qualidade? Homens treinados e experientes que não fujam de tribos selvagens?

— Acredito que consigo, sim. Conheço uma dúzia de capitães, e eles terão o registro dos homens que treinaram. Alguns estarão em campanha, é claro, ou aposentados. Dois mil não são muitos.

O general grego olhou o príncipe e depois Clearco, do outro lado. Algo estava errado, embora Próxeno não soubesse o que era.

Soldados gregos eram valorizados no mundo inteiro pela sua habilidade. Eles se ofereciam como mercenários e recebiam o preço mais alto. Ainda assim, Próxeno sentia que algo não estava certo. Seu instinto lhe dizia que recusasse o serviço, mas, por outro lado, o príncipe lhe oferecera uma fortuna.

— Quer os meus homens por apenas um ano? Para ir às montanhas e eliminar as tribos de lá?

— Como se nunca tivessem existido — disse Ciro.

Os olhos dele eram grandes, observou Clearco. O príncipe parecia estar forçando o homem a aceitar a sua palavra. Eles observaram Próxeno esfregar os pelos curtos do queixo.

— Precisarei lhes pagar uma parte adiantada para mostrar boa-fé, é claro.

— Como quiser — disse Ciro, dando de ombros. — Vou lhe apresentar Parviz, meu ajudante de ordens. Ele lhe fará o primeiro pagamento e conseguirá tudo o que precisar. Prepare os seus homens, general. Deixe-os afiados a ponto de raspar os pelos do meu braço e lhe agradecerei por isso.

— Então marcharemos contra esses pisídios? No sul? — perguntou Próxeno.

— E então me avise que está pronto! Talvez eu queira ver os seus homens desfilarem antes de mandá-los marchar mais de mil quilômetros.

— Entendo. Fico honrado, Alteza, pela confiança. E por Clearco ter me recomendado, embora não me veja há dez anos. Não vou decepcionar nenhum dos senhores. A partir deste momento, sirvo ao trono da Pérsia.

— Você serve ao príncipe Ciro — disse Clearco.

O general grego parou no momento em que se apoiava num dos joelhos.

— Não é mesma coisa? — perguntou.

Ciro riu, embora tivesse vontade de estrangular o espartano naquele momento.

— Meu irmão é o imperador! — disse ele. — Durante oito anos, comandei o serviço e a lealdade de todos os homens em armas, de Sárdis à Índia. É claro que é a mesma coisa.

Ele observou o homem se ajoelhar e se levantar antes que Ciro lhe desse permissão. Ciro fechou a cara. Os gregos nunca faziam a reverência como deveriam, esticados de bruços diante dele. Ele entendia que era o jeito deles, mas, para quem fora criado nos palácios da Pérsia, aquilo provocava uma pontada de desconforto.

Quando Próxeno foi embora, Ciro se virou para o outro homem, que não dissera palavra e meramente observava enquanto eles andavam pelos jardins.

— Acho que estou cansado — anunciou Ciro para o ar.

Antes que terminasse de falar, surgiu uma coluna de servos com mesa e cadeiras e delicados copos azuis. Pratinhos de comida foram acrescentados para aliviar as pontadas de fome, e Ciro estendeu a mão para as azeitonas e o alho assado enquanto se sentava, nunca notando o servo que punha a cadeira sob ele.

Sofeneto de Estinfália não pôde deixar de olhar para trás para ter certeza de que havia um criado ali para ele também. Um copo foi erguido até sua mão, e ele sorveu o suco fresco que continha.

— Senhor, não estou acostumado com essas coisas — disse Sofeneto.

— Talvez possa se acostumar, Neto, se fizer um bom serviço — disse Clearco antes que o príncipe respondesse.

— General Neto, não é? — perguntou Ciro.

O homem baixou a cabeça em resposta, aceitando a familiaridade como se tivesse escolha.

— Você ouviu o que eu disse a Próxeno — continuou Ciro. — Imagino que saiba que me encontrei com muitos homens assim nas últimas semanas.

— O senhor deve realmente odiar esses pisídios — disse Neto.

Ele olhou para longe enquanto bebericava o vinho, gozando a brisa que passava pelos jardins. Imaginou que Clearco estava agitado com tal demonstração de conforto. O espartano estaria procurando uma moita de urtiga ou espinheiro para restaurar seu sofrimento usual, sem dúvida. Neto nunca entendera aquele ponto de vista, não quando o mundo era um lugar de ar e colinas suaves, de bela carne e olhos cintilantes. Ele observou os dois homens com atenção, mas o príncipe em particular. Na cidade, diziam que Ciro mal dormia de tanto trabalho, que convocara todos os soldados de mil estádios em todas as direções. Sem dúvida, gastava ouro como um rio, como se não lhe significasse nada.

Neto aguardou por uma resposta, mas nenhum dos homens respondeu. Ele notou que a expressão do espartano ficara sem vida, os olhos distantes. Suspirou.

— Alteza, servi com espartanos, coríntios, tebanos e atenienses por vinte anos. Trabalhei até alcançar uma posição de autoridade e confiança, até que os homens aguardassem que eu desse as ordens que os fariam viver ou morrer naquele dia. Lutei em três grandes campanhas e acho que numa dúzia de ações menores, e sobrevivi a todas sem um arranhão ou ferimento grave. No meu quadragésimo aniversário, um cavalo pisou no meu pé e quebrou metade dos ossos. Fiquei seis meses sem trabalhar e... bem, as finanças estão baixas. Assim, não posso dizer que não dou importância às moedas, não no nível que o senhor oferece. O senhor compra o meu serviço e a minha obediência. Se disser "Neto, não quero discutir o meu verdadeiro propósito", compreenderei perfeitamente. Conheço uns mil e duzentos homens que pulariam do leito conjugal para marchar para longe de Corinto por um bom soldo. O seu nome inspira respeito, e os homens falam bem do senhor. Posso reunir mil e duzentos no mesmo nível de qualquer espartano.

Clearco bufou, e Neto lhe deu um olhar irônico.

— Conheço Clearco durante meia vida. O suficiente para dizer que ele não é homem de fingimentos nem meias verdades, Alteza. O senhor também não, creio eu. Imagino que os senhores tenham o seu propósito, que não é da minha conta. Mas somos velhos soldados, não somos? Que não haja mais conversas sobre tribos perigosas nas montanhas, não entre nós. — Ele deu uma risadinha e bebeu o suco de fruta. — Clearco tem dois mil espartanos sob o seu comando, pelo que me disseram. Mesmo que não saiba distinguir o bom vinho do vinagre, não há uma única tribo selvagem no mundo que pudesse lhe causar problemas, por mais que se multipliquem, por maior que seja a altura dos seus penhascos.

Neto deu uma olhada rápida no príncipe para ver como as suas palavras eram recebidas. O estínfalo piscou ao ver que Ciro ria, os olhos brilhantes.

— Eu diverti o senhor? — perguntou Neto.

— De jeito nenhum, general — respondeu Ciro. — Clearco me disse que você não aceitaria a história que combinamos. Como diz, tenho outras razões para montar um exército. Se essas razões se tornarem a conversa da feira, não será bom para mim. — Ele bebeu um pouco, avaliando o homem à frente enquanto o general Neto inclinava a cabeça.

— Compreendo, é claro. Como já disse, o seu ouro compra o meu serviço. Não passo de uma humilde ferramenta. O machado do lenhador não pergunta que árvore cortará.

Clearco deu uma risada, e os dois homens se viraram para ele.

— Neto não é um homem humilde, Alteza. No entanto, também nunca soube que fosse fofoqueiro.

Neto deu um sorriso tenso.

— Talvez um machado tão humilde se pergunte se enfrentará cavaleiros ou lançadores. Ou se lutará em terra ou no mar. A escolha é sua, Alteza, é claro.

O príncipe se virou, e de repente a sua expressão ficou séria. Olhou em volta, sentindo os olhos e, talvez, os ouvidos dos criados por perto. Fez um gesto para que o general Neto se inclinasse à frente até que o príncipe pudesse respirar em sua orelha. Clearco se recostou, para observar a mudança da expressão do homem.

Neto foi bem e pouco demonstrou quando o príncipe se afastou novamente.

— Entendo. Então são os pisídios. Admiro o homem capaz de guardar as suas intenções.

Eles se levantaram juntos, e Clearco deu um tapinha nas costas do general de Estinfália como um amigo com o outro. Os criados surgiram a um gesto para levar o grego até o portão, e Ciro e Clearco ficaram sozinhos.

— O senhor lhe contou? — perguntou Clearco, dessa vez sem certeza da resposta.

— Contei — respondeu Ciro. — Preciso ter os melhores homens comigo, general, para ter alguma esperança. Se tenho um talento, é encontrar esses homens.

— O senhor me honra, ao mesmo tempo que se cumprimenta, Alteza — disse Clearco.

— Pois é.

Xenofonte fez uma careta ao ouvir chamarem o seu nome atrás de si na rua movimentada. Atenas era a cidade mais rica da Grécia havia séculos. Os pobres sempre chegavam lá em busca de fazer fortuna, enquanto outros trabalhavam nos navios de guerra da frota ateniense e gastavam o soldo nas tabernas do cais. Alguns preferiam furtar, sob o risco de açoitamento público ou banimento. Enojava Xenofonte ver jovens que poderiam se unir a qualquer companhia mercenária desperdiçando a vida, bêbados de vinho barato, às vezes até estendendo a mão aos que passavam.

Ele viera a conhecer alguns quando ele e Sócrates caminhavam pelas ruas conversando. A imagem do homem feio que andava descalço numa túnica tão cinzenta e remendada quanto a do mais pobre mendigo atraía a atenção, é claro. Xenofonte se lembrou da primeira vez em que se sentou aos pés do filósofo na feira da ágora, quando Sócrates convidou um jovem chamado Hefesto para se sentar ao seu lado. O rapaz era um tipo de líder de uma quadrilha local. Ele viera andando com arrogância, com os amigos gritando que o bode velho o usaria como uma mulher. Xenofonte se incomodou, mas Sócrates fez a Hefesto pergunta atrás de pergunta, numa torrente. O velho conseguiu transpor as primeiras piadas e respostas grosseiras, buscando o verdadeiro eu do rapaz. Com isso, algo tomou vida no líder da quadrilha. Um dos seus amigos se inclinou para fazer um comentário zombeteiro, e Hefesto lhe deu um soco na cabeça com tanta força que o menino caiu e se afastou, humilhado.

Xenofonte vira isso cem vezes desde então. Mas Sócrates negava saber qualquer coisa e dizia que só fazia perguntas até que os homens entendessem em que realmente acreditavam. Para alguns, era uma revelação, como o sol nascendo sobre os morros. Para outros, o conhecimento era demais, e eles se odiavam — ou, com mais frequência, odiavam o homem que os fizera ver quem realmente eram e no que acreditavam.

Xenofonte olhou para trás e cerrou os punhos ao ver a cabeça raspada de Hefesto se movendo entre a massa de gente. O rapaz era um ladrão e um valentão, e aquela multidão saía do teatro de Dioniso. Eles andavam e falavam do que tinham visto lá dentro, perdidos num tipo de transe, enquanto homens como Hefesto se moviam entre eles, cortando correntes de ouro e bolsas de moedas, o que conseguissem pegar. As quadrilhas atacavam os fracos demais para se defender, e Xenofonte detestava todos eles. Talvez esse desagrado fosse o que Hefesto sentira nele. Embora o rato de rua seguisse Sócrates como um guarda-costas sempre que ele saía, Hefesto tinha criado um desagrado raro por Xenofonte. Com pouco mais de dezoito anos, tinha mais osso do que carne, e não era tolo a ponto de desafiar Xenofonte diretamente. Em vez disso, Hefesto incentivava os seus comparsas magrelos a jogar pedras, ovos e frutas sempre que viam o nobre ateniense.

No começo, a raiva de Xenofonte servia de armadura, e ele corria para eles quando chegavam perto demais ou quando algo imundo o atingia no rosto e no pescoço. Eles uivavam e guinchavam, espalhando-se e gritando insultos. Quando andava com Sócrates, eles meramente observavam e davam risinhos, mas, sozinho, zombavam do "nobre" ou do "cavaleiro" com vozes agudas.

Nesse dia, só chamaram seu nome por hábito; tinham presas mais ricas na multidão. Xenofonte contornou os limites do grande teatro da cidade, aonde milhares de pessoas iam todo ano para o festival dramático, para mergulhar nas tragédias e comédias. Até Sócrates fora ridicularizado pelas sátiras apresentadas, embora o velho risse tanto ao ver o ator que o representava que praticamente estragara o efeito pretendido.

Xenofonte constatou que seus pés o tinham levado para longe dos estábulos públicos, onde seu cavalo aguardava. A propriedade da família ficava fora da cidade, e ele ia lá o mais raramente possível naqueles dias. Não tinha esposa, ninguém que precisasse dele. Os pais o deixaram bastante rico para nunca trabalhar, mas os anos pareciam se estender à frente sem muita alegria na paisagem. Ele olhou a fila de recrutadores alinhados diante de si, os toldos sombreados que tinham equipado com jarras de água fresca ou vinho. Como falcões, eles sentiram o seu interesse e lhe voltaram os olhos brilhantes, vendo um rapaz no ápice da força.

Ele considerou aquilo por algum tempo, sem responder aos chamados, enquanto a multidão se afastava do teatro e Hefesto e os seus ladrões imundos iam com ela ou buscavam um novo vício. Não havia nada em Atenas para ele, não naquele ano. Xenofonte conhecera o poder como um dos administradores sob os Trinta. Os Trinta Tiranos, como eram chamados, embora Xenofonte os conhecesse como homens decentes e impiedosos. Com certeza não deixaram as gangues de rua prosperarem sem limites! Mas, de certo modo, as execuções públicas tinham acendido uma fogueira sob a cidade que transbordou numa grande noite de violência. Nisso, a sua vida mudou, e ele não conseguia ver como voltar a conhecer a paz.

Xenofonte andou até o primeiro recrutador, um espartano, pela roupa. O homem deu uma olhada e fez que sim com satisfação. Ele já vira aquela mesma expressão muitas vezes.

— Ponha a sua marca aqui, filho — disse. — Em troca, vamos transformá-lo num homem. Sua própria mãe não o reconhecerá quando voltar... e as moças porão flores no cabelo quando o virem. Elas amam um soldado, filho.

— Muito bem — disse Xenofonte.

Ele sentiu a surpresa do homem quando escreveu o seu nome na lousa, em vez de uma letra ou um selo de cera.

— Alguma habilidade especial, rapaz? Além de escrever?

— Cavalos — disse Xenofonte. Ele se sentia um pouco atordoado, como se aquilo acontecesse com outra pessoa. — Conheço cavalos.

As sobrancelhas do espartano se ergueram.

— Um nobre ateniense, então? Fugindo do pai da moça, é? Ou das dívidas?

— Eu... servi aos Trinta — disse Xenofonte. — Preciso de um recomeço.

O rosto do oficial se abrandou, os olhos mostrando algo como simpatia. Como espartano, ele sabia um pouco mais do que a maioria sobre o ressentimento ateniense.

— Ah — disse ele. — Então devo lhe agradecer pelo seu serviço, filho. Eles sempre esquecem que lhes demos três oportunidades de fazer a paz. Recusaram todas as vezes, então demolimos as suas muralhas.

— Eu já disse o mesmo — admitiu Xenofonte. Os seus pensamentos ficaram claros, e ele sentiu as antigas preocupações sumirem enquanto pensava no futuro. — Aonde serei mandado? — perguntou.

— A maioria pergunta sobre o pagamento primeiro, mas, se você é nobre, suponho que não esteja precisando. Iremos para o sul da Anatólia, rapaz, combater os pisídios. Uns canalhas horríveis e brutos, com lanças. Vamos lhes mostrar o que significa o treinamento grego, trazer de volta algumas cabeças de selvagens, fazer o que quisermos com as suas mulheres e voltar para casa na próxima primavera. Você terá algumas cicatrizes para as damas e algumas boas histórias para os filhos. Francamente, quando penso bem, você é quem deveria me pagar.

Ele entregou a Xenofonte uma ficha de pedra e apontou o outro lado da fila, onde um escrivão estava sentado à mesa, com meia dúzia de homens em pé à sua volta.

— Está vendo aquele sujeitinho lá, o escriba? Ele vai anotar o seu nome e os detalhes. O seu soldo começa a contar a partir de hoje, embora ainda não tenhamos o efetivo completo.

— Quanto tempo até partirmos? — perguntou Xenofonte.

— Esse é o espírito, rapaz. Perspicaz. Ótimo. Não vai demorar mais do que um ou dois dias, eu diria. Vamos embarcar para o leste e nos reunir em Sárdis. Você fez a escolha certa, filho. Irá como menino e voltará como homem, garanto.

Outro possível recruta viera escutar, e Xenofonte viu a atenção do espartano passar para o recém-chegado. Mal podia acreditar no que fizera, mas sentiu que era a coisa certa. Ele realmente conhecia os cavalos e conhecia os homens. Com certeza, ele aprenderia o que mais fosse necessário na marcha para Sárdis. Isso. Xenofonte se sentiu mais leve ao caminhar de volta à cidade, rumo ao lugar onde deixara a sua montaria. Tomara a decisão certa. Ele só se perguntou se deveria pagar por algumas aulas de esgrima antes de partir.

7

No salão dos reis em Persépolis, Tissafernes se prostrou no chão de mármore preto. Aprendera a não se levantar antes de ser chamado; marcas de chicote recentes nas costas eram testemunho disso. Artaxerxes não perdoava nenhum lapso, nenhum insulto. O jovem rei sentava-se no trono e aceitava o tributo tanto de governantes quanto de vassalos, como se todos os homens fossem escravos para ele. Tissafernes vira o olhar sombrio dos nobres quando saíam da presença real, forçados a deixar para trás a sua dignidade. Todas as 28 nações do império tinham enviado filhos e nobres importantes para o funeral de Dario. Durante quarenta dias, o império chorou a sua perda, com milhares de escravos entoando orações a Aúra-Masda de hora em hora para apressar o caminho da alma até o céu. A grande tumba era forrada de ouro, que não se corromperia, com guardas escolhidos tanto pela beleza quanto pela habilidade marcial. Cada um se postara de boa vontade para ser morto com um único golpe no peito. Os corpos foram dispostos em tronos de ouro que davam para a porta externa, deixados para guardar o reino dos mortos. O seu nome seria registrado ao lado do nome do rei, e a honra das suas famílias subiu de nível.

Naquele último dia na tumba, Tissafernes recordou a sensação das montanhas em silêncio em torno deles, com apenas o crepitar tremulante das tochas nos dois lados. Artaxerxes fora além da porta externa para conversar com o pai, chorando e murmurando segredos no ouvido do cadáver. Quando saíram, as escadas de madeira usadas pelos pedreiros e operários foram desmontadas. Depois disso, o túmulo ficou inacessível no alto da face íngreme dos penhascos reais, como uma janela cortada na pedra.

Tissafernes sentiu um músculo das costas se alongar com desconforto enquanto esperava que o antigo aluno reconhecesse a sua presença. Já estava com mais de sessenta anos, e a posição era desconfortável para ele, por mais que entendesse a necessidade do jovem de impor a sua autoridade à corte. Diziam que todos os criados andavam com pantufas de feltro, conscientes de que a desaprovação dele faria suas cabeças girarem pelo chão polido. O novo rei procurava a preguiça nos que o serviam e punia a mínima transgressão com grande rapidez.

Tissafernes ergueu os olhos ao ser tocado. Aceitou o braço do criado que o ajudou a se levantar e o seguiu pela extensão do salão do trono. Guardas ladeavam uma avenida tão larga quanto uma rua da cidade, com colunas de granito polido que tinham sido trazidas do Egito pelo mar um século antes. O topo e a base de cada uma eram revestidos de ouro, a riqueza de um império que escorria até os palácios e templos dos seus reis.

Na outra ponta, Artaxerxes recostava-se, bebendo numa vasilha dourada algo que deixava seus olhos vidrados e arregalados. Ele a virou com um movimento rápido que deixou marcas vermelhas no canto da boca. Quando Tissafernes se aproximou e começou a se abaixar de novo, o rei jogou a vasilha para um escravo e se levantou. Duas jovens escravas se deslocaram depressa para sair da frente dele quando avançou. Tissafernes viu uma delas beliscar a outra com raiva, embora Artaxerxes não notasse. Sob as sobrancelhas baixadas, Tissafernes as olhou com apreciação de conhecedor. Quando duas moças eram escolhidas na multidão e treinadas e alimentadas para dar prazer a um imperador, era previsível que a sua beleza fosse cativante. A que beliscara a outra usava o cabelo preto curto, e o pescoço ficava descoberto. Ela chamou a sua atenção em particular, pois o rosto tinha vida e expressão. A outra mais parecia uma boneca de perfeição vazia.

— Velho amigo — disse Artaxerxes com afeto. — Acho que você pode se curvar. Talvez eu lhe conceda o direito de se curvar sempre que vier por minha ordem. Como sinal do meu respeito pela sua idade e experiência.

Tissafernes ficou contentíssimo com a ideia, mas o costume ditou a sua resposta.

— Se eu puder lhe dar a honra, Majestade, a minha idade não é nada.

Artaxerxes franziu a testa em pensamento, recuou e deixou a mão estendida cair.

— Muito bem, velho amigo. Pode continuar a se prostrar. A tradição mantém todos nós acorrentados, acho. Até eu estou preso a ela.

— É claro, Majestade — disse Tissafernes, caindo até o chão. Pelo menos, estava limpo.

Ele se levantou e descobriu que a escrava de cara fechada o observava. Seus lábios eram escuros e cheios, ele notou. Sabia que lhe custaria mais do que a vida se o pegassem fitando-a e desviou os olhos. Quando se levantou, viu que a atenção dela se voltara para o pingente que usava. Ele a removeu dos pensamentos. Artaxerxes voltou a se sentar e parecia mais uma vez copiar o olhar rígido do pai, com menos autoridade.

— Majestade, tenho notícias do seu irmão Ciro. Não sei explicá-las.

Tissafernes fez uma pausa. Conhecia bem o rei a ponto de largar a isca na água e esperar que o homem a engolisse inteira. Realmente, o ar lânguido desapareceu com o nome de Ciro. Artaxerxes não falara do irmão desde a humilhação pela interferência da mãe. Por algum tempo, foi como se Ciro nunca tivesse voltado para casa. O império continuou funcionando, e chegavam notícias de todas as 28 nações. A oeste, no limite da Grécia, os movimentos de Ciro eram informados como sempre, sem nenhuma ênfase especial. A superfície do lago parecia imóvel, mas Tissafernes conhecia bem demais os filhos de Dario para acreditar nisso.

— O que o preocupa? — perguntou Artaxerxes.

Pouco à vontade, deu uma olhada no número de escravos e criados que ouviriam assuntos familiares privados, mas ele era o rei no salão do trono da sua capital. Fez um gesto para dispensar esses pensamentos insignificantes.

— Majestade, o senhor sabe que dei aulas a Ciro quando menino. Estas mãos o surraram quando ele deixou uma cobra preta no meu quarto.

— E uma avestruz — respondeu Artaxerxes com uma risadinha. — Sim, eu me lembro.

Tissafernes não compartilhou a diversão do rei com a lembrança.

— Eu o conheço bem, Majestade. Bem o suficiente para desconfiar que não perdoaria facilmente a perda dos seus guardas espartanos nem o fato de ter chegado perto de perder a cabeça. Se não fosse a intercessão da sua mãe...

— Sim — respondeu o rei. — Mas a morte dele nos deixaria fracos. As nações buscam em nós um governo estável, Tissafernes. Ciro conhece os nossos exércitos melhor do que qualquer homem vivo. Talvez, com o tempo, eu o substitua, mas, como disse a minha mãe, fazer isso logo depois da morte do nosso pai seria provocar o caos. — Foi como se a confissão estrangulasse a sua voz quando ele continuou. — Poupar a vida do meu irmão foi uma decisão sábia.

Artaxerxes se inclinou à frente. A moça escrava encostara a coxa na perna nua dele. Tissafernes achou ter ouvido o sussurro da pele dela deslizando pela do rei. Ele não ousou olhar para baixo, não enquanto Artaxerxes o observava com tanta intensidade quanto a cobra que os dois meninos tinham posto no seu quarto tantos anos antes. Tissafernes sempre tivera pavor de serpentes. Na época, gritara como uma mulher até ouvir os dois príncipes quase sufocarem, segurando-se indefesos um no outro, o rosto corado de tanto rir.

— A não ser que tenha novas informações, Tissafernes...? O que os seus espiões contam? O meu irmão é leal?

— Quem pode revelar os segredos do coração, Majestade? Mas tenho relatos de quantias imensas sacadas do tesouro real. Sessenta, oitenta mil dáricos ou mais.

— E daí? Talvez construa novos quartéis ou treine mais homens. O exército é o braço direito forte do império, Tissafernes. Você não avalia o custo envolvido. Acho que metade do meu tesouro vai para alimentar soldados todo ano, talvez mais. Só os cavalos, as armaduras, as flechas! Eu me lembro do orgulho do meu pai com o número imenso de homens que podíamos pôr em campo. Entende? O meu pai não se queixava do custo, não, ele tinha prazer com isso! Quem mais poderia sustentar tal hoste das hostes? Se não a minha família? Tissafernes, se isso é tudo o que tem, você me decepcionou.

Tissafernes fez que sim. O rei escutava com atenção, as escravas esquecidas. Estava na hora de soltar o anzol e segurá-lo com força.

— Talvez tenha razão, Majestade, embora as quantias que o príncipe exige sejam o dobro do ano anterior. Mas estou preocupado com o número de soldados gregos que ele recrutou.

— Como auxiliares? Conhecemos o seu gosto por esses mercenários, espartanos acima de tudo. E daí? Alguns milhares aqui e ali para treinar e inspirar os nossos Imortais. Tissafernes, o meu irmão administra o exército há anos. Embora possamos ter... discordado em algumas questões, ele não poria o império em risco, não por um milhão de espartanos.

— Majestade, tenho notícias de muitos milhares. Ele os envia para o norte e para o leste. Treina alguns na Trácia, alguns em Creta. Mas estão todos ao seu alcance. Um homem desconfiado diria que começa a parecer um exército de conquista, Majestade. Não sei quantos gregos ele trouxe, mas foram convocados trinta ou quarenta mil soldados persas sob o seu comando direto, em todas as cidades ocidentais. Talvez ainda mais agora.

Artaxerxes começou a responder, porém pensou melhor e ficou contemplativo. Tissafernes não o interrompeu, mas esperou com as sobrancelhas erguidas. Ele tinha uma última peça para pôr no tabuleiro.

— Majestade, o senhor sabe que eu não faria acusações malucas, meros boatos e ressentimentos. Com o passar dos anos, mantive alguns olhos observando, alguns escribas escrevendo em todo o império. Alguns são homens próximos de Ciro. Nunca ouvi nenhuma palavra de dúvida sobre os seus motivos. Nem uma única vez.

— E agora é diferente? — perguntou Artaxerxes, o rosto endurecendo.

— Não, Majestade. Agora, eles não dizem nada. Os pássaros não voam mais para mim... e me pergunto o que pode estar acontecendo na nossa fronteira ocidental.

Artaxerxes acariciou o cabelo da escrava sentada junto ao seu joelho, como faria com um cão favorito. Tissafernes arriscou uma olhada nela e a viu fumegar de ressentimento com ele, a expressão quase desdenhosa. Ele corou e desviou os olhos.

— Muito bem, Tissafernes. Conheço-o bem o suficiente para respeitar a sua intuição. Se diz que há algo no vento, eu seria um tolo se o ignorasse. Vá você para o oeste. Leve poucos homens, mas encontre o meu irmão. Avalie se ele ainda é leal.

Tissafernes se remexeu, desconfortável, pensando nos meses que teria de suportar na estrada.

— Majestade, na última vez em que vi o seu irmão, foi para escoltá-lo até a execução. Ele não me verá com bons olhos, seja qual for a sua lealdade. Talvez eu pudesse...

— Faça o que mandei — disse Artaxerxes. — Permiti que o meu irmão recuperasse os antigos títulos e a autoridade. Pus de lado as ordens que dei em meio ao pesar da morte do meu pai. Se ele o matar, saberei que ainda está zangado. Entende? — Artaxerxes sorriu, mostrando dentes brancos. — Até na morte você pode me ser útil.

Tissafernes sabia que não devia mais discutir. Prostrou-se aos pés do rei.

— Será uma honra, Majestade. Irei e retornarei com a verdade. Ou morrerei. Seja como for, sirvo ao império.

Em pé ao sol, Xenofonte observava um marinheiro grego furioso medir forças com um cavalo assustado. O homem parecera bastante competente no mar, mas, enquanto o resto dos recrutas eram colocados em formação no cais, Xenofonte só podia fitar o modo como ele tentava intimidar o animal que relinchava. O branco dos olhos do cavalo aparecia, e o marinheiro praguejava e o açoitava com uma tira de couro — como se a fúria e a dor fossem levar o cavalo até ele! O animal fincara as patas na prancha de desembarque que ligava o convés do navio ao cais e puxava para trás com todo o seu peso. Com um único marinheiro furioso puxando do outro lado, parecia que o animal ficaria lá até o anoitecer.

Duzentos rapazes das cidades gregas ainda desciam por uma segunda prancha até o cais, com apenas algumas dúzias no solo de um porto estrangeiro aguardando que alguém lhes dissesse o que fazer. Xenofonte trincou os dentes enquanto procurava os oficiais que deveriam estar lá. Infelizmente, não eram do mesmo tipo daqueles com quem se alistara. Xenofonte ficou decepcionado por não ver aquele homem outra vez. Em vez disso, ficara aos cuidados de dois velhos beberrões com trinta anos de serviço e mapas de suas viagens nas veias das faces e do nariz. Assim que o navio atracou, os dois desceram sem olhar para trás, sem dúvida na direção da sua taberna favorita. Os jovens gregos que vieram lutar pelo príncipe Ciro ficaram ao deus-dará.

O cais estava movimentado, com navios carregando e descarregando até onde Xenofonte conseguia enxergar. Ali em pé, ele enfiou a mão sob o novo peitoral de couro, tentando se coçar. Vira alguns homens esfregarem pedras contra a camada interna e entendeu melhor quando a coceira o distraiu. Homens experientes sabiam onde passar um pouco de óleo, ou como expulsar as pulgas do casaco com fumaça, ou apenas a importância de levar um bom odre d'água. Xenofonte não sabia nada das mil coisinhas que faziam a diferença entre sofrimento e conforto. Aprendia o mais depressa possível, mas... Praguejou entre dentes.

O marinheiro perdera a calma e berrava com a montaria, o rosto corado de vergonha com a multidão que começava a se formar. Xenofonte andou na direção dele e chegou a tempo de ver o cavalo fazer um grande movimento com a cabeça, jogando o homem de um lado para o outro como se não pesasse nada. Assim que recuperou o equilíbrio, o marinheiro levantou o açoite outra vez.

Xenofonte o tirou dele com um safanão súbito e o jogou para o lado.

— Você está assustando um animal mais forte do que você. Quer que ele quebre a pata neste cais?

O homem estava tão afundado na fúria que pensou em bater no rapaz diante dele. Xenofonte viu isso nos seus olhos, depois viu a vontade passar. O marinheiro não fazia ideia de quem ele era, mas sabia muito bem que haveria uma terrível punição por atacar ou ofender um dos oficiais. Isso bastou para fazê-lo parar, enquanto Xenofonte tomava as rédeas de mãos que não resistiram.

— Vamos acalmá-lo? — disse Xenofonte com mais gentileza, tanto pelo bem do cavalo quanto do marinheiro.

O homem murmurou algo hostil entre dentes, que Xenofonte ignorou. Na verdade, o marinheiro ficou aliviado por se afastar, embora não fosse longe e mantivesse os braços cruzados e um muxoxo no rosto. Xenofonte compreendeu que o homem esperaria para julgar a sua tentativa, como sentia que a dele fora julgada. A diferença era que Xenofonte não se importava com o que o homem pensaria dele.

O cavalo observou a mudança do comando das rédeas com olhos arregalados. Xenofonte se perguntara muitas vezes quanto os animais entendiam. Ele desconfiava que os cavalos eram inteligentes o suficiente a ponto de desdenharem e até de montar um espetáculo.

— Pronto. Agora, vamos dar uma olhada em você? — perguntou ele. — Que bela pelagem.

Ele manteve as rédeas bem seguras, embora não puxasse nem jogasse seu peso contra um garanhão que poderia arrastar um homem por quilômetros. Enquanto falava, ele se virou de lado, como se estivesse prestes a ir embora.

O cavalo permaneceu na prancha, como se estivesse enraizado ali. Com o canto do olho, Xenofonte viu o marinheiro sorrir. O homem se inclinou para dizer alguma coisa à pessoa ao seu lado. Xenofonte deu uma olhada nos dois e fechou a cara quando reconheceu Hefesto ali em pé.

O rapaz se alistara no mesmo dia que ele, com o mesmo recrutador. Sem dúvida aquele espartano ganhara algum bônus. Xenofonte avistara Hefesto no cais de Atenas quando todos se reuniram e ainda não tinha certeza do que pensar sobre ele ali. Não eram amigos, isso era certo. Não trocaram palavra durante a travessia, embora ambos tivessem consciência um do outro.

Xenofonte ainda se perguntava se Sócrates convencera Hefesto a se alistar em vez de desperdiçar a vida nas ruas. O pensamento mais perturbador era que o velho poderia ter incentivado Xenofonte a se alistar só para cuidar de Hefesto. Os anos que Sócrates passara como soldado tinham sido relativamente felizes, era o que ele sempre dizia. Não seria contraditório para ele recomendar algumas temporadas de marcha e luta para lhes dar outro ponto de vista sobre o resto das suas vidas, o resto dos seus problemas.

— Vamos lá, *hipos* — disse Xenofonte, falando com o cavalo. — Não vai querer passar o dia todo aí, vai? Há outros atrás de você, sabia?

Xenofonte prestava atenção no cavalo quando Hefesto apareceu ao seu lado.

— Diga o que devo fazer — falou o rapaz.

Xenofonte ergueu as sobrancelhas, surpreso, mas depois fez que sim.

— Tudo bem. Vamos falar com calma por algum tempo para ele saber que não há perigo aqui. Creio que ele ainda está se sentindo um pouco mal com a travessia. Cavalos não vomitam, Hefesto. Só ficam enjoados… e zangados, às vezes. Vá e faça um carinho no pescoço dele, mas tome cuidado porque ele pode tentar morder. Ainda está com os olhos meio agitados.

Xenofonte observou o rapaz ateniense de cabeça raspada estender a mão e tocar um cavalo pela primeira vez na vida. O pescoço do animal tremeu como se moscas tivessem pousado, mas o garanhão não tentou mordê-lo. Hefesto começou a rir de puro prazer com o toque da pele.

— Dá para ver as veias dele — disse, espantado.

Xenofonte sorriu.

— É, mas acho que agora o coração enorme dele está batendo mais devagar. Eles reagem ao toque. Continue acariciando. Pronto, meu velho. Acho que agora você pode sair dessa prancha velha, não é? Deve ter parecido loucura para você andar por ela, balançando e se sacudindo assim. É, imagino que sim. Vamos.

Xenofonte se virou mais uma vez, e o cavalo o seguiu, quase sem nenhum vestígio do medo irrequieto que demonstrara antes. Ele andou de um lado para o outro no cais, com Hefesto ao lado o tempo todo acariciando ou só mantendo a mão no ombro da montaria. Grandes ondas passavam pela pele sob o seu toque, mas Xenofonte viu o animal ficar mais calmo, a cabeça mais baixa.

— Você tem jeito para isso — disse.

Hefesto o olhou surpreso, totalmente vulnerável naquele momento, antes de desviar os olhos.

— Obrigado — disse. — Gostaria de saber montar. Sempre quis aprender.

O marinheiro que observava fez um gesto de desgosto para os dois e voltou à prancha de desembarque para buscar outro animal. No outro lado do cais, os dois oficiais retornavam, renovados e lubrificados, prontos para assumir o comando mais uma vez. Viram Xenofonte e Hefesto em pé com o cavalo e os chamaram.

— Você é o tal que conhece as montarias, então? — perguntou o mais velho dos dois.

Xenofonte fez que sim. Ele não fazia ideia do que fora marcado ao lado do seu nome, mas sabia que os cavalos podiam ser assustadores para os que não tinham crescido com eles.

— Sou. Meu pai os criava.

— Ótimo. Alguns rapazes que saibam o que estão fazendo podem ser necessários por aqui, acredite. São mais de cento e cinquenta quilômetros até Sárdis, quatro ou cinco dias de marcha no calor. Se vocês dois cuidarem dos cavalos, quem sabe, talvez recebam rações melhores. Haverá cavalaria de verdade em Sárdis também, caso queiram saber. Dos bons, não como esses pangarés ossudos.

Xenofonte viu Hefesto cobrir a orelha do cavalo que ainda segurava, como se quisesse protegê-lo do comentário. O ato foi tão ridículo que fez Xenofonte sorrir. Sócrates lhe prometera novas experiências. O velho que afirmava nada saber era mais sábio do que pensava.

8

O vento era constante sob o sol, embora Ciro mal o sentisse enquanto trotava num belo garanhão pela borda de uma planície que se estendia até as distantes montanhas azuis. Ele observava o treinamento desde o nascer do sol, com Parviz ao lado. O homem que fora o primeiro a dar água ao príncipe se tornara seu leal criado e mal acreditava na sua boa sorte e na melhora da sua condição. Parviz raramente saía da sua presença. Ciro percebeu que gostava da postura enérgica do homem e do seu desdém pelos problemas. Todas as muralhas podem ser escaladas, dizia Parviz, um lema estranho para o guarda de uma fortaleza.

Na planície junto a Sárdis, seiscentos hoplitas coríntios marchavam e paravam, dividiam-se ao longo de linhas que Ciro não conseguia discernir e depois se atacavam numa confusão ritualizada. Era a guerra como teatro, talvez. Ciro ouvira dizer que os gregos gostavam do espetáculo de grandes tragédias representadas diante deles, para rir ou chorar, e assim saíam renovados. Ele não tinha interesse por tais coisas, embora se perguntasse se eles teriam algum papel no treinamento. Quando não havia inimigos presentes, via pouca diferença entre as forças das cidades gregas e as legiões de casa. Os persas também sabiam marchar, girar e se desdobrar em várias formações.

Mas, quando as trombetas soavam, quando as espadas eram puxadas para o sangue e a selvageria, os gregos passavam pelas linhas persas como uma grande foice de ferro, derrubando-as. Era um mistério. Nem os regimentos de Imortais tinham bom desempenho, principalmente contra os espartanos. Ciro sabia que, para os gregos, importava levarem o escudo do pai, a espada do irmão, o elmo de bronze do tio. Às vezes, levavam a honra de uma família inteira para a batalha. Embora pudessem ser mortos, não era possível obrigá-los a fugir, não com as almas de homens mais corajosos como testemunhas.

O general Neto de Estinfália era tão bom quanto a sua espada, observou Ciro. O homem treinara novos soldados e misturara a eles outros mais velhos, formando uma bela força de mil e duzentos no total. Como os espartanos, eles se levantavam uma hora antes do amanhecer e passavam horas correndo nos morros em torno da planície até voltar para o desjejum e começar o treino com armas. Era difícil não os comparar aos oficiais persas. Estes viviam como os nobres que eram, levantando-se tarde, sendo cuidados por escravos e raramente se exercitando. Neto, Clearco, Próxeno e os outros corriam com os seus homens e não viam vergonha nisso. Havia lições ali.

No outro lado da planície, ele viu dois cavaleiros galopando em uma velocidade perigosa. Ciro fez uma careta ao ver aquilo. Não havia necessidade de arriscar a vida, e ele podia ver que os cavalos eram de boa raça, mesmo àquela distância. Embora o terreno fosse plano, sempre podia haver uma pedra solta ou um buraco para prender um casco apressado. Os dois homens tinham posto peles de leopardo nas costas dos animais e montavam eretos, empoleirados, com os joelhos agarrados aos ombros do animal enquanto arremetiam. Um deles cavalgava lindamente, equilibrado como um acrobata ou uma criança que corresse ao longo da parede. O outro não tinha habilidade nenhuma. Parecia rígido aos olhos do príncipe, agarrado à crina como se tivesse certeza de que cairia.

Ciro amava cavalos, e aquela visão era rara, embora insana. Ele viu que os animais galopavam diretamente para as linhas de hoplitas em marcha. Estes também tinham avistado a aproximação e pararam, com ordens lhes sendo rugidas. Os homens recuaram em linhas densas, erguendo os escudos como uma muralha que brilhava dourada ao sol. Lanças se ergueram como grades escuras atrás deles. Foi bem-feito, mas os dois cavaleiros não desaceleraram. Seguiam para as linhas como uma flecha disparada pelo ar.

Enquanto os hoplitas olhavam espantados, um dos cavaleiros chicoteou e puxou seu cavalo para a frente. Depois se inclinou para fora em tal ângulo que ficou claro que cairia. Ciro observou o rapaz mergulhar para pegar as rédeas que balançavam soltas. Num instante, ele entendeu que o cavalo da frente disparara enlouquecido, seu cavaleiro totalmente indefeso, incapaz de alcançar as rédeas.

Com as tiras de couro enroladas na mão, o rapaz no comando virou os dois cavalos sem problemas, fazendo-os parar. Ciro fez sua montaria trotar à frente, querendo falar sobre o que vira. Mas a sua presença não passou despercebida. O general Neto pôs toda a sua tropa de seiscentos homens em posição de sentido, como se fosse uma inspeção. Eles deram um passo juntos com estrondo e ficaram imóveis, ombro a ombro.

O jovem cavaleiro tinha apeado para verificar as patas dos dois cavalos. Ergueu os olhos quando Neto deu a ordem de sentido, mas, quando o companheiro tentou pousar a mão em seu ombro, Ciro o viu sacudi-la com raiva. Os dois se viraram quando o príncipe se aproximou e pularam no chão. A expressão deles foi da fúria e da vergonha à surpresa com olhos arregalados quando o reconheceram. O homem cujo cavalo tinha disparado só se curvou. O que o pegara se apoiou num dos joelhos. Isso atraiu o interesse do príncipe.

— Como se chama? — perguntou ao homem ajoelhado.

— Xenofonte, Alteza.

— Foi um ato de bravura, Xenofonte. Você arriscou a vida para salvar esse homem.

— Para salvar o cavalo, Alteza. O cavalo é uma das nossas melhores montarias. Hefesto aqui não deveria ter tentado montá-lo antes de adquirir mais habilidade.

— Entendo. Por favor, levante-se. Encontrei muitos gregos que só se curvam diante de mim ou fazem uma encenação de se prostrarem o mais rápido possível, como se o chão fosse quente demais. Não se incomoda de demonstrar respeito?

Xenofonte se levantou, ereto e alto. Suava, o rosto corado pelo esforço. Deu de ombros.

— Não me diminui honrar outro homem, Alteza. Se lhe demonstro honra, não perco a minha. Afinal de contas, espero obediência dos que são como Hefesto aqui. Espero que ele respeite os meus conhecimentos e a minha condição. Ele não *fez* isso, é claro, mas exijo mesmo assim.

Ciro piscou para os dois, vendo que o outro homem balançava a cabeça uma fração de segundo, resistindo à descrição.

— Vocês, gregos, me espantam. Parecem pensar sobre tudo. Vocês nunca agem, simplesmente, sem considerar tudo primeiro como um enigma?

— Eu me alistei para combater os pisídios, Alteza — respondeu Xenofonte. — Imaginei camaradagem e provas de coragem. Queria me pôr à prova, se é que o senhor me entende. Em vez disso, estou aqui, mês após mês, treinando outros, sendo eu mesmo treinado. Talvez eu devesse ter pensado melhor sobre essa decisão.

Ciro percebeu que se divertia com o mau humor visível do rapaz, combinado a uma disposição pessimista que ele conseguia perceber no tom de voz zombeteiro.

— Imagino que o seu jeito de falar conquiste poucos amigos, Xenofonte — disse.

O maxilar do grego avançou quando sua teimosia se exibiu. Ele ergueu a cabeça como em desafio, e Ciro riu, erguendo as mãos.

— Por favor. Não quero ofendê-lo, mas compreender. Nas cidades do meu pai... — Ele hesitou, e uma sombra passou por ele.

— Nas cidades do meu irmão, os homens conhecem exatamente o seu lugar. Sabem pela família e pela linhagem, pela experiência, pela promoção, pelos amigos e associados..., mas sabem, até o último grão na balança, qual é o seu lugar. Não passamos a vida nesse fervor de possibilidades, nessa incerteza. Um homem sabe se prostrar diante de um príncipe e exigir subserviência dos que estão abaixo dele.

— Isso parece... sossegado — disse Xenofonte. Sua franqueza o fez continuar. — Mas, na verdade, me ocorre que... — Ele se interrompeu, inseguro.

Ciro fez um gesto com a mão aberta.

— Enquanto estiver sob meu serviço, eu lhe juro: nada do que disser me causará ofensa. Só desejo ouvir a verdade.

Xenofonte se permitiu um sorrisinho. Gostou do príncipe da Pérsia que levara meio mundo para treinar em Sárdis.

— Alteza, quando o senhor descreve um sistema de senhores e servos, admiro-o, porque me imagino imediatamente como o senhor. E um senhor admiraria o sistema que o beneficia, é claro. Mas, se me vir como alguém forçado a trabalhar sob o sol, talvez para um homem que eu achasse que não merecia estar acima de mim... então eu conheceria o ressentimento. Se me ajoelho diante do senhor, é porque honro a tradição e porque sinto que os homens devem conhecer a sua posição na vida. Mas o senhor falou comigo com bondade. Se tivesse me desprezado ou agredido, eu ficaria menos disposto a me ajoelhar. Seja como for, sou um grego livre,

Alteza, um ateniense. Jurei servi-lo e recebi a sua prata. O meu juramento me prende, mas, quando estiver diante dos deuses, ainda serei capaz de dizer que a escolha foi minha.

Ciro deu uma risadinha, achando divertido o rapaz sério que considerava normal discutir com ele daquela maneira. Não sentiu nenhuma pontada reativa de raiva, não mais do que teria com um cachorrinho que lhe mordiscasse os dedos. Era um desafio sem dentes reais, que não o feria. No entanto, ele se perguntou se estava entre os gregos há tempo demais.

Em vez de argumentar, Ciro passou a mão pela pata do grande garanhão que Xenofonte cavalgara.

— Um belo animal — disse ele. — No nível do meu Pasacas, creio eu.

Xenofonte deu um olhar profissional na montaria do príncipe e fez que sim.

— O seu Pasacas é meio palmo mais alto, Alteza, mas, sim, o meu pai criou cavalos durante quarenta anos. Pagava fortunas por animais persas, se bem me lembro.

— Os melhores do mundo — disse Ciro com tranquilidade, sabendo que era verdade.

Xenofonte sorriu em resposta. O rubor do rosto sumira, e Ciro percebeu que devia mandar os dois rapazes de volta aos seus afazeres. Buscou um modo de continuar a conversa, sabendo que a repetiria ao general espartano naquela noite quando fossem jantar.

— Você é um ateniense que pensa como um persa, Xenofonte. Às vezes, acho que sou um persa que pensa como um ateniense.

Xenofonte deu uma risadinha e pegou as rédeas dos dois cavalos. Ignorou o tristonho Hefesto, que aguardava sem sequer baixar a cabeça, olhando de um para o outro. Xenofonte ainda se perguntava se Sócrates estava por trás do alistamento dos dois no mesmo dia. A ideia clareou ainda mais o seu estado de espírito.

— Só gostaria que o meu amigo Sócrates pudesse ouvi-lo, Alteza — disse. — Se tiver a oportunidade, o senhor deveria procurá-lo em Atenas e lhe fazer essas observações. Ele o amará por isso.

Ciro balançou a cabeça.

— Não creio que retornarei à Grécia, não por um bom tempo. Meus deveres me levarão para o leste, para dentro do deserto.

— Sinto muito saber disso. Foi uma honra, Alteza — disse Xenofonte.

Ele voltou a se apoiar num dos joelhos, embora sorrisse ao se abaixar. Num impulso, Ciro se curvou para ele, fazendo ambos sorrirem quando voltaram a montar. Xenofonte juntou os dois cavalos em uma guia comprida, enquanto o desgraçado Hefesto trotava atrás, na poeira.

Ciro os observou partir, o sorriso sumindo. Fazia quase um ano desde a morte do pai. Ele voltara à vida de comandante dos exércitos persas como se nada tivesse mudado. Ele trouxe gregos para o campo de batalha e depois os fez marchar e treinar com os melhores generais até ficarem afiados. Talvez tivesse doze mil hoplitas no total, mas não era o suficiente. O irmão podia pôr seiscentos mil homens em campo — Ciro conhecia o efetivo melhor do que qualquer pessoa viva. Sabia que precisava de mais regimentos persas. Não poderia vencer com somente doze mil gregos, não contra tantos! Mas, quanto mais manobrava as forças persas para entrar no jogo, trazendo-as ao alcance de Sárdis, mais o perigo aumentava. Alguns generais gregos já tinham visto a falha. Havia poucos inimigos no mundo que exigissem uma hoste daquelas. Conforme crescesse mês a mês, ficaria óbvio para todos que na verdade esse inimigo era só um.

Ciro mordeu o lábio, mascando um pedaço de pele rompida ali enquanto a brisa passava por ele. Reunira um exército, mas a parte persa viera porque ele era príncipe e comandante dos soldados do império. Escolhera os oficiais com cuidado, homens que criara, homens que confiavam nele e o admiravam. Mas chegaria o momento em que aqueles regimentos perceberiam para onde estavam marchando. Se houvesse um motim, ele seria destruído.

Seria inconcebível contra o seu pai, um empreendimento condenado desde o princípio. Contra o irmão, Artaxerxes, Ciro esperava ter uma chance. Para os regimentos da Pérsia, Ciro era o príncipe que conheciam, a mão direita do novo rei. Talvez ficassem com ele. Ele apostara a vida e o império inteiro em que, quando chegasse o momento, eles ficariam.

Ciro pensou nos jovens atenienses que tinham cavalgado como o vento. Os dois claramente não eram amigos, mas um deles, Xenofonte, arriscara a vida para salvar o outro. Era difícil não admirar homens assim. Ciro sempre conhecera a sua posição nas famílias e na corte da Pérsia. Mas então viu que isso também podia ser um tipo de morte, uma vida não vivida. Bem, ele escolhera jogar tudo para o alto. Teria sucesso ou fracassaria, mas nenhum homem poderia dizer que ele sabia o seu lugar. Ciro sorriu consigo mesmo. Era um pensamento reconfortante.

9

Ciro estava com Próxeno da Beócia, e o robusto general grego parecia péssimo na chuva. Clearco cruzara os braços e enrolara a capa espartana em torno do corpo, embora estivesse completamente encharcado. Ciro ouvira Próxeno fungar e tossir a noite toda na sua barraca. Como seria de esperar, o general nada dissera a nenhum deles. Ciro havia notado que os outros gregos tomavam o cuidado de não se queixar quando havia espartanos por perto. Eles lhes prestavam um nível raro de respeito. Parecia que Clearco não percebia, é claro, embora o príncipe achasse que, por dentro, devia achar gratificante.

As montanhas do norte da Frígia eram cobertas de ricas florestas, e exércitos inteiros podiam treinar naquele lugar longe de olhos vigilantes ou de inimigos. Seis dias de marcha para o norte de Sárdis ofereciam privacidade suficiente para unir vários regimentos persas e gregos pela primeira vez. Clearco insistira nisso. Uma das ironias do cargo de Ciro era que os seus oficiais persas ainda não sabiam por que uma hoste tão imensa fora reunida, mas o espartano sim — e pelo menos alguns dos outros comandantes gregos suspeitavam que não estavam atrás de tribos das montanhas.

Clearco pedira para ver a qualidade dos regimentos persas que comandaria em combate. Era o mínimo de bom senso concordar com o pedido, mas Ciro se arrependia, depois de quase seis semanas de guerra simulada e treinamento físico. Naquela mesma manhã, ele vira um regimento persa ser derrotado por coríntios com apenas maças e bastões, perseguindo-os entre as árvores. O polemarco persa aguardava junto ao cavalo a uns doze passos, espichando o pescoço em busca de algum sinal de que o príncipe lhe permitiria se aproximar.

Ciro ferveu por dentro. Já era bastante ruim ver os soldados gregos romperem várias vezes as linhas persas. Homens como Próxeno e Clearco pareciam capazes de improvisar do nada novos planos e depois fazer os seus hoplitas porem tudo em prática com rapidez e facilidade. Isso fazia os regimentos persas parecerem desajeitados e lentos para reagir. Mais de uma vez, eles continuavam o avanço da ordem anterior, enquanto o "inimigo" grego designado ficava de lado, observando com zombarias. Sem dúvida, essas coisas seriam remediadas com o tempo, esperava Ciro, com os oficiais certos. Ele deu uma olhada à esquerda e suspirou ao ver o persa de olhos brilhantes. Em vez de retardar ainda mais, Ciro fez um gesto. O homem veio instantaneamente, passando pelos guardas externos, o peito estufado como um galo garnisé.

Clearco e Próxeno ficaram olhando o persa se prostrar no chão enlameado. Nisso, pelo menos, os seus modos eram perfeitos. Ciro apreciaria mais o gesto se o polemarco Eraz Tirazis não tivesse supervisionado a derrota completa dos seus homens três vezes naquela manhã.

— Alteza, o senhor me concede uma grande honra — disse o oficial rigidamente. — Não sou merecedor de estar na sua presença. Conceda-me apenas um momento do seu dia e serei mil vezes abençoado além do meu valor.

Ciro percebeu que sentia falta do estilo direto dos gregos.

— Você pediu uma palavra, polemarco. Se o meu tempo é assim tão valioso, talvez devesse usar menos palavras ou falar mais depressa.

— É claro, Alteza. Só gostaria de dizer que fiquei muito decepcionado com os homens esta manhã.

— Com os homens — repetiu Ciro, erguendo a sobrancelha.

— Vossa Alteza tem de entender que os regimentos que me deram para comandar são compostos de camponeses, a maioria deles dos povos medos. Não são pessoas cultas, se é que o senhor me entende. Eles avançam como gado, para a frente, para trás. Param quando mandamos que parem, mas ficam ali, sem pensar. Mandei açoitar centenas deles pela insolência, mas mesmo assim a cada dia eles ficam cada vez mais intratáveis e estúpidos.

— O que quer, polemarco Eraz? Voltar para casa? Isso pode ser arranjado.

— Alteza, não! — O persa parecia genuinamente ofendido. — Só peço que me deem um dos grupos de guerra persas. Talvez os meus medos fiquem mais contentes com alguém que fale a sua língua um pouco melhor.

— Os medos não o compreendem? — perguntou Ciro em voz bem baixa.

O persa fez que não, com raiva recordada.

— São agricultores tolos, Alteza. Camponeses. Fui treinado em Persépolis, com oficiais imperiais. A minha família tem quarenta e três gerações conhecidas. Serei eu um pastor para cuidar de homens assim? — Ele deu uma risadinha da própria piada. — Creio que o senhor entende, Alteza.

— Entendo — respondeu Ciro. — Embora entender um problema não seja o mesmo que saber como resolvê-lo. Eu poderia mandar surrá-lo. Poderia mandar cortar as suas orelhas, ou marcar a sua mão direita com ferro em brasa como sinal de fracasso. Poderia mandá-lo para casa ou só lhe dar uma corda e a ordem de se enforcar. Ainda assim, tenho centenas de oficiais como você, que não veem nenhum reflexo em si mesmos quando seus homens são vencidos e forçados a fugir, várias e várias e várias *vezes*!

Ciro disse a última frase como um rugido, avançando sobre Eraz de Tirazis. Em resposta, o homem se jogou no chão mais uma vez e cobriu a cabeça com as mãos.

— Guardas! Levem esse tolo e o dispam. Açoitem as suas costas quarenta vezes na frente dos seus homens.

O polemarco gritou de horror e confusão quando entendeu.

— Alteza, por que mereci essa punição? Por favor! Permita que eu me enforque antes de suportar tamanha desonra. O que foi que eu fiz? Por favor, não entendo...

Ele foi arrastado, ainda se queixando e implorando.

Atrás dele, Ciro ergueu a cabeça para a chuva, que parecia enfiar dedos frios pelo seu pescoço. Próxeno deu um grande espirro, e Ciro se virou para ele, ainda furioso com a sua própria impotência. O general grego ergueu as mãos como se capitulasse, em um estado péssimo demais para fazer algo além de assoar o nariz num pedaço de pano.

O espartano também soltou um pigarro, e Ciro o olhou.

— Tem algo a acrescentar, Clearco?

— Se puder falar sem que o senhor ordene que me açoitem, tenho sim.

Ciro se controlou com dificuldade. Inclinou a cabeça, puxando a boca de lado.

— Por favor. Eu não açoitaria um grego, mesmo que me desse motivo. Você sabe tão bem quanto eu que o seu serviço não é escravidão. É preciso entender que os meus oficiais persas esperam essas coisas de mim. Os outros verão que Eraz de Tirazis foi açoitado diante dos seus homens e saberão que, pelo menos em parte, ele foi responsável pela má demonstração desta manhã. Ele passará alguns dias sendo tratado pelos nossos médicos. Se tiver o bom senso de aceitar bem o castigo, os seus homens podem até passar a respeitá-lo mais do que o respeitam neste momento. Talvez eu lhe mande um tutor para lhe ensinar ordens no idioma dos medos enquanto ele se recupera. Sim, vale a pena fazer isso.

Clearco fez que sim, embora visse que o príncipe cerrava e abria o punho direito enquanto falava.

— Fico contente porque o senhor não daria uma ordem dessas. É raro o príncipe que conhece os seus limites.

Ciro deu uma olhada no homem que lhe dizia que não admitiria ser punido — um homem que o servia. O príncipe sentiu a raiva aumentar, e o seu rosto corou. Por sua vez, Clearco observou com algum interesse a tentativa do príncipe de controlar a raiva.

— General — disse Ciro —, sinto muito pelos meus modos. Hoje, só vejo problemas. Os seus homens são... excelentes. Achei que conhecia a lenda dos espartanos, mas vendo-os treinar em condições próximas da batalha... a verdade é extraordinária. Cada esparciata parece pensar como um general, mas aceita as ordens como um soldado. Como se faz isso, Clearco? Se eu tivesse dez mil assim, não precisaria do resto. Conquistaria o mundo só com esses.

— Somos criados para pensar por conta própria — disse Clearco —, mas de pouco adianta a liberdade sem o juízo. Alteza, todos os meus homens treinaram e lutaram juntos durante anos, desde o tempo que passaram nos quartéis de meninos em casa. Eles obedecem a ordens, é claro, mas, se virem uma brecha, um ponto fraco, podem romper a formação e atacar. Nenhum oficial vê a batalha toda, nenhum soldado vê. É por isso que o senhor monta um cavalo alto e mandamos batedores à frente e aos flancos. Mas, por mais que nos preparemos, chegará o momento em que um hoplita passa sobre dois homens mais fracos e se verá à frente do resto, talvez ao alcance de uma muralha rompida ou de um general inimigo. Se aguardar ordens, perderá o momento. Se correr à frente sem pensar, suas linhas podem falhar e serem destruídas. É realmente uma questão que exige avaliação muito ajuizada. Quando fazem a escolha certa, promovemos esses homens. Fazemos deles oficiais. Damos-lhes coroas de louros e até casas. Mas, se trouxerem destruição para as suas linhas, todos os homens cospem ao ouvir falar daquele dia, e nenhuma criança recebe um nome que vai murchar na vinha para todo o sempre. — O general deu de ombros. — Como digo, há um equilíbrio.

Clearco olhou a distância um momento, pensando nas suas palavras. Ciro viu e lhe fez um gesto para que continuasse.

— Aquele oficial que o senhor mandou açoitar era estúpido demais para comandar, creio eu. Não tem amor pelos seus homens, nenhuma apreciação pelas suas habilidades, pela sua bravura. Eu vi esses homens medos — são sólidos, nada fáceis de vencer. É claro que não querem marchar morro acima e morro abaixo com espartanos e coríntios uivando como lobos nos seus flancos! Estão molhados, com frio, fatigados e cansados da vida. Ter de ouvir a arenga de um homem desses ainda por cima... francamente, me surpreende que não o tenham matado. O moral deles deve estar baixíssimo.

— Então, o que os espartanos fariam com um homem desses? — perguntou Ciro com desespero. — Tenho várias dúzias que não são melhores. E alguns consideravelmente piores.

— Começaríamos tendo uma conversinha com ele — disse Clearco. — Cinco ou seis dos nossos explicariam o que ele tem feito de errado, caso não saiba. Garantiríamos que entendesse. Quando voltasse a andar, procuraríamos ver se obteve alguma sabedoria. Alguns homens são vencidos pela experiência. Outros a veem como um rito de passagem e ficam mais fortes. Caso contrário, temo que seria deixado para trás, para os lobos. Não permitimos fraqueza, príncipe Ciro, mas... o nosso jeito não é para todos. Na verdade, o nosso jeito destruiria um dos seus regimentos. Assim como surrar um cavalo ou um cão todo dia o deixa tímido ou selvagem, mas não melhor do que antes.

Ciro praguejou, batendo o punho contra um painel da capa e fazendo os nós dos dedos sangrarem. Clearco olhou com calma.

— Se me permite dizer, Alteza, às vezes o senhor parece um homem consumido pela raiva. Todo exército precisa de tempo para treinar. Já vi turbas e populachos se transformarem em bons regimentos. Os seus persas não estão em menos forma e não são mais indisciplinados do que outros que conheci. Mas o senhor parece se contorcer cada vez mais, como uma mola de crina. Para o senhor, é só assim?

Ciro estava amargo ao responder.

— O trono do meu pai é um mero bibelô, então? Não vale a luta, aos seus olhos?

— De forma alguma! Não consigo pensar em prêmio maior no mundo do que esse que o senhor busca. — O general espartano se remexeu, pouco à vontade, com uma olhada em Próxeno, que se aproximara para escutar. — Mas... uma vida somente de guerra não é feliz. Quando não pensa em outra coisa durante meses ou anos seguidos, o homem perde algo vital. Penso que a vingança é igual quando se permite que vire uma grande fornalha. O homem pode ser destruído pela própria raiva, Alteza, já vi acontecer. O seu juízo pode se afundar, caso ele não seja tomado por um grande espasmo, de modo que o coração estoure ou o rosto afunde como cera derretida. Acho que, se não tivesse a minha mulher em casa, os meus filhos e filhas, eu não trabalharia tanto. Quando estou em casa, cuido de um pedacinho de terra em paz. Cultivo azeitona e cebola. Penso naquele lugarzinho quando estou surdo e cego com o estrondo do metal e o cheiro da morte.

O general viu que Próxeno observava com surpresa e corou. Clearco não era dado a fazer longos discursos e, no entanto, estava falando com o príncipe. Ciro era um homem fácil de gostar, ao que parecia. Clearco pôs a ideia de lado. Embora comandasse fileiras e exércitos, não era imune ao desejo que sussurrava e se aconchegava dentro de todos eles: seguir um homem de valor. Pelo príncipe certo, Clearco sabia que os seus exércitos atravessariam as chamas. Ele também.

— Alteza, às vezes... às vezes é difícil manter Esparta na mente. Eu lhe dei a minha vida, o meu sangue, o meu suor e toda a minha juventude, mas é difícil mantê-la nos pensamentos na chuva, quando as correias machucam e estou cansado. Minha Calandra é mais fácil.

— Tive um grande amor — admitiu Ciro. — Um só. Mas ela se casou com outro.

— Talvez reconsidere se o senhor tiver sucesso aqui — disse Clearco.

Próxeno fungou; ambos se viraram e o viram rindo no pano enquanto limpava o nariz que escorria.

— Eu pediria a um espartano conselhos sobre a guerra, Alteza. Não lhe pediria conselhos sobre o amor. Eles escolhem as suas mulheres entre as que vencem corridas.

— Isso não é verdade — disse Clearco.

Ciro o encarou com olhos arregalados. Ele deu de ombros.

— Às vezes é verdade. Mulheres velozes fazem filhos fortes.

— Mulheres velozes com belos bigodes sedosos — disse Próxeno.

Clearco o olhou com calma, e Próxeno pensou nas suas palavras, olhando os pés. O espartano então deu uma gargalhada, batendo no ombro do general resfriado com força suficiente para fazê-lo cambalear.

— Príncipe Ciro — disse Clearco —, o senhor reuniu bons homens ao seu redor. Se me der um ano, eu os transformarei num exército capaz de abalar o mundo. Não posso transformar em espartanos os seus regimentos persas. Mas posso fazer deles coríntios ou atenienses. Talvez até beócios. Isso será suficiente.

Próxeno tentou socá-lo, e Clearco se esquivou, rindo. A chuva ficou mais forte, embora o humor deles tivesse melhorado sob o aguaceiro. Os três estavam à vontade quando se viraram e viram um mensageiro escorregando no terreno lamacento enquanto subia a encosta. O menino era persa; desenrolou uma esteira, se prostou sobre ela e estendeu um estojo de pedra polida para pergaminhos. Ciro franziu a testa ao romper o selo e tirar um rolo. A chuva respingou nele como no couro de um tambor, manchando a tinta e fazendo as letras escorrerem. A boca do príncipe se contraiu.

— Acho que não teremos o ano de que precisa, general — disse Ciro. — Parece que o meu irmão mandou um velho amigo inspecionar os exércitos do oeste. Tissafernes chegou a Sárdis e solicita a minha presença imediata.

Ciro enrolou a mensagem, embora estivesse encharcada demais para pôr de volta no estojo. Ele quebrou o tubo no joelho e assoviou para trazerem o seu cavalo; pulou e jogou a perna por cima dele sem a plataforma de montaria. Enquanto pegava as rédeas, tanto Próxeno quanto Clearco tocaram o ombro esquerdo com a mão direita e baixaram a cabeça.

— General Clearco, general Próxeno. Eu gostaria de ter os seus conselhos em Sárdis. Ficaria interessado em ouvir as suas impressões sobre esse nobre persa. Devo mandar arrear cavalos para vocês?

Antes que o espartano recusasse, Próxeno falou por ele.

— Se ordena, Alteza, é claro. Fizemos um juramento de serviço, afinal de contas.

Clearco olhou o beócio com raiva, incapaz então de dizer que preferia andar. Ciro mal hesitou, pensando na reunião com um homem que preferia ver morto a andando em liberdade.

— Seria mais rápido, Clearco.

— Pode vir atrás de mim se quiser, general — disse Próxeno.

— Não, isso eu não farei — respondeu Clearco. Ele baixou a cabeça e bateu a mão direita no ombro esquerdo mais uma vez. — Como ordenar, Alteza, é claro.

Tissafernes estava no palácio de Sárdis havia uma semana quando Ciro chegou com apenas quarenta homens. Uma guarda pessoal de seiscentos soldados acompanhava o nobre persa. Ciro supôs que mesmo assim fora preciso certa coragem, depois do que se passara entre eles no platô. Quando entrou no pátio aberto e apeou, o príncipe se viu diante de fileiras caladas de soldados Imortais, seus uniformes pretos sem marcas. Ele não pôde deixar de se perguntar se algum deles estivera em Persépolis quando a sua vida pendeu por um fio.

Os cavaleiros que estavam com Ciro levantaram uma nuvem quando também apearam e passaram as rédeas a meninos escravos. O pó caiu sobre as forças armadas de Tissafernes, como uma mancha no ar.

Ciro sentiu o coração bater. Não podia saber com certeza se o irmão não dera a ordem de matá-lo. Pensara em trazer milhares consigo, mas, mais do que tudo, essa demonstração revelaria o seu jogo. Tinha de agir como se tudo estivesse perdoado entre eles, como se não considerasse Tissafernes e Artaxerxes seus inimigos. Mesmo que lhe custasse a vida, ele teria de representar o seu papel.

Assim, Ciro avançou e não deu sinais de notar a tensão aumentar nas fileiras de Imortais. Ele sorriu e estendeu as duas mãos, abraçando o velho e beijando-o no rosto e nos lábios no estilo formal. Agir assim fez o príncipe lembrar a antiga história grega do homem que encontrou uma víbora congelada na neve. O homem teve pena do animal moribundo e o pressionou contra o peito para lhe dar calor. Quando reviveu, a cobra enfiou as presas nele e lhe tirou a vida. Ciro acalentara uma víbora junto ao peito quando vira Tissafernes como amigo. Não cometeria o mesmo erro outra vez.

Como Próxeno e Clearco, o general Neto de Estinfália acompanhara o príncipe. Também avançou para cumprimentar o persa, embora Tissafernes franzisse o nariz com o cheiro de suor e cavalo que emanava dos homens enquanto se juntavam para serem apresentados. O seu guarda pessoal estendeu a mão para impedir o general grego de chegar perto demais, e Neto deu nos dedos do homem uma torção rápida que o fez guinchar de surpresa. O olhar que Tissafernes deu ao seu oficial foi de puro veneno.

— Talvez você devesse ver se a cozinha está pronta para nós, capitão — disse Tissafernes.

O homem corou de raiva, os olhos faiscando enquanto fitavam com raiva o estínfalo. Neto não deu sinal de notar o que fizera, embora Ciro ficasse contentíssimo por ter estragado a demonstração que Tissafernes planejara. Já era bastante ruim encontrar um inimigo, mas ser recebido no palácio real como se Ciro fosse o convidado e Tissafernes o anfitrião era exasperante.

O príncipe sorriu e descansou o braço nos ombros de Tissafernes, virando-o. Ele conhecia melhor do que ninguém o desagrado do outro pela proximidade física, e Ciro o abraçou com força enquanto entravam.

— Estou tão contente de ver um rosto conhecido neste lugar, leão velho. Senti saudades suas. Achei que ainda estava zangado comigo por... — Ele fez um gesto no ar — tudo o que aconteceu em Persépolis. Talvez fosse a minha imaginação, mas achei melhor ficar longe, bem a oeste, pelo menos durante alguns anos, enquanto o meu irmão se instala como Grande Rei e imperador divino.

— Entendo — disse Tissafernes. Ele lançou um olhar de dúvida nos três generais gregos que andavam atrás deles. Será que algum deles falava o idioma real? — Mas vejo que o senhor ainda se consorcia com os gregos, Alteza.

Para sua surpresa, Ciro balançou o dedo para ele, como se ele fosse uma criança travessa.

— Bem, você me custou a minha guarda de espartanos, leão velho. Tive de pedir desculpas quando voltei para cá. E o pagamento às famílias! Você me custou ouro suficiente para formar um regimento naquele dia... e por quê? Sempre fui leal, você mesmo disse isso. Servi ao trono e ao meu pai a vida inteira... e estou disposto a passar a vida a serviço do meu querido irmão também. Você me conhece, velho amigo. Deixei para trás todas as coisas desagradáveis. Só posso pedir desculpas e deixar o passado no passado. O que mais há para fazer?

Tissafernes se sentiu relaxar sob a torrente de palavras, acompanhadas pela pressão do braço do antigo pupilo nos seus ombros. Ainda não resistia a se fazer de anfitrião enquanto avançavam mais pelos corredores do palácio, deixando lá fora o calor do sol.

Além dos seus guardas, Tissafernes trouxera consigo todo um séquito de criados, com assassinos, cozinheiros, envenenadores, seleiros, todos os tipos de que pudesse precisar. Cada um dos companheiros de Ciro foi levado pela mão para ser banhado e esfregado antes da refeição que Tissafernes lhes preparara. Não viu sinal de ressentimento no príncipe, nem mesmo uma fagulha.

— O jantar será servido ao pôr do sol, Alteza — disse Tissafernes. — Meu cozinheiro se ocupou por dias na preparação.

Embora relutasse em admitir, parecia que daria boas notícias ao rei Artaxerxes. Tissafernes não desperdiçara a semana passada na cidade. Os seus três melhores espiões tinham saído para buscar as informações que houvesse. Toda cidade tinha uma rede que respondia diretamente aos espiões-mestres imperiais. Era só questão de tempo para Tissafernes conhecer cada passo que Ciro dera nos seis meses anteriores, cada conversa, cada ação e decisão. Os espiões escreviam tudo o que lhes chegava e formavam um quadro que ele mesmo leria. O mais importante é que jantaria com o príncipe e passaria dias a observá-lo. Tissafernes conhecia Ciro desde a infância e, se houvesse nele algum artifício, sem dúvida descobriria. O velho tutor sentiu os ombros recuarem e o peito se erguer de orgulho com a confiança nele depositada. A sua avaliação era, literalmente, uma questão de vida e morte, com exércitos inteiros aguardando a sua palavra.

Tissafernes fez um gesto para dois jovens escravos o acompanharem. Ele adorava ser banhado e se sentia expansivo, o humor alegre. Afinal de contas, era a mão direita de um Grande Rei, a adaga da casa real. A ideia lhe agradava.

O jantar daquela noite foi um evento íntimo. Embora tivesse trazido homens suficientes para ficarem em todos os cantos e corredores do palácio, Tissafernes só permitiu seis na câmara de jantar, em pé junto à parede. Ele mesmo estava vestido de tecido de ouro escuro, a túnica larga mantendo-o fresco, embora tivesse ganhado algumas dobras de gordura desde que Ciro o vira pela última vez.

As janelas ficavam no alto das paredes daquela sala, onde o rei Dario já recebera um sátrapa da Índia e escondera rubis num prato de ameixas para diverti-lo, jogando-os para os filhos como frutas secas. Soprava uma brisa fresca, canalizada pelo projeto das telhas externas, um milagre de engenhosidade do arquiteto original.

A mesa em si tinha um tampo de mármore verde-escuro tão polido que refletia as vigas do teto entre os pratos e o rosto dos criados quando se inclinavam. O príncipe Ciro estava à cabeceira da mesa, com Tissafernes à sua direita. Clearco sentava-se à esquerda, com Próxeno e Neto de Estinfália mais adiante no comprimento.

Tissafernes continuava a se fazer de anfitrião, recomendando pratos específicos. Ele observava se Ciro hesitava com algum deles, mas, se temia veneno, o príncipe não deu sinal. A falta de desconfiança era promissora, Tissafernes admitiu para si. O homem culpado de traição costuma esperá-la nos outros. Mas Ciro partia o pão com os dedos e tomava vinho tinto com todos os sinais de prazer relaxado.

— Esses gregos, Alteza. Eles falam a nossa língua? — perguntou Tissafernes.

Para sua surpresa, tanto Próxeno quanto Clearco, o espartano, fizeram que sim, embora Próxeno levantasse e balançasse a mão para a frente e para trás, como se indicasse uma capacidade abaixo da perfeição. O general Neto observou a ação num completo vazio, olhando em volta como se eles latissem como cães uns para os outros. Tissafernes pôde ver que não havia teatro naquela leve rudeza. Os gregos não viam os sons que não entendiam como linguagem real e os tratavam como conversa de passarinhos, um barulho a ser ignorado ou até para se falar por cima.

— Como vê, leão velho, o persa é a língua do comércio e da guerra, pelo menos entre aqueles que fazem da guerra o seu comércio. — Ciro falava com tranquilidade, como se eles ainda fossem amigos.

— Entendo. Tomarei cuidado para não ser indiscreto, Alteza. Mas o seu irmão me pediu que avaliasse a prontidão das nossas forças aqui. Minha tarefa é indagar sobre o nosso efetivo, os que estão em armas por nós. O senhor tem esses números?

— É claro — disse Ciro, espalhando uma concha de ovinhos brancos sobre o pão e o peixe. — Mandarei o meu senescal lhe entregar todas essas contas. Você me ensinou a calcular, Tissafernes. Eu teria vergonha se hoje você encontrasse um erro nelas.

Tissafernes riu enquanto esvaziava a taça e a mandava reencher. Isso lhe trouxe uma sensação de aconchego, e ele sorriu para o príncipe. Talvez o filho mais novo de Dario fosse uma alma maior e mais indulgente do que ele pensava.

— A comida está ótima — disse Clearco em grego.

Tissafernes franziu a testa com os maus modos do homem, embora Ciro logo traduzisse. Neto se alegrou com isso, as primeiras palavras que conseguia entender.

— Ah. Trouxe o meu cozinheiro — respondeu Tissafernes. — Francamente, na minha idade, não posso viajar sem ele. Nada mais concorda comigo, a menos que seja ele a preparar. — Ele bateu na barriga com pesar. — Cuidado com os ácidos da velhice, Ciro.

Por um instante, Ciro percebeu que sorria como se eles realmente fossem os velhos amigos que tinham sido. Ele lembrou que aquele homem à mesa se dispusera a ver a sua cabeça lhe ser arrancada dos ombros. Não havia amizade nem gentileza no velho tutor gordo que mascava uma pasta de carne e laranja. Bastaria uma olhada nos guardas ao longo das paredes para ver que eles estavam prontos para defender o seu senhor. Observavam Ciro como inimigo, lembrando-lhe que realmente era. Ainda assim, foi uma bela refeição, e Próxeno gemeu quando se levantaram. Tinham passado por uma dúzia de pratos e vinhos, com Tissafernes comentando ansioso cada um, entoando louvores ao seu cozinheiro até Ciro ter vontade de estrangulá-lo. Ele notou que os gregos comeram pouco, embora talvez fosse o exemplo de Clearco, que meramente provou cada prato como se procurasse por veneno. Como, é claro, provavelmente procurava.

No crepúsculo, depois de um dia longo, não era difícil bocejar. Ciro inclinou a cabeça para trás e pôs a mão sobre a boca aberta.

— Amanhã, leão velho, farei os nossos melhores regimentos desfilarem para você. Gastei uma fortuna com eles, mas acho que concordará que não foi um desperdício.

— Espero que não, Alteza — respondeu Tissafernes, um toque de aviso na voz.

Então o silêncio caiu, e Tissafernes viu o jovem príncipe erguer a sobrancelha. Ele percebeu que Ciro esperava que ele se prostrasse. Não parecia muito correto fazer isso, não para um homem que viera julgar. Rigidamente, Tissafernes se curvou a partir da cintura. Ele corou e, quando se ergueu, viu que Ciro o encarava.

Tissafernes deu uma risadinha fraca.

— É uma nova era, Alteza...

Para sua surpresa, ele viu o rosto de Ciro enrijecer.

— Não, Tissafernes. Sou filho do meu pai. Sou irmão do Grande Rei Artaxerxes. Sua intenção é demonstrar desrespeito pela minha família, pela casa real?

Talvez fosse mesquinho, mas Ciro suportara uma noite com um homem que detestava, sopesando cada palavra dita em busca do que poderia revelar. Ele aproveitou o momento e se recusou a ceder, mantendo o olhar no velho até que Tissafernes corou mais profundamente e se abaixou até o chão, um joelho de cada vez, até se prostrar.

— É importante lembrar qual de nós é o anfitrião e qual é o hóspede — disse Ciro baixinho.

Então fez a voz mudar, forçando leveza nela quando estendeu a mão e ajudou Tissafernes a se levantar.

— Pronto. Parece que esses gregos não entendem a importância de demonstrar respeito a um príncipe. Fico com saudades de casa, Tissafernes, ao vê-lo fazer isso tão bem.

— Obrigado, Alteza. O senhor me honra — respondeu Tissafernes, embora houvesse na sua voz uma tensão que fez Próxeno fungar e depois assoar o nariz para esconder a vontade de rir.

10

A condição exata de Tissafernes como hóspede não podia ser definida. Nas suas veias não corria uma única gota de sangue nobre, mas ele portava selos de Estado que lhe davam autoridade para agir em nome do rei — e claramente acreditava que fora supervisionar a parte oeste do império. Seus modos não tinham nada de suplicantes, montado em seu cavalo no campo de manobras de Sárdis. O governador local se convidara para o evento, assim como todas as famílias ricas capazes de barganhar, bajular ou ameaçar para conseguir um convite.

Com o sol assando um campo de manobras vasto e verde, Tissafernes assistiu ao desfile e à movimentação dos regimentos. Ele e o príncipe Ciro eram protegidos do calor por tecidos quadrados de bambu e linho branco, agitados por escravos. Ciro tentou relaxar e apreciar o que via, mas a ideia de que tudo seria relatado ao irmão lhe azedava o dia.

Numa época mais inocente, Ciro adoraria exibir ao velho professor os seus melhores homens e as manobras mais difíceis. Talvez torcesse então para que a notícia do seu sucesso encontrasse o caminho dos ouvidos do pai em Persépolis. Ele não poderia fazer menos naquela tarde, não depois de reunir um imenso efetivo e treinar os homens durante meses. Milhares de gregos e outros tantos regimentos persas marcharam pelo campo em padrões complexos, demonstrando fintas e ações de pequenos grupos uns contra os outros.

Ciro planejara o clímax de um ataque encenado para impressionar Tissafernes, como antes faria naturalmente. Agora, achava que era demais. Suava enquanto sorria e pedia bebidas frescas.

O príncipe e Tissafernes eram os únicos montados naquele vasto campo, e todos os outros convidados e visitantes se organizavam em bancos curvos em torno deles, como se fossem o público em um teatro grego. O estado de espírito era leve, e os mercadores e nobres aproveitavam o sol. Vários tinham trazido as filhas solteiras e tentavam atrair os olhos de um príncipe real que parecia desdenhar festas e bailes e raramente era visto em público.

Ciro se perguntou se alguma fofoca deixaria de encontrar o caminho dos ouvidos de Tissafernes e, por meio dele, do irmão. Ele duvidava. Até que Artaxerxes produzisse um herdeiro, Ciro estava na linha direta de sucessão do trono. Os seus casos de amor, ou a falta deles, preocupavam bastante a Coroa. Ele se amaldiçoou por não montar uma fachada melhor nos meses que tivera. Pusera-se ao trabalho de montar uma imensa hoste, regimento a regimento. Não lhe ocorrera que o irmão poderia mandar alguém para perguntar, com aparente inocência, se o príncipe visitara os teatros ou cortejara alguma mulher de elevada família. As suas duas amantes gregas não contavam.

Ciro sentiu uma gota de suor escorrer pelo rosto e percebeu que estava se embaraçando. Detestava mentir, e a tensão de dissimular o desgastava. Ele se lembrou da mãe lhe falando de um homem santo, famoso tanto pelo mau humor quanto pelo controle que exercia sobre ele, de modo que ninguém jamais o via zangado. Quando morreu, houve suspeita de envenenamento, e abriram o corpo para descobrir a causa da sua partida. Os músculos foram encontrados contorcidos e entrelaçados, depois de anos e anos guardando a raiva para si, sem deixar que ninguém a visse.

Ciro se sentia como esse santo eremita sempre que Tissafernes se virava e falava de algum aspecto da demonstração que lhe agradava.

Ele só conseguia inclinar a cabeça e sorrir para o sol, enquanto os temores só cresciam. O pai mantivera espiões no império inteiro, todo mundo sabia; nem mesmo os espiões tinham consciência da extensão da rede. Ciro tentara agir como se fosse observado, como se cada palavra dita em voz alta pudesse ser ouvida pelo seu maior inimigo. Essa tinha de ser a linha de ação mais segura quando não sabia em quem confiar. Mas era fácil esquecer a cautela nas noites quentes, com boa comida, bom vinho e amigos. Era possível jogar a vida inteira fora com poucas palavras.

O público ficou mais ereto quando quatrocentos espartanos entraram no campo por um portão, num passo rápido que os faria interceptar um regimento persa em posição de sentido no outro lado. As mulheres se abanaram ao ver aqueles homens trotarem em filas perfeitas, as capas vermelhas se agitando. Havia escolas de pensamento diferentes entre os próprios espartanos quanto às capas. Alguns comandantes ordenavam que fossem retiradas antes da batalha, considerando-as vestimentas apropriadas para uma noite de inverno ou uma demonstração, mas muito fáceis de serem agarradas e puxadas pelo inimigo numa luta. Outros, como Clearco, sabiam usá-las para prender a lâmina do adversário ou cegá-lo com um movimento do pano, e depois mergulhar a espada através dele. Era uma questão de escolha pessoal para os homens cuja vida dependia da habilidade marcial, mas Ciro tinha de admitir que ficavam bonitas no campo de manobras. A batalha simulada que ele e Clearco tinham planejado agradaria aos persas que assistiam, mesmo que não aos gregos. Os próprios espartanos só deram de ombros quando treinaram a manobra nos ensaios. Sabiam que eram os melhores, não importava o que algum príncipe persa quisesse mostrar ao seu velho tutor.

A menos de quarenta passos de onde Tissafernes e Ciro estavam montados, os espartanos puxaram o escudo das costas e puseram-nos no antebraço. Ao mesmo tempo, baixaram lentamente a ponta das longas lanças, de modo que as seguravam como armas, não como cajados. Ficaram prontos para atacar em instantes, e Ciro percebeu que engolia em seco com a ideia de enfrentar aqueles homens em combate. Todas as outras fileiras pararam para observar essa última ação. Até os passarinhos e o público que assistia silenciaram.

Ciro começou a rezar em silêncio para que o regimento persa não se rompesse e saísse correndo no campo de manobras. Ele incluíra oitocentos arqueiros em seu efetivo, com o cuidado de que só levassem hastes sem ponta. Mas não fora capaz de fazer o mesmo com as lanças espartanas, não sem inutilizá-las. Clearco se recusara a destruir as armas dos pais só para uma demonstração. Eles aguentariam a chuva de flechas e se absteriam de cortar os persas em troca.

As duas forças se encontraram num trote que parecia lento. Ciro percebeu que cerrou os punhos quando as fileiras persas pararam a duzentos passos. Os arqueiros puxaram os arcos e lançaram as flechas suavemente, o estalo como o de asas de pombos. Primeiro veio o chocalho das cordas e os gritos dos arqueiros, com ordens rugidas no lado espartano. Escudos foram erguidos e sobrepostos, formando uma grande cúpula dourada de bronze, madeira e couro, e depois veio o martelar, quando milhares e milhares de hastes a atingiram. Cada um dos oitocentos arqueiros tinha uma aljava com doze hastes, e mandaram quase dez mil delas nos escudos. Foi uma bela demonstração a distância, com as horas de treino com alvos se revelando no agrupamento. Poucos tiros erraram, e Ciro viu o interesse de Tissafernes. O velho bateu a mão contra o flanco de couro liso da sela para aplaudir o ataque.

Em campo, os espartanos se levantaram devagar. Onde risos e comentários satisfeitos tinham surgido no público que assistia, o silêncio caiu mais uma vez. Os espectadores sentiram o olhar maligno que os espartanos deram no regimento persa. Os capacetes de bronze se viraram devagar e permaneceram fixados nos risonhos arqueiros persas. Ciro viu os espartanos estenderem o braço para arrancar flechas dos escudos. Ele engoliu em seco ao perceber que as pontas deviam ter perfurado o revestimento de bronze, que a ponta de algumas hastes não fora removida. O príncipe não sabia se era o tipo de erro simples que atormentava os seus regimentos ou se resultava do rancor de algum oficial persa, talvez na esperança de deixar alguns gregos mortos no campo de manobras. Ciro viu os espartanos discutirem o ataque entre si. Ele só podia observar e torcer para que não pensassem em represália. Os homens de capa vermelha se posicionaram em uma atitude desafiadora, provocando o inimigo, inclinando-se à frente como cães na guia. Não pareciam ter recebido ferimentos. Mas cada olhar sombrio se fixava nos arqueiros. Ciro se lembrou das palavras relatadas do rei Leônidas, nas Termópilas. Quando os persas do seu tempo lhe disseram que cobririam o sol com flechas se ele não se rendesse, o rei dera de ombros e lhes respondera que combateria à sombra.

Tissafernes deu uma risadinha do que pensou ver enquanto os oficiais espartanos chamaram os homens taciturnos de volta à posição de sentido. As pontas das lanças longas subiram e os escudos foram presos às costas em ordem de marcha mais uma vez. Diante deles, no outro lado do campo, os arqueiros persas ainda davam tapinhas nas costas uns dos outros e se mantinham em formação frouxa, como se estivessem numa festa ou num casamento. Ciro ferveu ao vê-los. Se isto não o envergonhasse na frente de Tissafernes, ele poderia até mesmo querer testemunhar o ataque espartano naquele momento para ensinar os seus homens a nunca baixarem a guarda. Seria como soltar raposas entre galinhas, percebeu ele. Mesmo como lição, haveria sangue.

Parecia que Tissafernes não tinha notado a tolice dos arqueiros persas. Como a demonstração estava no fim, ele e Ciro apearam, deixando os cavalos aos cuidados dos criados. Tissafernes se espreguiçou e bocejou, com um sorriso dissimulado para o príncipe. O velho estalou os dedos para pedir outra bebida gelada, a quarta, embora cada uma custasse um mês de salário — um dárico inteiro de ouro. O gelo era trazido em blocos imensos dos lagos nas montanhas e guardado bem fundo no chão para os meses de estio. Numa única taça de vidro azul estava a própria essência da riqueza e da civilização. Tissafernes era viciado nos sucos doces, empilhados com finas lascas de gelo. Mais ainda, era viciado na riqueza e na autoridade que os traziam à sua mão.

— Foi uma demonstração grandiosa — disse ele, bebendo e suspirando de prazer. — Faz bem a esses estrangeiros conhecer a derrota, principalmente contra soldados persas. Eu não gostaria de relatar ao seu irmão que os seus gregos têm ideias acima da sua posição. — Ele espiou as filas à espera, franzindo a testa. — Não vejo costas marcadas entre os espartanos. Eu me pergunto se o senhor é suficientemente duro com eles.

Ele deixou a última frase como pergunta, e Ciro foi forçado a engolir a primeira resposta que veio à mente. O príncipe era o comandante em chefe de todos os exércitos da Pérsia. Sem dúvida, Tissafernes sabia que Ciro era imensamente mais experiente do que ele em tais questões. Além disso, o velho parecia decidido a alfinetá-lo e insinuar uma condição para si mais alta do que no último encontro, como se tivesse a aprovação e a confiança do rei Artaxerxes. Era impossível saber a verdade. Ciro dificilmente poderia perguntar diretamente ou mandar um mensageiro ao irmão. Em consequência, tinha de suportar as implicâncias mordazes e ameaças veladas sem demonstrar nenhuma faísca de ressentimento. Pelo que sabia, Tissafernes recebera ordens de testá-lo, exatamente como estava fazendo.

— Em geral, deixo a disciplina espartana a cargo dos seus próprios oficiais — disse Ciro. — Se um deles for preguiçoso, por exemplo, ou comer demais, eles o punirão com crueldade espantosa, dizendo que põe em risco a vida de todos. Eles levam essas questões muito a sério, como um ataque à sua honra, e à honra e à reputação da sua cidade natal.

— Quanta pretensão — fungou Tissafernes. — Como se homens como esses pudessem ter a verdadeira honra, ou mesmo entender a ideia. Tenho certeza de que o seu irmão não gostará de saber da sua admiração por eles. Ou a nega?

Ciro sentiu a raiva subir outra vez, e foi difícil responder com tranquilidade e sem emoção.

— Não vou negar, leão velho. Assim como não negaria que o céu é azul. Admiro os bons soldados. Os espartanos não têm igual.

— São melhores que os nossos Imortais, então? — insistiu Tissafernes.

— As Termópilas nos dizem que são. Plateia nos diz que são. Para manter fortes as fronteiras do meu irmão, preciso ter os melhores para treinar os nossos regimentos.

O humor de Tissafernes esfriou, de certo modo, embora passasse um momento remexendo a bebida antes de responder.

— Alguns homens escolheriam não mencionar Plateia, Alteza, onde os espartanos derrotaram a nossa infantaria e depois mataram os que restaram no campo. Foi um dia sombrio. Mas aí está o senhor, elogiando os filhos e netos daqueles mesmos selvagens e canalhas. Vê-los aqui, com os seus olhares raivosos! Se fosse um bom comandante, o senhor mandaria açoitar um dos seus oficiais pela insolência dos homens. Devo dizer, me pergunto o que o seu irmão...

— Artaxerxes saberá que o império está em paz — interrompeu Ciro — e saberá que a paz é conquistada com fronteiras fortes... e exércitos treinados, prontos para marchar a qualquer hora. Reuni os melhores para aprimorar os nossos regimentos persas. Para serem a pedra de amolar que vai mantê-los afiados. Isso é tudo o que importa para ele. — Ciro mordeu o lábio para não deixar mais raiva ainda se infiltrar nas respostas. Ele não sabia se Tissafernes estava genuinamente ofendido com a arrogância dos espartanos ou se buscava provocá-lo até que fizesse alguma revelação que pudesse destruí-lo. — Seja como for, isso diz respeito a mim.

Tissafernes se virou para um dos oficiais que trouxera consigo.

— Polemarco Behkas, está vendo aquele oficial espartano? O que usa uma pele de leopardo nos ombros. É, o de elmo emplumado ali. Chame-o para mim.

Ciro sentiu a boca se abrir de surpresa. Não tentou cancelar a ordem, sabendo que a sua dignidade não sobreviveria. Tissafernes trouxera o oficial. Sem dúvida, o homem era leal a um único senhor.

— Acha que dá ordens no meu quartel? — perguntou Ciro, os pensamentos disparados.

Tissafernes meio que se virou, observando-o. Com espanto, Ciro viu que a mão do homem descansava bem perto da adaga sob o cinto, como se pensasse em puxá-la. De repente, o dia dera errado, o rancor do outro revelado. Ciro se sentiu patinhar enquanto o general Clearco vinha trotando até os dois cavaleiros, parava e removia o elmo num movimento rápido. O espartano parou com as pernas abertas na largura dos ombros, parecendo relaxado. Na verdade, parecia esperar elogios. Ergueu as sobrancelhas quando Tissafernes fez um gesto zangado na sua direção.

— A arrogância desse homem me desagrada — anunciou Tissafernes para o ar. — Como representante e plenipotenciário do rei Artaxerxes, abençoado seja o seu nome e longa a sua vida, desejo que esse sujeito seja açoitado como um exemplo para os outros. Polemarco Behkas, separe um dos seus homens mais fortes para brandir o chicote. Dispa esse espartano até a cintura e deite-o. Eu contarei em voz alta.

— *Nada* disso — explodiu Ciro, o seu espanto dando lugar à raiva. — Você não tem essa autoridade aqui. — Ele fez um gesto rápido para o oficial que se movia para segurar o general Clearco. — Fique longe deste homem. Prostre-se imediatamente!

Ele disse a última frase como um rugido, e o polemarco obedeceu. Para o choque de Ciro, Tissafernes permaneceu em pé, embora empalidecesse e estivesse tremendo.

— Alteza — disse Tissafernes, a voz tensa —, o rei, seu irmão, desejava que não houvesse confusão. Falo com a voz dele, que é a autoridade do próprio trono rosa, pelo menos neste buraco de rato, tão longe do mundo real. Se mandar trazer minhas bolsas, tenho comigo o seu selo pessoal, a sua palavra sagrada inscrita em ouro. Tenho certeza de que o senhor não desejaria desobedecer a uma ordem direta do próprio trono.

— Você não é o trono e não dá ordens aqui, Tissafernes — disse Ciro com desdém escorrendo da voz. — Eu comando os exércitos do império. Sozinho. E o que você sabe da guerra? Está vendo aqueles espartanos lá no campo, com lanças, espadas curtas e as suas cópis nas costas? Se puser as mãos no general deles, não ficarão parados, olhando. Se rasgar a pele dele, não serei capaz de salvá-lo da ira espartana, nem nenhum dos seus homens.

— Entendo — disse Tissafernes. Os lábios dele tinham embranquecido com o aumento da tensão, e ele abandonou o ar de paciência divertida. — Então eles o assustam com a sua selvageria! Que interessante. Gostaria realmente de saber quem manda aqui se os seus cães selvagens podem escapar tão facilmente da coleira.

— Se me permitem — disse Clearco, surpreendendo os dois. — Se me perdoa, Alteza, o príncipe Ciro não está correto na sua observação. Os meus espartanos não interferirão, não se eu lhes ordenar.

O homem falava com fluência e precisão, em excelente persa da corte, com sotaque de Susa. Tissafernes o olhou com irritação, mas o espartano o ignorou e fez uma reverência para o príncipe Ciro.

— Alteza, se os meus homens desagradaram o representante do seu irmão, suportarei o açoite, é claro. Não há o que questionar. E os meus homens não puxarão as armas em resposta. Compreendemos a disciplina e, sem dúvida, a justiça. Acredito que será uma excelente lição para eles.

Então Clearco esperou, olhando Ciro sem piscar enquanto o príncipe raciocinava. Com Tissafernes observando, ambos tinham de adivinhar a intenção do outro sem dar o mínimo sinal de cooperação a quem vigiava.

Depois de um longo silêncio, Ciro fez que sim.

— Muito bem. É verdade que Tissafernes aqui achou algum desagrado nos modos dos seus homens. Se remover o peitoral e a capa, você será açoitado como exemplo.

Ciro soltou o ar enquanto o espartano se ajoelhava e baixava a cabeça; depois, Clearco se levantou e se despiu. O príncipe sabia que o outro preferia se curvar a pousar o joelho na terra. Era um sinal de que fizera a escolha certa. Ciro tentou não demonstrar o seu alívio. Fazia poucos dias que Clearco lhe dissera que não tinha autoridade para ordenar o seu açoitamento, mas ali estavam.

Quando ficou só de tanga de couro e sandálias, Clearco pareceu crescer de um jeito impossível. O homem poderia ter sido esculpido num grande tronco de madeira escura. Na verdade, os músculos esculpidos no metal do peitoral eram menos impressionantes do que os que estavam embaixo.

No campo, os elmos ainda escondiam os traços dos espartanos, que olharam com frieza, mas não se mexeram. Todos lá tinham visto Clearco se despir até a cintura. Ele não deu nem sinal de saber que observavam enquanto andava até os bancos dos visitantes e pousava as duas mãos num mastro pintado de branco, uma em cima da outra. Tissafernes olhou amargamente a exibição de músculos espartanos, mas firmou a boca e fez mais um sinal para o seu homem buscar o chicote, decidido a ir até o fim. De certa forma, sentia ter perdido o clímax que quisera provocar, mas ainda queria ver os gritos do grego. A ideia de fazer um espartano guinchar ou chorar compensaria um dia até então nada inspirador.

Quando o oficial desenrolou o chicote, Ciro observou os espartanos ficarem em posição de sentido. Clearco olhou o céu e murmurou alguma coisa, mas Ciro não estava perto o suficiente para ouvir. Porém ele ouviu as cordas zumbirem quando cortaram o ar, cada uma delas terminada com uma conta de chumbo. O primeiro golpe estalou em velhas cicatrizes, deixando linhas vermelhas que pingaram sangue aguado enquanto o oficial se encolhia.

— Um — disse Tissafernes, o sorriso elevando um canto da boca.

Ele percebeu que suas costas doíam por ser forçado a ficar em pé. Quando o chicote açoitou uma segunda vez, Tissafernes cochichou para um criado e aceitou a cadeira que lhe foi trazida com um suspiro agradecido.

— Dois — gritou. — Ou foram três? Devemos recomeçar?

— Foram dois — disse Ciro. — Manterei a contagem até quarenta. Por favor, tome outro suco gelado.

Ele conseguiu fazer a última sugestão soar como um insulto, de modo que Tissafernes corou. Ciro se perguntou como deixara de ver o rancor do homem. Sempre fora assim ou aquilo viera à tona com a mudança do ocupante do trono rosa? Ciro o chamara de amigo durante doze anos, mas talvez fosse quando Ciro era príncipe e Tissafernes um pobre professor e oficial do exército. Enquanto um subia e o outro caía, parecia que uma amargura se revelara no velho, ou uma fraqueza que talvez sempre tivesse existido.

Ciro observou Clearco suportar golpe após golpe. Havia talvez uma dúzia de cordas no chicote. Cada golpe cortava a pele em padrões que se cruzavam em losangos descascados, revelando a carne mais branca por baixo. O espartano descansava as mãos no mastro, e Ciro viu o momento em que Clearco notou que o agarrava com muita força. O homem soltou o ar e afrouxou os dedos, em pé com as pernas levemente curvadas.

Era difícil avaliar o ritmo do açoitamento. Se batia quando Clearco inspirava, o chicote o fazia soltar o ar. Ciro viu que ele tentou mudar o ritmo para que os golpes viessem entre as respirações, mas o persa que brandia o açoite não era especializado, e o seu ritmo era irregular. Mais de uma vez, o homem parou por um bom tempo para passar os dedos pelas cordas, separando-as.

Quando a contagem chegou a trinta, Ciro viu que o espartano suava e os músculos brilhavam nas laterais do corpo. O sangue fora espalhado pelos fios do chicote, e ele estava cercado por um halo de pontos vermelhos. Mais de uma das famílias fascinadas sentiu o toque de gotículas na pele. Uma moça ergueu uma gota no dedo, com horror encantado.

Duas vezes mais, Clearco teve de fazer um esforço para soltar as mãos do mastro, cada vez visivelmente mais difícil do que a anterior. Ele não soltou nenhum som de dor além do grunhido quando o ar era forçado a sair dele. Quando o quadragésimo golpe finalmente caiu em sua carne dilacerada, a multidão observava com assombro. Tinham aprendido algo sobre Esparta naquele dia, e Ciro podia ver pela cara fechada de Tissafernes que ele não gostara.

Clearco se virou para o príncipe com um leve sorriso no rosto.

— Espero que o meu sangue pague a desonra, Alteza. Obrigado pela confiança em mim... e nos meus homens. O senhor nos honra.

— Está esquecido — disse Ciro, embora ambos soubessem que não estava. — Por favor, retorne aos seus homens. Diga-lhes que a sua coragem me impressionou.

O general espartano se apoiou num dos joelhos. Clearco se moveu com rigidez e aceitou as roupas e o elmo do oficial persa que os segurava de olhos arregalados. Retornou aos seus homens, que voltaram marchando pelo campo sem dizer palavra.

Tissafernes os observou partirem, a expressão azeda.

— Eu me pergunto se valem o rio de ouro que o senhor gastou com eles — disse.

— Acredito que sim — respondeu Ciro, sacudindo a cabeça com descrença pelo que assistira.

— Hum. Acho que estou cansado, depois de tanto tempo ao sol. Tenho novos interesses comerciais na cidade, presentes da mão do seu irmão em recompensa pelos meus anos de serviço. Eu os visitarei amanhã, antes de retornar ao lado dele.

— Como um velho cão da família — disse Ciro. — Sem dentes, cego, com as articulações rangendo, mas ainda vivo, de certo modo.

— Ah, cego não, Alteza — disse Tissafernes corando. — Nem um pouco cego.

Com cortesia elaborada, o velho se prostrou totalmente no chão, aguardando que Ciro lhe pedisse que se levantasse. Nenhum dos homens parecia satisfeito com a conversa quando se separaram, e o público curioso começou a ir embora.

11

Quando o sol nasceu no céu azul e vazio, Tissafernes e o seu séquito foram para o centro da cidade. O persa estava acompanhado de tantas trombetas, tambores e estandartes esvoaçantes que quase parecia uma visita real. Distritos inteiros de Sárdis pararam para ver o grande senhor do leste que se dignara a ir até eles.

Ciro foi até a varanda alta dos seus aposentos no palácio em resposta aos vivas. A distância, vislumbrou Tissafernes antes que saísse de vista. O persa montava um cavalo cinzento, e escravos lançavam peças de prata para a multidão enquanto Imortais marchavam de uniformes não marcados por coisas como luta ou trabalho duro. Ciro trincou os dentes, ouvindo-os rangerem enquanto pousava as mãos na pedra e inspirava o ar fresco. Não tinha dúvida de que os espiões o observavam, mas, com o seu criado Parviz, ele foi aos estábulos, onde os sons da cidade e das boas-vindas extasiadas eram amortecidos. Depois de montar e se instalar, Ciro decidiu virar à esquerda ao sair pelos portões do estábulo e ir para o lado contrário de Tissafernes, até o quartel na outra ponta da cidade.

Havia um clima muito diferente naquele setor de Sárdis. Os guardas no portão se afastaram de cabeça baixa para deixá-lo passar, e Ciro entrou num complexo quase silencioso. Só se viam alguns guerreiros jovens. Eles pararam os exercícios no pátio para observá-lo apear. Parviz sentiu a ameaça no ar, mas jurara proteger Ciro, e, portanto, o homenzinho olhava com raiva como um galo garnisé, embora qualquer um dos soldados fosse capaz de lhe tirar a espada.

Ciro manteve a cabeça erguida sob o exame hostil. Se o desafiavam com posturas e olhares, ele se lembrou do que Clearco dissera, que todos os jovens são tolos. Talvez, se tivessem sorte, vivessem até os quarenta ou cinquenta anos para ter vontade de trocar toda a sabedoria e a experiência por um único dia daquela juventude gloriosa e despreocupada.

Ao passar para a penumbra do interior, Ciro parou para deixar os olhos se ajustarem. As paredes tinham sido caiadas, e o ambiente do quartel era leve. Estava limpo e cheirava a palha e a algumas pomadas que Ciro sabia que os gregos usavam em hematomas e ferimentos. Ele ouviu um gemido no quarto à frente e fez um sinal com a cabeça para os dois espartanos que estavam sentados a uma mesa de pedra. Cada um deles tinha um copinho, e ele viu dados espalhados na superfície, além de pilhas de moedas de cobre. Nenhum dos dois fez menção de se levantar na sua presença. Meramente observaram. Ciro sentiu o punho direito se fechar. Algum impulso o fez parar e encará-los, inclinando-se sobre a mesa.

— Vocês não prestam mais homenagem aos seus oficiais? O que diria o general Clearco se visse tamanha insolência?

Os dois homens trocaram um olhar rápido e se levantaram, o jogo esquecido. Ciro passou quando eles começaram a se curvar.

Ele parou na soleira do quarto e viu uma jovem puxar uma linha das costas do general, fazendo a pele se enrugar como um pano. Ela já dera uma dúzia de pontos pretos e limpos, como minhocas pela carne.

Clearco se virou para vê-lo. O movimento o fez sibilar entre os dentes.

— Pensei que espartanos não sentiam dor — disse Ciro ao avançar mais.

Clearco gemeu e coçou a barba por fazer.

— Quem lhe disse isso? Por acaso somos feitos de pedra? É claro que sentimos dor! Só não *mostramos* que sentimos. Não diante de inimigos, pelo menos.

Ciro se sentiu contente por não ser considerado um inimigo. Ele sorriu, e Clearco deu uma risadinha, embora fechasse os olhos, parecendo cansado.

— Paneia aqui passou a noite toda trabalhando na minha colcha de retalhos. Espero que o seu amigo esteja satisfeito.

— Tissafernes não é meu amigo — disse Ciro, sério. — Duvido que tenha sido. Olhe, vim lhe agradecer. Não sei se ele simplesmente queria me ferir ou me mostrar o grau da sua nova condição. Ele era um mero professor de príncipes. Agora é companheiro de confiança do Grande Rei. Ao mesmo tempo, sou jogado para baixo, com permissão de manter a minha vida e o meu trabalho, mas nada mais. Tissafernes queria que eu entendesse que a balança virou contra mim. Se você tivesse recusado...

Ciro deu uma olhada na moça, vendo a sua concentração calada. Clearco viu o olhar e fez que não.

— Paneia é surda, Alteza. Não pode ouvi-lo. No entanto, tem muita habilidade com agulha e linha.

— Acho que mesmo assim vou cortar a garganta dela — disse Ciro, puxando a faca.

A moça não reagiu, e ele guardou a arma de volta. Clearco ergueu as sobrancelhas, e o príncipe deu um suspiro e foi fechar a porta e puxar uma cadeira.

— Você me conseguiu alguns dias, general. Mas na verdade não acho que tenhamos o ano que você queria. Tissafernes parte amanhã... e o que ele vai contar eu não sei dizer.

— Faça-o cair da varanda — disse Clearco.

— Ele já mandou relatórios pelos pombos que trouxe de Persépolis. A essa distância, ninguém pode ter certeza de que chegarão ao seu destino. Do mesmo modo, não posso ter certeza de que não chegarão. Seja como for, não tenho como saber de que modo o meu irmão vai agir até que Tissafernes chegue ao seu lado. Por razões pessoais, adoraria ver aquele velho idiota cair de uma grande altura, mas preciso até dos três meses ou coisa assim que ele levará para voltar a... — Ele se pegou num antigo hábito. O coração do império não era conhecido no oeste, e foi preciso um esforço para citar a capital do irmão na frente de um estrangeiro. — A Persépolis. Eu deveria agradecer por ele não ser jovem. Vai se deslocar lentamente pela Estrada Real.

A mulher deu um tapinha no ombro de Clearco e indicou, por mímica, que ele deveria se deitar de bruços. Enquanto Ciro observava, ela despejou vinho tinto sobre os pontos, limpando o sangue seco de seu trabalho manual. Pegou um quadrado de pano e o apertou sobre as linhas pretas, enxugando o general como um cão querido. Clearco sorriu para ela, e Ciro se perguntou se eram amantes. Ele sabia que os espartanos eram abertos com essas coisas e reconheciam meia dúzia de tipos de amor. Nisso, eram muito diferentes dos persas, com todos os tabus que Ciro absorvera com o leite materno.

Clearco parecia novamente um general de Esparta quando se pôs de pé e testou a amplitude dos movimentos dos braços, finalmente fazendo que sim para Paneia e lhe entregando um dárico de ouro.

— Muito bom — disse-lhe o espartano.

Ela pareceu contentíssima e fez uma profunda reverência. Tanto Ciro quanto Clearco aproveitaram a oportunidade para olhar seus seios, revelados pelo movimento.

Quando ficaram sozinhos, Ciro também se levantou.

— Tissafernes é meu inimigo — disse. — Se não tinha certeza antes, tenho agora. Não importa o que acredite que estou fazendo aqui. Mesmo que não desconfie do meu plano, acho que ainda assim vai cochichar no ouvido do meu irmão que eu deveria ser substituído, talvez por ele ou por algum dos seus favoritos.

— Então a sua escolha é simples — disse Clearco. — O senhor pode abrir mão deste empreendimento e aceitar uma vida mais simples, em Atenas ou Creta, ou em algum lugar bem longe da influência persa. Ou então pode convocar os regimentos que já reuniu e partir mais cedo. Se tiver razão sobre Tissafernes e se quiser ir até o fim, o senhor terá de forçar bastante os homens. O seu irmão comanda forças vastas, Ciro. Minha crença é de que podemos vencê-las, mas eu preferiria que não soubessem que estamos chegando. A surpresa vale dez mil homens.

Ciro calou-se por algum tempo, em pensamentos. Quando ergueu os olhos, foi com um ar selvagem. Clearco mal precisou perguntar para que lado ele escolhera pular.

— Meu pai não era o filho mais velho, já lhe contei?

— Acredito que o senhor mencionou, sim. Três vezes, se bem me lembro.

— Ele não era nem o segundo filho. O segundo filho matou o primeiro... e então o meu pai saiu da multidão com uma espada de bronze na mão, em busca de vingança. Isso é tudo o que peço, general. Justiça e vingança. E o trono. Não acho que seja demais.

— Muito bem, Alteza. Mandarei todos os arqueiros e falcoeiros que temos em torno de Sárdis se aprontarem para derrubar quaisquer pombos-correios que Tissafernes possa ter deixado para os seus espiões. Mandarei revistar todos os cômodos da cidade para procurar as suas gaiolas. Enquanto isso, traremos os exércitos que reunimos no seu nome. Tanto gregos quanto persas, de todas as cidades da Grécia, da Lídia e do Egito, todos embarcarão para se unir ao senhor.

Então o general parou, uma sombra passando pelo seu rosto.

— O que foi? — perguntou Ciro.

Clearco balançou a cabeça.

— Acredito quando o senhor diz que eles confiam no senhor, esses homens, e que o conhecem há muito tempo. Já vi o suficiente do senhor para ter certeza de que está certo. Eles darão a vida pelo senhor porque foi o que lhes pediu, mas também por causa de quem o senhor é. O senhor comanda em parte por ser um príncipe da Pérsia, um filho com a confiança da sua família. — Ele parou e respirou fundo. — Quando pedir a esses homens que se levantem contra o próprio trono, alguns vão se amotinar. Não tenha dúvida disso. Posso trabalhar para me preparar para esse momento. Posso pôr oficiais em quem confio nos regimentos, que fizeram juramentos pessoais ao senhor. Posso até espalhar a história de que o seu pai tirou o trono de um irmão mais velho. Mas virá o dia em que eles entenderão que não há pisídios, não há tribos das montanhas, ou, pelo menos, não que nos importem... que o inimigo é o trono rosa e o próprio rei Artaxerxes, comandante de uma grande hoste do seu próprio povo. Podemos perder tudo antes mesmo de disparar uma única flecha, antes de puxar uma única espada. É o que está em jogo, Alteza. Talvez o senhor devesse pensar um pouco mais em se aposentar numa bela propriedade para criar cavalos e filhos. Como digo em voz alta, não parece um sonho tão terrível. Muitos homens não pensariam duas vezes em aceitar um caminho que os levasse para a paz.

Ciro sorriu, com uma certa tristeza. O quarto de paredes brancas a princípio parecera fresco, mas, com a porta fechada, ficara sufocante.

— Não sou muitos homens, general. Sou um príncipe da dinastia dos Aquemênidas. Mais importante ainda, avaliei que o meu irmão estudioso e traiçoeiro é inadequado para se sentar naquele trono. Fui leal a ele a vida inteira. Não mais. Eu o derrubarei. Eu sou o rei por direito. Esta é a minha decisão.

— Muito bem, Alteza — disse Clearco. — Então eu vou reunir os seus exércitos.

Tissafernes estava confortavelmente sentado no escritório particular do agiota mais rico de Sárdis. Dois enormes soldados imperiais o flanqueavam enquanto ele puxava a túnica no joelho, arrumando-a ao longo de um vinco.

O homem diante dele era primo distante por afinidade da casa real. Tissafernes nunca se encontrara com Jamshid, embora acreditasse conhecer o tipo. O homem usara sua relação com o trono para construir um império comercial que se espalhava da Índia ao Egito. Com a confiança da Coroa, Jamshid acumulara uma fortuna imensa com as comissões dos contratos com o governo. De navios e cereais às próprias moedas de ouro, uma parte de todos os negócios grudava nos seus dedos. Já entrando nos sessenta, era bastante raro que Jamshid fizesse negócios em seu próprio nome. Em geral, deixava isso com um dos seis filhos e sobrinhos, mas a notícia da chegada de Tissafernes ao escritório o alcançara e ele atravessara a cidade às pressas para receber o homem que falava com a língua do rei.

O selo real estava na mesa entre eles, atraindo os olhos e a luz, de modo que parecia brilhar. O símbolo era a combinação de um nobre montado a cavalo com a águia da casa real. Se houvesse alguma dúvida, a presença de soldados Imortais de Persépolis era prova suficiente de favorecimento real. Jamshid mal conseguia conter a empolgação com a ideia do negócio que exigiria a sua presença pessoal. Teve de esperar que os criados trouxessem vinho para Tissafernes e, para ele, uma xícara de vidro fumegante cuja fragrância encheu a sala.

Tissafernes aceitou a taça cheia de vinho tinto e a passou para ser provada por um dos seus acompanhantes. O mercador fingiu não notar, embora sentisse o insulto como uma picada. Sabia muito bem que aquele era o homem que ordenara o açoitamento de um general espartano — a cidade toda fervia com a notícia. Parecia que o persa era uma vespa, por assim dizer.

Para encobrir o seu desconforto, Jamshid apontou para a sua xícara fumegante.

— Ervas para a minha digestão, que tem sido muito ruim ultimamente. Um tijolo de folhas medicinais veio da província de Yunnan, na China, com quarenta peças de seda vermelha, adequadas até para o imperador.

— É muita generosidade sua, Jamshid — disse Tissafernes suavemente. Ele sorriu quando o mercador não conseguiu esconder seu desalento com o lapso. — Sua Majestade, o rei Artaxerxes, ficará contentíssimo com esse presente.

— É claro — respondeu Jamshid.

Uma vespa, realmente, para ter tamanho ferrão. O mercador tomou um gole de sua xícara e sibilou ao descobrir que ainda estava quente demais. Observou Tissafernes tomar todo o vinho e mandar encher a taça da mesma jarra. Os dois se recostaram e sorriram, observando-se atentamente.

— A fofoca no mercado é que o senhor voltará para o leste amanhã — disse Jamshid.

Tissafernes inclinou a cabeça.

— A sabedoria do mercado... raramente está errada.

— Gostaria que o senhor tivesse honrado o meu estabelecimento antes, nobre Tissafernes. Devo dizer que tem sido um prazer lidar com os agentes do rei Artaxerxes. As contas estão corretas até a última moeda, as dívidas e juros são pagos com exata perfeição. O mundo se endireitou depois da tragédia da morte de seu amado pai, que ele reine no céu por mil anos.

— Essas dívidas... — disse Tissafernes, esfregando com o dedo a dobra de carne sob o queixo. — Imagino que o senhor tenha entregado ouro e prata ao príncipe Ciro nos últimos meses. É difícil encontrar um mercador ou agiota que não tenha.

Tissafernes observou o sangue sumir do rosto do mercador, junto da sua confiança matreira. Um homem daqueles só precisava de uma insinuação para fugir até as montanhas com todos os seus escravos e sacos de dinheiro.

— Meu senhor, se tiver notícias que eu deva ouvir, imploro, por favor, fale com clareza — disse Jamshid, as palavras atropelando umas às outras. — D-da minha fortuna pessoal, emprestei mais de noventa mil arqueiros dáricos à Sua Alteza, o príncipe Ciro. Para qualquer outra pessoa, seria impossível, mas o príncipe é o comandante em chefe do exército persa. Nunca houve limites ao seu crédito. Todas as suas letras foram honradas no passado, todas elas! Por favor, o senhor soube de alguma coisa? O senhor terá a gratidão da minha casa e de todos os agiotas de Sárdis.

Tissafernes se recostou e tomou um golinho de vinho.

— A casa dos Aquemênidas honra as suas dívidas históricas, é claro — disse ele. — Mas as estações mudam e chegam ao fim. As carreiras dos homens, talvez até dos príncipes, passam por ascensão e queda. Isso não é nada além da natureza, assim como os dias se prolongam ou os jovens envelhecem.

Ele viu a confusão no rosto de Jamshid e deu um suspiro elaborado.

— Para ser direto, alguns acreditam que o príncipe Ciro confia demais em mercenários gregos à custa dos nossos soldados persas. O rei não pagará mais tamanhas quantias diretamente aos cofres das cidades gregas. Eles são nossos escravos, nossos estados-clientes? Não. Por que, então, deveríamos encher a sua boca de ouro? Meu conselho a você, Jamshid, e na verdade aos seus irmãos de ofício, é não darem passos maiores do que as pernas. Pronto. Já falei demais.

O mercador piscou para ele. Devagar, Jamshid se levantou e se curvou sobre a mesa, apertando a testa na madeira polida. Tissafernes viu que ele tremia.

— Obrigado, meu senhor Tissafernes. O senhor é um amigo desta casa por ter trazido esse aviso. Mil vezes obrigado.

— Você tem sido um apoiador leal da Coroa, Jamshid — respondeu Tissafernes, erguendo o selo real. — Em troca do seu serviço e do seu silêncio, pode construir uma cópia deste selo em argamassa e colocá-la sobre a sua porta. Todos os homens saberão que o seu patrono é o rei Artaxerxes, com a bênção da casa real.

Tissafernes deixou o homem e o seu pessoal prostrados, chorando e batendo no chão com felicidade. Ele visitou outro agiota da cidade, que diziam que Jamshid não avisaria, pois se detestavam. Todos os outros agiotas e mercadores receberiam a notícia antes do pôr do sol. Tissafernes só se arrependia de não estar lá para ver os primeiros pedidos de pagamento, as primeiras carroças de mantimentos se recusando a sair do pátio. Os mercenários tinham de ser pagos. Não demoraria para o príncipe Ciro ser forçado a mandar os seus gregos embora.

Tissafernes riu consigo enquanto o ajudavam a montar, o criado gemendo sob ele para aguentar o peso das ancas. A sua solução para o problema do príncipe Ciro foi um golpe de mestre. Indicava desaprovação sem conflito aberto. Assim que descobrisse que o ouro não correria mais do tesouro persa, Ciro teria de retornar à corte do irmão para conhecer a sua nova condição. Não haveria mais exibições arrogantes nem comentários desdenhosos de um filho mais novo. Tissafernes sorriu ao montar e observou os guardas imperiais se formarem em torno dele. Ele os olhou cuidadosamente. Representavam o trono, como ele.

— Levem-me para casa — gritou, sacudindo a cabeça de prazer enquanto se imaginava contando ao rei os eventos da viagem. Havia mais de uma maneira de forçar um cão a obedecer.

Na noite seguinte à partida de Tissafernes, Ciro entrou na sala de jantar de jade do palácio e encontrou um grupo taciturno à sua espera. Ele conhecia bem Próxeno e o general Neto de Estinfália. Clearco estava lá com Parviz, o criado pessoal de Ciro, que, agarrado a um embrulho de couro junto ao peito, se balançava para trás e para a frente na cadeira. Mênon da Tessália era um dos que Ciro recrutara nos meses anteriores, um homem que se contentava em fazer poucas perguntas. No entanto, Mênon trouxera mil hoplitas gregos e, também muito bem-vindos, oitenta lanceiros peltastas. Sem armadura além de um pequeno escudo, os lançadores de azagaia eram todos jovens em boa forma, de pés velozes como raios. Ciro ficou contentíssimo, sabendo que uma boa unidade de peltastas arruinaria uma carga armada.

Até onde Ciro sabia, nem Mênon nem Sósias de Siracusa, sentado ao seu lado, tinham alguma ideia do seu verdadeiro propósito. Eles reuniram e treinaram homens pelo ouro e pela prata. Ciro achava que tinha todos os generais e oficiais superiores da Grécia sob o seu comando naquele ano.

Seu olhar caiu sobre os dois persas sentados àquela mesa, ambos visivelmente sem graça com uma conversa que, quase com certeza, fora em grego antes que o príncipe chegasse. Orontas era o general mais graduado da facção persa que Ciro pusera em boa forma nos meses anteriores. Embora fosse mais moreno do que os outros e de talhe mais esguio, em termos de efetivo Orontas devia ser o de maior autoridade, pois comandava muito mais homens do que os gregos. Mas a realidade era um pouco diferente, como Ciro observou. Orontas estava sentado um pouco afastado dos outros, e era o espartano Clearco quem sutilmente comandava a mesa.

Arieu, o outro persa, era uma figura cativante. Ciro o conhecia pela fama na equitação, na qual diziam ser excelente. O segundo no comando das forças persas era general por direito próprio. Ciro gostaria de lidar com Arieu em vez do azedo Orontas. Arieu usava o cabelo até os ombros e, fisicamente, era páreo para qualquer espartano, com ombros largos e pernas fortes. Diziam que gostava da companhia de rapazes e que à noite escrevia poemas gazéis à sua beleza. Os gregos o preferiam a Orontas, sem dúvida alguma. Mas, com trinta anos, era mais novo, e a sua família estava um grau abaixo da de Orontas. Não importava quem o príncipe preferisse; Orontas era o oficial persa mais graduado.

Quando Ciro entrou, todos se levantaram. Os gregos se curvaram. Arieu os copiou, como se não houvesse nada de estranho naquilo. Orontas captou o movimento do colega com o canto do olho enquanto apoiava uma das mãos na mesa, preparando-se para se prostrar no chão. Resignado, Ciro observou Orontas hesitar e cambalear numa reverência mais profunda do que as outras, voltando à posição de sentido assim que o príncipe fez um gesto para que todos se sentassem. Os modos gregos se espalhavam como uma doença pelas fileiras persas. Por outro lado, se trouxessem a mesma coragem, Ciro achava que seria uma troca justa.

A comida chegou numa série de pratos fumegantes, uma fila de criados surgindo dos cantos da sala. Todos estavam com fome, mas Ciro percebeu que trocavam olhares, como se cada um pensasse no melhor modo de lhe dizer algo que ele não gostaria de ouvir. O seu criado Parviz parecia praticamente em prantos.

— Chega deste silêncio, destes olhares de esguelha! — ordenou Ciro. — O que é? Alguém diga alguma coisa!

— Parece que o nobre Tissafernes deixou um presente de despedida, Alteza — disse Clearco. — A sua linha de crédito foi suspensa. Neste momento, não podemos receber nem um único dracma de prata em Sárdis. O senhor não precisa que eu lhe diga que há doze mil mercenários que têm de ser pagos no primeiro dia de cada mês... ou seja, daqui a oito dias.

— Não temos comida suficiente para o resto — disse Parviz, erguendo o pacote de couro como se Ciro pudesse ver as colunas de números no outro lado da mesa. — Temos recursos para continuar como estamos durante mais uma semana, talvez, mas, sem pagamento, os contratos dos mercenários ficam suspensos; sem comida, os homens passam fome. O general Orontas apresentou o cálculo de carne e cereal necessários para oitenta mil homens ativos em treinamento. É... impossível. Alteza, não podemos pagar as contas. A notícia se espalhou, e não há um único criador de gado ou vendedor de frutas de Sárdis que amplie o nosso crédito nem por um único dia.

Ciro pegara uma faca para espetar os bocados conforme apareciam no seu prato. Ele a jogou na mesa e se levantou.

— Tissafernes partiu hoje de manhã. Talvez os agiotas de Sárdis tenham fechado a banca, mas com que rapidez as notícias podem viajar? Será que chego na frente? Há ouro em Bizâncio, a quatro dias de cavalgada intensa para o norte. O meu nome e o meu selo ainda serão honrados lá. De quanto precisamos?

Os homens à mesa o olharam boquiabertos. Foi Orontas, o seu próprio oficial, quem falou primeiro.

— Alteza, se o senhor fizer novas dívidas para a Coroa, elas não serão honradas. Além de mendigar junto aos agiotas de Bizâncio, o senhor prejudicará a reputação da casa real! Por favor! Tem de haver outro caminho.

Ciro estreitou os olhos enquanto escutava. Balançou a cabeça, lembrou que Orontas não conhecia o seu verdadeiro propósito e não compreendia as ameaças que enfrentava. Mesmo assim, foi difícil ser bem-educado com o homem.

— General Orontas, Tissafernes foi além da confiança que o meu irmão, o rei Artaxerxes, lhe depositou. Sejam quais forem o certo e o errado da minha escolha, preciso de ouro para pagar os homens. Desonra maior será liberar um exército de mercenários para espalhar a notícia de que a Pérsia não paga as suas dívidas! Não. Eu preciso... — ele parou para pensar — de mais noventa mil arqueiros dáricos para o que tenho em mente. O dobro disso, se eu conseguir. Essa quantia me dará espaço para respirar, tempo suficiente para apelar ao meu irmão e resolver esse problema. Entende?

O persa pensou melhor na sua decisão anterior de se curvar e saiu da mesa para se lançar aos pés de Ciro. O colega Arieu o observou com um lampejo de humor.

— Eu não tinha compreendido, senhor, desculpe. Entendo e o sirvo.

— E por isso lhe sou grato — disse Ciro com ironia, consciente dos gregos observando. — Clearco? Preciso de uma guarda oficial. Não posso entrar sozinho no lar de um mercador de Bizâncio. Com as suas costas, não posso lhe pedir...

— Vou sarar enquanto cavalgo, Alteza — disse Clearco com clareza. — Não posso perder isso.

— Ótimo. Traga uma dúzia de homens. Parviz? Você também. Corra até o estábulo do palácio e prepare os cavalos. Se houver uma mensagem na estrada à nossa frente, é preciso ultrapassá-la ou perderemos tudo.

— Alteza? Posso acompanhá-lo? — perguntou Orontas, a voz abafada.

Ciro baixou os olhos e fez que não.

— Não. Levarei o general Arieu. Prepare os seus homens para marchar assim que eu voltar.

Arieu sorriu com a decisão. Deu a Orontas um olhar de pena, que Ciro viu. Ele deixou passar, mas naquele momento estava cansado dos seus oficiais. Alguns estavam mais preocupados com rivalidades mesquinhas do que com o serviço que prestavam a ele.

12

Quatro dias de cavalgada intensa cobraram o seu preço de todos, mas de nenhum mais do que Clearco. Apesar da lendária resistência dos espartanos, depois de alguns quilômetros sacolejando sobre um animal que o desagradava e que ele mal sabia controlar, os pontos começaram a sangrar. Cada dia terminava com Ciro ordenando que os cavalos e os homens entrassem numa estalagem da estrada e depois esperando que Clearco os alcançasse de madrugada. Por orgulho e responsabilidade pessoal, Ciro não sairia da beira da estrada até que Clearco o alcançasse. Parecia levar cada vez mais tempo, com o espartano mais pálido a cada dia e as costas sangrando através das ataduras, mas ele não se queixava, nem mesmo de manhã, quando a dor era pior.

 O pequeno grupo não foi incomodado por ladrões de estrada nem pelos guardas da cidade de Bizâncio. Ciro se irritava a cada hora perdida, e teria ido diretamente ao agiota mais rico da cidade. Eles se surpreenderam quando Parviz, trêmulo, estendeu a mão e segurou as rédeas do seu senhor dentro das muralhas, fazendo o animal parar. Quando o príncipe o olhou, espantado, Parviz soltou a rédea e fez uma reverência tão profunda na sela que correu o risco de ser jogado na rua. Mesmo assim, o homem falou:

— Alteza, está coberto de poeira e suor. Perdoe-me, mas... o senhor exibe o seu desespero às claras, para qualquer um ver. Peço desculpas pela rudeza, mas o senhor chegou até aqui. Não gostaria de vê-lo jogar tudo fora agora com imprudência. Por favor, Alteza. O seu pai tem... tinha uma bela propriedade aqui na cidade. O senhor pode se banhar e se vestir com roupas mais adequadas ao seu título e à sua família.

— E se a notícia de Sárdis me ultrapassar enquanto me banho? — murmurou Ciro. — Essa louca cavalgada terá sido em vão.

O criado só pôde baixar a cabeça, e Ciro retomou as rédeas, esfregando o polegar na costura ornamentada.

— Peço desculpas, Parviz. É claro que você está certo. Ainda assim, apresse-se.

Mal se passaram duas horas, e o príncipe pulou levemente para o chão junto à casa do mercador Shaster na cidade, vestido com uma bela capa em painéis e uma túnica de seda, com a poeira da estrada lavada da sua pele. Enquanto se tornava apresentável, Ciro mandara Parviz à frente para anunciar a sua presença, de modo que os portões se abriram diante dele. Em silêncio, o príncipe ficou contente por ter dedicado aquele tempo a se trocar. Andava com as costas eretas e trazia à cinta uma bainha cravejada de pedras preciosas que, sozinha, valeria cinco mil dáricos. Essa exibição era importante.

Ele nunca vira Shaster, embora tivesse ouvido o nome uma dúzia de vezes com o passar do tempo. De todos os mercadores e agiotas de Bizâncio, Shaster era o mais capaz de sobreviver ao prejuízo que teria quando a Coroa deixasse de pagar o empréstimo. Diziam que o homem era tão rico quanto Creso, o antigo rei da Lídia.

Ciro sorriu e estendeu os braços ao ver o dono da casa, avançando para interromper a tentativa do outro de se prostrar antes que mais do que um joelho tocasse o chão.

— Por favor, mestre Shaster, sou um hóspede. Em negócios urgentes do trono rosa. Fico muito grato com a sua presença na cidade durante a minha passagem. Bizâncio é a joia do oeste. Eu não gostaria de levar os meus negócios a Sárdis.

Ciro observou atentamente quando disse o nome. Ele e o general Clearco tinham combinado a frase para observar a reação do homem. Mas o mercador só beijou a sua mão, pressionando os lábios nos nós dos dedos do príncipe. Ciro duvidou que a barba tivesse sido cortada uma única vez desde que começara a crescer. Ela cobria inteiramente o rosto de Shaster, a não ser o nariz, a testa e os olhos. O seu grande comprimento era contido por berloques e pedras preciosas que chocalhavam a cada movimento.

— É uma honra, Alteza. Eu tinha esperanças de conhecê-lo há muitos e muitos anos. Minha mulher ficará contentíssima quando eu lhe disser que o senhor me procurou, nos procurou, antes de todos os outros.

Ciro sentiu uma pontada de culpa quando recordou as palavras de Orontas. Era difícil olhar um homem nos olhos e arruiná-lo, mas ele se forçou a aumentar o sorriso. A sua causa era justa. Quando fosse rei, ele acertaria tudo. Ciro se agarrou a isso para ajudar a calar a vozinha de culpa que gemia no seu coração.

— Sinto muitíssimo não poder ficar para conhecer a sua família, mas recebi notícias de uma grande rebelião na Trácia. Tenho doze mil mercenários sob o meu comando, os melhores da Grécia. Esses homens têm de ser pagos. O rei Artaxerxes, meu irmão, honrará as dívidas, é claro. Porei meu selo nela. Você tem noventa mil aqui? Trouxe homens para carregar os cofres.

Ciro se alarmou quando o mercador Shaster enrolou um cacho da barba nas mãos, visivelmente angustiado. Teria caído no chão se Ciro não estendesse a mão e segurasse o seu braço.

— Alteza, sinto muito, mas uma quantia dessas! Tenho trinta mil em ouro no meu cofre pessoal aqui. Se o senhor me der apenas dois dias, mandarei levar o resto até as suas acomodações, ou até escoltar a quantia até as suas forças em marcha. Senhor, sinto muito. Com um pouco de antecedência, eu poderia ter preparado tudo.

Ciro tentou não mostrar a sua frustração. Deu um tapinha no ombro do velho.

— Não importa. Trinta mil já ajudam. Traga-me cera e um estilo. Marcarei o registro nos seus livros.

— Sim, Alteza, é claro. Sinto muitíssimo...

— Não posso me demorar aqui — lembrou-lhe Ciro.

O mercador saiu da sala como se estivesse em chamas, sem saber que se salvara da falência.

Trinta mil moedas exigiram duas carroças, que saíram da cidade quando a lua subiu, cercadas de espartanos a cavalo. Quatro outras foram deixadas na estrada, desnecessárias. O grupinho igualou o humor de Ciro, que fervia por dentro. Ele não sabia se era por ter sido forçado a mentir ou a fazer uma grande dívida — ou porque só conseguira um terço do que precisava.

Quando o sol nasceu na manhã seguinte, um cavaleiro surgiu trotando pela estrada vindo da direção de Sárdis. Aquela parte do império era pacífica, mas o homem demonstrou cautela ao ver um grupo tão bem armado. Ele os viu de longe e lhes deu bastante espaço. Por sua vez, Clearco e os espartanos olharam a bolsa de couro do homem e se perguntaram que mensagem conteria.

— Quer que o peguemos? — perguntou Clearco ao príncipe.

— Não. Deixem que vá — respondeu Ciro por sobre o ombro. — Qualquer que seja a mensagem que leva, agora não importa. Meu rumo está decidido.

Nos dias que se seguiram, os exércitos começaram a se reunir em Sárdis, tanto persas quanto gregos. As planícies em torno da cidade ficaram marcadas por fossos de latrina, barracas e fogueiras aos milhares. Campos verdes de trigo e cevada foram pisoteados, a colheita do ano perdida. Os hoplitas gregos chegavam à costa em imensas embarcações a remo, enquanto a nova infantaria persa marchava vinda de postos no deserto, seus comandantes saudando Ciro com assombro e prazer. O contentamento ao ver o comandante e primeiro soldado do império raramente durava muito quando se uniam à hoste que se formava. Ciro mantivera o seu círculo íntimo o menor possível, mas, como Clearco alertara, não havia como esconder tamanho mar de fileiras armadas. Qualquer um que tivesse olhos saberia que não havia no mundo tribos da montanha que pudessem causar problemas àquele exército. Nações eram conquistadas ou perdidas por forças menores do que a que crescia em torno de Sárdis.

Ciro dormia poucas horas por noite, quando a total exaustão o fazia desmoronar num catre, só para se levantar outra vez quando Parviz lhe tocava o ombro. À noite, o príncipe recebia os oficiais persas em grupos de uma dúzia, convocados para testar o clima. Clearco, Próxeno e Neto de Estinfália estavam sempre presentes nessas ocasiões, observando os colegas persas com concentração desconcertante. Havia perguntas que não podiam ser evitadas, e Ciro ficava menos paciente cada vez que uma delas era feita. Não, não invadiriam as cidades gregas livres. Não, ele não nomearia o inimigo que enfrentariam, não até o momento certo.

Clearco sarara dos ferimentos, aplicando banha de ganso e pão úmido numa parte infeccionada do ombro até o veneno ser drenado. Ele se ofereceu para mostrar as cicatrizes a alguns persas, que hesitaram, pouco à vontade com a franqueza dos estranhos generais gregos. Toda noite, era Clearco quem ficava para trás, depois que todos os outros hóspedes já tinham pedido licença e se ausentado. Se fossem do tipo que não iam embora antes que os anfitriões fossem dormir, Ciro voltava a reunir os poucos de maior confiança em outro cômodo assim que o palácio caía em silêncio, os criados adormecidos.

— Do nosso lado ou não? — perguntava Ciro a cada noite.

Se ficavam lisonjeados porque sua avaliação era levada a sério, os gregos não demonstravam, e se entreolhavam taciturnos antes de responder.

— Aquele sujeito de hoje não enfrentou os seus olhos em nenhum momento — disse Clearco. — Nem os meus, quando tentei conversar com ele. Suponho que não seja uma das suas nomeações.

— Você está certo — disse Ciro. — Ele é de antes do meu tempo, promovido ao posto pelo meu pai. Infelizmente, é um oficial competente e preciso dele. Próxeno? Sua avaliação?

— Não gostei dele, e confio no meu instinto. Portanto, não confiaria a ele mais do que consigo cuspir. — O grego de ossos pesados acompanhou as suas palavras com um dar de ombros que foi como mover montanhas. — Diferente daquele alegrinho de ontem à noite. O senhor é um herói para boa parte do seu povo, Alteza, mas não para todos. Minha crença é de que o polemarco de hoje, esse Arras ou Araz, seja lá qual for o seu nome, deveria ficar para trás ou ser enviado em alguma missão. Não creio que seja leal.

— Não posso mandar embora todos os homens que pareçam mal-humorados ou desleais — disse Ciro, tenso. — Para ter sucesso, preciso saber se posso confiar neles, nos seus conhecimentos e experiência. — Ele balançou a cabeça como um tique quando a raiva o inundou. — Não terei sucesso sem confiar nos meus oficiais, mas cada um deles só virá porque falo pelo rei. Portanto, me digam, como levá-los à batalha contra o meu irmão? Será impossível?

O príncipe olhou os homens reunidos sob seu nome. A verdade era que ele confiava muito mais nos gregos que pagava do que nos persas que vinham a ele como soldados profissionais do império. Os gregos queriam vencer, e isso importava. Além disso, pareciam ter adquirido um desagrado pessoal por Tissafernes e tudo o que ele representava. Levavam ao trabalho um entusiasmo pouco profissional depois que aquele persa específico mandara açoitar um dos seus, por mais que Clearco suportasse a humilhação.

Neto de Estinfália soltou um pigarro. Naquele estágio tardio, Ciro aceitara que os gregos tinham de conhecer o plano. Talvez azedasse o príncipe manter o seu próprio povo no escuro, mas, pelo menos, poderia discutir os problemas com os seus mercenários de mais confiança sem precisar de joguinhos nem mentiras. Ele olhou Neto, se lembrando de como tinham caminhado juntos pelos jardins de Sárdis, discutindo a terrível ameaça dos pisídios. O homem não acreditara naquilo nem por um instante, o que, pelo menos, indicava que a sua capacidade de avaliação era sólida.

— Alteza, tenho pensado no problema já há algum tempo. Ocorre-me que o senhor não tem o direito de se sentar naquele trono no lugar do seu irmão.

— Cuidado, Neto — roncou Clearco sem erguer os olhos.

— Quero dizer que os seus regimentos persas não gostarão de se levantar contra o verdadeiro rei, e não se levantarão por mais ninguém no mundo que não seja o senhor. O senhor é o herdeiro do trono, afinal de contas. Se levarmos o rei Artaxerxes a combate e ele cair, se o seu cavalo tropeçar e ele quebrar o pescoço, estou certo em dizer que o senhor será rei no momento em que ele estiver morto?

— Isso é verdade — disse Ciro.

Neto fez que sim.

— Então, talvez o senhor tenha o direito do desafio. Em vez de levar um exército para invadir e destruir, o senhor leva uma represália pessoal contra o seu irmão pelo mal que ele lhe fez. O seu exército estará lá meramente para forçá-lo a aceitar o desafio e mantê-lo em segurança enquanto o senhor exige a justiça que antes lhe foi negada. No meu entendimento, a sua guarda pessoal foi assassinada, e o senhor foi preso numa cela para ser executado. O senhor é o filho traído, Alteza. Se os seus persas resistirem, se ousarem ameaçar um motim, eu lhes diria isso.

Houve um longo silêncio na sala quando o estínfalo se calou. Clearco ergueu as sobrancelhas a ponto de elas ameaçarem sumir na linha do cabelo.

— Neto, sua raposa velha — disse Próxeno. — É exatamente assim que se deve jogar. Os seus comandantes entenderão uma questão pessoal, Alteza. Uma questão de honra familiar e recompensa. Pode dar certo.

— Alguns resistirão, Alteza, tenho certeza — continuou Neto. — Mas podemos enfrentar isso quando e se acontecer. Talvez possamos abater alguns dos mais reclamões e queixosos antes de nos encontrarmos em campo. — O forte grego sorriu com a ideia e deu uma risadinha quando Clearco lhe deu um tapinha nas costas.

— Muito bem — disse Ciro. — A minha intenção é não esperar os poucos que ainda não chegaram. Já perdemos semanas reunindo o exército aqui. Tissafernes ainda estará na estrada à nossa frente, mas temos de partir logo se quisermos ter alguma chance. — Ele olhou em volta, vendo os generais trocarem olhares. — O que mais?

— Há a questão do pagamento dos homens, Alteza — disse Clearco. — Os trinta mil dáricos que pegamos em Bizâncio praticamente acabaram. Foram gastos em mantimentos e carroças suficientes para alimentar o exército durante um mês na estrada, seis semanas em dois terços da ração. Não... não será suficiente.

Para surpresa deles, Ciro fez um gesto de desdém, mostrando-lhes o tipo de confiança leve que não viam há quase um ano.

— Pensei um pouco nessa questão, cavalheiros, e mandei mensagens a um ou dois dos meus aliados mais antigos e ricos. Quando estivermos marchando só com pó de trigo e água da fonte, acho que teremos tudo de que precisarmos. Não posso dizer que não haverá dificuldades, mas que campanha poderia prometer uma coisa dessas? Há poucas certezas além da única. A minha promessa é que, se me fizerem rei sobre o corpo do meu irmão, vocês nunca mais terão dificuldades. Isso lhes basta? Juro pela minha honra e aceitarei a mão de cada um de vocês no meu juramento, caso se disponham.

Um a um, os gregos se adiantaram e pegaram a mão de Ciro, apertando-a com força suficiente para os nós dos dedos embranquecerem enquanto testavam a determinação do príncipe. Não havia dúvida nos olhos do persa. Clearco não sabia direito se isso era bom ou ruim, dado o que enfrentavam.

O verão estava bem avançado quando a grande coluna se formou em Sárdis para a marcha. O contingente grego poderia se perder na hoste da infantaria persa se Clearco não insistisse em que os seus espartanos formassem a vanguarda. O general disse que, sem dúvida, iriam mais depressa se os seus homens estabelecessem o ritmo, embora os outros gregos se queixassem de que ele se punha acima dos outros mais uma vez.

O contingente persa era de pouco mais de cem mil soldados de infantaria quando o último deles chegou. Havia poucos arqueiros e fundeiros, com apenas alguns milhares daqueles. Também havia pouquíssima cavalaria, embora Ciro visse que o ateniense Xenofonte cuidava dos animais que tinham, mantendo-os em boa forma. O jovem grego encontrara o seu papel de mestre dos cavalos e parecia contente quando Ciro passou por ele a meio-galope. No total, não era o exército que Ciro pretendia levar contra o irmão e os vastos recursos do Império Persa. Não conseguia deixar de sentir que todo o empreendimento fora apressado. Reunir uma hoste com a mínima probabilidade de vencer o rei persa era quase uma impossibilidade desde o princípio. Os homens não tinham sido tão bem treinados quanto gostaria, embora Clearco prometesse continuar o trabalho durante a marcha — e, sem dúvida, a sua forma física melhoraria a cada dia. Cento e doze mil soldados marchariam para sudeste pelo deserto, muito longe da Estrada Real e dos olhos vigilantes. Ciro percebeu que estava dolorosamente orgulhoso de todos.

Os primeiros batedores e peltastas especialistas em escaramuças partiram um dia antes da força principal, com grupos de doze seguindo a trote de seis em seis horas depois disso. Para a coluna principal, viraria um jogo tentar ultrapassar os homens levemente armados. Os oficiais sabiam que isso aumentaria o moral nas longas caminhadas por terras monótonas e não o proibiram. A possibilidade de avistar um grupo de batedores mantinha todos eles mais alertas e foi a fonte de um animado comércio de apostas entre os regimentos e, é claro, entre os próprios batedores.

Ciro não lhes revelara o destino enquanto fazia a inspeção final, mas passou a ordem de não se demorarem. Embora abrissem uma trilha por terras mais inóspitas do que as que Tissafernes percorria, o seu destino seria onde quer que ele conseguisse forçar Artaxerxes a sair em campo. A ideia de tamanha distância era assustadora, principalmente porque tinham de levar consigo tudo de que precisariam.

Ciro se viu trincando os dentes com irritação ao ver o número imenso de vivandeiros e outros seguidores do exército. Ele usara Sárdis como base durante quase oito meses e pagara os seus mercenários em ouro, enquanto os persas recebiam o soldo em prata dos quartéis-mestres regimentais. Durante todo aquele tempo, a cidade de Sárdis hospedou dezenas de milhares de soldados com dinheiro para gastar. O comércio prosperou, desde ferreiros, teatros e coureiros até os armeiros de alta qualidade, os construtores de armaduras e, é claro, os companheiros de cama, ambos homens e mulheres, surgidos em grande número para ganhar a vida com homens solitários que esperavam ir à guerra. Alguns desses tinham se tornado íntimos de indivíduos da Grécia ou da Pérsia. Outros preferiam arranjos mais temporários ou aceitavam o que conseguiam. O resultado foram cerca de doze mil pessoas a mais que não participariam de nenhuma batalha, mas que tinham de ser alimentados, vestidos e protegidos pelo caminho.

O príncipe segurou o alto do nariz com o indicador e o polegar e amaldiçoou o nome de Tissafernes com um sussurro amortecido. Ele não esperara fazer nenhum movimento naquele verão, quando o calor poderia matar homens ativos. Pior ainda, tirar a sua capacidade de pagar fora um golpe pesado, porque, pelo que pensava, fora feito por vingança mesquinha e não porque o homem duvidasse da sua lealdade. Em toda a vida, Ciro nunca tivera de pensar nas dificuldades de montar uma campanha sem a riqueza ilimitada do tesouro real por trás. Era como procurar um oceano e descobrir que sumira, como se o mundo virasse de ponta-cabeça. Teria de aprender a negociar com os fornecedores pela primeira vez e a levar às negociações uma astúcia nascida da raiva que o surpreendia, tanto quanto a eles. Ciro descobriu que gostava de forçá-los a baixar o preço. Era um exercício de poder que antes não entendia, uma forma de conflito sem derramamento de sangue. A ideia era estranha para um príncipe real. Ciro sabia que o exército que se formava em uma coluna era mais dele do que jamais seria sem aquela pressão do tempo e do dinheiro. Ele se orgulhava deles, até das prostitutas, até dos homens que achava que o trairiam no final.

Tinham vindo ao seu chamado, quer as suas razões fossem nobres ou não. A união do seu povo com os gregos criara um oceano próprio no chão nu, uma coluna que se estenderia por tantos quilômetros que os da vanguarda estariam um dia inteiro à frente da retaguarda. Essa mera ideia fazia os seus pensamentos rodopiarem, e uma dor surda ameaçou começar atrás dos olhos.

Quando ficaram prontos, centenas de pentecontarcas gritaram com os seus cinquenta guerreiros a fim de silenciar todos ao longo dos vastos esquadrões, aguardando para seguir uns atrás dos outros.

Ciro cavalgou com Clearco até a frente da coluna, onde dois touros brancos tinham sido amarrados a mastros de ferro marretados na terra. O espartano concordara em esperar atrás pelos últimos grupos de hoplitas que vinham de Creta. Clearco recusara a oferta de um cavalo, dizendo que a última vez bastara. Mesmo assim, fizera o juramento solene de levar aqueles homens até Ciro.

O príncipe inspirou profundamente e sentiu no ar o cheiro de limão e menta, junto do cheiro que se erguia do carvão. Os seus adivinhos estavam prontos para observar e interpretar o sangue que seria derramado, e todos os oficiais sabiam que uma grossa fatia de carne seria mandada para as suas fogueiras naquela noite, por isso olhavam com expectativa os animais que tentavam se soltar. Ciro levantou a mão, e o silêncio foi completo por um momento, com apenas a brisa fazendo o pano adejar como asas.

Quando baixou a mão, os adivinhos cortaram a garganta musculosa dos touros, derramando uma vasta torrente de sangue. Todos marchariam pelas poças formadas, deixando pegadas vermelhas por mais de um quilômetro. Não importava. Era pelo sangue que estavam ali. Ninguém reunia uma hoste daquelas pela paz.

As trombetas soaram, ecoando pela manhã. Os estandartes subiram ao longo de toda a coluna e dos esquadrões à espera, balançando loucamente no vento. Os tamborileiros dos regimentos, que andavam com o instrumento pendurado no ombro, começaram uma batida rítmica para estabelecer o ritmo da marcha.

Ciro fez uma oração ao céu azul, pedindo boa sorte e que uma coroa de ouro caísse nas suas mãos. O rio Meandro ficava a três dias, nas terras verdes da Lídia, a cidade de Colossos um dia de marcha mais adiante. Ele aguardaria lá até que Clearco levasse os retardatários.

O príncipe persa observou à beira da estrada os espartanos partirem em silêncio, os braços balançando. Aqueles primeiros dias revelariam pontos fracos, ele não tinha dúvida: os erros de planejamento, a miríade de coisas que fora esquecida, deixada para trás. Mas lhes mostraria também o que enfrentavam — e os que chegassem em boa ordem ao local de descanso em Colossos teriam aprendido que estavam à altura da tarefa. Ciro sabia que pegaria uma ralé vinda de uma dúzia de fontes e a transformaria numa lâmina única, passo a passo. Assim, sorriu ao virar o cavalo, puxando as rédeas e fincando os calcanhares. Só o general espartano e uma dúzia de guardas ficaram para trás. Ciro viu Clearco sombrear os olhos e achou que conseguia sentir o olhar do homem. Baixou a cabeça em reconhecimento e viu Clearco fazer o mesmo. O caminho à frente estava aberto, aonde quer que os levasse.

13

A grande coluna chegou ao rio Meandro com bom ritmo. O começo fora um pouco caótico, com homens desacostumados a formar fileiras tropeçando e desfazendo as linhas atrás durante seis ou sete horas. Mas, no início da longa marcha, os homens não tinham sofrido em demasiado. Havia novas bolhas a enfaixar a cada noite, embora a maioria dos sofredores aceitasse o conselho dos espartanos de que era melhor deixar a pele enrijecer ao ar livre do que se arriscar a ficar com a carne úmida e podre.

Eles atravessaram o rio por um pontão improvisado com sete barcos de pesca amarrados, provocando muito riso entre os homens. Pouquíssimos persas sabiam nadar, e se agarraram aos cascos com os dedos brancos, forçando-se a se soltar para segurar o seguinte. Os espartanos ficavam à vontade na água, e alguns mergulharam ou pescaram enquanto esperavam, mantendo-se frescos ao sol.

Depois de marcharem outro longo dia, os homens começaram a mostrar algum sinal de enrijecimento. Era verdade que houvera meia dúzia de entorses e ferimentos; era impossível deslocar homens e armas pelo campo sem joelhos torcidos ou espadas caídas que provocavam feridas espantosas. Mas haviam compartilhado experiências. Ciro esperava construir o seu exército em torno dessa história em comum, de modo que, quando os seus regimentos persas vissem o inimigo, escolhessem o príncipe e comandante das forças armadas em vez de um rei estudioso e desconhecido. Um homem que conheciam, que enfrentara dificuldades e cavalgara meses ao seu lado, em vez de um reles estranho.

O começo não poderia ter sido mais gentil. Ciro fez os homens repousarem sete dias em Colossos enquanto caçava nos parques reais. Não viu sinal de Clearco, embora Mênon da Tessália o alcançasse com mais quatrocentos homens e a notícia de que Clearco o encontraria em Kelainai e que não deveria esperar. Ciro pegou doze cavalos de corrida do estábulo imperial para o seu próprio uso e os entregou a Xenofonte. Ainda eram muito poucos, embora o príncipe não pudesse conjurar do nada uma cavalaria treinada nem tivesse recursos para pensar em comprar mais. Fora a sua própria guarda montada de seiscentos homens, ele conhecia o benefício de mensageiros velozes. Teria montado todos os batedores que iam à frente deles se tivesse cavalos para isso. Sem eles, não podia deixar de ver o exército imenso como uma coisa lenta e vagarosa, vulnerável a uma emboscada ou um ataque súbito.

Quando saíram de Colossos, as bolhas tinham sarado e os músculos distendidos estavam mais fortes. Eles partiram mais uma vez com ímpeto, os sons de trombeta fazendo os cavalos relincharem enquanto galopavam nos flancos. Os seus guardas faziam uma bela imagem, os cavaleiros separados dos animais pelas peles de leopardo ou gazela.

Ciro descobriu que gostava das horas passadas cavalgando ao lado dos homens a cada dia. Quando encontravam uma estrada ou trilha, eles a seguiam. Mas a maior parte dos dias se passava percorrendo campos e vales rumo a marcos distantes, mantendo-os à vista, não importava o que estivesse no caminho.

Ele sentiu a sua forma física melhorar, embora temesse que até a sua vasta coluna se apequenasse junto às montanhas que se aproximavam ou fosse engolida por uma floresta de pinheiros. Mandou homens voltarem pela estrada para procurar Clearco, mas ainda não havia sinal dele. Longe de Sárdis, o príncipe percebeu como passara a confiar no espartano e a depender dele. Sem aquela presença sólida, aquela certeza, de repente tudo parecia oco, como se ele só brincasse de usar coroa.

De todos os homens ali, Ciro conhecia melhor do que ninguém os exércitos do irmão no leste, melhor até do que Artaxerxes. Se o irmão considerasse Ciro uma verdadeira ameaça e convocasse todos os regimentos sob o seu comando, poderia pôr mais de meio milhão de homens em campo. Era um número que fazia Ciro despertar assustado no meio da noite. Pior ainda era que o irmão teria a riqueza de 28 nações súditas e do tesouro real para apoiá-lo. O Grande Rei não sofreria escassez de comida e lenha nem seria incapaz de repô-las. Artaxerxes tomaria vinho em vez de água toda noite enquanto marchasse com tantos soldados quanto as estrelas no céu.

A cidadela de Kelainai ficava a apenas três dias de marcha de Colossos, junto ao rio Marsias. Ciro esperou ali que Clearco trouxesse os últimos soldados, arrependido de ter concordado em deixar o general para trás. Ao fim de cada noite, o príncipe via os olhares perplexos dos outros, principalmente dos persas. Eles não viam necessidade especial nenhuma de esperar um único espartano, fosse qual fosse o seu posto. Mas o príncipe nada fazia, e os dias se arrastavam, apesar de toda a urgência anterior. A sensação empolgada do começo foi sumindo aos poucos quando os homens se acomodaram à vida do acampamento, buscando entretenimento na cidadezinha local. Ciro não soube dos que tiveram de ser enforcados, nem da imensa briga entre o contingente estínfalo e um regimento de Imperiais. Essas coisas lhe eram poupadas enquanto ele esperava.

No décimo quarto dia, Clearco chegou, calmo como uma brisa primaveril. Trouxe oitocentos hoplitas de várias cidades, duzentos peltastas com as suas azagaias e quarenta arqueiros cretenses. Ciro perdoou-lhe o atraso ao vê-lo, embora Clearco se desculpasse mesmo assim e se ajoelhasse à frente dele diante dos recém-chegados.

— Esses são os últimos, Alteza, e tiveram sorte de sobreviver quando o seu navio afundou no caminho, vindo de Creta. Eles têm mil histórias para contar, e não duvido que o senhor as ouvirá todas enquanto avançamos. A partir daqui, estamos por conta própria. Não ficou ninguém para trás.

O espartano olhou a distância como um cão de caça que fareja a presa, as narinas se abrindo.

— Por um tempo, pensei que não viria — disse Ciro.

Clearco o fitou, os olhos firmes.

— Eu lhe dei a minha palavra, Alteza. Teriam de me matar para me afastar do seu lado. — Enquanto o príncipe sorria, Clearco continuou: — É claro que isso pode acontecer.

Houve uma sensação renovada, quase de festa, entre os homens quando os regimentos partiram. Por algum tempo, passaram por uma satrapia onde as estradas tinham sido bem-feitas. Os homens gostaram de marchar sobre pedras planas, e, se estava no seu futuro, a batalha era tão distante que se tornou um problema que poderiam ignorar.

Os comandantes não compartilhavam do mesmo bom humor. Clearco percebeu que se zangava com comentários alegres. Ele levava o seu ofício a sério e, pelo menos, sentia a tensão das dificuldades que cresciam lentamente. Ciro também se limitava ao próprio grupo e passava dias inteiros em silêncio enquanto marchavam ou cavalgavam pelas veias do império. Ele não conseguia deixar de pensar em Tissafernes na Estrada Real, perguntando-se se tinham ultrapassado o velho ou se ele ainda cavalgava à frente. Aquelas mesmas pedras tinham levado o primeiro rei Dario para invadir a Grécia. Aquela grande estrada levara o seu filho Xerxes para o oeste, sem saber que veria o exército massacrado e a frota espalhada aos quatro ventos. Mas Ciro foi forçado a adotar uma rota pelo sul, bem longe dos mensageiros reais que correriam para casa ao primeiro sinal dos seus homens.

Esses pensamentos pareciam abater Ciro enquanto ele passava longas horas suando sob o sol. O príncipe perdeu a noção dos homens como uma força combatente enxuta quando percebeu que levava metade de um dia só para lhes fornecer uma única refeição. Eram uma cidade em movimento, e, na parada do meio-dia, o que parecia uma cidade inteira vinha em carroças. Panelas retiniam, juntava-se lenha. O clima de festival de verão tomava conta, a ponto de armarem tendas onde os homens faziam fila para gastar o seu dinheiro em coisas embaraçosas lá dentro. Tudo demorava um tempo enorme, e Ciro só podia se irritar e observar o sol, sombreando os olhos contra o seu brilho.

Como gafanhotos, eles caíam sobre as tabernas sempre que as encontravam, por menores ou mais dilapidadas que fossem. Na Estrada Real, Ciro sabia que esses estabelecimentos eram construídos segundo o mesmo projeto, decretado por ordem imperial. Todos os prazeres da civilização aguardavam os viajantes cansados como contas num colar no caminho inteiro até Susa.

Com esses luxos negados, o exército de Ciro privava as aldeias de tudo o que não era possível esconder de soldados famintos. O exército passaria fome sem essas rações extras, mas Ciro tinha total consciência do desaparecimento dos seus últimos dáricos, que pareciam sumir enquanto ele os contava. Quando conseguia conter os últimos recursos numa só mão, ele levou a coluna noventa quilômetros pelo campo até a cidade de Tírion, no pequeno reino da Cilícia. Lá, descansou numa propriedade que conhecera bem quando criança.

Dali a dois dias, como Ciro esperava, foi Clearco que os outros elegeram para falar com ele. Nenhum dos regimentos gregos ou persas tinha sido pago, e não lhe restava mais nada para encher os cofres. O príncipe estava sentado a uma mesa ao sol do fim da tarde, comendo tâmaras e queijo fresco da região.

— Ah, general, pensei que o mandariam. Por favor, sente-se e coma. São as melhores que provará na vida.

Clearco tinha exatamente a mesma aparência que no primeiro encontro dos dois, como se o tempo não tivesse domínio sobre ele. Por sua vez, ele viu um rapaz desgastado pelo excesso de responsabilidade.

— Obrigado, Alteza — disse ele, que pegou uma tâmara doce e a mastigou, cuspindo o caroço pontudo na palma da mão. — Muito boa.

O silêncio caiu entre eles, e Ciro esperou, achando graça em ser capaz de testar a sua determinação contra a de um espartano. Eles terminaram o prato de tâmaras, e um criado trouxe uma bandeja de carne finamente fatiada e dentes de alho assados, pousados na borda como minúsculos ovinhos brancos. Clearco adorava alho; pegou um punhado e mastigou.

— Alteza... — disse ele depois de muito tempo.

Ciro deu uma risadinha, interrompendo-o.

— Você é um bom homem, Clearco. Por mais que deteste esse tipo de coisa, foi voluntário para vir me perguntar sobre o soldo dos homens. Eu já lhe disse que enviei mensageiros, não disse? Por isso eu os trouxe para tão longe do caminho. Tenho um amigo na Cilícia que nos ajudará.

— O senhor conhece o rei? — perguntou Clearco, arrotando no punho.

Ele ergueu a taça de vinho aos deuses e tomou um longo gole para limpar o alho da boca. Quando fez isso, notou a expressão de Ciro se fechar.

— Ele e eu... não somos amigos. Eu o conheci quando éramos muito novos, mas nos afastamos e não tem sido a mesma coisa entre nós desde então.

— Ele a tirou do senhor ou o senhor a tirou dele? — perguntou Clearco.

Ciro bufou dentro da taça de vinho, respingando um pouco sobre a mesa.

— Você sempre tem de ser tão... espartano, general? Tão direto? Clearco deu de ombros.

— Em geral, acho essas coisas mais simples do que as fazemos ser.

— Bem, nesse caso, sim, ambos amávamos uma mulher. E ela me amava, mas se casou com ele! Que tal essa simplicidade? Nenhuma história maravilhosa de jovens amantes aqui, espartano! Ela escolheu o homem errado. — O príncipe suspirou com a lembrança, os seus olhos sombrios ao sol da tarde. — Ainda tenho saudades dela.

Clearco se sentou ereto na cadeira, embora esvaziasse o vinho de novo e mal notasse um criado vir para enchê-lo.

— Alguns homens podem ser pequenos e mesquinhos, mesmo na vitória. Mas o senhor trouxe um exército ao seu território, um exército que, suponho, ele não possa igualar. É para a conquista, então? O senhor o matará?

Ciro olhou o general por muito tempo, pensando. Ele esfregou uma das mãos na palma da outra, sentindo os calos formados sob as rédeas a cada dia.

— Se pudesse fazê-lo cair do cavalo e morrer, eu o faria — disse ele devagar. — Mas ela o ama e já lhe deu dois filhos. Sei que ela me ama, mas ela o escolheu. Não se pode voltar atrás, Clearco. Nunca.

— Mulheres — respondeu Clearco, erguendo o vinho. — São uma fonte de assombro para todos nós.

Eles tocaram as taças e as esvaziaram. Nisso, os dois já sentiam o seu efeito.

— Eu a amo — disse Ciro. — Sempre a amei. — Ele soprou o ar, esvaziando-se. — Estamos no limite da Cilícia, praticamente na fronteira. Mandei mensagens de que estou aqui... e ela respondeu. Não sei se me ajudará, general, mas não há mais ninguém.

— Ela virá ao senhor? Ou devo mandar trazer cavalos?

— Ela virá a nós, assim disse o mensageiro. Amanhã. À tarde.

— E ela mencionou o marido... mesmo que de passagem? — perguntou Clearco.

Ciro fez que não, e o general levantou as sobrancelhas.

— Ora, isso soa promissor.

— Não. Ela amava nós dois, mas o escolheu — disse Ciro, sofrido, bebendo mais uma vez.

Seus dentes estavam manchados de púrpura pelo vinho, os olhos vidrados. Clearco deu um tapa súbito na mesa, despertando o príncipe do devaneio.

— Então lhe mostraremos do que ela desistiu, Alteza! Mandarei os homens fazerem uma bela demonstração. Que ela veja o príncipe jovem e galante, o líder da guerra. O marido dela é um tirano? Cruel, velho, feio, baixote?

— Não — disse Ciro com um gesto. — É meramente um homem como qualquer outro. Não vejo as suas virtudes, mas, como disse, ela...

— Ela o escolheu, sim — terminou Clearco. — Deixe comigo, Alteza. E não beba mais, senão não nos servirá para nada amanhã. Com a sua permissão, retornarei aos homens.

Com um gesto, Ciro lhe deu permissão para sair e levantou a taça para ser enchida mais uma vez, embora os olhos permanecessem fechados. Clearco deu uma risadinha, se perguntando se já tivera uma cabeça fraca assim para a bebida. Decidiu que não. O general saiu andando no escuro e começou a correr quando pensou em tudo o que teria de ser feito.

*

Ciro acordou ao amanhecer e vomitou grandes torrentes de ácido amarelo. Havia um lago no terreno da propriedade; nadou lá e depois comeu ovos e queijo para acalmar o estômago. Quando conseguiu se vestir e os criados o ajudaram a montar com uma plataforma, a manhã já ia tarde, e o sol subira numa cúpula azul vazia, com o calor que aumentava e fazia a dor de cabeça latejar. Ele achou algum consolo em manter o olho esquerdo fechado enquanto se aproximava do acampamento e era questionado. Os guardas recuaram com respeito ao terminar o ritual, embora todos já o conhecessem de vista. Ele ouviu um deles murmurar uma observação grosseira sobre ressaca, mas não tinha vontade nem estômago para uma reprimenda.

Quando ficou mais consciente da movimentação em volta, Ciro supôs que o general espartano não dormira nada. Todos os regimentos estavam ocupados com polimento e escovas, negro de fumo e óleo, tornando-se o mais artificialmente brilhantes e arrumados que fosse possível. Ciro ficou em sua montaria em estado de confusão. Ele teria ordenado uma parada? Não conseguia se lembrar. Perdera alguns detalhes da noite, ou eles voltavam em relâmpagos que o faziam se encolher de vergonha, os olhos se arregalando. Ele falara do seu amor a um general espartano! Ciro cobriu o rosto com a mão.

— Alteza? — disse uma voz.

Ciro olhou e viu o jovem mestre dos cavalos. O ateniense. Enquanto o príncipe o fitava com olhos cansados, Xenofonte continuou, parecendo desagradavelmente saudável e alegre.

— Alteza, se apear por algum tempo, posso escovar Pasacas e trançar a sua crina e a cauda, deixá-lo pronto para a inspeção.

— Inspeção? — perguntou Ciro devagar.

Ele sentiu um fio de lembrança lhe chegar, e o suor escorreu pelas costas. Ergueu os olhos para o sol e engoliu em seco ao ver como estava tarde. Passara a manhã tão mal que dificilmente conseguiria fazer algo além de suar e gemer. Então se recordou, tateou o queixo e praguejou baixinho ao sentir a barba.

— Xenofonte, preciso de meu criado Parviz. — Ele apeou, escorregando do cavalo como se tivesse perdido o uso das pernas e cambaleando para cima do ateniense. — Preciso ser barbeado e preciso de roupas limpas. Parviz, meu caro. O mais rápido que conseguir.

Xenofonte saiu correndo com as rédeas adejando atrás, forçando o corcel a segui-lo. Ciro franziu os olhos para o sol. Jurou que nunca mais beberia. O custo era alto demais.

— Alteza, aí está o senhor! — veio a voz de Parviz.

O homem que antes vigiava uma fortaleza no deserto crescera em seu novo papel com orgulho e energia. Ciro viu que Parviz trazia uma cadeira dobrável, e afundou nela com gratidão. Os criados se reuniram em torno dele, com vasilhas, pano e óleo. Parviz começou a afiar uma navalha num pedaço de couro, depois num pedaço de pano áspero e, finalmente, no próprio vento, virando a lâmina na brisa. Ele não permitia que mais ninguém barbeasse o príncipe, e isso se tornara quase um ritual para os dois. Ciro fechou os olhos.

— Sombra aqui! — gritou Parviz em seu ouvido. — Tragam sombra para o príncipe. E roupas limpas. Privacidade... isso aqui é feira? Tragam aqueles painéis e coloquem-nos em volta de Sua Alteza.

Foi um alívio deixar Parviz assumir o comando, e Ciro abriu os olhos ao sentir que punham um copo em sua mão. Quando viu que era apenas o leite doce e querido, sorriu de alívio.

— Obrigado. Mais disso, por favor, Parviz. Traga a vaca inteira se for preciso.

*

Enquanto o sol começava a longa e lenta queda pela tarde, os regimentos permaneceram em esquadrões, as fileiras medidas com perfeição. Cada homem estava com os pés um pouco separados, aguardando a inspeção de uma rainha. Maqueiros se aproximaram, vindos dos seguidores do exército, sabendo que homens em pé no sol podem desmaiar de repente. Sempre havia alguns e, como caíam como árvores, sem se proteger com as mãos, às vezes os ferimentos eram assustadores. O resto do acampamento foi obrigado a marchar quase cinco quilômetros mais para trás, para que a rainha não tivesse a sua visão manchada por prostitutas e crianças abandonadas.

Ciro percebeu que não conseguia ficar parado. Ele levava o cavalo Pasacas de um lado para o outro pelas fileiras da frente enquanto esperava que ela aparecesse. Não punha os olhos em Epiaxa havia seis anos. Nesse tempo, tornara-se homem, quando antes era quase um menino, certo de que ela o escolheria, demasiado seguro de si. O estômago se acalmara e a dor de cabeça era quase nenhuma, e por isso ele agradeceu a Deus.

— Lá está ela! Ela está vindo! — disse Parviz ao seu lado.

Ciro ergueu os olhos e viu uma biga puxada por um par de cavalos pretos, cercada de soldados que corriam com peitorais escuros e saiotes de couro. Devia haver oitenta homens correndo ao lado da sua senhora, e ele se lembrou mais uma vez de que ela era esposa e rainha de outro homem. Ele descansou as mãos no punho da sela e esperou a biga se aproximar, sem saber se ela pareceria a mesma e o que veria quando pusesse os olhos nele.

Soaram trombetas ao longo das linhas, embora fossem arautos dando as boas-vindas e não o toque de combate. A biga foi em direção ao príncipe montado num corcel à frente de todos, fazendo um grande círculo, de modo que quase se virou para o caminho por onde viera.

A rainha Epiaxa da Cilícia estendeu a mão para o seu auriga e desceu. Ciro sentiu uma dor no peito que nada tinha a ver com a quantidade de vinho que bebera na noite anterior. O cabelo escuro dela estava preso num torçal que se movia em suas costas como a cauda de um gato. Balançou quando ela pisou no chão, e ela era a mesma, inalterada pelo tempo. O príncipe apeou e observou quando ela se apoiou num joelho diante dele. Ao olhar a sua nuca, ele se perguntou se os gregos compreendiam o significado do gesto dela. Havia 28 nações no império — e os reis e rainhas daqueles Estados se curvariam ou se ajoelhariam diante de um membro da família real. Quando os gregos faziam o mesmo, em vez da prostração apropriada, eles assumiam os ares de casas reais.

Ciro piscou ao perceber que não lhe dera permissão para se levantar. Viu que um rubor surgira na nuca da rainha, uma súbita mancha de cor. Ela achava que ele ainda estava zangado.

— Por favor, levante-se, Epiaxa. Fiquei espantado ao ver como você mudou pouco. É como se eu estivesse aqui na época, ainda um rapaz. — Ele pegou o braço dela enquanto falava, embora a sua mão caísse quando o auriga se remexeu pouco à vontade. Os guardas da rainha não estavam acostumados a ver a sua senhora ser tocada por ninguém.

— Ah — disse ela a eles, sorrindo. — O príncipe Ciro é um velho amigo. Não estou em perigo aqui. Capitão Raush, você me trouxe em segurança e pode partir. Eu lhe mandarei um mensageiro quando estiver pronta.

Imediatamente, o capitão se prostrou na terra, escolhendo um ângulo que homenageava a sua senhora um toque acima de Ciro, embora incluísse os dois. O auriga voltou ao assento na frente da biga e pegou as rédeas. Ciro olhou o veículo com inveja e falou antes que o homem desenrolasse o longo chicote.

— Senhora, organizei esses meus poucos homens para que os inspecionasse. Se ordenar ao seu auriga que volte com o resto, eu ficaria honrado em ocupar o seu lugar.

A rainha inclinou a cabeça, e o auriga pousou o chicote e as rédeas sem nenhuma palavra de protesto, embora olhasse com raiva quando Ciro os pegou. Epiaxa abriu uma portinhola para alcançar o banco estofado na parte de trás. Ela se inclinou sobre ele, em vez de se sentar. O sol estava quente demais e a brisa na pele boa demais para outra coisa.

Com um sorriso, Ciro estalou as rédeas, e a biga avançou, espalhando os guardas da rainha para não serem atropelados.

— Desculpe, estou só me acostumando... — gritou Ciro por sobre o ombro.

A passageira pensou corretamente que ele fizera aquilo de propósito. Ciro estalou as rédeas outra vez, e os dois cavalos se puseram a galopar. Ela ouviu o príncipe atiçar os cavalos, num galope cada vez mais veloz, bem longe do exército que ele reunira para impressioná-la. A velocidade era aterrorizante e extasiante ao mesmo tempo e trouxe de volta lembranças de Ciro e do amigo apostando corrida ao longo das margens de um grande rio. Ele ainda tinha talento, pensou ela. Enquanto avançavam, confiando na habilidade e na força dele, Epiaxa observava as suas costas e o seu equilíbrio, recordando o modo como os músculos daqueles braços se moviam quando ele a abraçava. Ela sentiu lágrimas chegarem aos olhos e não soube dizer se era em memória da juventude perdida, do amor perdido ou só o vento e a poeira.

14

Depois de concordar levá-la de volta daquela primeira volta louca em campo aberto, Ciro conduziu a biga numa velocidade mais calma ao longo dos regimentos à espera. Ele até parou em intervalos para a jovem rainha descer e falar com os oficiais superiores. Epiaxa parecia se divertir igualmente na presença de gregos e persas. Ciro observou Clearco ficar quase paternal, o peito largo do espartano se expandindo ainda mais enquanto respondia às perguntas da jovem rainha. O general Orontas corou tão profundamente quanto um menino quando ela pegou a sua mão. Epiaxa lhes deu tapinhas, sorriu e deixou os dois homens à vontade. Ao lado dela, o príncipe estava como se a tivesse inventado, felicíssimo com um dia que começara tão mal e, de certo modo, terminava tão bem. Ele não podia deixar de pensar que sua vida teria sido muito diferente se ela tivesse ido até ele naquela última vez, enquanto Ciro esperava num bosque de ciprestes. Fora a noite mais longa da sua vida e, quando a aurora chegou, ele montou e foi embora.

Eles ficaram sob o sol sem sombra por um tempo que mais pareceu um século. Alguns homens realmente desmaiaram e foram discretamente recolhidos e levados para se recuperar fora das vistas. Tanto Ciro quanto a rainha se sentiram estranhamente cansados quando retornaram ao pavilhão que Parviz montara para a refeição da noite. Os próprios regimentos receberam ordem de debandar e marchar os cinco quilômetros de volta ao acampamento. Lá, comeriam e descansariam depois de passar um dia ao sol. Todos os homens estavam quentes e suados, mas sorriam com a adoração óbvia do príncipe pela jovem ao seu lado. Muitos fizeram sinais grosseiros com as mãos ao passar, mas não quando algum oficial que pudesse mandar cortar aquelas mãos estivesse de olho.

Orontas, Arieu e Clearco se uniram aos outros generais numa mesa comprida montada com traves e vigas naquele mesmo dia. Ciro e Epiaxa se sentavam na outra ponta, um diante do outro. Clearco notou que, entre os pratos, o príncipe deixava a mão direita sobre a toalha, a palma para cima como numa súplica. O espartano não poderia dizer se Epiaxa respondia deliberadamente, mas ela deixou o antebraço esquerdo sobre a mesa. Talvez tentasse tocá-lo, e o espartano sorriu para si mesmo.

Orontas dedicou-se à comida com interesse visível. Ciro mandara preparar o melhor para sua convidada, e os persas, em particular, suspiraram com os pratos cheios de açafrão, cardamomo e pétalas de rosas, temperos caros demais para dar sabor à carne e ao pão comuns servidos aos regimentos.

Ao redor da mesa, os outros generais gregos tinham recebido permissão para servir o príncipe e sua convidada. Próxeno estava lá, guardando uma jarra de vinho que parecia considerar sua, embora os criados esvoaçassem de um lado para o outro como beija-flores. Neto de Estinfália dava gargalhadas com Mênon da Tessália, e se espantou quando viu que eles dois eram o centro das atenções. O vinho corria, e as dores e queimaduras do sol sumiram, embora metade dos homens conseguisse sentir o calor emanando da pele, como se guardassem uma parte da luz dentro de si. Todos eram homens experientes, e Clearco não foi o único a notar o posicionamento casual das mãos sobre aquela mesa. Em consequência, eles mantiveram uma conversa leve para manter as aparências, mas comeram depressa e recusaram novas porções. Um a um, cada oficial esvaziou a taça com boa educação, limpou a faca na toalha, se levantou e se curvou diante do príncipe Ciro e da rainha.

O príncipe não bebera vinho naquela noite, afirmando que seu estômago não permitiria uma segunda tentativa de arruiná-lo. Quando o último general saiu, os músicos entraram com pantufas para encher o ar com uma canção suave e as notas de uma lira. Por impulso, Ciro se levantou de repente, contornou a mesa e se sentou ao lado de Epiaxa.

— Pronto — disse. — Acho que não consigo ouvi-la com essa música. Obrigado por vir a mim. Foi um dia perfeito, uma joia numa época de dificuldades. Você viu o exército, os homens. São companhia grosseira, às vezes. Mas isso... me faz ter saudades das conversas que tínhamos. Você se lembra?

— É claro — respondeu ela.

Ele pegou a mão que ela deixara sobre a toalha. Descobriu que ela tremia. Foi uma intimidade súbita que lhe permitiu falar de outras coisas mais importantes.

— Esperei a noite toda antes de ter certeza de que você não viria. Pelo tempo mais longo, disse a mim mesmo que ainda estava escuro, até que consegui ver o bosque inteiro à minha volta e os morros verdes além.

— Eu deveria ter mandado alguém — disse ela baixinho. — Sinto muito.

— Não, você fez a sua escolha. Foi melhor para mim partir e continuar a minha vida.

— Você não se casou — disse ela, aproximando-se.

Ele deu de ombros, embora as palavras fossem como uma faca dentro dele. Ciro forçou uma risada.

— Não consegui encontrar outra... igual a você. Não é ridículo?

— Não — disse ela. — Já me perguntei muitas vezes...

Ele a viu hesitar.

— O que você se pergunta? Estamos sozinhos aqui, Epiaxa.

— Eu me pergunto como seria a minha vida se eu tivesse ido até você naquela noite. — Dentro da mão dele, ela virou a sua, que girou na palma do príncipe como um passarinho fazendo ninho. Mas não a puxou. — Sienésis é um homem frio. Você mal o reconheceria. Passa dias e semanas sem me dizer uma só palavra. Mas, se não tivesse ido a ele em vez de você, eu não teria os meus filhos. É confuso. Se não fosse por eles, acho...

Ela balançou a cabeça e fechou os olhos, de modo que uma lágrima transbordou sob os cílios escuros de kohl, manchando o rosto. Devagar, ele puxou a mão dela até os lábios e a beijou, sentindo o arrepio que passou por ela.

— Penso em você toda noite, quando o sol se põe — disse ele.

— Por favor. Chega de conversa. Mande os criados embora — sussurrou ela.

Pela manhã, Clearco caminhou os cinco quilômetros do acampamento até o pavilhão e encontrou Ciro e Epiaxa fazendo o desjejum ao ar livre, sob o sol da manhã que despontava. O dia estava fresco e havia orvalho no chão, embora fosse evaporar.

— General! Espero que se junte a nós — gritou Ciro.

Clearco fez uma reverência diante dos dois e saudou a rainha com cortesia ao se sentar e ser servido de fatias de melão, figos e um queijo leve. Nessa companhia, Clearco com certeza não mencionaria os cofres vazios nem nada que desconfiasse haver entre os dois. Comeu algum tempo em silêncio e observou o modo como o par se entreolhava.

— Se me levar para casa, Ciro, enviarei a você a biga e as carroças ainda esta manhã — disse Epiaxa. — Como... discutimos.

O príncipe estendeu o braço e tocou a mão dela, como se para ele não houvesse nada mais natural no mundo. Epiaxa corou na presença do espartano, embora Clearco achasse o seu prato fascinante naquele momento.

Ciro se levantou e estendeu as mãos para ela. Seus olhos estavam sombrios com toda a conversa que Clearco não ouvira na noite anterior.

— Venha, meu amor. Vou levá-la de volta ao seu marido e aos seus filhos.

Os olhos dela cintilaram com o que poderiam ser lágrimas quando ela se levantou. Clearco observou os dois partirem, roendo pensativo um pedaço de casca de melão. Esperou que isso significasse que a rainha entregaria o dinheiro de que precisavam. Ele gostava de Ciro, mas um líder tem de pagar os seus mercenários ou ir sem eles. Um mês ou dois poderiam se passar sem sinal de prata, mas, depois disso, todos os contratos estariam rompidos e eles desertariam. Os gregos conheciam o próprio valor, e os persas estavam acostumados demais a serem pagos em dia todo mês. Ciro era responsável por todos eles. Clearco pensou no que o príncipe tivera de fazer para conseguir, embora parecesse bastante satisfeito. Com certeza, mais relaxado do que o espartano se lembrava de tê-lo visto. Era interessante pensar nas duas amantes que Ciro trouxera consigo, viajando para o leste com o acampamento. Pelo que Clearco se recordava, uma delas era bem parecida com a rainha da Cilícia.

Clearco pensou na sua mulher e nos seus filhos. Para ele, não fora um casamento por amor, pelo menos no começo, embora sentisse grande afeição pela sua Calandra. Todos os espartanos precisavam ter filhos antes de trilhar o caminho mercenário. Era apenas bom senso, considerando os riscos do ofício. Ele soltou um suspiro. Já conhecera o amor uma ou duas vezes nos anos de campanhas. Não parecia mais tão importante quanto tinha sido. Mas conseguia se lembrar de como era e teve inveja do jovem casal, embora o pesar e a perda brilhassem nos olhos deles.

*

Quando retornou, Ciro estava acompanhado de meia dúzia de carroças e o mesmo auriga do dia anterior. Clearco e Próxeno correram com Orontas para espiar os cofres lá dentro. Os três oficiais passaram as mãos por moedas de ouro e prata, rindo de alívio. Com certeza era suficiente. Dos três, talvez Orontas não soubesse o seu destino, mas o persa não era bobo. Entendia muito bem que algo importantíssimo devia ter dado errado para negarem ao príncipe a rede de agiotas. As moedas eram comida, reparos e armaduras, mas também meses em campanha. As moedas eram guerra — a hora de usar a vasta força que o príncipe reunira.

Para Clearco e Próxeno, os cofres eram a chance de elevar o príncipe a rei. Boa parte daquilo seria entregue a banqueiros de cidades persas ao longo da Estrada Real. Com suas cartas, levadas para o oeste por mensageiros confiáveis, os gregos poderiam obter recursos nos limites do império. Aquelas moedas manteriam Esparta segura e forte, permitiriam que Atenas construísse navios, escrevesse peças e discutisse no conselho. Fosse qual fosse a causa nobre, a realidade era sempre comprada com ouro e prata.

Dois dias depois, conforme a vasta coluna avançava, Ciro ficou taciturno. Eles se afastavam da fronteira com a Cilícia, marchando para o leste. O príncipe ficava horas simplesmente observando as fileiras em marcha passarem por ele, como se a maré de homens não fosse levá-lo junto. Eles andavam com as costas eretas e se orgulhavam de sua aparência enquanto ele estava lá, mas o olhar de Ciro era distante, os pensamentos nos braços de uma mulher que só lhe dera uma noite. Não fora suficiente. Se ela pedisse, Ciro marcharia com o seu exército para resgatá-la. Teria enforcado o marido nas próprias muralhas e ido embora sem olhar para trás. Mas ela não pedira. Ele achava que Epiaxa amava os filhos e, talvez, também o homem com quem se casara. O coração das mulheres era uma coisa complexa, pensou. Ela lhe dera uma noite, mas não parecera um final.

— Voltarei aqui — murmurou ele consigo. — Quando cumprir as minhas promessas. Eu a verei de novo.

O exército do príncipe marchou cento e seis quilômetros nos três dias seguintes. O caminho era fácil, e os dias permaneceram claros, mas Clearco insistia em encher todos os odres e barris de água sempre que encontravam um rio. Isso significava que tardes inteiras se perdiam quando chegavam a uma ponte sobre água corrente, mas o calor do verão era uma ameaça constante, e os soldados bebiam o tempo todo enquanto transpiravam. Ciro comprava sal sempre que chegavam a uma feira ou uma cidade. O suor dos homens secava branco, e os soldados experientes sabiam que ficariam fracos e tontos sem sal, incapazes de continuar.

Era um alívio ter os cofres que Epiaxa lhe dera. Ciro não perguntara se o marido se incomodaria de ela tirar uma fortuna do tesouro e dá-la a um antigo pretendente. O príncipe disse a si mesmo que pagaria todas as dívidas quando encontrasse e enfrentasse o irmão. A justiça esperaria pela vingança.

Enquanto cavalgava ao lado de Clearco e Próxeno, ou de Orontas e Arieu para também honrá-los, Ciro baixava a cabeça sempre que sentia aroma de jasmim, como se Epiaxa viajasse com ele. Ela fora uma dor distante e semiesquecida antes de pararem na Cilícia. Embora a deixasse bem para trás, mais uma vez nas lembranças, a dor estava mais aguda e mais difícil de afastar.

Em Persépolis, Tissafernes se banhara e fora massageado por escravos imperiais antes que o sol nascesse. Iluminado por lâmpadas, gozara os benefícios da civilização que faltava a boa parte do mundo. Quando subiu montado pelos degraus até o portão do platô, estava limpo e refrescado. O sol nascia no outro lado das muralhas, de modo que ele estava na sombra, enquanto o mundo atrás de si se iluminava de ouro. Tissafernes se virou na sela quando chegou ao topo. Recordou-se de estar naquele último degrau com trezentos espartanos e um jovem príncipe ao seu lado, com Dario no leito de morte no paraíso lá dentro. A brisa do amanhecer passou por ele, que sorriu com a mudança da situação. Enquanto subia os degraus, ele ascendera de outras maneiras, em condição e influência. Estava sentado à direita do Grande Rei. Até o príncipe Ciro sentira a sua nova autoridade e fora humilhado por ela.

O portão foi aberto por soldados que se prostraram diante dele. Tissafernes apreciou o gesto, embora sua condição formal fosse incerta. Os seus próprios criados e escravos se referiam a ele como "nobre Tissafernes", é claro, mas um homem pode escolher qualquer nome na própria casa. Tissafernes sabia muito bem que era um reles membro de confiança da corte, um companheiro. A falta de título oficial o exasperava como um espinho sob a pele, e ele esperava que Artaxerxes corrigisse isso quando fizesse o seu relatório. Passara seis meses longe da corte e do conforto. Um sofrimento desses certamente merecia uma recompensa.

Os jardins estavam perfeitos como sempre, com escravos para catar cada folha que caísse e podar cada arbusto em linhas tão perfeitas que pareciam feitos em vez de cultivados. Tissafernes usava uma túnica larga de seda e sandálias abertas. Seguia um senescal pelos caminhos sombreados, embora os passos não se dirigissem para o pavilhão onde o velho rei morrera. Esse fora demolido, e um gramado novo tinha sido plantado e regado desde as sementes para substituí-lo. Até as pedras do caminho tinham sido repostas, percebeu ele. Essas coisas lhe davam mais do que satisfação. O clima de perfeição era tão maravilhoso que quase doía. Uma parte tão grande do mundo passava a vida inteira trabalhando na terra para ter comida suficiente para sobreviver. Era uma alegria ver o que podia ser feito com liberdade e riqueza ilimitadas. Tissafernes não conseguia imaginar a existência de nada melhor do que a corte persa. A família real era como deuses para os homens comuns. Ele percebeu que isso o tornava um companheiro dos deuses, o que o agradou.

À frente, o rei Artaxerxes estava em pé à beira de um campo, com um arco de chifre negro nas mãos. Com as pontas de ouro, parecia uma coisa mortal e maligna. Tissafernes o olhou ao se aproximar. Ele estendeu uma esteira para não arruinar a seda limpa, prostrou-se nela e ergueu as mãos sobre a cabeça em obediência. Artaxerxes poderia tê-lo interrompido em qualquer parte do processo, mas o rei meramente espiou a haste de uma flecha até que ele terminasse. O filho também fora elevado pela morte do pai. Artaxerxes ainda exigia os rituais de obediência, embora, sem dúvida, continuasse a afirmar que era pela dignidade do trono e não pelo seu próprio prazer.

Quando Tissafernes voltou a ficar em pé, o rei pusera a flecha na corda e olhava, no outro lado do campo, seis escravas que andavam de um lado para o outro com escudos espartanos seguros sobre a cabeça. Tissafernes viu que as moças eram belas, vestidas com túnicas que deixavam as pernas nuas até o alto da coxa. Ele levantou os olhos ao ver isso, mas o rei era jovem e ainda não se cansara dessa caçada específica. Havia histórias de moças levadas a ele, vindas de todo o império, escolhidas pela beleza. Algumas ele guardava para si, outras eram entregues aos seus guardas como recompensa.

Tissafernes recordou que aquelas que perdiam os favores do rei eram encarregadas de carregar escudos para o seu arco. Não era exatamente uma punição, mas com certeza uma marca de insatisfação ou um alerta. Tissafernes suspirou. O seu senhor era duro com as mulheres, mas ficaria mais gentil com o tempo, como todos os homens.

— Veja isso, Tissafernes — disse o rei por sobre o ombro.

Ele puxou e lançou a flecha suavemente, mandando-a num arco até o escudo mais distante. Ela acertou com um golpe que derrubou no chão a moça que o segurava, numa confusão de pernas sacudindo. O rei deu um grunhido de satisfação. Ergueu a mão sem olhar, e um escravo passou outra flecha perfeita para a sua palma. Ele não disse nada por mais três tiros, todos na mosca. Ninguém mais caiu, embora cambaleassem com o impacto.

— Um belo arco, Majestade. A sua habilidade só aumentou. O senhor é um verdadeiro mestre da arma.

Tissafernes sabia que era uma lisonja óbvia, mas Artaxerxes treinava todos os dias e merecia o elogio. A maioria dos homens ainda o via como o pior guerreiro entre os dois príncipes. A verdade era que ele se fortalecera sem que o mundo soubesse. Tissafernes sabia melhor do que ninguém que o rei sabia se comportar com honra com a espada e a lança de guerra, além do arco. Alguns nasciam para ser guerreiros. Todos os homens sabiam disso. Viam que alguns eram mais ousados, velozes e flexíveis. Tinham habilidades que pareciam magia para os não treinados. Mas havia outro caminho, embora mais lento e menos vistoso. O homem podia simplesmente trabalhar todo dia. Artaxerxes era a prova. Quando o homem tinha disciplina, os ossos ficavam mais rijos, os músculos eram como cordas, a forma física se tornava extraordinária. O corpo podia ser treinado para reagir com incrível velocidade. Artaxerxes passava toda manhã despejando suor com sua labuta. Além dos escravos, ele trazia mestres espadachins à corte para treiná-lo. O príncipe Ciro nascera guerreiro, diziam. Artaxerxes se transformara num deles. Tissafernes podia ver no modo como o rei se movia. O homem que fora um estudioso se tornara um leopardo com capa de painéis.

Depois de mais doze tiros, o rei esfregou os antebraços, sentindo os músculos se moverem, e fez uma careta para si. Entregou a um escravo o arco de aparência assassina e encarou Tissafernes.

— Muito bem, Tissafernes. Faça o seu relatório. Conte como o meu querido irmão lambe as feridas no oeste.

O rei começou a andar enquanto falava, de modo que Tissafernes teve de se apressar para se manter ao seu lado. Eles deixaram os escravos para trás e andaram pelo campo verde até onde a borda do platô separava o céu da terra à frente. Artaxerxes acenou para as donzelas-escudeiras e elas foram embora de cabeça baixa para não perturbar o rei. Tissafernes não pôde deixar de olhar uma ou duas delas quando passaram por ele, os escudos dourados descansando nos ombros, as longas pernas bronzeadas brilhando ao sol. Afinal de contas, ele tinha sessenta e dois anos, não oitenta.

Artaxerxes andou até a beira do platô e posicionou o pé direito de modo que metade dele pendia sobre o abismo e o vazio. Pássaros voavam em círculos preguiçosos mais abaixo na montanha, e Tissafernes e o rei estavam acima deles. A primeira capital se estendia aos pés de Artaxerxes num labirinto de ruas e jardins verdes, como fios de teia de prata àquela altura. A fumaça das cozinhas e padarias subia em fios finos, formando uma névoa. Tissafernes se viu ao mesmo tempo com medo e fascinado pela cena. Era uma longa queda, tão longa que a mente não conseguia compreender bem. Uma parte dele sabia o perigo daquela altura e fez o estômago querer se arrastar até a garganta.

— Majestade, encontrei o príncipe Ciro no limite oeste do império, onde ele ainda mantém a companhia de gregos e outros mercenários. Fiquei doze dias em Sárdis e tive muitas oportunidades de observá-lo, a ele e aos que o cercam.

— E o que viu, Tissafernes? Mandei você porque o conhece mais do que ninguém. Ele ainda é leal?

Tissafernes inspirou fundo. Ele lera as próprias anotações e os relatórios que chegaram às suas mãos muitas vezes pelo caminho. Brigara com a resposta àquela pergunta exata em cada estágio da interminável viagem de volta. Os meses de viagem que separavam o oeste do coração do império significavam que muitas coisas teriam mudado enquanto ele fazia o relatório. Mas ele vira muito.

— Majestade, não acredito que seja — disse Tissafernes.

Artaxerxes se virou de repente para olhá-lo, a paisagem esquecida enquanto seu rosto se endurecia com olhos de falcão que fizeram o velho se lembrar do pai do rapaz.

— Tem certeza? Fale com cuidado agora, Tissafernes. A guerra segue as suas palavras.

Tissafernes engoliu em seco e continuou:

— Majestade, conversei com três espiões de Sárdis. Todos me disseram que o príncipe reuniu um número imenso de soldados. Um efetivo incomum, senhor. Em si, isso não surpreende tanto; fala-se muito de rebeliões e tribos da montanha.

— Mas você acredita que ele se virou contra mim, contra a sua casa?

Tissafernes baixou a cabeça devagar.

— Ele reuniu uma dúzia de generais gregos e mais dos nossos. Os gregos são fundamentais nisso, Majestade, é a minha conclusão. Os persas desfilam em grandes esquadrões, mas os gregos estão espalhados por todo o oeste. Tenho relatórios de Creta, de Atenas, da Lídia e do Chipre. Eles treinam nesses lugares, mas respondem ao seu irmão e recebem ouro persa.

— Quantos são? — perguntou Artaxerxes.

Ele não parecia desconcertado com a notícia. Até onde Tissafernes percebia, o rei estava contente.

— Ninguém pode ter certeza, meu senhor. Conversei com um homem que falou em trinta mil gregos, com outro que disse apenas oito mil. Esse é o âmago da minha suspeita. Se o seu irmão comanda as forças da coroa, por que mantê-las separadas?

— Então, sua conclusão, Tissafernes?

— Creio que ele esteja montando um exército para vir para cá. Para tomar o trono imperial e o império para si.

Para surpresa do velho, Artaxerxes jogou a cabeça para trás e riu, limpando os olhos.

— Eu queria... ah, eu queria que o meu pai pudesse estar aqui comigo para ouvi-lo. Ele previu isso, já lhe contei? Vou gostar de contar à minha mãe o que a sua misericórdia descabida provocou, o verme que ela manteve vivo e, assim, nos pôs a todos em perigo.

A voz dele se endureceu enquanto falava, o humor sumindo.

— Muito bem, Tissafernes. Agradeço-lhe pelo seu trabalho. Você se provou a mim, e fico grato. Pode ter salvado a minha vida, portanto lhe concedo o título de Pir. Você é um ancião sábio, e todos os homens de condição inferior o chamarão de "meu senhor" ou "Pir Tissafernes". O meu senescal alterará os registros e lhe dará uma cópia.

Tissafernes se jogou de corpo inteiro no chão, sem desenrolar a esteira. O solo empoeirado lhe provocou lágrimas nos olhos, o que ele não achou ruim nas circunstâncias.

— Majestade, estou maravilhado. O senhor me concedeu uma honra grande demais.

— De jeito nenhum, Tissafernes. Não devo recompensar as boas notícias?

— Boas notícias, meu senhor?

— É claro! A minha tarefa é levar a campo o exército imperial, como os antigos reis. Você me acompanhará, Tissafernes. Você sempre falou tão bem e com tanta bravura do seu tempo no exército. Gostarei de vê-lo recordar aqueles anos dourados da juventude.

Tissafernes só pôde exprimir o seu prazer eterno com tal possibilidade, embora a ideia de mais meses a cavalo lhe desse vontade de chorar de decepção.

O rei fitou a capital que sonhava sob os dois.

— Se meu irmão deseja me enfrentar em combate, talvez eu o surpreenda, hein? — Devagar, Artaxerxes cerrou o punho ao fazer um juramento, erguendo-o para o sol. — O meu pai nos observará, não duvido. Quando dois príncipes vão ao campo de batalha, nobre Tissafernes, só pode restar um no final. O outro alimentará os corvos e gaviões. É assim que são as coisas.

15

Ciro deteve os homens em Tápsaco, depois de impeli-los vigorosamente por dias. A cidade era, ao mesmo tempo, rica e antiga, e ele sonhava com um banho e a privacidade da riqueza e do poder. Um grande arco branco se elevava acima da cidade, e o rio Eufrates corria perto das muralhas. Tápsaco se formara em torno de um grande leito daquele antigo rio, e começara como um lugar apenas para dar água aos animais e trocar mercadorias. Por incontáveis gerações, a cidade cresceu e se tornou um dos grandes eixos da região. O mercado de escravos e o de especiarias brigavam por espaço, e havia riqueza suficiente para sustentar ruas, parques e o palácio do governador. Era a última cidade do oeste, o último toque de civilização antes do calor ofegante do deserto e das montanhas mais além.

Ciro levou a coluna à cidade, alojando lá o máximo possível de homens. Os comerciantes do mercado vendiam notícias além de açafrão e açúcar, marfim e pregos de ferro. Em uma hora, Ciro soube que Tissafernes chegara a Susa um mês antes e só descansara um dia antes de partir. A coluna vencera o persa e reduzira a distância. Era um bom pensamento. No início da noite, todos os estábulos da cidade estavam cheios de homens, todos os porões e depósitos, todos os lares. Ciro encheu o parque real com eles, permitindo que os seus regimentos descansassem em jardins projetados pelo seu avô. Mas ainda eram muitos.

Fora das muralhas, os trabalhadores do acampamento montaram tendas e carroças em círculo, forjas e oficinas, cozinhas, barracas e latrinas. Havia pouca necessidade de abrigo nos meses de verão. Embora a poeira pudesse se levantar no vento veloz, a maior parte da coluna dormiu sob as estrelas, contente com uma capa ou um cobertor fino.

Quando o sol coloriu o horizonte com tons vermelhos e lilases, os homens mais graduados foram até o príncipe Ciro pelo terreno do pequeno palácio real, inibidos pela grandiosidade que os cercava. O azeite flutuava em vasilhas douradas, e havia grossas velas de sebo em todas as alcovas. A própria luz era um símbolo de riqueza e poder que dava à noite uma sensação de festa privada ou ritual secreto.

No salão de banquetes, Ciro ficou em um dos lados para não encarar todos os homens que entrassem. Parecia conversar calmamente com Clearco enquanto eles se reuniam, mas na verdade observava e avaliava os que chegavam. O salão era um dos poucos lugares de Tápsaco onde ele poderia se dirigir a todos os seus generais. Não havia teatros nas cidades persas, embora ele pensasse em mandar construí-los quando acabasse com o irmão. Se um rei pudera refazer uma montanha, o filho, sem dúvida, conseguiria refazer o império.

Nos sessenta dias que passara na estrada, Ciro aprendera o nome de todos os oficiais abaixo dele e de dezenas dos que ocupavam postos inferiores. Quando olhava para trás, aqueles dois meses tinham se tornado um sonho sossegado — uma viagem conjunta sem nenhuma grande urgência, com poucas distrações e pouco perigo. Ele não pôde aumentar o efetivo depois que começaram a longa marcha para o leste. Também não podia forçar o ritmo além de uma rapidez razoável. Estavam a caminho como a flecha que sai do arco: não podiam ser chamados de volta.

Como Clearco prometera, o treinamento básico continuara nos dias de folga e à noite, mas, em geral, eles tinham simplesmente andado sem parar. Era difícil algum homem permanecer desconhecido depois de sessenta dias ao lado dos outros. Ciro sentiu laços que tinham se formado quase como anéis de ferro em torno dele. Passara a saber com quais oficiais preferia tratar e quais deveria evitar. Ao ver homens como Próxeno e Neto de Estinfália entrarem, ele os recebeu como amigos e colegas. Sentia um laço mais tênue entre os seus, apesar de terem em comum a língua e a cultura que os gregos jamais conheceriam. Homens como Orontas e Arieu pareciam ser do passado, do mundo que ele desejava derrubar. Ciro sentiu em si uma pontada de desagrado quando os dois entraram. Mesmo assim, sorriu para eles. Alguns homens acreditavam que não se pode forçar a lealdade, mas Clearco tinha uma teoria que Ciro achava verdadeira. Não importava o que um comandante realmente sentisse sobre os seus homens; era preciso pouquíssimo para lhes dar uma lembrança de ouro que duraria pelo resto da vida. Um príncipe real era tão exaltado acima até dos generais que uma única palavra poderia atingir corações como uma lâmina entre as costelas. Depois, eles trabalhariam até a morte por ele, se o príncipe conseguisse fazê-lo bem. Esse tinha sido o conselho do espartano, e Ciro não foi orgulhoso demais para experimentar.

O príncipe se forçou a fazer um sinal de cabeça a Orontas e Arieu, observando os dois se prostrarem como um par de iguais, olhados com curiosidade pelos gregos. Arieu saudou alguns ao ser liberado, pegou uma grande taça de vinho e cumprimentou os que conhecia e de quem gostava. Orontas não tinha essa facilidade e só tomou suco de fruta. Desde o começo, Ciro só vira a obediência fria desse homem específico. Não havia nenhum novo anel de ferro que pudesse ver em Orontas, nenhuma descoberta de irmandade. Além de Arieu, havia meia dúzia de oficiais persas que olhavam Ciro como se ofuscados pelo sol. Ele soltou um suspiro. Porém o seu homem mais graduado era um peixe frigidíssimo. Se Orontas quebrasse o pescoço caindo da muralha da cidade naquela noite, Ciro sabia que suportaria a perda com grande dignidade. Infelizmente, o homem não bebia vinho. Orontas era o modelo perfeito de um persa abstêmio. Depois da refeição, provavelmente passaria a noite no templo, orando a Aúra-Masda. Ciro balançou a cabeça enquanto bebia. Alguns homens nasciam sem ter em si a noção de grandeza, essa era a simples verdade. Orontas era competente e prestativo, mas ali não havia nenhum fio de ouro, nenhum poço profundo. Ou, se houvesse, ele escolheu não mostrar ao seu príncipe.

Mênon da Tessália entrou, olhando o teto abobadado com assombro, com Sósias de Siracusa ao lado. Ciro também sorriu para esses dois, embora fosse, em parte, pela recordação de um jovem espartano que tinha dificuldade em pronunciar o som de "s". Clearco emprestara o rapaz a Sósias por um dia como ajudante de ordens, e ele era forçado a anunciar o oficial superior aonde quer que o siracusano fosse. Isso fez Sósias chorar de tanto rir, apoiando-se no jovem espartano, que ficava cada vez mais frio e sério.

A cada um que entrava, os criados de prontidão mostravam um lugar à mesa e as capas ou casacos sumiam. Alguns permaneciam de pé, conversando em grupos de amigos. Outros sentavam-se imediatamente e pousavam a sua faca de comer ao lado das que já estavam postas para eles. Ciro viu um dos gregos olhar uma faca de melão de formato estranho com uma expressão curiosa e testar o fio com o polegar. O príncipe se divertiu com isso, embora a sua admiração pelos gregos só se aprofundasse. Eles valorizavam mais o teatro do que a poesia, a disciplina do que a obediência, as palavras do que a música. Aprendera o que pudera sobre eles com o passar dos anos — e então vieram os meses de estrada, num relacionamento mais íntimo do que nunca. Viver ombro a ombro com soldados dá uma noção rara, ele descobrira. Soubera quanto de seu sucesso na guerra se baseava no orgulho pessoal, na certeza absoluta de que eram os melhores do mundo — e que a Grécia não tinha rival no campo da guerra ou da arte. Ciro se viu fazendo uma careta quando recordou a noite de música persa que organizara para os generais. Houve muitas risadas, pioradas com o esforço que faziam para controlá-las.

Ciro achava provável que Orontas fosse o menos pessoalmente agressivo de todos os seus generais, mas o homem se reduzira a uma fúria engasgada com os comentários. Teve de ser dissuadido de desafiar Próxeno para um duelo de honra, embora o grego provavelmente fosse comê-lo vivo.

De certo modo, os gregos eram todos bárbaros, admitia Ciro em particular. Mas lutavam como demônios de Arimã — e não cediam. Esse era o segredo do seu sucesso, decidiu. Não importava o rumo da batalha; mesmo com o desastre e a morte encarando-os de frente, eles não fugiam. Todo exército persa que conhecera aceitava que havia ocasiões, quando a batalha estava claramente perdida, quando os oficiais estavam mortos e o inimigo chegava bramindo, que fugir para as colinas era o mais simples bom senso. Estava entranhado na cultura imperial. Orgulho no sucesso, lealdade aos oficiais — mas, se fracassassem, o roteiro mudava. Quando o seu lado era esmagado e sobrepujado, o dia não poderia ser recuperado. O fracasso era o fim.

Ciro sussurrou uma bênção a Aúra-Masda enquanto bebia e andava até o seu lugar na cabeceira da mesa. Então eles se puseram em ordem, de pé junto aos seus lugares ou levantando-se. O príncipe olhou a extensão do salão e viu que os generais tinham se organizado sem serem mandados. Ele balançou a cabeça, de repente irritado com todos.

Em grego, Ciro começou a falar e depois se repetiu mais uma vez em persa. As aulas de idiomas também tinham feito parte da longa marcha. O progresso fora muito mais lento do que ele gostaria.

— Cavalheiros, veem que um lado da minha mesa é grego e o outro é persa? Por favor, os senhores não são inimigos. Eu já os vejo comer e treinar juntos há meses. Sim, por favor, levantem-se mais uma vez. Procurem o seu oposto e troquem de lugar.

Houve muitas risadas quando obedeceram. Não foi o sucesso que ele esperava, porque muitos acabaram novamente em lados opostos, mas aliviou o clima, e ele ficou contente com isso.

— Obrigado — disse.

Ciro deu o sinal ao senescal real, e todos os criados saíram, deixando os homens sentados a se servirem de jarros sobre a mesa. Ciro observou vários deles fazerem isso imediatamente.

— Quando os vejo sentados como amigos — disse —, tenho esperanças em nosso povo... e no futuro. Usamos moedas diferentes, mas todos os homens dão valor ao ouro e à prata, não importa como tenham sido cunhados. O metal é o que mais importa. Os que estão a esta mesa podem falar línguas diferentes, mas somos todos guerreiros, todos soldados. Entendemos a injustiça. Entendemos a desonra.

Os sorrisos murchavam conforme sua voz se endurecia, todos os olhos no príncipe. Ciro falava em voz baixa, mas não havia outro som naquele salão, e eles ouviram cada palavra nas duas línguas.

Ciro deu uma olhada em Clearco e viu o espartano baixar só um pouquinho a cabeça. Era o momento que tinham planejado e preparado. Embora Ciro sentisse o coração bater como o de um passarinho, concordara que não esperaria até avistarem o exército imperial da Pérsia no campo de batalha. Tinha de confiar aos homens o seu verdadeiro propósito ou se arriscar a perdê-los no pior momento possível.

— Cavalheiros, cavalguei e caminhei com os senhores desde Sárdis. Não importa o que mais aconteça, os senhores marcharam comigo pelas terras da Babilônia. Viram o grande Eufrates, a artéria do império. Tê-los aqui enche o meu coração de orgulho. Mas, para alguns dos senhores, talvez a jornada termine esta noite.

Ele inspirou profundamente, pois a ação mais simples parecia exigir pensamento e controle conscientes. Devagar, Ciro se levantou e se apoiou nos nós dos dedos enquanto os fitava.

— A minha intenção não é e nunca foi buscar as tribos das montanhas da Pisídia. Eu não podia revelar todos os meus planos enquanto outros ouvidos escutavam em Sárdis. Espero que possam me perdoar esse artifício necessário. Hoje mesmo haverá espiões para escutar e relatar. Mas mesmo assim eu os trouxe aqui.

Ele parou para tomar um gole de vinho. Clearco fitava a mesa à sua frente, desejando que o rapaz encontrasse as palavras certas.

— Meu pai, o rei Dario, não era o filho mais velho. Ele tomou o trono do irmão quando achou aquele irmão inadequado. Pegou a coroa ainda molhada de sangue e a pôs na própria cabeça. Cavalheiros...

Ele se inclinou mais para a frente naquele momento, e pareceu que eles paravam de respirar, como se Ciro fitasse uma pintura. A ideia o fez sorrir.

— Cavalheiros, considero o meu irmão Artaxerxes inadequado para o trono rosa. Eu os reuni, treinei e trouxe até este lugar não como o fim, mas como o começo de um novo reinado.

Os generais persas se viraram uns para os outros, sibilaram e murmuraram, o choque evidente. Os gregos tiveram de fingir surpresa. Foi malfeito, e Ciro se perguntou se ainda restava alguém entre eles que realmente não soubesse o motivo de levar um exército daqueles para o leste.

— Sou o comandante em chefe dos exércitos da Pérsia — continuou Ciro. — Sou filho do meu pai, da linhagem direta da casa dos Aquemênidas. Sou o herdeiro do trono neste momento. Se Artaxerxes sofrer uma febre durante o sono e morrer esta noite, serei rei amanhã! Compreendam-me, portanto. Não sou usurpador nem traidor do trono. Sou o trono, o rei à espera. Como meu pai antes de mim, desafio o meu irmão no campo de batalha, como é o meu antigo direito.

Clearco fez que sim e rosnou do fundo da garganta, como muitos outros generais gregos. Eles rasparam os nós dos dedos no tampo da mesa, apoiando-o, ajudando-o com a sua voz e os seus modos, influenciando os que estavam próximos. Ciro viu o general Arieu fazer o mesmo, rugindo por eles para ouvir o príncipe enquanto ele voltava a encher a taça. De certo modo, não foi uma grande surpresa. Seria difícil resistir à maré naquela sala, pensou. Rezou para que assim fosse.

O príncipe não ousou olhar Orontas enquanto falava, embora cada tendão dele se esforçasse para se virar só um pouquinho e ver como as palavras eram recebidas. Orontas poderia levar consigo todos os outros persas, como o oficial mais graduado. Do mesmo modo, se ele se recusasse, poderia plantar uma semente que talvez se tornasse uma trepadeira e estrangulasse a todos.

— Os senhores me negarão esse direito ao desafio? — perguntou Ciro a todos.

Os gregos que falavam as duas línguas gritaram duas vezes que não, somando a sua voz a um coro de apoio. Mais persas se uniam a eles, Ciro podia ver. Ele finalmente se permitiu dar uma olhada em Orontas e viu que muitos outros, por sua vez, observavam o general persa, esperando que ele reagisse antes de decidir o que fariam. Embora de compleição franzina e nada brigão, naquele momento Ciro compreendeu que Orontas era um verdadeiro líder de homens. Eles o olhavam como olhavam Clearco, e ninguém diria que aqueles dois tinham algo em comum além dessa simples verdade.

Orontas o observava de olhos arregalados, levemente boquiaberto. Ao que parecia, não desconfiara da verdade sobre a grande jornada. Ciro sentiu a sua empolgação se esvair ao perceber que não conquistara a mesa, não enquanto aquele homem lhe resistisse. Mas o príncipe não era covarde e reagiu com um ataque direto, gritando o nome do homem acima do ruído.

— General Orontas! A mão do meu pai o elevou ao seu posto. O senhor fez um juramento a ele... e a mim, como comandante do exército.

— E ao seu irmão — disse Orontas.

As palavras quase se perderam no burburinho, mas Ciro as captou no ar. As suas sobrancelhas se juntaram, e ele sentiu o rosto escurecer e corar. Clearco e Próxeno tinham discutido o que fazer com quem se recusasse a obedecer à ordem.

Ciro não queria ver Orontas caído sobre o próprio sangue, mas trincou os dentes e prometeu que o faria se fosse forçado. Não havia como voltar atrás. Ele acertaria tudo quando fosse rei. Se fosse preciso, pagaria o preço da morte à família do homem. Seria apenas mais uma dívida contra o seu nome, mais um erro a corrigir.

— O senhor me negará o direito ao desafio, general? — perguntou Ciro em voz baixa.

Parte do ruído morreu, e Ciro viu Orontas julgar os que o cercavam antes de balançar a cabeça, os olhos sombrios de tristeza em vez de júbilo.

— Não, Alteza, não negarei — disse ele.

A mesa explodiu em vivas, e Ciro foi envolvido por homens que pulavam de pé nos dois lados. Em meio a tudo isso, ele viu Orontas passar a mão na testa, que brilhava de suor. Orontas ficou sentado, olhando a mesa, a taça de vinho ainda intacta. O homem não recusara o seu príncipe. Ciro quase preferiu que tivesse recusado, para que tudo fosse limpo, a espada afiada e rápida. Em vez disso, o persa sairia da mesa vivo, mas sem a confiança completa do príncipe. Era uma nota amarga a contrabalançar o júbilo dos outros. Com um sorriso dolorido, Ciro ergueu a taça, saudando os homens que levara àquele lugar naquela noite. Orontas pegou um copo d'água e, juntos, eles brindaram à casa real dos Aquemênidas e ao desafio de um príncipe real. Ele os tinha. Com vinho ou água, por Deus, ele os tinha.

O rei Artaxerxes levou o cavalo ao longo de regimentos que se estendiam a distância, além do que ele conseguia enxergar na neblina. Sentiu o peito se encher de orgulho com a ideia de mobilizar tantos homens com a sua palavra, como um falcão que sai voando da luva. Ele falava e eles destruiriam. Era o único poder real do mundo, e ele se sentiu tonto com isso, como se tivesse bebido vinho adoçado que ficasse tempo demais no odre.

O exército que atendeu à convocação do rei tinha quatro partes, cada uma do tamanho de uma cidade. Mais do que uma marcha de regimentos, era uma migração de nações. Artaxerxes enviara mensageiros para o norte, o sul e o leste, mas não para o oeste. Não queria alertar o irmão antes da hora. Em vez disso, a casa real dos Aquemênidas reunira uma hoste igual aos grãos de areia do deserto. Eles limparam a terra de alimentos ao vagar pela face do império, crescendo o tempo todo conforme mais e mais gente chegava.

O rei viu Tissafernes se aproximar a cavalo. O homem esvoaçava como uma mosca-varejeira, impedido de chegar mais perto por fileiras impassíveis de guardas imperiais. Artaxerxes se arrependia de ter lhe dado um título e a autoridade correspondente. Fora um momento de prazer mesquinho para ele. Sabia que o velho tutor preferia a vida mansa na corte às campanhas. Divertira o rei mandá-lo montar mais uma vez, e o homem teve de fingir alegria. Mas Tissafernes assumira o papel com um entusiasmo que surpreendera bastante o rei. Comandava o seu flanco do exército com olhos severos, indicando erros de posicionamento e estrutura até meia dúzia de homens reclamar. O rei mandou açoitar esses oficiais, e três deles morreram; as reclamações pararam de repente.

Artaxerxes descobriu que já estava cansado da organização envolvida na manutenção de tantos soldados alimentados, supridos e hidratados, sem falar do gado, dos cavalos, das forjas, das bigas e das barracas... Ele fechou os olhos. No mínimo, o irmão já lhe custara quantias inimagináveis de ouro. Mas nada disso deveria ser preocupação sua. Ele era o falcoeiro. Os outros eram a ave que se inclinava para o vento.

— Majestade? — chamou Tissafernes, inclinando-se de lado para se desviar dos ombros que bloqueavam a visão do rei. — Um dos meus mensageiros chegou hoje de manhã. Uma ave, Majestade.

Artaxerxes o ignorou, desejando apenas o silêncio. Havia uma certa turbulência no coração do velho tutor. O rei se perguntou por que não a vira antes. Alguns homens têm a alma plácida e dão paz aos que os cercam. Tissafernes obtinha o oposto, deixando reverberações e raiva na sua esteira. O rei sabia que podia mandar matá-lo com apenas uma palavra aos guardas. Eles lhe arrancariam a língua ou a cabeça sem hesitar um momento. Mas esse era um poder a que Artaxerxes achava que devia resistir. Não era criança para explodir por capricho. Não, as suas respostas seriam comedidas, e por isso muito mais terríveis.

— Majestade... a ave trouxe notícias do seu irmão — persistiu Tissafernes.

O rei finalmente olhou, vendo que o homem gordo estava corado e suava sob o sol. Artaxerxes fez um gesto impaciente, e permitiram que Tissafernes se aproximasse, puxando a túnica para esconder as manchas de suor.

O rei esperou os criados ajudarem o velho a apear e se prostrar, empurrando-o com firmeza para baixo enquanto ele tentava evitar que a terra arenosa o tocasse.

— Faça o seu relato então, nobre Tissafernes. Fale-me de Ciro.

— Majestade, a coroa mantém pombais em Susa, Lárissa e Méspila. Seu pai foi afortunado e prudente por ter feito isso. A sabedoria dele ainda nos protege, Alteza. É claro que as aves tinham seu lar em Persépolis, e assim, quando retornavam, a mensagem tinha de ser levada daqui até o deserto. Que boa avaliação isso demonstrou...

— Tissafernes? Fale-me do meu irmão. Quero repousar e me banhar, não escutar você.

— É claro, Majestade. Só um dos pombos voltou, mas menciona um grande exército comandado pelo príncipe Ciro, exatamente como previ, Majestade. Vindo do oeste, de Sárdis.

— O que mais? — perguntou Artaxerxes.

O homem baixou a cabeça para responder:

— Majestade, não há mais nada. Os pergaminhos presos aos pombos são minúsculos, senão as aves não conseguem voar. É um milagre que um deles tenha chegado a Persépolis, vencendo a falcoaria, as tempestades e a estranha magia do deserto. — O homem viu o olhar do rei se afiar e terminou depressa, percebendo que tagarelava outra vez. — Não há mais nada, Majestade.

— Muito bem. Então basta. Sabemos onde ele estava algumas semanas atrás.

Tissafernes fez que sim.

— Ótimo. Reuni um oceano, Tissafernes. Talvez nunca mais faça isso, e assim sou grato. Esta única vez, conclamei todas as forças armadas da Pérsia, a não ser as do oeste.

Artaxerxes olhou os regimentos que marchavam pelo vale desértico, os olhos franzidos contra o pó e a brisa.

— Tenho de agradecer ao meu irmão por me permitir esta experiência. Tento fixá-la na mente, Tissafernes, para que possa recordá-la para sempre quando o meu espírito estiver desanimado. É... uma visão gloriosa, uma visão real.

Tissafernes levantou a cabeça para ver o conjunto de fileiras em marcha. Ele não tinha o mesmo traço romântico aparentemente herdado pelos dois filhos de Dario, mas apreciava o poder bruto daquele exército. Não havia outro tão grande e variado no mundo. Ele cavalgava com o rei legítimo para destruir traidores. Era difícil imaginar algo mais belo ou mais satisfatório.

16

A cerca de noventa quilômetros de Tápsaco, o terreno se transformou em deserto num único dia, passando de líquen e capim mirrado a extensões cada vez mais amplas de areia aberta, até que verdadeiras dunas se estenderam à frente, cintilando com o calor. Nenhum rio passava sem que eles reenchessem cada barril, odre e garrafa que tivessem. Os mapas que levavam mostravam o curso dos rios como linhas escuras, mas a exatidão não era tão grande quanto Ciro gostaria, não quando a sobrevivência dependia dela. A Babilônia estava no fim do verão, e o calor era uma coisa viva, uma labareda que tremulava e pressionava os homens em marcha.

Clearco sentiu o moral se deteriorar nas fileiras depois de passarem por Tápsaco. Estava nos soldados que resmungavam e olhavam Ciro de soslaio. A notícia finalmente se espalhara. Nenhum daqueles homens, gregos ou persas, assinara um contrato e recebera pagamento para enfrentar os exércitos ilimitados do Grande Rei.

A sensação de irmandade desenvolvida em meses de treinamento e marcha conjunta parecia se esfarrapar como pano podre. Sempre havia brigas à noite nos acampamentos, é claro. A combinação de homens, dinheiro, vinho e armas era perigosa. Era muito menos comum que uma briga começasse na marcha, ainda mais quando se transformava numa revolta de centenas que deixou dois persas e quatro gregos mortos no chão. Pior, os homens se recusaram a dizer o que dera início ao tumulto. Clearco nem tinha certeza de que sabiam. Estavam zangados e se zangavam mais ainda a cada dia, essa era a questão central. Ele avisou os oficiais do calor, do que faria com o humor. Clearco explicou a cada um dos regimentos mal-humorados a necessidade de lavar o suor velho para não ter bolhas e furúnculos na pele. Deu mil ordens e concentrou em si o ressentimento, em vez de uns nos outros. Mas o moral só piorava.

Outros seis dias se passaram enquanto avançavam pelo deserto, para o sul e para o leste, deixando para trás todos os sinais de comércio e civilização. No sétimo dia, todo o contingente de gregos parou de repente no sopé de um morro e deixou os regimentos persas continuarem sem eles. Os oficiais passaram a cavalo pelas linhas, berrando ordens espantadas. Em resposta, eles empacaram como mulas, enfiando o calcanhar na areia e trincando os dentes. Os persas olharam por sobre o ombro enquanto prosseguiam, até que também pararam, enquanto os oficiais tentavam descobrir o que fazer. A coluna se deteve sob o sol do meio-dia, que era como um açoite na pele nua. Regimentos e mais regimentos gregos ignoraram as ordens ou ameaças que lhes gritavam. Em vez disso, sentaram-se, embora a areia queimasse quando tocada.

Ciro veio cavalgando desde a vanguarda, onde os batedores ainda avançavam. Chamou Arieu. Em comparação com Orontas, sabia-se que o general persa era querido pelas fileiras. Em geral, Arieu estava acompanhado por rapazes escolhidos pela beleza física. Um desses o acompanhava, correndo ao seu lado, até Arieu puxar as rédeas e apear para se prostrar. Ciro interrompeu a ação com um gesto.

— Qual é a notícia, Arieu? Por que paramos? Não dei nenhuma ordem.

Arieu se ajoelhou na areia para responder, embora a pele ardesse. Ciro percebeu que a própria paciência estava sumindo.

— Responda! Levante-se e responda.

O persa ficou boquiaberto ao se levantar novamente.

— Alteza, eu não queria ofender. Os nossos regimentos só pararam porque os gregos pararam primeiro. Compreendo que não receberam bem a notícia. Do nosso... destino.

— O quê? Estão se amotinando? — indagou Ciro em choque.

A palavra trazia consigo a punição mais severa. Regimentos inteiros já tinham sido chacinados no império depois que um único homem se recusara a obedecer a uma ordem. Em consequência, a palavra raramente era dita em voz alta, por medo que se tornasse a sua própria deflagração. Tanto Arieu quanto o companheiro empalideceram. Foi com alívio que perceberam a aproximação de outros naquela planície branca e ressequida. Os três se viraram e protegeram os olhos do sol para ver Orontas vindo a meio-galope rumo ao príncipe, com Clearco correndo atrás, a mão do espartano segurando a cauda do cavalo.

— Apeie e curve-se diante de mim, general — disparou Ciro ao persa antes que este pudesse dizer alguma coisa. — É um motim?

Ele percebeu a careta que passou pelo rosto do espartano ao ouvir a palavra, mas Clearco balançou a cabeça em negação imediata quando respondeu.

— Permita que eu fale com eles antes de darmos algum nome a isso, Alteza. Tem havido alguma agitação, é claro. Nada além do que esperávamos... — O espartano sentiu sobre si o olhar dos dois persas e mudou a frase. — Nada além do que o senhor me disse que poderíamos esperar. Eles se sentem enganados e têm medo do que está por vir, medo de enfrentar as tropas reais.

— Alteza — disse Arieu. — Dê a ordem e mandarei açoitar todos eles e depois castrar um em dez diante do resto. Não haverá mais recusas a marchar depois disso, o senhor pode ter certeza. Esses soldados estrangeiros só precisam ser lembrados de que o senhor é o herdeiro do trono da casa dos Aquemênidas. O senhor tem todo o direito de desafiar o seu irmão, Alteza.

O homem falava como se a boca pingasse óleo, pensou Ciro. Embora Arieu os apresentasse tão sucintamente quanto seria de esperar, os argumentos ainda eram um tanto desagradáveis.

— Se o general Arieu tentar uma coisa dessas com os meus espartanos, eles destruirão o exército que os cerca, Alteza — disse Clearco.

— Destruirão? — respondeu Ciro, desafiando-o.

Clearco sustentou o olhar em silêncio, ainda ofendido com a ameaça do persa. Foi Ciro quem desviou os olhos primeiro. Ele se virou para o general persa.

— Preciso que voltem a andar, Arieu. Não desperdiçar bons homens. Que o calor aja sobre eles por algum tempo. Escolheram parar ao meio-dia, quando não há sombra! Espere algumas horas e lhes ofereça a oportunidade de irem para o vale que fica à frente nos mapas. Então eu lhes mandarei água fresca e um intercessor calmo, quando estiverem dispostos a me ouvir.

Clearco ergueu a sobrancelha em uma pergunta silenciosa, e Ciro lhe fez um sinal de cabeça enquanto se virava. Arieu era um cavaleiro soberbo, mas não um intercessor calmo. Ciro achou que, se mandasse Arieu, mesmo que proibisse a ameaça de castração, sem dúvida haveria outra revolta.

Mênon da Tessália veio das fileiras a trote. Levara um golpe recente no rosto, e o olho direito estava inchado e já escurecia. Próxeno vinha logo atrás, e aquele grande grego ossudo estava vermelho-fogo, embora fosse difícil dizer se pelo sol ou pela vergonha. Ambos se curvaram, e Mênon falou quando o príncipe se virou para ele.

— Alteza, gostaria de falar com os meus homens antes de pensar em punições. Sabíamos que haveria... relutância. Eles se inscreveram para combater tribos das montanhas, não soldados imperiais, afinal de contas. Mas são inocentes, Alteza, a maioria deles. Desconfio que os espartanos estão liderando isso. O meu regimento meramente espera uma oportunidade de se unir ao senhor aqui, tenho certeza. Se me permitir que fale com os meus oficiais, sei que consigo tirar os meus rapazes do descanso.

— O seu rosto... o que aconteceu? — perguntou Ciro.

— Ah, isso, há... foi uma discordância pessoal com outro homem, Alteza. Uma dívida de jogo.

A mentira era tão óbvia que Ciro não se deu ao trabalho de responder. Em vez disso, Clearco falou:

— Parece que você levou um soco na cara, Mênon. Acha que eu não conseguiria tirar os meus espartanos da linha? Eles não são só rapazes que paguei e treinei, mas homens que conheço a vida toda! Tenho quatro primos e dois sobrinhos nas fileiras!

— E daí? Se estivesse certo, acho que você já teria tentado — explodiu Mênon, surpreendendo a todos. — Mas os seus amados espartanos não se destacam, não é? Eles se recusam a continuar, como os outros. Não os vejo marchando, você vê? Portanto, talvez não seja hora de se gabar dos espartanos, Clearco. Só dessa vez, sabe, enquanto resolvemos isso.

O silêncio que se seguiu foi mais do que esquisito.

— Não tenho dúvida de que vocês dois conseguiriam tirar os seus homens da coluna — disse Ciro. — Mas, se eu permitir que se aproximem com essa intenção, quando os outros os virem por perto, sem dúvida os matarão. Mesmo que estejam certos, eles não virão por vontade própria. Não posso ter mercenários que sentem que são escravos!

Sua voz subira de volume enquanto ele falava, e os dois generais deixaram a raiva do príncipe esbarrar em sua própria luta silenciosa.

Clearco ergueu os olhos para o príncipe. Apoiou-se num dos joelhos, gesto que fez Mênon revirar os olhos e que os outros não deixaram de perceber.

— Já lidei com esse tipo de coisa, Alteza. Deixe-me falar com eles primeiro. Se eu falhar, Mênon pode chamar o seu grupo. Pode até dar certo, senão eles discutirão e haverá a fagulha da violência. Seja como for, conceda-me uma oportunidade primeiro, sozinho.

— Eles veem os espartanos com assombro — disse Ciro. — Todo o meu povo os conhece, e todos os homens da Grécia os respeitam. Então tudo isso é só um mito? Ou há algo além da disciplina e da habilidade com a espada?

Clearco sorriu.

— Não construímos monumentos em Esparta, nenhuma estátua nem muralhas na cidade. Somos nós as muralhas, Alteza. Somos nós os monumentos. Sou espartano, e todos os espartanos me conhecem porque sou um deles. — Ele deu de ombros para os olhares vazios dos que o cercavam. — Alguns nascem para comandar, Alteza. Alguns simplesmente nascem assim. Na Lacedemônia, treinamos tanto a mente quanto o corpo. — Ele sorriu um momento, como se recordasse. — Pode ser que a mente seja igualmente importante. Portanto, deixe-me tentar primeiro. Deixe-me discutir o problema. Antes de chamá-los à ordem, antes de açoite e castração. Por favor. Cavalgue com os seus persas e os vivandeiros até onde pararíamos esta noite. Eu o encontrarei lá. Dou-lhe a minha palavra, jurada por Ares. A menos que me matem, irei.

— Muito bem — disse Ciro.

A maior honra que poderia conceder a Clearco naquele momento era ir embora como se considerasse a questão resolvida. Os milhares de homens e mulheres do acampamento os tinham alcançado durante a conversa e olhavam confusos as fileiras sentadas que já discutiam e gesticulavam. Ao passar, algumas mulheres chamaram homens que conheciam, mas foram ignoradas ou receberam um dar de ombros.

Ciro viu algumas dezenas de cavalos sendo trazidos pelos flancos. Reconheceu o jovem Xenofonte e o seu companheiro Hefesto cavalgando pelas bordas. Mantinham os animais e uma dúzia de moleques em boa ordem quando pararam e trocaram notícias com os gregos sentados. Era uma cena bastante comum, mas, ao mesmo tempo, nova e terrível. Os seus mercenários o tinham rejeitado. Parecia que um oco se abrira no seu peito, sob a capa, uma sensação de enjoo. Ele sacudiu a cabeça, fincou os calcanhares e fez a montaria avançar.

— Ao pôr do sol, general — gritou Ciro por sobre o ombro. — Terei vinho.

Clearco olhou os generais que tinham ido até aquele lugar com ele. Inclinou a cabeça para o príncipe.

— Vocês ouviram o príncipe, rapazes. Vamos lá.

Mênon começou a dizer alguma coisa, mas Próxeno esbarrou com força no seu ombro ao passar e o momento se perdeu. Em vários estados de espírito, da raiva à aceitação soturna, eles deixaram que o tirano espartano enfrentasse sozinho os gregos.

Clearco parou de pé diante dos regimentos. A princípio, alguns lhe jogaram pedras para expulsá-lo, mas os seus espartanos os fizeram parar com gestos e palavras zangadas. Foi Clearco quem teve de intervir para impedir que surgissem brigas entre eles na areia escaldante. Sob o açoite do sol, todos os homens já estavam ficando ressequidos, ofegantes como cães.

— Cavalheiros — disse ele, acalmando-os. — Aproximem-se e me ouçam, mas não derramem sangue neste lugar sem vida. Nada cresce aqui além de ossos. Querem ser deixados numa planície dessas por toda a eternidade? Não. Por que, então, gritam e ameaçam homens que ontem mesmo eram irmãos?

Uma barragem de som veio deles, mas Clearco ficou contente ao ver que se aproximavam. Ele tinha uma voz boa e forte e sabia que conseguia alcançar milhares e ser ouvido, mas só se eles se reunissem em volta, como se assistissem a uma peça.

Esperou que chegassem mais perto, fazendo sinais com as mãos para que se aproximassem enquanto pensava. O príncipe estava fora de vista, com Orontas e Arieu. Os outros generais tinham ido com eles, deixando o espartano para acalmar a traição que esses homens sentiam. Enquanto estava ali em pé, Clearco se perguntava como faria isso.

A princípio, houve burburinho e movimento constantes entre os regimentos. Alguns já estavam horrorizados com o que tinham começado, enquanto outros se sentiam mais justificados a cada momento, os seus temores concretizados. Eles discutiam, gritavam e se ameaçavam entre si, mas em torno de Clearco começou a se espalhar um círculo de silêncio até que todos os homens se viraram. O espartano estava em pé diante deles, lágrimas rolando pelo rosto. Quando ficaram em silêncio, ele limpou os olhos com o antebraço, quase com raiva.

— E então? Achavam que espartanos não choram? O príncipe Ciro virou meu amigo quando eu estava exilado da minha própria terra, tratado como um proscrito. No entanto, como não se dispõem a marchar com ele, sou forçado a fazer uma escolha. Sou o general de vocês; sou amigo dele. Tenho de romper essa amizade e ficar com vocês ou trair a minha lealdade a vocês e ir com ele. Vocês me puseram numa posição impossível.

Eles se inclinaram, instalando-se, enquanto discussões sussurradas brotavam.

— Sei que tenho de escolher vocês — disse ele. — Sim! Não dirão que levei gregos até o deserto e os abandonei em troca de soldados nativos. Como não vão me obedecer, andarei ao seu lado.

Suportarei o que lhes acontecer, ao seu lado. Não posso fazer menos. Eu os trouxe a este lugar. Eu os treinei e corri com vocês. Vocês são a minha nação, os meus amigos e os meus aliados. Eu não os abandonarei agora.

Alguns deles deram vivas, outros pareciam perturbados. Clearco não se surpreendeu quando meia dúzia se levantou, querendo lhe responder como se estivessem na ágora de Atenas. Os gregos não podiam ouvir que o céu era azul sem discutir e chegar a uma conclusão própria. Ele os amava por isso, mas às vezes achava que era um tipo de loucura.

Os tessálicos se reuniram em torno dele. Clearco viu que alguns dos mais zangados eram do contingente de Mênon, embora não soubesse se era por causa da má liderança de Mênon ou só porque havia alguns encrenqueiros entre eles. Sem dúvida, não esperavam ver o espartano do lado deles, pois lhe sorriram e lhe ofereceram alguns goles de água morna. Clearco escutou com paciência três porta-vozes dos regimentos gregos, embora meramente repetissem a sensação de traição. Um rapaz parecia pensar que tudo precisava ser dito outra vez e repetiu que o príncipe tinha lhes pedido que combatessem tribos das montanhas, não o rei persa. Clearco foi concordando com cada questão, embora por dentro achasse que o camarada era um tolo.

— No entanto, chegamos a este ponto — disse Clearco finalmente, quando parecia que o jovem grego nunca pararia sozinho —, estamos aqui agora. Não podemos voltar nem tomar decisões melhores no passado. Ficamos aqui, neste lugar sem sombra, neste dia. A nossa maior preocupação deve ser a falta de suprimentos, talvez. Não teremos comida nem água para a noite se perdermos o contato com o príncipe. Não imagino que ele vá nos dar um último banquete para se despedir de nós! Não, cavalheiros. O príncipe tem sido meu amigo, como já disse, e um grande aliado da Grécia. O seu ouro criará filhos e filhas em casa durante uma geração. Mas, se ele se tornar meu inimigo, prefiro ficar bem longe dele. Ele tem uma vantagem numérica de dez para um e acho que não nos deixará partir com tudo de que precisamos para atravessar o deserto.

Novos homens pularam de pé para falar. Clearco fez que sim quando clamaram pelo retorno à Grécia ou pela compra de provisões no mercado dos vivandeiros. Ele só torcia para que houvesse homens mais sensatos escutando o debate. Na sua experiência, em geral eram os que nada diziam que mais importavam, os que pensavam com atenção, que tinham uma compreensão melhor do que aqueles que ele chamava de "marinheiros" — os homens do vento. Ficou contente por não ver espartanos entre os que falavam, embora o observassem e aguardassem. Em certo sentido, Mênon não errara. Os espartanos poderiam liderar o resto nas circunstâncias certas. Mas uma única palavra errada inflamaria velhas paixões, ainda mais entre os homens de Atenas. A história da Grécia era de guerra quase constante, e as antigas rivalidades eram profundas.

Clearco deixou que falassem até secar a garganta no calor da tarde e acrescentava os seus pensamentos sempre que ficavam sem argumentos e gestos grandiosos. Pouco a pouco, torcia para lhes mostrar como as suas opções eram ruins. Eles não tinham planejado aquela pequena rebelião; simplesmente permitiram que o ressentimento transbordasse numa ação súbita, como a criança com raiva que chuta a porta. A verdade era que não conseguiriam partir sem serem vistos — e, se fossem vistos, havia uma boa probabilidade de serem atacados pelos mesmos homens ao lado de quem tinham caminhado durante meses. A possibilidade não era atraente. Além disso, se partissem, não teriam comida, água nem meios de carregá-las. Essa também era uma possibilidade sombria. Ponto a ponto, Clearco fez questão de que eles entendessem, dizendo o tempo todo que estava ao seu lado. O único momento em que fez objeção foi quando o mais afoito quis atacar o exército do príncipe para saquear os suprimentos do acampamento. Nisso, Clearco balançou a grande cabeça e disse que não se envolveria numa traição dessas e que, se insistissem, os ajudaria a eleger outro para comandá-los. A proposta não foi aprovada, e a discussão prosseguiu.

— Cavalheiros e amigos — disse Clearco finalmente, quando o sol pendia sobre o horizonte e o calor terrível começava a diminuir. As moscas já os tinham encontrado e bebiam o sal da pele e dos olhos. Estavam todos vermelhos de ficar sentados sob o sol por tanto tempo. — Cavalheiros, os senhores sempre souberam que a vida do mercenário envolve riscos e até a morte. Este é o nosso ofício, embora seja preferível causá-los aos outros. — Ele esperou que o riso passasse pela multidão. — Talvez não esperassem enfrentar o irmão do príncipe nem os Imortais persas que derrotamos certa vez em Plateia e Maratona. Para serviço perigoso, o mais comum é receber metade a mais, não é? Um dárico e meio por mês. Não chegaram nem a lhes oferecer uma bela recompensa como essa, não é?

Eles concordaram que ninguém tinha sugerido tanto ouro assim. Alguns homens olharam o sol, pensativos. Nenhum trabalhador especializado ganharia um quinto daquilo. Para a maioria, seria como receber a paga de três ou quatro anos numa única campanha. Clearco precisou apenas esperar poucos momentos para um dos coríntios se levantar.

— E se mandarmos homens ao príncipe e exigirmos que pague a taxa de serviço arriscado? Um dárico de ouro e meio ao mês por homem? Ele concordaria com isso?

Centenas de cabeças se viraram para Clearco para ouvir como ele responderia.

— Tenho certeza de que sim — disse o espartano dali a algum tempo. — Mas ele não os perdoará se receberem o soldo de risco em ouro e se recusarem a marchar por ele. Se concordarem, tem de ser o fim. Venceremos, eu juro. Eu os *levarei* a isso. Somos gregos, cavalheiros. Somos bem pagos por sermos inigualáveis. Vejam bem, talvez seja bom não mencionar esse pagamento aos persas.

A ideia provocou gargalhadas, e ele sorriu para os homens. Naquele momento, a crise passou. Regimento após regimento se puseram de pé e espanaram a areia da pele. A questão não era o ouro; eles tinham desabafado o ressentimento, e Clearco os escutara. Quando os chamou à frente, os espartanos vieram depressa, em fileiras. A princípio, não conseguiram olhá-lo nos olhos, embora estivessem prontos para avançar.

— Espartanos, atenção — disse Clearco. — Ergam a cabeça agora. — Ele esperou que todos o observassem e enfrentou o seu olhar com confiança. — Lutaremos pelo príncipe Ciro quando ele desafiar o irmão mais velho no campo de batalha. Há algum de vocês que prefira voltar para casa?

Houve silêncio enquanto a brisa do entardecer fazia a areia girar em torno dos tornozelos, um toque abençoado de frescor. Os espartanos estavam formados com os companheiros de juventude. Não poderiam fugir, assim como não poderiam voar como passarinhos. Clearco baixou a cabeça, quase como se os cumprimentasse. Ele os chamara à frente por essa razão — e porque achava que os espartanos sempre tinham de liderar. Não haveria mais conversas sobre traição entre eles depois daquilo.

— Andem comigo até o acampamento — disse ele. — Verei o príncipe em nome de vocês. Combinarei o soldo de risco para todos os homens aqui. Não temam represálias pelos acontecimentos do dia. Eu as proibirei.

De certo modo, isto não parecia uma declaração muito grandiosa vindo dele. Clearco enfrentara sozinho uma turba revoltada.

Saiu mais uma vez marchando pela areia, com os gregos atrás em formação perfeita.

Ciro descobriu que não conseguiria ficar esperando no acampamento com um prato de sopa e pão seco, não enquanto o futuro da sua aposta louca era decidido. Em vez disso, pediu que seu criado Parviz lhe trouxesse um cavalo novo para Pasacas descansar. Xenofonte e Hefesto trouxeram um belo animal castrado trotando com rédea longa entre suas montarias. Ciro notou que o mais jovem se sentava na sela com mais competência e se movia com o cavalo.

— Você é um cavaleiro melhor do que quando o vi pela primeira vez — disse o príncipe.

O homem corou e fez que sim. Apeou e se curvou num ângulo que sugeria que, pelo menos, ele era um príncipe real, se não o rei de um pequeno reino. Ciro deu um suspiro e montou.

— Um dos batedores avistou um bando de avestruzes a leste daqui. Vou levar lanças e caçar enquanto espero o general Clearco retornar ao acampamento. Se ele chegar, mande alguém me avisar imediatamente.

O príncipe fitou o horizonte, em busca de algum sinal dos imensos pássaros fujões que corriam como cervos e cobriam distâncias espantosas. Pelo que sabia, já teriam saído da área, mas ele queria cavalgar. Esperava que os persas lhe causassem problemas quando soubessem que enfrentariam o seu irmão. Ver os gregos se recusarem a obedecer à sua ordem o chocara e atrapalhara todos os seus planos.

Nisso, o general Arieu veio cavalgando pelo acampamento. Ele ignorou os jovens atenienses e jogou as rédeas para Xenofonte sem olhá-lo de verdade. Ciro esperou o general se prostrar no chão.

— Alteza, mandei alguns homens voltarem para observar os gregos — disse Arieu. — Um deles acabou de chegar. Diz que estão a caminho em boa ordem novamente.

O general deu uma olhada no par que aguardava. Hefesto o fitava como se ele falasse bobagens, mas o outro parecia concentrado nas suas palavras. Arieu virou um pouco o ombro, excluindo ostensivamente os gregos.

— Alteza, será que são hostis? — continuou. — Devo pôr o acampamento contra eles? E se estiverem vindo tomar a nossa água e os suprimentos?

— O general Clearco é prisioneiro deles? — perguntou Ciro.

— Não acredito, Alteza. O menino disse que caminhava ao lado dos outros homens.

— Então não, serão bem-vindos como antes. Leve vinho à minha tenda, general. Eu disse ao espartano que lhe abriria um odre quando ele chegasse. Posso caçar avestruzes amanhã.

17

Pela manhã, Ciro acordou com dor e se afastou do balde colocado perto da sua cabeça com um som de nojo. Passara boa parte da noite bebendo com Clearco até cair. Ele se lembrou de ter declamado um poema em persa da corte e gemeu de horror. Recordou que o espartano não tinha cantado. Clearco disse que o seu povo só cantava quando coroava um novo rei ou quando acreditava que ia morrer. O general não ficara tão bêbado quanto ele, percebeu Ciro, fazendo uma careta conforme lhe vinham as lembranças. Tinha mesmo feito a sua imitação de um burro como fazia quando criança, zurrado para o homem mais velho e caído de tanto rir? Rezou para que essa parte fosse apenas um sonho febril.

Ciro afastou um tapete e urinou na areia, num canto da tenda, os olhos bem fechados. O ar estava quente e fétido ali, com moscas lentas batendo nele ao passar. Por um momento, achou que vomitaria de novo e se amaldiçoou por ser tolo. Sabia que só se sentiria totalmente bem à noite. Um dia inteiro arruinado pelos excessos da noite anterior. Ele precisava comer, beber água e cavalgar bastante por algumas horas para acalmar o estômago. Não havia abrigo no deserto, e ele não queria que a sua tenda fosse montada toda vez que precisasse de um buraquinho na areia. O intestino frouxo era uma característica embaraçosa das longas marchas, mencionada com pouca frequência no treinamento. Ciro rezou para não se humilhar. O pai lhe dissera certa vez que os homens perdoariam tudo nos que comandavam, menos duas coisas. A outra era a covardia.

Ele ficou em pé dentro de um largo balde para ser banhado pelos criados, e em seguida permitiu que o envolvessem em panos frescos enquanto era barbeado e tinha o cabelo escovado e preso para atrás. Deitou-se numa mesa dobrável para ser massageado, depois se sentou nu num banco enquanto lhe traziam as roupas de baixo e a armadura. Rechaçou com um gesto as tâmaras gordas e o queijo branco. O sol estava um pouco acima do horizonte quando saiu da tenda. Enquanto terminava de se vestir, ouvira vozes chamando o campo à atenção, insistindo em que os homens se apressassem. O burburinho crescia, e Ciro pôs de lado a sua própria angústia ao sair, franzindo os olhos para olhar a distância.

O deserto se estendia até onde a vista alcançava, mas as dunas e colinas escondiam vales, torres de pedra, rios com margens verdes e até aldeias. Embora parecessem sozinhos, o horizonte contava outra história.

Finas linhas negras subiam no céu à frente. Ciro levava os homens para o leste, sempre para o leste, seguindo para a capital do pai. Ele sabia que nenhum exército hostil conseguiria se aproximar de Persépolis sem ser visto e aceitara que a sua presença acabaria sendo relatada a Artaxerxes. Mas as forças imperiais eram vastas, grandes demais para reunir num único dia ou mesmo num mês. Ciro mordeu o lábio enquanto pensava. Cada quadrante do exército imperial era maior do que as forças que ele levara até aquele lugar. O seu plano dependia de não ter de enfrentar mais do que o núcleo da elite em torno do irmão.

Ele achou que sabia o que significava a fumaça, mas não se surpreendeu quando Orontas foi até a sua tenda quando era desmontada para a marcha do dia. O general apeou de um corcel preto, entregou a espada a um criado e se deitou de bruços na areia até o príncipe lhe ordenar que se levantasse e falasse.

— Alteza, tenho notícias dos batedores. Os mais distantes relatam plantações queimadas e aldeias desertas. Se marcharmos o dia todo, chegaremos à primeira delas esta noite.

Ciro ficou calado, fitando as linhas de fumaça que se torciam lentamente, finas como cabelos àquela distância.

— Tissafernes — disse ele depois de algum tempo. — Parece que o meu velho amigo viu mais do que pensei.

Ele deu uma olhada em Orontas, mas o persa tomava o cuidado de não mostrar nenhuma expressão na presença do príncipe. Ciro sabia a sua intenção final lá em Sárdis, mas com certeza os oficiais persas não sabiam.

— Alteza, eu me pergunto... — disse Orontas. Ele gaguejou de leve, e a sua voz sumiu.

— O quê? Fale livremente.

— Se estiver em campanha, o seu irmão, o rei Artaxerxes, ainda não está perto. Acho que já teríamos visto as fileiras imperiais, se estivessem próximas.

— Continue — disse Ciro.

Orontas pareceu ficar mais confiante enquanto as palavras saíam dele.

— As aldeias e plantações são queimadas à frente de um exército invasor. Está no manual dos oficiais, Alteza. Mas é feito para enfraquecer pela fome um inimigo forte. Eu me pergunto se isso indica que o seu irmão não tem as forças de que precisa nesta área, pelo menos no momento.

— Talvez. Mas, se você estiver certo, não vejo como isso me beneficia. Sem repor os nossos suprimentos pelo caminho, teremos comida por quanto tempo? Uma semana? Nove ou dez dias? Se conhece o manual, general, sabe que há uma ou duas sugestões para a defesa contra essa tática. Se a terra for queimada à frente da rota da marcha...?

— Use uma rota diferente — terminou Orontas. — Mas a minha questão permanece, Alteza. Se o rei Artaxerxes e o exército real ainda não estiverem no lugar, podemos enfrentar uma força muito menor. Talvez haja apenas algumas centenas de incendiários à frente dos nossos batedores, tentando nos enfraquecer e nos prejudicar o máximo possível. Se conseguirmos alcançá-los, podemos dar fim a isso ou, no mínimo, retardá-los e limitar os danos que causariam.

— Os batedores? — perguntou Ciro. — Seriam massacrados se eu lhes desse essa ordem. A maioria deles é composta de meninos.

Orontas escolheu esse momento para se ajoelhar e se prostrar mais uma vez.

— Alteza, permita-me levar cem guardas para limpar esses incendiários do nosso caminho. Só cem, como uma lança atirada. Cavalgarei além dos nossos batedores e os pegarei de surpresa enquanto saqueiam e destroem. Destruir estoques leva tempo, Alteza. Consigo pegá-los, tenho certeza.

Ciro nunca vira em Orontas o nível de fervor daquele momento. O homem realmente tremia enquanto fitava a distância.

— Levante-se, general — respondeu, os olhos cintilantes. Ah, se Clearco estivesse ali para ver. — Muito bem. Cavalgue depressa e me traga a cabeça dos que queimam aldeias nas terras do meu pai.

Orontas se levantou, embora se curvasse sobre a mão do príncipe e a segurasse rapidamente junto à testa.

— O senhor me honra, Alteza — disse ele.

Ciro se virou quando seu cavalo lhe foi trazido com um bloco de montaria. Ele ainda se sentia um tanto bilioso e cheio de ácido, e ficou contente ao ver os degraus. Com um grunhido, passou a perna por cima do animal, instalou-se e pegou as rédeas.

— Você diz que o meu irmão não pode estar próximo, general, mas também não pode estar a muitos dias de distância. Levarei o exército no nosso melhor passo. Envie-me um cavaleiro esta noite com as notícias que tiver. Até lá, que Arimã esteja cego para você. Boa sorte na sua esteira, velho amigo.

A coluna se formara enquanto ele e Orontas conversavam, esperando que o príncipe desse a ordem de marchar. Ciro foi até a frente, onde Clearco parecia repousado e em boa forma. O espartano observara a conversa, e seu olhar seguiu Orontas quando o homem montou e passou a meio-galope pelo flanco da coluna, fazendo sinais para os oficiais da guarda pessoal de Ciro. Clearco não era estritamente responsável por esses homens, embora considerasse que ficavam sob a sua autoridade geral. Mesmo assim, franziu os olhos quando viu Orontas reunir uma força de cavaleiros e se preparar para cavalgar.

O espartano não pôde deixar de ir até os dois atenienses que passara a conhecer. Xenofonte, o mais velho, estava no meio de algum discurso enraivecido, cuspindo insultos e aveia em flocos enquanto gesticulava atrás dos cavaleiros persas. Clearco não conseguia se lembrar do nome do outro.

— Aquele general persa, Orontas... Vejo que ele levou as suas montarias sobressalentes — disse Clearco. — Para que precisa delas?

Xenofonte quase engasgou ao reconhecer quem falava. Fez uma reverência, soltou um pigarro e deu um tapa nas costas da cabeça de Hefesto, pois o rapaz só ficara olhando.

— General Clearco, é uma grande honra — disse Xenofonte. — A sua reputação o precede.

— Nessa reputação há algo sobre ter paciência com os que não respondem às minhas perguntas? — indagou Clearco.

Xenofonte balançou a cabeça.

— Não. O general Orontas deseja cavalgar à frente da força principal para procurar os que arrasam a terra adiante.

— Então por que está zangado?

— Ele... o general não quis que eu o acompanhasse. Disse que não levaria um grego, que não merecemos confiança.

— Entendo — disse Clearco.

Ele esfregou o queixo enquanto pensava. Orontas não era o tipo de oficial dado a sair correndo em ataques enlouquecidos. Se lhe pedissem que citasse o mais provável, seria Arieu. Havia algo errado.

— Quantos cavalos nos restam agora? — perguntou.

Xenofonte soprou o ar enquanto a sua irritação se reacendia.

— Incluindo as duas montarias do príncipe Ciro, quarenta e seis. É por isso que fiquei zangado, general. Sou o mestre dos cavalos, e o que ele me deixou?

Clearco fez que sim, os olhos distantes. Decidiu perguntar ao príncipe Ciro, embora tivesse a sensação terrível de que já era tarde demais.

Ciro protegia os olhos do sol quando um oficial persa chegou a cavalo, jogou as rédeas para um criado a pé e se aproximou da guarda pessoal do rei, não ousando se aproximar mais do que um braço.

— Preciso de uma palavrinha com o senhor, Alteza, sobre o meu primo Orontas.

Ciro se virou ao ouvir isso.

— Ele está prestes a partir. Qual é o problema? — indagou.

Ao ver que o homem ofegava com certo esforço, o príncipe fez um gesto para que se aproximasse. O persa tinha um nariz que lembrava de leve o de Orontas, pensou Ciro. Aguardou o homem se prostrar, segurando um pergaminho dobrado com um selo que Ciro conhecia. Orontas usava uma safira esculpida com o símbolo da sua casa, uma espiga de trigo e um cavalo selvagem. Pressionada num disco de argila, destacava-se com clareza. Ciro viu que a borda do pergaminho fora cortada, e fechou a cara com as consequências, a mente saltando à frente.

— O que é tão importante para ser trazido a mim? — perguntou, temendo a resposta.

— Alteza, o meu primo me encarregou de levar isso ao rei Artaxerxes. Diz que tirará uma força de cavaleiros do seu exército e implora que o Grande Rei não o mate quando ele chegar. Ele tem o meu sangue, Alteza. Mas, se pudesse, eu cortaria fora tudo o que temos em comum de tanta vergonha.

Ciro ficou com frio. Sentiu o olhar do capitão da guarda sobre si e fez que sim com ênfase. O homem entendeu bastante bem o que tinha de ser feito. Por sua vez, Ciro fez gestos aos outros e deu a ordem de interromper todos os preparativos da partida.

A distância, o general Orontas se virou para fitar a perturbação. Embora estivesse longe, Ciro achou ter visto parte do medo e do temor que Orontas deve ter sentido, talvez pelo modo como montava.

Pode ter havido um momento em que o general persa conseguiria galopar para longe do resto, mas não iria longe na areia solta. O capitão da guarda já pusera homens no flanco para interceptar Orontas se fugisse, enquanto Ciro observava, em busca do momento em que o seu general entenderia que não conseguiria cavalgar para a liberdade.

A cabeça do general baixou de repente, e ele fitou o cepilho da sela, as mãos segurando as rédeas. Ciro continuou a observar enquanto Orontas era forçado a apear e tinha as mãos amarradas. Então o general Arieu se aproximou dele, amarrou-lhe uma corda comprida e prendeu a outra ponta na própria sela. Ciro estava longe demais para ouvir o que se passou entre eles, embora dissesse a si mesmo que saberia de cada palavra naquela noite. A coluna finalmente se pôs em movimento, com muitas cabeças se virando para ver o general cambalear, o rosto tenso de humilhação.

O príncipe Ciro ficou montado ao lado da coluna enquanto milhares passavam por ele, aguardando o momento em que Arieu chegasse arrastando o novo escravo. A princípio, o príncipe ia deixar o momento passar em condenação calada, mas sentiu a ira crescer. Com o mínimo gesto dos dedos, chamou Arieu até ele.

Clearco tinha se aproximado o suficiente para observar, com Próxeno e Neto. Mênon da Tessália também se aproximara, embora ele e Clearco tivessem discutido durante a marcha e mantivessem distância. Ainda assim, todos estavam fascinados para ver o que Orontas fizera e como Ciro agiria, por sua vez.

Arieu pulou da égua cinzenta com um floreio, muito consciente dos olhos sobre ele. Poderia ter deixado Orontas manter seu orgulho, mas deu um grande puxão na corda e fez o homem cair de bruços diante do príncipe. Num instante, Arieu pôs uma perna de cada lado do conterrâneo. Quando Orontas tentou se levantar, o general persa tocou a sua garganta com a lâmina morna de uma faca, de modo que o mais velho ficou imóvel, entendendo que a sua vida dependia de uma única palavra de um príncipe que odiava — e talvez do ultraje de um guerreiro espalhafatoso de quem nunca gostara. Orontas descobriu que conseguia se manter calmo. Ele vira isso muitas vezes nos que fitavam a própria morte. Não havia luta no final. Soltou o ar devagar, contente por enfrentar a perspectiva de eternidade com algo parecido com dignidade.

— Sem protestos, Orontas? — perguntou Ciro de repente. — Sem argumentos?

O general que comandara regimentos para a família imperial olhou de lado o primo, que lá estava de olhos baixos.

— Parece que confiei no homem errado, Alteza.

— Algo que temos em comum, então — disse Ciro com irritação.

Orontas deu de ombros, olhando o leste ao longe.

— Alteza... Não, não importa — disse.

Ciro o olhou friamente.

— Eu o feri de algum modo, general?

Sem palavras, Orontas fez que não.

— Então por que essa traição? Não sou filho do meu pai? Você não jurou servir a minha família?

— Não, Alteza — respondeu Orontas. Ele falava com repreensão, a voz ficando mais alta. — Jurei servir à Coroa. Pensei que fazia isso ao me unir ao seu irmão, o rei. Sinto... sinto muito. Pensei nas minhas ações por muito tempo. Não queria ficar contra o senhor, meu príncipe. O senhor sempre foi gentil comigo. Os homens lhe entoam louvores. Mas... senti que não conseguiria continuar. — Ele levantou a cabeça, embora lágrimas cintilassem nos olhos. — Fiz a minha escolha, Alteza. Aceito as consequências.

Ciro ficou um bom tempo sem responder. Sabia que bastava apenas dar a ordem e a vida do homem chegaria ao fim. Todos os que observavam esperavam isso dele. Ainda assim, buscou um modo de manter Orontas vivo. Apesar de toda a irritação mesquinha que sentia perto dele, Orontas era um bom soldado, respeitado nos regimentos. Se houvesse uma ordem ou uma única palavra que conquistasse a sua lealdade a Ciro, o príncipe a pronunciaria em voz alta no mesmo instante. Olhou Clearco em busca de algo que não saberia nomear, qualquer coisa. Seu apelo foi recebido com silêncio, e Ciro suspirou.

— Tirem esse homem caído da minha frente — disse aos guardas. — Que o seu fim seja rápido, um único golpe; e o tratem com honra enquanto ele se prepara.

Ele se virou para o prisioneiro, que o observava. Ciro pegou uma faca e cortou as cordas que prendiam os pulsos do homem, e Orontas os esfregou, observando o príncipe que não conseguira seguir.

— Posso escrever à minha família, Alteza, antes que a pena seja executada?

Ciro suprimiu uma onda de raiva que faria Orontas ser morto aos seus pés. Mas ele era um príncipe e filho do seu pai. Dominou-se.

— É claro — disse, dando as costas ao homem pela última vez.

Todos ouviram Orontas suspirar, resignado com o destino. Naquele momento, Orontas se ajoelhou e se prostrou diante de um príncipe da casa dos Aquemênidas, embora sua própria morte pesasse sobre ele.

— General Arieu? — chamou Ciro.

O homem estava pronto para receber as suas ordens, e beijou a areia antes que Ciro dissesse outra palavra. O príncipe lhe fez um sinal de cabeça quando Arieu se levantou.

— O senhor está no comando das forças persas, general. Leve esse cavalheiro, que é primo de Orontas, como o seu segundo no comando. Dê ordens a todos, menos aos gregos, e receba ordens de Clearco. Entendido? Vai me servir lealmente sob esses termos?

— Vou. Levarei essa honra para o túmulo, Alteza — disse Arieu.

— Eu lhe darei orgulho.

— Basta ser melhor do que o último pobre coitado — disse Ciro.

Ele virou a montaria, a tempo de ver Clearco baixar a cabeça para Orontas antes de fincar os calcanhares. Próxeno e Neto voltaram com o príncipe para a coluna, deixando que Mênon os seguisse. Os gregos eram sérios nos seus modos, como cabia à perda de um colega, mas nenhum discordou da decisão do príncipe. Até a noite, a coluna marcharia mais profundamente no deserto. Deixariam para trás o corpo de Orontas, para murchar ao sol, para as aves de rapina bicarem e rasgarem.

No acampamento daquela noite, o príncipe Ciro foi até as fogueiras da seção espartana para comer com eles. Arrependeu-se de não ter levado a sua comida quando viu como consumiam pouco, com água fria como único refresco. Mesmo assim, foi bem recebido, e se sentou de pernas cruzadas com eles no chão duro, erguendo a cabeça para Clearco quando ambos aceitaram a papa de cereal com leite azedo, um pedaço de queijo de cabra e um figo velho.

— O que o traz a nós, Alteza? — perguntou Clearco quando todos terminaram e limparam os pratos.

— Orontas pretendia cavalgar até o meu irmão — disse Ciro, fitando as chamas que ardiam baixas.

Ele pensou em pedir que atiçassem o fogo, mas lembrou que tinham de carregar cada pedaço de lenha naquela vastidão árida. A vida era difícil num lugar daqueles, sem água, sem calor no escuro. A noite já esfriava, e seus dentes tiritavam enquanto ele falava, contraindo os maxilares.

— Ele acreditava que as forças reais estavam próximas. Disse que cavalgaria à frente para impedir que queimassem plantações e envenenassem poços. Foi uma boa ideia na hora, e ainda é.

— Deixe isso comigo, Alteza — disse Clearco. — Porei alguns rapazes meus no comando. Ou aquele ateniense, talvez, que ficou tão irritado quando lhe tiraram os cavalos.

— É... — disse Ciro. — Precisamos de olhos bem à nossa frente para sabermos onde meu irmão arma a sua tenda. Mas... não sei sobre os homens que Orontas escolheu. Alguns dos meus próprios guardas serão traidores? Parece difícil acreditar. Como confiar neles agora?

Clearco enfiou a mão num saco ao lado e tirou um frasco. Parecia marfim amarelo à luz do fogo, com figuras esculpidas na superfície. Ciro espiou pelas sombras e achou que poderiam estar praticando esportes, embora não fosse provável.

— O resto do meu estoque, Alteza. Talvez seja a noite para ele.

O príncipe aceitou o frasco e tomou um gole profundo, os olhos se arregalando quando o conteúdo ardeu.

— Isso é feito de uva? — perguntou com voz rouca.

— As cascas, acredito — disse Clearco com uma risadinha. Ele ergueu a garrafa e estalou os lábios. — Alteza, Orontas era um líder de homens. Sei que tinha alguma ligação com uma das suas famílias nobres, mas subiu porque era forte e inteligente, e tinha aquela qualidade que os outros homens seguirão.

— Foi por isso que baixou a cabeça para ele? — perguntou Ciro.

— Ah, o senhor viu, não foi? Não, Alteza. Foi para honrá-lo pelo modo da sua morte. Ele recebeu a notícia como um espartano. Isso é raro. Já vi homens adultos se queixarem aos éforos porque foram mordidos pelo cachorro de outro homem. Como crianças! Somos soldados, Alteza. Entendemos que amanhã pode ser o último dia. Ou depois de amanhã. O soldado tem pouquíssimo controle sobre a hora ou o modo do seu fim. Mas sempre pode escolher como o enfrenta.

Eles ficaram algum tempo calados, passando o frasco de um para o outro até esvaziá-lo. Ciro descobriu que o ardor diminuía e ficava quase agradável.

— E os outros?

— Os outros acharam que executavam as suas ordens, Alteza. Eu não pensaria mais do que isso. Alguns homens aprendem a liderar; não acredito que isso nasça conosco. A maioria se dispõe a ser liderada. Pouco pedem à vida além de vinho, comida e calor... e, mais tarde, filhos e um lar. Não querem decidir o caminho sempre que a estrada se bifurcar. Não querem que os outros venham a eles clamando "leste ou oeste?", "viver ou morrer?". Isso fica para homens duros e solitários como o senhor, Alteza.

— E como você — respondeu Ciro.

— Ah, bom, sou filho da Lacedemônia. Tenho o crânio de prata e bronze derretido nas veias. Andei pelas ruas de Esparta e provei a água do rio Eurotas, que corre numa terra seca. Postei-me na Acrópole de Esparta e gritei o meu nome adulto.

Ele sorriu ao falar, mas as palavras soaram como um ritual e provocaram um arrepio no príncipe.

Clearco bocejou de repente e se esticou como uma criança. Olhou as estrelas e balançou a cabeça.

— A noite está velha, Alteza. Mandarei meus rapazes a cavalo amanhã. Encontraremos esses incendiários e os enforcaremos. Ou acharemos o exército do seu irmão e o faremos em pedacinhos. Foi para isso que viemos, afinal de contas. Orontas deveria ter esperado um pouco mais.

O príncipe se levantou, o espírito animado pelo que bebera e pelas palavras do espartano. Inclinou a cabeça como Clearco fizera para Orontas e se foi cambaleando pelas dunas até onde deixara o seu cobertor e o seu saco sob as estrelas.

Clearco se levantou para se alongar, olhando o príncipe até sumir. O espartano gostava do rapaz, apesar de toda a sua insegurança e necessidade de ser tranquilizado. Seria um bom rei, se tivesse a oportunidade.

18

As trombetas de alarme soaram na escuridão. Soldados barbados saíram aos tropeços das tendas e cobertores, abrindo os olhos cansados, as espadas e os escudos prontos à mão. O ruído de cavalos a galope podia ser ouvido, seguido pelo rugido dos polemarcos e pentecontarcas convocando os homens para a linha. Levava tempo prender perneiras e peitorais, embora a respiração fosse rápida e forte. Eles se sentaram em grupos, brigando com correias e nós. Nenhum ataque imediato caiu sobre eles. Os oficiais andaram entre os grupos sentados, instando-os a se apressar, lembrando aos homens que amarrassem as botas e pusessem direito os elmos. As vozes rosnadas eram quase calmantes no ritual, palavras que já tinham ouvido mil vezes. Havia caos em algum lugar, sem dúvida, mas não naquelas linhas. Ou era apenas outro treino, certamente ordenado por aquele general espartano que parecia adorar essas práticas, enquanto os homens de bem deveriam estar em sono profundo.

Eles reuniram os esquadrões sem pânico, cada regimento se formando com gritos no escuro.

"Alinhem-se aqui com Demétrio de Atenas!" ou "Os quatro primeiros na bandeira da trombeta!" Os oficiais de regimento chamavam os seus homens por nome e por posto, convocando-os para as posições que tinham aprendido durante meses. Levou muito tempo, embora só parecessem momentos. Com gritos roucos de despedida e boa sorte, os vivandeiros se afastaram para a retaguarda, deixando amantes, amigos e senhores. Os guerreiros da Grécia e da Pérsia esperaram sozinhos numa grande linha curva traçada na areia. As trombetas de alarme se calaram, o serviço feito. Eles ficaram sem falar, mas nunca em silêncio. O ranger do couro, a manopla batucando nervosa no escudo, o guincho da armadura não untada, seca pela areia e pelo calor: tudo isso fazia um barulho como o de metal no deserto, como se uma grande criatura escura de escamas de bronze acordasse e se espreguiçasse para lutar.

Os homens mais experientes não tinham puxado as armas, embora as mãos se abrissem e fechassem para o seu conforto. Se houvesse matança naquele dia, eles precisariam de todos os truques para manter a força quando o sol nascesse. Temiam o seu calor então. Estavam todos mais morenos do que em Sárdis ou na Grécia, embora alguns ainda descascassem em grandes manchas, onde o sol os queimara quase até o osso. O resto estava magro pelas rações pequenas, a pele transformada em couro pela areia e pelas picadas de moscas e piolhos.

Tinham avançado muito nas pegadas do príncipe. Embora muitos estivessem nervosos, eles se consolavam com os que os cercavam, aguardando o que fizera soar as trombetas. Centenas fizeram as pazes com os deuses, tocando amuletos ou lembranças de casa, levando-os aos lábios e murmurando breves orações. Depois, essas coisas eram guardadas. Eles urinaram na areia onde estavam, de modo que o vapor subiu.

As flâmulas subiram altas acima dos regimentos, desenroladas por meninos do acampamento que levavam as varas com grande orgulho. O Pégaso, o touro, a coruja e o lambda espartano se erguiam acima das fileiras dos gregos, enquanto os persas estavam sob o leão, o falcão, o grifo e o sol. Meninos levavam água a quem pedisse ou voltavam correndo atrás de algum item esquecido, só notado pelos soldados quando pararam. A princípio, os meninos gritavam e chamavam, embora a sua voz aguda caísse em sussurros ao passarem entre as filas de homens em posição de sentido, assombrados com a presença daquele exército escuro sob a luz das estrelas.

Uma faixa pálida apareceu ao leste, trazendo consigo a primeira brisa leve do dia, como se a noite fosse varrida por uma camada de areia. Ela revelou os contornos básicos do exército do príncipe Ciro. Encaravam a direção da viagem, olhavam para o leste como todos os homens o farão, para a fonte da luz, o sol nascente que queimava todos os temores infantis. Encaravam aquela faixa cinzenta e aguardavam o primeiro calor no rosto, em vez do terror de estarem cegos e com medo, cada homem sozinho entre os companheiros.

O horizonte fora uma lâmina escura, separando a terra do céu. Conforme a palidez crescia na sua extensão, os que enxergavam melhor gritaram em alerta, enquanto o resto ainda fitava e perguntava o que estava acontecendo. Em meio aos gregos e persas havia milhares de homens cuja visão de longe se tornara pouco mais do que um borrão, embora pudessem lutar bastante bem à distância de uma espada. Aqueles homens agarraram os meninos do acampamento, viraram-nos para a luz e exigiram saber o que estava lá sobre os morros escuros.

Os meninos forçaram os olhos e viram o horizonte ondular como se a própria terra se movesse. Apontaram e gritaram quando as primeiras luzes atingiram a ponta das flâmulas lá longe. Todos os que tinham vindo com Ciro ouviram o ribombo que lhes chegou, embora soasse mais como a queda de pedras em montanhas distantes, um longo rosnado que não parava. Bem longe, viram uma linha que parecia ser a própria terra se definindo em escudos escuros e na poeira dos cavalos. O exército da Pérsia estava em campo para enfrentá-los. Marchava como a hoste das hostes, escurecendo a terra.

Alguns regimentos rugiram o seu desafio, uivando para os Imperiais, incitando-se uns aos outros com o fervor da batalha. A princípio o som aumentou, depois parou e diminuiu, sumindo até que, mais uma vez, eles ficaram em um silêncio assombrado. As linhas à frente continuaram a crescer até encher o mundo inteiro. Nenhum homem ali jamais vira tantos soldados num só lugar, um mar incontável.

Ciro levara cem mil persas e doze mil gregos. Milhares mais levantavam-se com horror atrás dos seus regimentos, conforme o acampamento recuava passo a passo. Tinham caminhado com leveza nos morros verdes da Babilônia e seguido pelo deserto, confiando na força dos números. Tudo isso murchou diante de tantos que vinham destruí-los, sem cessar, sem possibilidade de misericórdia. Os que tinham caminhado com o príncipe desde Sárdis sentiram o escroto se apertar, a barriga e a bexiga doerem, o suor pingar frio pelas costelas. Entraram em desespero.

Ciro jogou o elmo para um dos seus guardas pessoais e fincou os calcanhares, entendendo, com um instinto de liderança, que os seus homens precisavam vê-lo. Ele cavalgou com o cabelo solto, as flâmulas adejando, o criado Parviz e seiscentos cavaleiros junto dele no terreno arenoso. Não virou a cabeça para o exército do irmão e preferiu olhar as fileiras daqueles que tinham ido até ali em seu nome. Eram dele, de um jeito que era difícil descrever. A vida deles fora apostada na sua palavra. Era um laço tão profundo quanto o de qualquer família, com o prêmio mais elevado possível.

Clearco e os gregos tinham posicionado a ala direita perto do rio Eufrates, para que não pudessem ser flanqueados nem cercados. Ciro parou no centro, ergueu a sua flâmula pessoal, um falcão num imenso quadrado de seda, cravejado de pedras preciosas. Olhou para a esquerda e para a direita, orgulhando-se das centenas de símbolos regimentais, do sangue e da tradição do exército, erguidos em lanças para todos lerem.

À sua esquerda, os regimentos persas se estendiam sob Arieu. Ciro comandava o centro, porque era onde os seus homens esperavam que ele ficasse. Mas, enquanto o sol nascia e ele observava o exército do irmão se aproximar cada vez mais, Ciro procurou a águia real dos Aquemênidas no centro da linha à frente — e não a viu.

Um corredor veio ofegante pelas fileiras até ele, já lustroso de suor ao dardejar em torno dos cavalos e mergulhar tão perto que quase sumiu sob os cascos da montaria do príncipe.

— O general Clearco pede as suas ordens finais, Alteza. Ele quer que o senhor saiba que todas as folhas da floresta não conseguem vencer uma espada.

Ciro sentiu um lado da boca sorrir. O espartano não resistia a levantar o seu ânimo. Às vezes, Clearco era uma figura paterna para todos eles.

Antes que pudesse responder, o príncipe viu o seu guarda pessoal apontar para a esquerda e proteger os olhos do sol nascente. Para piorar, gritaram o nome do seu irmão. Ciro espiou o leste e engoliu em seco quando entendeu. O irmão estava no centro, afinal de contas. Mas o seu exército era de tal tamanho que o centro ficava bem além do flanco mais distante das forças do príncipe. Pela primeira vez, Ciro se sentiu tremer, a respiração presa na garganta. O irmão, ou talvez Tissafernes, se antecipara a ele.

Então ele olhou por sobre o ombro direito, além do jovem grego que aguardava as ordens, até a ala inteira comandada por Clearco, Próxeno e Neto. Mênon da Tessália também estava lá, embora os seus homens guarnecessem o flanco contra os persas e formassem a seção mais à esquerda das forças gregas — a menos honrada, segundo o entendimento de Ciro. Os gregos implicavam e brigavam entre si, atrasando-se na marcha e no acampamento. Mas eram a vantagem que o irmão não tinha. A única força que o Grande Rei não conseguiria igualar e à qual não poderia responder. Ciro fez uma oração a Aúra-Masda, fechando os olhos para o sol nascente.

— De pé, menino — gritou ele para o mensageiro. — Eis a minha ordem. O general Clearco tem de avançar toda a ala direita com velocidade, para longe do rio, diante da vanguarda do nosso exército, antes que o inimigo esteja ao alcance. Tem de atacar o centro das linhas reais, onde se veem as flâmulas da águia, à esquerda de onde estamos. Repita.

O persa do mensageiro foi perfeito quando ele disse as palavras sem errar, embora os seus olhos estivessem arregaladíssimos. No fim, ele se curvou e meio que se ajoelhou antes de sair correndo, a pele lustrosa de suor.

Com um fascínio doentio, Ciro observou as linhas do irmão se aproximarem como um homem sob uma avalanche observaria a montanha cair, mas sem sair do ponto onde estava.

Clearco notou o mensageiro que vinha correndo na sua direção. Na ala direita, as linhas estavam caladas e aguardavam que o inimigo chegasse ao alcance de pedras e lanças. O clima era sério, embora os mercenários da Grécia fossem bastante confiantes. Tinham visto o padrão dos soldados persas naqueles que treinaram com eles. A possibilidade de enfrentar homens semelhantes em combate não os preocupava indevidamente. Mas a imensa vantagem numérica sufocara os riscos e a fala. Observar um exército vir pisando forte na direção deles como a maré chegando numa baía era uma experiência preocupante.

— Tenho... ordens... do príncipe — disse o rapaz.

— Você não deveria estar em melhor forma? — respondeu Clearco. — Pode ser que precise fazer isso o dia inteiro, filho.

— Desculpe, general — ofegou o rapaz. — O príncipe diz para avançar as suas forças contra o centro do inimigo, para lá, senhor.

O mensageiro apontou, embora Clearco não se desse ao trabalho de olhar. Próxeno não estava longe, o homem mais feliz na sela do que Clearco jamais fora. O espartano fez um sinal para o mensageiro esperar enquanto Próxeno se aproximava o suficiente para erguer as sobrancelhas numa pergunta.

— O príncipe Ciro quer que avancemos à frente dos seus persas para atacar a guarda do rei no centro. Aparentemente, estão à nossa esquerda. Nem consigo ver daqui.

— Deixar o rio? — disse Próxeno imediatamente. — Esse é... um passo imprudente. — Ele espiou a distância e balançou a cabeça. — O inimigo está... perto demais para tentarmos algo assim, Clearco. Não sei sequer se consigo fazer os meus homens se mexerem antes que eles estejam sobre nós.

Na presença de soldados ouvintes em volta e do mensageiro que levaria a resposta, os dois generais se entreolharam em silêncio. A ordem era um lance de dados desesperado que provavelmente mataria todos eles — ou seria o golpe único capaz de vencer a batalha antes mesmo que começasse. Próxeno claramente não se dispunha, mas Clearco sabia que o general entraria na linha se ele confirmasse a ordem. Os outros gregos poderiam aconselhar, mas a disciplina estava no coração deles. Eles entendiam que, às vezes, um general ou príncipe tinha de mandar os homens à morte para defender um morro ou uma linha. A sua tarefa era obedecer às ordens e vender caro a vida para permitir a vitória. Isso exigia confiança e fé naqueles que os comandavam. Mais do que isso, exigia homens que compreendessem que os seus líderes podiam errar, que podiam ser mandados à destruição por erro ou orgulho — e ir do mesmo jeito.

Ainda assim, Clearco não disse nada por algum tempo. Viu que Mênon da Tessália se inclinava para ver o que estava acontecendo, mas isso o fez decidir ainda mais depressa. O homem dissera algumas bobagens sobre Esparta, com o seu único teatro e um só rio num vale seco. Se não fossem aliados, Clearco o chamaria às falas por isso. Ainda achava que chamaria, se o homem sobrevivesse à batalha. Mandara Mênon para o ponto mais à esquerda da ala grega como rebaixamento, embora o homenzinho rabugento não entendesse.

— Retorne ao príncipe Ciro — disse Clearco. — Diga-lhe que avançaremos como ele ordenou.

O mensageiro se curvou e saiu correndo outra vez. Próxeno se virou de onde estava fitando as linhas inimigas. Olhou Clearco mais uma vez.

— Se cortar o campo, eles nos cercarão, meu amigo. O exército do rei nos flanqueia à esquerda. Se avançarmos para a direita também, ele fechará as alas e então... será o fim.

— Exato — disse Clearco. — Antes de rompermos o centro, temos de derrotar a ala à frente. Se conseguirmos fazer isso depressa, poderemos nos virar na direção do rei. Não deixarei o príncipe Ciro dizer que não fomos, mas teremos de passar por eles primeiro.

Próxeno deu uma risadinha.

— Gosto de você, espartano.

— Não me importo — disse Clearco. Não ficou claro se ele brincava ou não, e Próxeno deixou o sorriso se desfazer. — Volte aos seus homens. Diga-lhes que aguentem.

Clearco olhou para dois homens em pé atrás dele com compridas trombetas de prata.

— Deem o sinal de avançar — disse.

Ele verificou se a espada estava solta na bainha, assim como a cópis na parte baixa das costas. O escudo era um peso bom, um velho amigo no braço esquerdo. Estendeu a mão, e uma lança lhe foi entregue. Ele a sopesou e, quando sorriu, a sua expressão era terrível.

As trombetas soaram, várias e várias vezes. Os espartanos partiram, liderando toda a ala grega contra o exército persa. Marcharam com o rio no flanco direito, as capas vermelhas adejando. À frente deles havia um mosaico móvel de cavaleiros e arqueiros cobertos de branco. As bigas formavam linhas à frente do resto, arrastadas pela areia macia por cavalos esforçados. Levavam foices da altura de um homem e, em terreno firme, seriam um inimigo assustador. No comando dessa parte do exército persa estava o recém-promovido Tissafernes, resplandecente na capa branca, montado numa égua cinzenta.

Ciro viu os gregos avançarem e os abençoou. Observou-os se separarem das linhas à espera atrás de si, mas trincou os dentes quando viu que não se desviavam do caminho que haviam escolhido. A posição do irmão ainda estava bem à esquerda, mas eles avançaram como se Clearco não tivesse entendido a sua ordem. O príncipe passou as mãos sobre a haste da azagaia, o cavalo bufando e batendo a pata na areia ao sentir a sua decepção.

O rio cintilou à direita quando o sol nascente atingiu as águas. Ele entendeu que Clearco não queria ser cercado por um número tão vasto de inimigos, mas Ciro era o herdeiro do trono. Se o irmão caísse, ele comandaria o campo todo num instante.

Ele observou os gregos deixarem a luz do dia entre eles e o exército, marchando para a vanguarda da hoste imperial como se ela fosse a agressora. Pareciam um menino com uma vara querendo investir contra um regimento inteiro. Ciro engoliu em seco. Eles não se recusaram nem fugiram quando os comandou. Não ficaria parado para vê-los destruídos.

— Toque de avançar! Avanço geral. Firmes, agora! Avanço contra o inimigo!

Trombetas soaram por toda a linha, e os regimentos persas do príncipe se puseram em movimento, esquadrões negros que pareciam pequenos contra todos os que enfrentavam. Ainda assim, eles também encontraram a sua coragem. Ciro ocupou o seu lugar nas fileiras da vanguarda do centro, embora soubesse que o irmão não encontraria ninguém para se opor a ele quando as forças se chocassem, tão grande era a diferença de efetivo. A única probabilidade de Ciro era virar o campo ou lançar o seu flanco direito mais forte contra a ala esquerda mais fraca do inimigo. Ele espiou à frente e viu flâmulas cada vez mais claras a cada passo. Nisso, estavam praticamente a oitocentos passos de distância, e os arqueiros e peltastas giravam braços e ombros, prontos a atacar, enquanto todos os outros homens que teriam de se aguentar preparavam os escudos e rezavam para não serem derrubados.

Ciro prendeu a respiração quando viu as fileiras em torno do irmão. O rei Artaxerxes estava oculto por um biombo móvel de bigas e soldados. As suas flâmulas estavam agrupadas à esquerda do príncipe, a águia dourada dos Aquemênidas. Ciro levava em desafio as suas flâmulas do falcão. Um deles cairia.

Clearco trotou ao lado de oito fileiras de espartanos e mais quatro dos seus escravos hilotas, cada uma com duzentos e quarenta homens de largura. Atrás, vinham as forças de Próxeno e Neto, com Mênon resmungando na sua esteira. Clearco olhou com raiva as bigas à frente, sabendo que seriam assustadoras para quem nunca as tinha visto.

— Vejam a dificuldade daquelas carroças velhas na areia — gritou ele à linha. — Digam aos homens que pulem aquelas lâminas. Pulamos mais alto do que isso no ginásio, rapazes.

Os seus espartanos riram ao se lembrar, e, de repente, ele decidiu não dar aos persas o respeito que buscavam.

— Homens da Grécia! — rugiu enquanto marchava. — Quem são essas pessoas que ousam se levantar diante de nós? Ninguém, apesar da vaidade. Somos guerreiros, os melhores que o mundo já viu. *Homaemon*: temos o mesmo sangue. *Homotropa*: os mesmos costumes. *Homoglosson*: a língua que falamos. — A sua voz foi subindo num crescendo, imensa em volume e impacto. — E *Homothriskon*: os mesmos templos e deuses. É por isso que vencemos. Somos um só povo, indivisível. Hoje, não somos espartanos, tessálicos nem atenienses. Somos helenos. Somos homens da Grécia. Vamos lhes mostrar o que isso significa?

Os seus espartanos deram um grande rosnado, e o resto respondeu, mostrando os dentes enquanto andavam com ele. Pouco a pouco, o ritmo se acelerou. Sabiam que estavam entrando ao alcance das flechas e das pedras. Estava na hora.

Cada um dos homens que cavalgavam apeou e deu tapas nas montarias para afastá-las. Os meninos que corriam junto pegaram as rédeas e as levaram de volta ao acampamento, agora a quilômetros de distância. Eles saudaram os soldados com voz alta.

— Dobrar o passo — rugiu Clearco, o som se espalhando.

Ele ouviu a ordem ser repetida pela linha, e o exército fez um som conjunto que era mais do que uma explosão de fôlego. Era um desafio aos que enfrentavam. Milhares começaram a cantar o peã, a canção da morte.

— Preparar escudos e lanças! — gritou Clearco.

De repente, a linha persa se aproximou depressa, e o ar acima se encheu de milhares de flechas, como folhas de capim ou cabelos escuros contra o sol.

— Erguer escudos! Firmar o passo! — rugiu Clearco outra vez. Ele não estava sem fôlego. Corria todo dia no treinamento e mal estava cansado. — Engajar o inimigo! Manter a formação! Manter a disciplina. Pelo príncipe Ciro. Pela Grécia. Por Atenas. Pelos deuses, por Esparta!

Ele manteve a torrente de ordens enquanto os seus homens avançavam como uma lâmina que girasse nas últimas centenas de passos. O peá terminou com uma nota de tristeza em vez de um rugido, mas mesmo assim causou terror no inimigo. As flechas tamborilaram nos escudos, mas a maior parte delas passou por cima, lançadas por arqueiros que não tinham compreendido a sua velocidade. Mantida até o último homem, a barragem de azagaias gregas derrubou linhas. Os hilotas as lançaram das fileiras da retaguarda, com grunhidos de esforço. Os espartanos seguraram as lanças com firmeza e avançaram com elas abaixadas, uma parede de espinhos.

Os persas sob Tissafernes se romperam antes que os gregos os alcançassem. As fileiras da vanguarda se desfizeram em caos quando os homens tentaram se afastar dos espartanos de capas vermelhas que tinham a morte nas mãos. As bigas se viraram quando as rodas se agarraram na areia ou foram arrastadas de lado pelos cavalos.

Clearco exultou quando o caminho se limpou diante dele. Os seus espartanos conduziram o inimigo como cabras ou bois, matando todos os que fossem lentos demais para sair da frente, mas mantendo a disciplina. Ele berrou o alerta de qualquer modo, o medo constante de todo general de que os seus homens se inebriassem de raiva e rompessem a formação. Ele já vira exércitos transformados em turbas. A destruição sempre se seguia.

Os seus espartanos eram a borda do escudo, de modo que nenhum dos que estavam atrás pudesse enlouquecer sem passar pelos próprios aliados. Eles avançavam com firmeza, os escudos prontos e as lanças à frente. Algumas fileiras de trás puxaram as facas para cuidar dos inimigos feridos, cortando enquanto marchavam, para que ninguém pulasse de pé e causasse o caos depois que as linhas principais tivessem passado.

A ala persa inteira entrou em colapso, e a matança que se seguiu foi terrível, até cada um dos gregos ficar coberto de sangue de desconhecidos. Só o fato de que muitos naquela ala estavam montados os salvou. Tissafernes recuou com alguns milhares para fora do alcance de pedras ou lanças atiradas e, no processo, salvou a própria vida. Clearco e Próxeno viram o homem montado no seu cavalo em meio a flâmulas brancas, mas ele tinha recuado para a retaguarda das linhas principais, e Clearco não poderia derrubá-lo. O espartano viu que os cavaleiros atenienses se reuniam para atacar, mas ordenou que mantivessem a sua posição. Os jovens e amadores atacavam forças superiores. Os profissionais descansavam e subiam a montanha passo a passo. De qualquer modo, tinham poucos cavalos. Manter uma dúzia na retaguarda não mudaria o resultado da batalha.

Clearco teve de rugir para seus homens pararem quando começaram a avançar, rompendo as forças principais e avistando a curva do rio e as planícies abertas atrás. Ele precisaria dos olhos de Argos para ver tudo o que precisava naquele lugar. Tinham ido bem, mas o exército do rei mal sangrava, e ainda era tão vasto que parecia incólume. Os mortos foram deixados onde caíram. Os que enfrentavam estavam descansados, embora os seus olhos já se arregalassem de medo.

— Virar à esquerda agora! Romper até o centro! — disse Clearco.

Ele e os seus gregos rolariam a vanguarda da serpente persa como um tapete, de uma ponta a outra. Isso os deixaria em contato com a posição do Grande Rei, exatamente como Ciro ordenara. Clearco sacudiu o cansaço dos ombros quando a primeira empolgação passou. Aquilo era trabalho, o trabalho mais duro que jamais conhecera. O calor do sol aumentava, e ele sentiu que a sua língua secara. Não havia meninos aguadeiros à vista; então ele deu de ombros e limpou a espada nos momentos de pausa.

Ao se virar, mandou Próxeno para o flanco, com uma linha de arqueiros cretenses, caso Tissafernes tentasse uma investida ou reunisse alguns arqueiros persas. Até aquele ponto, Clearco sabia que perdera pouquíssimos homens e queria que continuasse assim. Vira um sujeito ser pego pela foice de uma biga, o medo a imobilizá-lo, quando qualquer outro teria mergulhado e sobrevivido. Essa era a lição. Eles tinham de continuar em movimento. Se parassem, seriam sobrepujados, como um falcão derrubado por corvos.

19

Ciro sentiu o medo agarrá-lo e lhe dar vontade de disparar a cavalo para longe do campo. Nunca vira nada como aquilo, como se o pegassem pela garganta e o sacudissem. Só conseguia respirar superficialmente, e sentiu o coração bater com força, sem dúvida alto o suficiente para quem estava em volta ouvir e saber que estava com medo. Ele viu a própria morte nas linhas vastas e no brilho metálico do rio Eufrates.

— Sou um príncipe — sussurrou para si — da casa dos Aquemênidas. Sou filho do rei Dario, neto de Xerxes. Não fugirei disto. Ficarei.

À frente, ele observou Clearco comandar os gregos, como homens que corressem sob uma onda antes que ela desabasse sobre eles. Os persas se despejavam em torno dos gregos, engolidos diante dos seus olhos, avançando sempre por dentro do inimigo.

À esquerda, Ciro viu que os Imperiais do irmão cobririam o seu flanco com regimentos inteiros. Ele não tinha efetivo para impedir que o cercassem. Nada arruinava mais a força da luta do que saber que a retirada fora cortada, que não podiam fugir, que havia inimigos atrás e na frente. Era a tática mais simples dos Aquemênidas: levar tantos à batalha que esmagassem quem estivesse contra eles. Toda a razão da guerra era provocar ruína e destruição tão veloz e violentamente quanto possível. Ciro engoliu, a garganta repentinamente seca. O exército do irmão se enrolaria em torno do seu como uma garra — e tudo acabaria.

Ciro sentiu o medo passar assim que enfrentou o pior. Se o irmão caísse, ele seria rei. Isso era tudo o que importava. Artaxerxes levara o mundo inteiro até aquela planície junto ao grande rio, mas ainda assim só duas vidas decidiriam o resultado. O príncipe sentiu a calma se instalar, como poeira no ar. Respirou mais profundamente. Não era difícil demais. Não era complexo demais. Um golpe daria fim a tudo.

Seiscentos cavaleiros cavalgavam com o príncipe como guarda pessoal, todos ferozmente leais. Os que iriam com Orontas ainda sentiam a pontada da vergonha e da desconfiança dos colegas. Estavam desesperados para se pôr à prova.

Quando viu que as linhas do irmão se superporiam, Ciro soube que só lhe restava uma opção. Ele apostaria a vida numa única hora. Seria a ponta de lança que, depois de atirada, não poderia ser chamada de volta.

— Parviz! — berrou.

O homem ergueu os olhos, contente por ser necessário para alguma coisa. Ele cavalgava uma égua velha bastante bem, mas não era guerreiro, não como os guardas do príncipe.

— Vá para a retaguarda agora — gritou-lhe Ciro. — Aqui não é lugar para você.

O príncipe viu o rosto do homem se contrair com desânimo, mas pelo menos ele sobreviveria. Ciro já gritava a outro.

— Capitão Hadid! — chamou.

O capitão avançou e baixou a cabeça para receber ordens, mas não havia tempo, não mesmo. O espaço entre os exércitos se fechava como o último raio da noite. Quando se chocassem, não haveria espaço para cavalgar.

— Meus guardas, comigo!

Ciro fincou os calcanhares, confiante que o seguiriam.

Por um momento, o seu cavalo se lançou à frente de todos os outros, empinando quando ele o pôs em movimento. Com um uivo, os seus homens convergiram para o príncipe, que disparou para o norte pelo campo. Era a andorinha que voltava para casa sob as nuvens, o falcão real na tempestade.

Ciro se viu sorrir quando o ar virou ventania e o ritmo do galope bateu como um tambor embaixo dele. Firmou o joelho sob o cepilho da sela e se ergueu, inclinando-se sobre os ombros do cavalo, os dois trabalhando juntos. Levava uma azagaia numa das mãos, e a espada descansava atrás dele, pronta para ser puxada.

As flâmulas do irmão acenavam, chamando-o. Ciro vislumbrou os seus guardas galopando ao lado, formando uma cunha. Era loucura, mas ele percebeu que gritava o desafio às linhas à frente. A sua voz se perdeu no rugido de cascos e homens, mas não havia palavras nela, só um berro selvagem e a promessa de vingança. Ciro sentiu as lágrimas chegarem aos olhos, forçadas pela determinação.

O inimigo sabia quem ele era, é claro. Desde o primeiro momento em que o príncipe saiu dos seus regimentos, eles o reconheceram. Ninguém mais reuniria seiscentos cavaleiros, a não ser o príncipe real dos Aquemênidas. Os que estavam à frente recuaram de repente enquanto o príncipe investia sobre eles a todo galope, embora Ciro não soubesse dizer se era por medo da imensa carga ou por medo dele. Estavam próximos quando ele disparou; em momentos, caiu sobre eles, antes que novas ordens mudassem a sua formação.

Alguns cederam para não enfrentar aquelas lanças e cavaleiros que avançavam como um borrão. Dúzias recuaram ou se jogaram no chão com medo. Os mais corajosos ou mais lentos para pular de lado foram derrubados repentinamente, destroçados como se tivessem caído de um penhasco. Ciro sentiu os impactos ferirem as suas pernas. Viu homens derrubados de lado pelo mergulho dos ombros do seu cavalo, levados por cascos relampejantes. Ouviu os seus gritos como gemidos agudos que sumiam lá atrás enquanto os seus guardas enfiavam um espeto no quadro do rei persa.

Os dois irmãos reais se viram no mesmo momento, quase num instante de imobilidade. Ciro esqueceu que galopava através de homens em movimento e só viu os olhos espantados de Artaxerxes, o elmo ornamentado se virando para encará-lo. A boca do irmão estava aberta e rubra. A mão se dirigia para a espada, mas Ciro era rápido demais, sólido demais, aquela era a vingança que prometera. Perdera a azagaia no peito de um desconhecido. A espada estava na mão. Ele ergueu a lâmina no alto e atingiu o pescoço do irmão, golpeando-o para trás, de modo que o rei se debateu e gritou de horror. A lâmina atingiu o metal e se virou na mão de Ciro quando atingiu a borda do peitoral. Mas ele vira o sangue. Foi um momento de perfeita clareza, o ar doce e frio. Ciro soltou o ar quase com alegria.

Clearco não teve tempo para satisfação. O esquadrão grego avançou com força pelas forças imperiais, negando-lhes qualquer oportunidade de se reunirem. Os persas não conseguiam reagir com rapidez suficiente. Quando os oficiais entendiam o que estava acontecendo, os espartanos já tinham passado e golpeavam um novo regimento. Eles criaram uma debandada que rolava à sua frente, com homens que se viravam e corriam para não enfrentar aquela lâmina de capas vermelhas e espadas ensanguentadas que tremeluziam nas suas mãos.

Clearco lutava com escudo e lança, ao lado de homens que conhecia havia anos. Naquele dia, estavam todos unidos no campo de Cunaxa, junto ao rio Eufrates, a grande serpente da vida que tornava verde o deserto.

— O que pensam que estão fazendo aqui? Guardem a distância correta entre essas fileiras! — rugiu Clearco para os homens de Próxeno, que marchavam atrás dos seus.

Corrigidos, eles recuaram, a irritação do espartano se acalmando estranhamente diante do inimigo. Se Clearco tinha tempo para notar os erros de formação, talvez a situação não fosse tão desesperada quanto alguns acreditavam. Nenhum deles vira tanta gente no mesmo lugar, nem no teatro de Dioniso em Atenas, nem na multidão dos bosques sagrados de Delfos. Era o vislumbre de um império maior do que tudo o que tinham imaginado, e só podiam piscar, boquiabrir-se e continuar avançando.

Os gregos mantiveram a formação retangular, com duzentos e quarenta espartanos e os seus hilotas como vanguarda e quarenta fileiras marchando atrás. Lutavam como os profissionais que eram, com calma ferocidade. Nenhum rompeu as fileiras para perseguir um inimigo em fuga. Marchavam adiante como se seguissem um caminho estreito — e todos naquele caminho eram derrubados. Os que ficavam ao lado eram ignorados, a menos que atacassem. Os gregos avançavam com o escudo já cravejado de flechas quebradas e amassados por pedras. O inimigo só via elmos que não conseguia perfurar, escudos redondos e perneiras embaixo. Os espartanos eram homens de bronze, sem pontos fracos. As lanças gregas dardejavam para dentro e para fora das fileiras como línguas de cobra e voltavam ensanguentadas.

Clearco viu um dos seus homens cambalear. Algo voara acima das linhas cheias e fizera o elmo dele soar como um sino. Isso chamou a atenção do general e o fez olhar os homens com novos olhos. As fileiras da vanguarda desaceleravam conforme se cansavam.

— Próxeno, vai deixar os meus homens ficarem com toda a glória? — gritou.

O outro general ergueu os olhos para o céu.

— Deixe-me passar e lhe mostrarei o que é glória — respondeu Próxeno. — Por que você sempre tem de ser o primeiro, espartano? Foi maltratado quando criança?

— Francamente, você não faz ideia — respondeu Clearco, embora sorrisse e balançasse a cabeça ao falar.

Antes do décimo aniversário, ele vencera três lutas com meninos espartanos mais altos e fortes do que ele. Vencera a última com a mão direita quebrada. Esfregou os nós dos dedos ao se lembrar.

— Espartanos, abram a vanguarda. Para trás! Vocês lhes mostraram como se faz. Agora, deixem Próxeno mostrar o que aprendeu! Digam a Mênon que avance pela esquerda, em fileiras de sessenta. E continuem!

A expressão dos espartanos estava oculta pelo olhar frio do elmo, mas Clearco sabia que estavam exaustos. Seus homens tinham esplêndida forma física, mas precisavam de descanso. Nada cansava mais um homem do que o combate, embora cortar lenha chegasse surpreendentemente perto. Clearco espiou as linhas, procurando o mais leve ponto fraco ou quebra de formação. Afinal, embora ele mantivesse uma conduta leve, girar três mil homens no calor da batalha era mortalmente difícil. Morriam homens no processo, por desatenção ou pelo avanço do inimigo, que pensava que uma linha estava cedendo e investia. Mas, se não fosse feito, os melhores soldados do mundo cairiam. Todos os que encontraram e mataram estavam descansados. Só os deuses conseguiriam lutar o dia todo sem repouso.

Clearco observou os espartanos desacelerarem o seu ritmo violento. Os persas à frente soltaram um uivo ao ver que os inimigos odiados pareciam cambalear. Clearco se viu rosnando entre dentes, querendo cortar a empolgação aguda deles. Viu que os Imortais de capas negras tinham preparado uma certa resistência, mas seriam Próxeno e Mênon que os enfrentariam.

— Estou em posição, Clearco — gritou Próxeno por sobre o seu ombro. — Vá e descanse essas suas pernas velhas e exaustas.

— Ficarei. Quero observar Mênon num combate de verdade. Ele fala como herói, afinal de contas.

Mênon da Tessália virou-se e gritou, fazendo Clearco rir:

— O inimigo está na frente, seu saco de vento espartano.

Ele realmente não gostava do homem, mas havia alguma verdade no que dissera. Se Mênon lutasse tão bem quanto reclamava e implicava, seria um verdadeiro herói, e Clearco lhe perdoaria o resto. Não passaria a gostar dele, mas apertaria a sua mão e encheria a sua taça de vinho.

No outro lado do campo, Clearco ouvia o choque de armas, o som da matança distante como um tremor no ar. Havia morte naquele lugar, uma mancha azeda em cada respiração. Ele sabia que o campo de batalha era um lugar de medo constante. O bom comandante tinha de se concentrar na tarefa que lhe cabia, e não perder a cabeça se preocupando com o resto da batalha. Seus homens eram capazes de grandes façanhas, mas tinham de ser guardados, gastados apenas como um avarento gasta as suas moedas. O príncipe Ciro levara quase doze mil gregos à Babilônia. A maior parte da batalha seria entre persas e persas.

Ciro viu o irmão cair do cavalo e exultou. Todos os medos e fraquezas que o minavam sumiram. A sua guarda pessoal ainda lançava os cavalos sobre os guerreiros enlouquecidos em torno do Grande Rei, mas essas ações se realizavam quase fora da sua percepção. Ciro se sentia calmo, com a mente limpa, enquanto o irmão cuspia sangue, caído de costas. Artaxerxes fora pego de surpresa e atingido a todo galope, seu próprio cavalo quase imóvel. Uns centímetros acima e Ciro teria esmagado a garganta do irmão e feito a coroa dos Aquemênidas rolar na poeira.

O príncipe viu os homens do irmão virarem o olhar para o seu senhor, embora Artaxerxes estivesse claramente tonto e incapaz de dar ordens. Ciro levantou os olhos e viu rostos que conhecia, que o reconheceram naquele momento. Ele se tornou o seu foco, o homem que ousara ferir o rei. Voaram sobre ele e, com espanto, viu Parviz cavalgar para protegê-lo. O criado o desobedecera para acompanhar o seu senhor. Enquanto Ciro observava, Parviz usou a égua velha para bloquear três guardas imperiais.

Ciro não viu a azagaia lançada. Alguém na força do rei assistira ao ataque a Artaxerxes e, com raiva, jogara a vara pontuda. A arma veio em arco e, quando Ciro a percebeu e olhou para cima, ela o atingiu no rosto, quebrando ossos e o fazendo torcer de lado. Ele não entendeu o que tinha acontecido. Sabia que triunfara, mas mesmo assim o mundo girou em torno dele, e o sol se sacudiu loucamente pelo céu quando caiu com força. Ciro ouviu outro estalo e começou a tentar se levantar. Então, o sangue jorrou da sua boca, de uma bochecha que fora cortada e estava aberta. Ele sentiu lascas se mexendo na língua, como cacos de cerâmica quebrada. Balançou a cabeça, mas o movimento só o fez piorar, e as silhuetas dos Imortais que avançavam oscilaram e tremeram. Viu Parviz em pé ao seu lado, recusando-se a se afastar daqueles que vinham correndo. Ciro observou o homenzinho matar um guarda imperial com os golpes limpos do soldado de uma fortaleza. Um momento depois, Parviz foi cortado ao meio, caindo para fitar o chão arenoso.

Ciro esticou o braço para se levantar e gritou quando não suportou o seu peso. Fitou a mão direita, incapaz de compreender como pendia mole, sem segurar a espada que jazia diante dele na terra e na areia.

A audição retornou, embora até então não tivesse percebido que estava surdo. A luz parecia clara demais, e ele ouviu um grande tilintar de metal em metal. Os seus guardas apearam para protegê-lo no chão, cercando-o com as montarias. Os Imortais do irmão rugiram como o trovão nos morros. Vieram a toda, e Ciro viu homens derrubados caírem quase em cima dele. Sentiu que os sentidos lhe voltavam, a noção de quem era e de onde estava. Só precisava de um instante para recuperar o fôlego, para achar forças para enfrentar o irmão mais uma vez.

Ciro viu Artaxerxes se levantar e aceitar uma espada de outro homem. O queixo do irmão estava rubro do sangue que cuspia, e ele andava segurando a lateral do corpo com a mão esquerda, curvado, as costelas quebradas. Ciro se esforçou para se levantar, mas não conseguia mais. Viu o irmão enfrentar de frente um dos seus guardas, afastar a espada do homem e derrubá-lo com três golpes selvagens. Artaxerxes era o erudito! Não fazia sentido ele caminhar assim pelo campo. O irmão passara óleo negro na barba e vestia uma capa em painéis que Ciro se lembrava de ver o pai usando.

O irmão veio e ficou em pé a seu lado; Ciro, sem ser visto, puxou uma adaga do cinto. Tentou falar, mas a boca estava demasiado rasgada e cheia de sangue. Começou a se mexer, mas o rei pôs a bota sobre o seu peito e o apertou contra o chão.

— Obrigado, irmão — disse Artaxerxes, erguendo a espada. — Acho que não fui um verdadeiro rei até que você se levantou contra mim. Consegue entender? Hoje, você me deu... um grande presente.

Com essa última palavra, Ciro se mexeu, mas foi lento demais. Artaxerxes o golpeou. A espada do rei cortou a garganta de Ciro e quase a atravessou.

Além daquela primeira dor, Ciro não soube mais nada enquanto o irmão o golpeava mais vezes, arrancava a sua cabeça e a erguia para mostrá-la aos que estavam horrorizados em volta. Os olhos se reviraram e a boca se mexeu como em oração, mas Ciro estava cego e surdo.

Artaxerxes virou a cabeça do irmão para olhá-la, fitando-a admirado por algum tempo até beijar os lábios quase com carinho. A batalha ainda era travada, mas ele não se preocupava. A única vida que importava era a de Ciro. Artaxerxes a tirara, exatamente como prometera ao pai tantos anos antes. O rei descobriu que tinha lágrimas de orgulho e lembrança nos olhos. Nem a mãe negaria que ele agira dentro do seu direito de rei. Artaxerxes fora desafiado e saíra pessoalmente, de armadura, para enfrentar aquela ameaça. Na verdade, Ciro o tornou rei naquele dia, como uma mera herança de sangue jamais faria. Por impulso, Artaxerxes se ajoelhou para rezar, com o punho fechado junto à boca enquanto baixava a cabeça. Naquele momento, nunca esteve tão convencido do favor de Deus. Depois, levantou-se e jogou a cabeça do irmão mais novo para o capitão dos seus Imortais.

— Ponha isso numa lança e levante-a bem alto. Que eles a vejam! Exija a rendição de todos os que vieram com Ciro. Avance sobre o seu acampamento. A batalha acabou. Deem graças a Deus! Fomos libertados! A vitória é nossa.

O grito subiu à sua volta, crescendo num grande rugido que tanto ensurdecia quanto deliciava. De repente, o rei torceu o peitoral, que se amassara e o pressionava. Ele caiu em dois pedaços, uma rachadura indo do pescoço à cintura. Artaxerxes teve de chamar dois homens para ajudá-lo a voltar à sela. O irmão lhe dera um golpe terrível, e ele sabia que havia costelas quebradas. O sangue ainda se empoçava na boca, embora ele achasse que era de ter mordido a língua na queda e não por algum ferimento interno. Assim esperava. Não seria bom desmoronar naquele momento, com a cabeça do irmão numa lança ao seu lado. Curvar-se na sela aliviava as costelas, e ele fechou os olhos de alívio quando as trombetas soaram. Se o pai pudesse vê-lo, Artaxerxes sabia que ficaria orgulhoso.

Clearco estava pronto para levar os espartanos novamente à vanguarda do esquadrão grego. Mênon tivera bom desempenho enquanto o sol chegava ao meio-dia, embora fossem os regimentos de Próxeno que lutassem mais como os espartanos, pelo menos enquanto os verdadeiros estavam na retaguarda. Clearco os congratulara pela técnica. Tinham avançado uns 1.600 passos desde que os espartanos recuaram para descansar, nenhum desses passos sem contestação. Clearco tentou não pensar no número de regimentos intactos à sua frente. O príncipe Ciro e os persas sob Arieu tinham a sua própria batalha a travar. Clearco só esperava que saber que estavam sendo atacados pelo flanco, por dentro, minasse o moral imperial. Não houvera tempo para o esquadrão grego alcançar o rei antes que os exércitos se chocassem, mas Clearco sabia que tinham rasgado milhares e, com certeza, arruinado o avanço. Mesmo assim, não havia uma saída clara.

Os Imperiais, de capas pretas ou brancas, empurravam por todos os lados. Os que estavam à frente recuavam, e todas as tentativas de parar e se reunir eram rapidamente vencidas. Ciro dissera que os persas treinavam a marcha, mas só raramente trabalhavam com as armas que levavam. Essa falta de habilidade ficava visível quando os seus homens rompiam as linhas, várias e várias vezes, soldados contra lavradores com lâminas, o terror se espalhando à frente enquanto linhas e mais linhas decidiam que não seriam elas a deter o avanço grego.

Clearco supôs que aquilo não podia durar. Tinha de haver um oficial ou regimento que escolhesse resistir e lutar até a morte. Assim que o avanço grego fosse bloqueado, ele sabia que outros se reuniriam em torno deles. Ele já vira uma vespa ser sufocada uma vez, transformada em bola por mil abelhas. Sozinha, nenhuma abelha era páreo para a invasora, nem mesmo uma dúzia delas — mas, com o seu puro peso e selvageria, elas fizeram a vespa em pedacinhos mesmo assim. Ele esperava esse momento quando levou os seus espartanos descansados de volta à vanguarda.

À frente deles, os Imperiais empalideceram ao ver as capas vermelhas e os escudos de bronze avançarem. Prepararam-se e começaram a morrer. De repente, o ritmo aumentou, e Clearco começou a sorrir enquanto marchava à frente com o resto. Apesar da total insanidade da sua posição, contra todas as regras do combate que aprendera, algum tipo de vitória estava ao seu alcance. E conseguia sentir. Até onde sabia, eles não tinham perdido cem homens desde o início da batalha, mas tinham matado e ferido milhares. Se os persas não conseguiam fazer nada melhor contra a sua armadura e a sua habilidade, o dia ainda poderia ser ganho, mesmo contra o maior exército que ele já vira. Clearco sentiu a esperança florescer dentro de si e limpou o suor que fazia os olhos arderem. Em algum ponto no outro lado do campo, trombetas começaram a soar e vozes se ergueram. Clearco levou a mão em concha ao ouvido para escutar, na esperança de que gritassem a vitória.

O rei Artaxerxes cavalgou pelas linhas com a cabeça do irmão lá no alto. O período após a batalha era caótico, e os homens do irmão temeriam a sua vingança. E estavam certos, prometeu a si mesmo. Ele supervisionaria a execução em massa dos regimentos que tinham ousado se levantar contra a Coroa, pelo menos quando se rendessem e fossem devidamente desarmados e amarrados. Sentiu o coração se encher de orgulho. As costelas doíam mais do que seria de acreditar, mas o seu estado de espírito melhorou e ficou mais leve. As trombetas soaram, e não havia como confundir os regimentos de Imortais de preto nem a cavalaria de branco, todos gritando para as forças de Ciro se renderem. A cabeça na lança fez milagres, embora nenhum homem em mil pudesse saber que a coisa inchada e ferida já pertencera a um príncipe real.

O campo de batalha se alargara nas manobras, e as extremidades estavam a horas de distância. Mas a notícia se espalhou enquanto o Grande Rei, como um cometa, fazia um arco pelos regimentos, a salvo de suas pedras e azagaias no meio de centenas de cavaleiros vitoriosos, todos gritando em triunfo ou apontando a espada para regimentos que tinham traído a casa real, prometendo represálias aos soldados horrorizados. Muitos homens de Ciro ainda nem tinham lutado, mas estavam condenados e trêmulos quando o próprio Artaxerxes atravessou o campo a meio-galope, com as flâmulas reais adejando atrás.

O general Arieu estivera no meio da luta desde o primeiro choque entre fileiras. O cabelo estava molhado de suor sob o elmo, embora ele não ousasse tirar um momento para sentir o ar, não com tantos arqueiros e fundeiros torcendo por um prêmio como ele.

Arieu pusera de lado qualquer pensamento sobre o tamanho e o efetivo do inimigo. A sua lealdade e a sua vida estavam prometidas ao príncipe Ciro. O único juramento que já quebrara fora feito ao irmão do homem. Ele ainda lutava com isso, e só se redimiria se Ciro se tornasse rei e o perdoasse. O mundo era tão simples quanto Arieu queria, muito mais simples do que Orontas acreditara.

A batalha não fora bem desde os primeiros momentos. Arieu observara com preocupação crescente os gregos dispararem contra o enxame de infantes e cavaleiros comandado por Tissafernes. O general vira as ordens irem e virem, e esperou que não fosse uma vingança pessoal. Antes que pudesse ajustar a sua formação em resposta ao flanco direito desguarnecido, o próprio príncipe saíra galopando à frente dos seus regimentos persas, a guarda real mal conseguindo acompanhá-lo.

Arieu sabia muito bem que o líder podia mudar os planos à vista do inimigo e talvez até precisasse mudá-los quando as condições fossem diferentes ou o terreno revelasse alguma vantagem que não vira antes. A guerra não era para os homens vagarosos, mas para os que tinham a inteligência aguda, capazes de ver um risco e corrê-lo enquanto o inimigo ainda dormia. Mas ele vira todo um plano de combate ser rasgado e jogado ao fogo nas primeiras horas do dia. Em vez de participar de manobras rápidas e golpes súbitos, ele se viu sozinho no comando do centro persa — cem mil homens que confiavam nele para se manterem vivos. Ficara na sua montaria com expressão sombria enquanto os Imperiais se aproximavam, mas mantivera as formações e preenchera as lacunas, aproximando o novo flanco do rio, embora isso tornasse as suas fileiras ainda mais finas. Maldito Clearco, por deixá-los tão expostos! Havia muita probabilidade de que o exército real persa se dobrasse em torno dos dois flancos naquele dia — e, sem dúvida, esse seria o fim.

A luta começou com violência selvagem, e por um tempo enorme Arieu conseguiu observar uma luta de leviatãs, a população de cidades inteiras furando-se e derrubando-se entre si, ao longo de uma linha que se estendia a distância como a margem de um mar escuro. A poeira subia em nuvens enormes, erguida a pontapés do chão arenoso. O céu escurecia em espasmos quando flechas e azagaias voavam de um lado para o outro entre os exércitos ondulantes. O som era imenso, a respiração de uma fera enquanto avançavam e eram forçados a recuar. A matança continuava, e Arieu aguardava para ver as flâmulas da águia real em movimento.

Numa extensão entre regimentos de persas em luta, misturados demais para identificar amigos e inimigos, Artaxerxes avançou sobre o terreno arenoso. Ao lado do rei, um guarda olhava o alto da lança que segurava, os dentes brancos visíveis a distância enquanto o sujeito ria e dava vivas.

Arieu gelou quando entendeu o que via. Eles levavam a cabeça de Ciro, bem alta acima das fileiras. Uma sensação de horror enjoativo o percorreu, mas nisso ele fitou com novos olhos o campo de batalha empoeirado. Com Ciro morto, de repente as forças que Arieu comandava pareceram menores. Os gregos já estavam perdidos, tão distantes da visão e da possibilidade de recuo que era como se nunca tivessem existido.

Arieu fechou os olhos um momento, desejando que Orontas ainda estivesse no comando, embora o apelo calado o diminuísse. Partiu o seu coração abrir os olhos e ver que a destruição continuava. Ciro estava morto, e nada era bom neste mundo.

— Tocar a retirada! — gritou ele de repente. — Recuar em boa ordem para o oeste e para o sul. O príncipe está morto. Não há mais honra neste campo.

— Sim, general — disseram os mensageiros, consternados.

Quando começaram a correr, ele os chamou de novo.

— Digam aos homens para não correrem! O rei nos matará a todos se não recuarmos agora. Vão em boa ordem e podemos viver mais um dia. Corram e tudo estará perdido. Cuidem para que entendam.

Os mensageiros dispararam, dardejando entre as linhas de soldados. Arieu continuou a observar o exército imperial transformar os seus regimentos em sangue e ossos. Acabara. Agora, só poderiam tentar sobreviver.

Com as costas deliberadamente eretas, Arieu virou o cavalo para longe do combate.

— Devagar agora, rapazes. Marchem comigo, de cabeça erguida. A nossa causa está perdida; nós não.

As fileiras mais próximas ficaram aliviadas de não ter de dar mais um passo rumo àquele inimigo vitorioso, que já uivava o seu prazer conforme cada vez mais homens recebiam a notícia.

SEGUNDA PARTE

"Quantos anos quero eu ainda viver?
Pois não vou longe se me deixo catrafilar pelos persas."

Xenofonte

20

Na planície de Cunaxa, junto ao rio Eufrates, a poeira pendia fina no ar. Fora levantada pelos pés de centenas de milhares marchando, chutando e sangrando no solo arenoso. Clearco deteve o esquadrão grego quando se viu sem oposição por algum tempo. A princípio, pensou que era porque os seus homens tinham passado por outro regimento persa e chegado a terreno aberto, mas ouviu vivas em algum ponto à esquerda, um som agudo e distante que poderia vir de qualquer um dos lados.

Pela primeira vez naquele dia, Clearco perdeu a noção do campo de batalha. Pela primeira vez na vida, desejou ter um cavalo para ajudá-lo a ver mais longe do que os seus homens, que já o olhavam querendo ordens na pausa. A luta continuava em torno dele. Sopravam trombetas à direita deles, o que não fazia sentido. Mas ninguém avançou sobre os gregos. Os regimentos imperiais marchavam na borda da visão, mas não se viraram na direção deles. Atrás dos gregos havia uma grande nuvem de poeira e aniquilação: todos os mortos e moribundos que já tinham cruzado o seu caminho. Desses não viria um segundo desafio.

Clearco esfregou o queixo e olhou em todas as direções, torcendo para que tudo ficasse claro antes que tivesse de dizer aos seus homens que não fazia ideia do que estava acontecendo. Ele rompera a ala esquerda persa, embora não duvidasse que parte da cavalaria ainda lambesse as feridas ali perto. Ele se virara na frente do exército imperial para mergulhar rumo à posição do rei, mas aí ele e os seus homens se viram perdidos num oceano de persas e tiveram de se defender por todos os lados. Os gregos andaram e lutaram durante horas — e mataram um número incontável. Num vislumbre rápido, Clearco achou que ainda tinha dez mil, apesar dos mortos. Os seus espartanos tinham defendido a vanguarda por mais tempo, mas tiveram o menor número de baixas. Ele sentiu o peito se encher com isso. Cada homem lhe era conhecido, e cada um que ficava para trás no campo era como um filho ou um irmão que perdia. Eles não se supervalorizavam, pensou com orgulho. Clearco se lembrou de mencionar isso a Mênon. O tessálico ainda avançava com dificuldade mais atrás, fervendo como o bode velho e azedo que era.

— Ordens, general? — gritou Próxeno à sua direita.

Clearco quase rugiu uma resposta, como faria se ainda estivessem sob ataque. Mas, à frente e nos lados, grandes esquadrões se afastavam deles no momento em que estavam perto o suficiente para reconhecer as flâmulas ou as capas vermelhas das fileiras da vanguarda. O pó ficara denso em alguns lugares, e Clearco quase sentiu uma pontada de pânico. Perder a noção do campo de batalha era uma experiência comum em homens que lutavam pela vida e até para os generais que tentavam mantê-los em formação. Fazer isso no meio da maior força inimiga do mundo era um erro que poderia significar a sua destruição.

Clearco viu Mênon apontar alguma coisa no flanco. O espartano trincou os dentes e franziu os olhos, mas nada conseguiu ver, porque a poeira estava mais densa. Ele teve a sensação súbita de que só havia o caos girando em torno dele. Com um grunhido, soube que tinha de parar com aquilo e se orientar novamente.

— Que Ares nos proteja! — rosnou, depois elevou a voz até o berro do campo de treino que os homens esperavam dele. — Em *três...* passos! Esquadrão, alto! Helenos...! Alto!

Os espartanos pararam de repente com um passo com o pé esquerdo e levaram o pé direito com força para o chão. Todas as fileiras ficaram em posição de sentido, com o ar arenoso formando espirais em torno deles. Nisso, a brisa veio do norte, trazendo a poeira pálida contra seu rosto, e eles tiveram de piscar. Os homens ofegantes acharam areia na boca e praguejaram baixinho. A terra em si parecia se virar contra eles naquele momento.

Clearco se retesou ao ouvir cavalos, mas conhecia os homens que se aproximavam, pelo menos de vista. Esforçou-se para recordar o seu nome, mas não conseguiu trazê-lo à mente. Ambos tinham participado da luta, isso era óbvio. Estavam marcados de sangue, embora não parecesse ser o deles. O nobre tinha um ar carrancudo, notou Clearco, expressão que o espartano conhecia muito bem. O outro sacudia a cabeça com prazer sorridente, incapaz de acreditar no que vira e fizera naquele dia. Clearco também conhecia essa reação e teve de se esforçar muito para não sorrir para o rapaz que descobrira que gostava da guerra.

— Não vou me pendurar no seu pé como se implorasse esmolas — gritou ele para os dois gregos montados. — Apeiem. Digam-me o que está acontecendo. Perdoem-me, não consigo recordar os seus nomes.

— Xenofonte de Atenas, general — disse o primeiro enquanto descia do cavalo e segurava as rédeas. — O meu companheiro sorridente é Hefesto.

— E a batalha? O príncipe? Com toda esta poeira, meus mensageiros não me chegam há séculos.

Clearco olhou o sol, que se avermelhava ao se aproximar do horizonte. Tinham cavalgado e lutado o dia inteiro e estavam exaustos. Só a possibilidade de outro ataque a qualquer momento os mantinha acordados.

— O príncipe Ciro caiu, general — respondeu Xenofonte. Ele se virou para não ver as esperanças do homem desmoronarem. — O irmão lhe cortou a cabeça... Vi isso antes de procurá-lo. Depois disso, a luta... bem, o senhor sabe.

Clearco não deu sinal do pesar e da vergonha que o inundaram. Toda a força grega precisava de liderança firme naquele momento. A notícia já se espalhava entre eles, e assim ele pôs de lado a própria reação e sorriu, embora naquele momento parecesse dez anos mais velho.

— Sei, sim, filho. Você teve um bom desempenho hoje. Isso é importante.

— Tem certeza, general? — perguntou Xenofonte.

Sua voz era amarga, e como resposta Clearco sorriu para ele.

— Significa que você está vivo para lutar de novo amanhã. O que é importante para mim, porque só tenho poucos cavalos.

O general olhou em volta e viu mais uma vez as formas escuras dos regimentos em marcha a distância, como peças se movendo num tabuleiro cujas regras ele não entendia mais. Sentiu a barriga se contrair com essa ideia. Os seus gregos estavam longe de casa, cercados pela maior força militar que o mundo poderia reunir, comandada por um deus-imperador que tinha todas as razões para querer fazê-los em pedacinhos. Clearco deu uma risadinha para si.

— Os deuses gostam de nos pôr à prova, não é? — disse.

Xenofonte lhe deu um olhar cansado, claramente se perguntando se o general enlouquecera.

— Montem, rapazes — continuou Clearco. — Estamos numa planície hostil, com inimigos à toda volta. Neste momento, tudo o que podemos fazer é marchar de volta ao acampamento. Tenho uma escrivaninha dobrável lá que não quero ver enfeitando uma tenda persa amanhã. Agora, o sol poente está diretamente atrás de nós, portanto nos viramos para o leste outra vez. A ordem é dar meia-volta e marchar depressa e com firmeza até o acampamento. Se alguém se meter no caminho, ataquem e matem.

Em toda a força grega, capitães e pentecontarcas repetiram a ordem, fazendo o esquadrão girar sem sair do lugar.

— Espartanos, à vanguarda! — berrou Clearco.

Mênon gritou algo numa resposta zangada, mas já era quase um ritual entre eles. Clearco se lembrou de lhe dar um soco se ambos sobrevivessem... ou lhe pagar uma bebida, um ou outro. Alguns homens de Mênon vaiaram os espartanos que avançaram para ocupar a vanguarda mais uma vez. Não, decidiu Clearco. Ele derrubaria o canalha com um soco.

Os gregos estavam cansados. Isso se via nos passos trôpegos, no jeito como as lanças se arrastavam no chão ou eram usadas como o cajado dos pastores. Só os espartanos seguravam as suas ao lado do corpo, prontos para atacar. Por isso Clearco os pusera na frente, embora tivessem suportado o grosso do combate o dia todo. A sua forma física era muito melhor do que a dos outros, na sua estimativa. Isso era ainda mais importante no fim das batalhas, quando os homens sentiam os membros pesados e os pés lentos e se arrastavam onde antes tinham andado como leopardos.

Em formação densa, eles marcharam pelo campo de batalha rumo ao oeste. As nuvens de pó ainda se moviam e se espalhavam, escondendo o inimigo. Às vezes, os gregos pareciam caminhar sozinhos numa paisagem vasta e vazia.

Clearco e Próxeno procuraram os regimentos persas que tinham ido com Ciro até aquela planície. Esperavam encontrar o general Arieu a qualquer momento enquanto atravessavam até onde ele estivera mais cedo. Mas o campo estava vazio diante deles.

Clearco manteve na cabeça a contagem dos passos do caminho de volta, embora soubesse que essas contagens eram sabidamente pouco confiáveis num combate em andamento. Ainda não conseguia calcular aonde chegaria quando se virou na direção do acampamento. Mais de dez mil ainda estavam lá, desprotegidos, esperando pelos guerreiros. Muitos homens seus tinham amigos e amantes entre eles, mas Clearco era o responsável. Não poderia deixá-los para serem massacrados, estuprados ou escravizados, embora tivesse pensado nisso. Era o destino dos que perdiam as batalhas, e o príncipe Ciro com certeza perdera, se a notícia fosse verdadeira. Clearco trincou os dentes, recusando-se a examinar a passagem do triunfo ao desastre que ainda era tão nova. Os seus gregos tinham atravessado o inimigo. Ele ficara intocado, o sonho de todo oficial que já treinou homens — obter tanta superioridade nas armas que se torne imbatível em campo. Ter a vitória roubada no momento daquela alegria foi absolutamente brutal. Ele não conseguia pensar nisso, embora uma vozinha interna lhe dissesse que essa era a sua tarefa. Dessa vez, ele recusou a visão mais ampla e se concentrou numa só coisa, como um jovem oficial. Marcharia até o acampamento. Salvaria os seguidores do exército — e só depois disso pensaria na terrível posição deles, a milhares de quilômetros de casa, cercados de inimigos.

Ninguém veio bloquear o seu caminho em cerca de uma hora de marcha. A poeira começava a baixar em torno deles, embora o sol também se pusesse, ameaçando deixá-los cegos. Os dois cavaleiros atenienses tinham reunido meia dúzia de batedores montados. Todos os cavaleiros da guarda pessoal do príncipe tinham sumido e, fora aqueles poucos, toda a força grega estava a pé.

Clearco quase ordenou um ataque quando avistou escudos e armaduras à frente, mas era a linha de combate daquela manhã, ou o que restava dela. Os homens que tinham ido para a planície de Cunaxa com orgulho e coragem e o sol atrás de si jaziam cegos na poeira, a pele já amarela e fria. Cautelosamente, com caretas e balançando a cabeça, os gregos tiveram de passar por linhas de mortos. Fora naquele ponto que os regimentos persas de Ciro tinham se chocado com os do rei Artaxerxes. Os mortos eram indistinguíveis, embora portassem outras flâmulas e tivessem chegado àquele campo para servir a irmãos diferentes. Jaziam juntos, tão emaranhados na morte que nenhum homem conseguiria distingui-los.

Um ou dois ainda gemiam, a voz rouca ou reduzida a um sussurro. Pediam água, mas os gregos não a tinham e não teriam oferecido o recurso precioso se o tivessem. Um homem pediu que o matassem, e sua oração foi atendida por um coríntio com um corte na garganta. Nenhum deles esqueceria essa parte calada da marcha, pouco mais de um quilômetro, mas numa terra coberta de faixas, montes e vales de mortos. Eles viram dedos caídos na areia. Num impulso, um dos gregos pegou uma mão, mas os companheiros gritaram de nojo e lhe disseram que a jogasse fora. Ele o fez com a máxima relutância. Muitos outros recolheram facas ou elmos, principalmente os que haviam perdido os seus. Os troféus faziam parte da guerra, e Clearco teve de ameaçá-los de execução ali mesmo quando viu alguns se abaixarem para arrancar anéis de homens mortos.

Um dos poucos momentos de satisfação foi quando encontraram um grupo de saqueadores persas dedicados ao mesmo despojamento dos mortos. Os homens ergueram os olhos com horror ao perceber que as forças que marchavam na sua direção não eram as suas, mas o inimigo grego que voltava do pó. Clearco não teve de dar a ordem. A vanguarda espartana rolou diretamente sobre eles, deixando-os com os que tentavam roubar. Mas ele temia que o mesmo estivesse acontecendo no acampamento e fez os homens se apressarem.

O crepúsculo caía sobre eles quando viram as carroças e tendas. O acampamento ficava alguns quilômetros atrás do campo de batalha, e eles e os seus homens tinham marchado diretamente sobre seus primeiros passos do dia, uma era e uma tragédia atrás.

A sua posição não passara despercebida, embora nenhum novo desafio viesse. Os persas não tinham escassez de cavalos, e Clearco os vira cavalgando por perto, contando números, avaliando a força que restava. Então, sumiram por algum tempo, sem dúvida para relatar ao seu senhor a presença dos gregos ainda em campo. Ele trincou os dentes. Não havia nada que pudesse fazer. Mais cavaleiros apareceram dali a pouco, a meio-galope pelas bordas, à distância de algumas centenas de passos. Não pareciam temer arqueiros nem fundeiros. Clearco teria adorado atacá-los, mas, com os homens a pé, seria um exercício de exaustão. Precisavam chegar ao acampamento e encontrar água e comida — e alguém vivo que pudessem proteger. O resto teria de esperar.

O espartano sentiu um nó na garganta quando viu o acampamento crescer à sua frente. Dez mil homens, mulheres e crianças: uma cidade na vastidão, esperando a notícia de uma grande vitória e um novo rei. Isso não aconteceria.

Lá o ar estava mais limpo, com o combate todo para trás, embora a luz fosse sumindo. Clearco teve uma grande sensação de alívio ao marchar rumo às tendas e fogueiras. Não pôde se permitir pensar no príncipe, não ainda. A dor era recente demais, a perda grande demais.

A cabeça se ergueu de repente com o som de trombetas. Sobre os morros à frente da sua força em marcha surgiu uma linha escura de cavaleiros persas, com exatamente a mesma ideia dele. Não sabiam que o ouro do príncipe tinha acabado. Imaginavam que o acampamento continha a riqueza de uma casa real. Outros levariam como escravos os jovens e atraentes. A matança seria terrível para o resto.

Na penumbra, os espartanos esticaram as pernas doloridas e seguraram a espada com mais força. A cavalaria inimiga chegaria ao campo antes deles, mas não podiam voar, correr nem desperdiçar as forças e chegar fracos demais para lutar. Tudo o que podiam fazer era trotar na maior velocidade possível, enquanto gritos ecoavam à frente.

Clearco viu os dois jovens atenienses comandarem os batedores, puxando espadas enquanto galopavam por um riacho estreito e passavam pelas tendas do acampamento.

— Bons rapazes — murmurou Clearco, sentindo o peito doer e as pernas pesarem.

Ele marchara e lutara o dia todo. Sacudiu os ombros enquanto avançava. Não tinha importância. Só a morte o deteria, e ela vinha para todos.

— Preparar lanças! Preparar escudos! — gritou para os seus espartanos.

O suor corria dele em rios, fazendo-o brilhar, enquanto o calor ardia no seu pulmão. Os gregos responderam com um grande rugido tossido quando chegaram aos arredores do acampamento, encheram os caminhos entre as tendas e avistaram o inimigo.

Os cavaleiros persas se divertiam da melhor maneira que poderiam esperar. Um acampamento sem defensores, no meio de um terreno plano e seco. Entrariam galopando como caçadores e gritando uns para os outros. Então eles viram as capas vermelhas vindo na sua direção entre as tendas e descobriram que não conseguiriam fugir cavalgando. Para onde quer que se virassem, havia mais soldados, enfiando espadas nas suas pernas, atirando lanças que derrubavam companheiros. Foi realmente um massacre, mas não o que esperavam.

Clearco ouviu os oficiais persas rugirem novas ordens, chamando os homens de volta do que agora acreditavam ser uma emboscada. As duas forças chegaram ao acampamento por lados opostos; os cavaleiros persas recuaram por onde tinham vindo. Não acharam ouro, mas arrastaram pequenos grupos de mulheres e crianças aos gritos pelo caminho, tentando pastoreá-los na direção da força maior. Por sua vez, os prisioneiros saíam correndo sempre que viam uma abertura no caos. Gritavam por socorro a plenos pulmões, e Clearco levou os seus gregos pelo acampamento, forçando-os a continuar se movendo. Ele não fazia ideia de quantos inimigos havia. Pelo que sabia, cem mil cavaleiros estavam nos morros em volta.

Só o choque do ataque manteve o seu ímpeto. Ele avançou com força contra os persas que ainda tentavam capturar escravos, rompendo os pequenos grupos. Muitas mulheres foram esfaqueadas pelos que lhes punham as mãos para não permitir que escapassem rumo aos salvadores. Foi um negócio sangrento, e a escuridão engolia a todos e tornava cada momento mais difícil do que o anterior.

Clearco se viu andando ao lado de Próxeno, talvez porque tinham mais ou menos a mesma idade, enquanto os mais jovens corriam à frente. Ambos ofegavam como foles, cada um deles com o rosto tão vermelho quanto o outro. Trocaram um olhar que era parte dor, parte diversão. Mal conseguiam se manter em pé, mas não podiam parar, por isso continuaram.

À frente, Próxeno viu duas moças de beleza insuperável serem arrastadas de uma tenda por um trio de soldados vestidos de preto. Um dos Imperiais estava carregado com as taças de ouro e as joias que encontrara. Ele deu uma olhada nos dois gregos que avançavam e montou, fincando os calcanhares.

Meia dúzia de cavaleiros persas passaram correndo pelo caminho seguinte. Clearco gemeu ao ouvi-los gritando o que tinham visto. Eles voltariam por aquele lampejo de riqueza. Antes que recebessem reforços, ele atacou, afastando a espada do persa que mergulhou sobre ele. O soldado foi forçado a soltar o cabelo de uma mulher quando Clearco cortou o seu antebraço. O homem gritou então, o som rapidamente silenciado.

A outra mulher correu para a escuridão, mas a morena ficou, ofegando muito, os olhos arregalados enquanto esfregava os pulsos num gesto nervoso.

— O príncipe Ciro vai recompensá-lo por me salvar — disse ela.

Clearco suspirou, sentindo a onda de raiva e pesar subir mais uma vez, ameaçando afogá-lo.

— Não, não vai — respondeu.

Ele viu os olhos da mulher se arregalarem e a sua respiração se acelerar. Ela deu um passo para longe dele, e ele estendeu o braço para ela automaticamente.

— Diga o seu nome, moça. Eu me chamo Clearco.

— Paláquis — disse ela.

A moça se virou, verificando se o caminho estava livre. Ele sabia que ela sairia correndo.

— Há persas lá, Paláquis. Eles não a tratarão bem se você correr para eles. Está me entendendo? Voltei para ajudar os seguidores do exército. Você pode vir conosco.

Ele observou que ela lutava com o desejo de correr das facas ensanguentadas e dos horrores que a cercavam. Ele se lembrou de já tê-la visto usando gazes diáfanas que tanto revelavam quanto escondiam as suas formas. Com Ciro longe do acampamento, Paláquis vestia um vestido simples, branco e dourado, que ia até as coxas, preso por um cinto. Usava sandálias de tiras, mas nenhuma joia nem tinta além de uma linha escura em volta dos olhos. Clearco preferia a aparência dela no dia de folga, talvez por lhe lembrar as mulheres de casa.

Os homens de Próxeno e Mênon ainda entravam em todas as tendas, matando qualquer persa que tentasse se abrigar ali até que passassem. Foi um trabalho selvagem, com gritos abafados e sons de luta sempre próximos ao redor deles. Clearco viu a moça tremer enquanto o olhava, os olhos dela repentinamente fixos.

— Pode me salvar, Clearco? — perguntou ela.

O espartano sabia muito bem que ela era uma mulher acostumada a manipular. Era uma atração simples, sem flerte nem artifício óbvios. Talvez por isso ela fosse amante de um príncipe real, pensou Clearco. Isso não tornava a atração menos forte.

— Tentarei, nobre Paláquis — disse ele.

— Não sou nobre — respondeu ela imediatamente. — Sou companheira de... — Ela se interrompeu, incapaz de terminar.

Mênon veio trotando de volta pelas linhas de tendas, sem conseguir esconder a apreciação da linda mulher nem a irritação quando se virou para Clearco.

— Desculpe interromper, general. Alguns estão ocupados protegendo o acampamento, se é que se lembra.

— Paláquis, este é o general Mênon — disse Clearco. — Ele é da Tessália, uma região do norte da Grécia. Dizem que lá preferem os bodes, se é que me entende.

Mênon fechou a boca em reposta quando dois homens seus vieram trazer notícias. Eles também notaram a moça, e Clearco viu que Paláquis pôs a mão sobre si, como se tentasse se cobrir. O vestido branco e fino lhe dava pouquíssima proteção. Ele ergueu os olhos um momento e abriu o broche que prendia a sua capa. Com um floreio, pôs o pano vermelho em torno dela. Paláquis o olhou desconfiada, embora segurasse o pano junto ao corpo.

— Acho que talvez o preço seja alto demais, espartano — disse ela baixinho.

Clearco viu o desespero dela ao pensar no seu destino. Como companheira de Ciro, era tratada com gentileza e lhe davam tudo o que queria. Isso lhe fora tirado num instante. Por todo lado havia homens que ficariam contentes em passar uma hora com ela. Clearco se perguntou se ela escolheria um para mantê-la a salvo do resto.

Ele pensou nas filhas e suspirou, notando novamente o modo como Mênon a olhava. O homem pareceu sentir a sua desaprovação.

— Por que acha que *você* tem direito a ela, ora bolas? — perguntou Mênon. — Acha que ser o comandante lhe dá o direito de tomá-la para si desse jeito?

Clearco teve de reprimir um espasmo de raiva. Ele achava o azedume de Mênon engraçado ou irritante, mas tinham perdido o dia, e ele estava cansado. Às vezes, as opções eram simples.

Sem dizer palavra, Clearco avançou sobre Mênon, surpreendendo-o quando estava prestes a voltar a falar. Embora não dissesse nada, Clearco fez o general recuar um passo com o peito, batendo-o nele.

— Pode me desafiar se quiser, tessálico — rosnou Clearco. — Até lá, faça o seu trabalho. Reúna os seguidores e prepare os seus homens para avançar. Não vou esperar aqui para ser descoberto por mais inimigos. Entendeu a minha ordem, general? Consegue executá-la? Se a resposta for não, me dê o nome do seu segundo no comando e mande trazê-lo aqui. Quero que ele veja o que lhe acontece. Não vou *desperdiçar* uma lição.

Ele disse as últimas palavras com raiva crescente, deixando que Mênon visse um reles fiapo da fúria que Clearco sentia pelo que acontecera naquele dia. A onda se quebraria sobre eles quando tudo estivesse em silêncio, mas o dia não tinha acabado, ainda não.

Mênon saiu batendo os pés sem dizer mais nada, embora olhasse Paláquis com raiva, como se quisesse dizer alguma coisa. Ela observou o espartano dar ordens a meia dúzia de outros, e em torno deles algo como a calma retornou. A cavalaria persa fora rechaçada, de modo que pelo menos os gritos tinham parado. Em seu lugar, vieram ruídos que ela conhecia muito bem, os sons de um acampamento se preparando para partir. Cada um dos caminhos entre as tendas se encheu de homens e mulheres correndo, instados por soldados gregos. Em poucos momentos, as tendas se transformaram em rolos de pano e varas de madeira. As carroças foram carregadas, mas dali a algum tempo Próxeno deu ordens de deixar a maior parte delas. Eles não faziam ideia de quando a próxima tropa de cavalaria persa apareceria. Começaram os gemidos quando homens e mulheres foram obrigados a se mover, deixando os seus tesouros para trás. Não houve justiça naquilo. Algumas famílias mantiveram tudo o que tinham, enquanto outras ficaram chorosas, de mãos vazias.

Parecia que Clearco quase a esquecera, embora ela estivesse ao seu lado e usasse a sua capa. Paláquis rezou em silêncio pela alma de Ciro, que já partira no seu caminho. Ele fora um homem decente, o terceiro amor da sua vida. Ela pensou nas joias que ele lhe dera e se ela teria permissão de ficar com elas.

— Estou sob a sua proteção, Clearco? — perguntou ela.

O espartano se virou para a moça e viu o seu medo.

— Está, está sim — disse ele sem hesitar. — Se Mênon ou qualquer outro lhe criar problemas, diga-lhes que você serviu ao príncipe, que era mulher dele. Eu defenderei a honra dele agora que ele não pode mais. Era meu amigo.

— Então... serei... sua? — perguntou ela em voz bem baixa.

Clearco já se virara depois de falar. Deu um suspiro.

— Paláquis, não somos nem dez mil homens. Talvez haja um número semelhante no acampamento. À nossa volta, na planície e nos morros, há centenas de milhares, gente demais para contar. Todos são leais a um rei persa que é nosso inimigo jurado, entende? Um homem que agora sabe muito bem que viemos desde Sárdis para cortar a sua cabeça.

— Acha que vamos morrer? — perguntou ela.

— Acho... — Ele viu o medo dela e mudou de rumo. — Ah, o Grande Rei não é burro. Ele sabe que somos mercenários. Talvez compre o nosso serviço, hein? Não, quero dizer... os seus temores não se justificam. Tenho duas filhas, Paláquis, ambas mais ou menos da sua idade. Isso muda o homem, se é que me entende. De jovem tolo a sujeito sábio, amado por todos que encontra. A não ser Mênon, como talvez tenha visto. Aquele homem está corroído pela própria raiva. Não consigo gostar dele.

— Posso ir para a minha tenda, Clearco, para ver se as minhas joias ainda estão lá?

Com um assovio baixo, o general chamou um espartano que passava.

— Vá depressa com a nobre Paláquis. Proteja-a com a sua vida — disse ele.

Ela não fez objeção ao título uma segunda vez e o aceitou como se fosse real.

Clearco a observou. O príncipe Ciro sempre tivera bom gosto, pensou. A mulher era belíssima. Por que tinha de ser grega? Aquele cabelo escuro e a pele delicada eram... Ele se segurou, soltando um rosnado enquanto se esforçava para controlar os pensamentos. Fora tirado da casa dos pais e levado para o campo de treino aos sete anos. Até os doze, foi um lobo com os outros meninos. Uma capa por ano, era tudo o que lhes davam. Quando a sua velha túnica apodreceu, ele andava nu embaixo dela e mal se banhava durante meses seguidos. Sentia falta do peso da capa nos ombros, embora estivesse mais leve, como se ela tivesse levado consigo parte da dor do dia.

Próxeno apareceu mais uma vez vindo de algum lugar, tilintando até onde Clearco estava perdido em pensamentos. O espartano o observou, cada um deles avaliando a força que restava no outro. Não havia mais humor. A escuridão caíra, e o seu abraço os salvara. A manhã revelaria um inimigo ainda decidido a matá-los.

— Alguns daqueles cavaleiros persas saíram ilesos — disse Próxeno. — Os nossos arqueiros não têm mais flechas e não há como obter novas. Não consegui chamar os fundeiros a tempo.

— Então o Grande Rei saberá que estamos no acampamento. Saberá exatamente onde estamos antes que o sol nasça. Acho que há uma possibilidade de que amanhã seja o nosso último dia, Próxeno.

— É a voz de Clearco ou a de Mênon que escuto? — perguntou Próxeno, erguendo as sobrancelhas. — Pensei que os espartanos não podiam ser quebrados.

Clearco deu uma risadinha.

— Você tem razão, é claro. Deveríamos partir esta noite. Eles esperarão que sigamos o nosso caminho. O oeste estará bloqueado, creio. É o que eu faria. O norte, então, é para onde iremos.

— Bom — respondeu Próxeno. — A sua ordem é levar os homens para o norte. Para que os seguidores do exército nos acompanhem, com a comida e a água que conseguirem carregar. — Ele relaxou um pouquinho. — Mênon ainda quer abandoná-los. Diz que vão nos retardar.

— E ele está certo — disse Clearco. — Meu amigo, não consigo ver saída desta situação.

Ele se surpreendeu quando Próxeno agarrou o seu ombro, um gesto incomum entre eles.

— Hoje foi um mau dia. Depois de dormir, você estará restaurado. Os problemas serão os mesmos, mas você estará mais capaz de enfrentá-los. Falarei com esse general Clearco amanhã. Ele estará cheio de ideias, não tenho dúvida.

Clearco sorriu.

— Você é um bom homem — disse.

21

A noite não se passou sem alarme. Duas vezes, o estrondo dos cavaleiros pareceu tão próximo que eles se prepararam para um ataque até que o som voltou a se afastar. Forças imensas pareciam estar à sua caça ou cercando-os no deserto. Era difícil não imaginar um laço em volta, fechando-se devagar conforme a lua se arrastava pelo céu.

Longe do antigo acampamento, Clearco fora lembrado de que os homens, mulheres e crianças que acompanhavam o exército não marchariam como um exército. Enquanto tentava pôr distância entre o local onde sabia que tinham sido vistos e onde finalmente passariam a noite, uma grande cauda começou a se estender atrás do esquadrão de soldados. Muitos seguidores ainda estavam atordoados com a inversão da sorte. Cambaleavam e tropeçavam pelo caminho, as mulheres com crianças nos quadris, os homens sobrecarregados com os itens que tinham trazido, mesmo que não houvesse mais carroças para transportá-los. Era uma bagunça angustiante, bem diferente do que tinham conhecido.

Na primeira hora, Clearco se contentou em mandar homens àquela cauda de cometa na retaguarda para insistir em que as pessoas se apressassem. Quando isso só resultou em vozes zangadas e uma mulher gritando com um dos seus espartanos, tentando fazê-lo carregar o filho pequeno, Clearco deteve o grupo inteiro. No escuro, deu novas ordens. Os seus homens entenderam o que estava em jogo e não se queixaram. Foi Mênon que lembrou a quem quisesse ouvir que os tinha aconselhado a não levar tanta gente. Não precisavam de escravos, disse. Para ter alguma chance que fosse, precisavam se afastar o máximo possível do exército persa.

Clearco mandou mil espartanos e mil coríntios à retaguarda. O povo do acampamento teve de marchar com os gregos respirando na sua nuca, prontos para forçá-los a avançar. Alguns da retaguarda estavam mais do que dispostos a usar as lanças como varas, batendo em qualquer um que fosse tolo a ponto de reclamar. Eles marcharam horas dessa maneira, até que os seguidores, encorajados pelo sofrimento, gritaram que tinham de descansar ou morrer, que as crianças não podiam prosseguir.

Clearco deu a ordem, e eles desmoronaram onde estavam. Ele mordeu o lábio enquanto lutava contra o cansaço, escolhendo guardas entre os mais jovens. Tentou poupar os seus espartanos de continuarem acordados, pois seriam mais úteis repousados quando o sol nascesse. O general bocejou e se assustou ao ver Paláquis ao seu lado, estendendo-lhe a capa.

— Senhora? — disse ele.

Ela baixou a cabeça.

— É sua, general. Achei um cobertor quando entrei na minha tenda.

Ele a aceitou da mão dela, com íntima gratidão. Os homens sentiam falta da sua melhor capa quando ela sumia.

— Espero que o cobertor tenha sido tudo o que trouxe. Vou desmontar o acampamento amanhã, senhora. Metade dos seguidores estão carregados demais para marchar o dia inteiro. Vi um homem passar trotando com uma sela ao ombro! Até onde acham que chegarão com os seus bens materiais nas costas?

— Você deixou metade das carroças para trás, Clearco. Eles estão desesperados e com medo — disse ela. — Alguns perderam tudo. Consegue condená-los?

— Por se matarem tentando carregar uma cadeira favorita no deserto? Consigo, sim — respondeu ele.

Ela foi para trás dele e ele girou para ela, segurando o pulso da moça com a mão.

— O que está fazendo?

— Pensei... Ciro costumava me pedir que massageasse o seu pescoço. Você está cansado, Clearco. Precisamos que esteja desperto, mais do que ninguém.

Ele soltou um pigarro, sem graça por ter ralhado com ela.

— Certo. Sim, seria bom. Obrigado.

Ele pôs a capa no chão arenoso e se deitou apoiado nos cotovelos, levemente erguido. Paláquis se ajoelhou ao seu lado e trabalhou com as mãos os músculos do pescoço e dos ombros. Ele ficou surpreso ao ver como estava dolorido. Supôs que uma mulher que fora amante de Ciro seria especializada nessas coisas, ou talvez fossem os músculos que doessem tanto quanto o resto dele. Clearco lutara o dia todo e passara horas marchando... O espartano adormeceu antes de perceber o que acontecia, ressonando baixinho enquanto Paláquis o olhava, as mãos acompanhando velhas cicatrizes com o toque leve. Era um homem bonito, pensou ela. Era difícil saber a sua idade, mas ela diria cinquenta anos ou algo assim. Se fosse vinte anos mais novo, ela poderia ter pensado em soprar aquelas cinzas de volta à vida.

Ele começou a roncar mais alto quando ela voltou para o cobertor. A maior parte dos seguidores do exército se juntou em grupos familiares ou centrados numa carroça. Agarravam-se uns aos outros com medo, e ela viu que olhos seguiam o seu avanço enquanto atravessava o acampamento. Ela não tinha família, é claro. Tudo o que

Paláquis conhecia se perdera num único dia. Ela se enrolou no chão arenoso e pôs o braço sobre o rosto, para que não a ouvissem chorar.

Pela manhã, Paláquis acordou assustada, mas as vozes roucas que ouvia eram dos gregos que os acordavam para trabalhar. Ela bocejou e se espreguiçou. Ao se levantar, viu hoplitas correndo pelas bordas do acampamento em grupos de cinquenta, cada um comandado por um pentecontarco. Alguns seguiam para os morros, buscando terreno mais elevado. Muitos outros estavam entre os homens e mulheres do acampamento, dirigindo-os para um flanco específico para esvaziarem bexigas e intestinos. Paláquis viu muita gente urinar onde acordara, e o ar ficou denso com o cheiro — ou talvez fosse o cheiro do medo. Ela via tensão nervosa em cada rosto contraído e a ouvia no choro soluçado das crianças. Algumas tinham perdido os pais na luta do dia anterior, mas, na maior parte, elas só reagiam aos rostos carrancudos e à raiva dos que as cercavam.

Eles não tinham pás para cavar uma trincheira, e milhares deixaram pequenas pilhas de excrementos onde estiveram. Não era uma visão agradável, e o cheiro era tal que Paláquis ficaria contente ao deixar o lugar para trás quando avançassem. Por algum tempo eles seriam nômades, até que o exército do rei caísse sobre eles ou morressem de sede. A água parecia mais escassa do que a carne, pois tinham trazido consigo o rebanho de cabras, carneiros e asnos. Algumas carroças restantes foram desmontadas para aproveitar a lenha enquanto ela fitava o acampamento. Eles comeriam, mas a boca de Paláquis estava seca e dolorida.

Não demorou para que, aos gritos, os soldados os mandassem avançar ou ficar para trás. Paláquis teve de sorrir quando viu um rapaz caminhando curvado sob uma imensa trouxa de ferramentas mais adequada para uma mula. A mulher dele não levava nada, mas ainda encontrou tempo para franzir a testa para a amante do príncipe, que passou e sorriu para as crianças. Essa era uma expressão que Paláquis começava a ver com mais frequência. Parecia que a morte do príncipe permitira que alguns do acampamento mostrassem que desprezavam a mulher que aquecera a sua cama. Em resposta, Paláquis só trincou os dentes e não lhes mostrou nada da sua solidão.

Clearco conhecia o seu ofício, isso era óbvio. Enquanto caminhava, perdida em meio a milhares que lhe eram desconhecidos, Paláquis viu os soldados gregos formarem uma fileira contínua atrás, guiando-os como gado, como já tinham feito. Não revelaram o destino às pessoas do acampamento. Cada hora que passava aguçava as suas necessidades, e vozes se ergueram em reclamação. O sol subiu, impiedoso, secando ainda mais a garganta. Até os que mais sofriam pouco podiam fazer além de gemer por água.

Eles encontraram um rio antes do meio-dia. Paláquis não tinha jarro nem vasilha, mas, zonza, desceu até onde as águas tinham cortado uma fenda na terra. Ajoelhada na borda, ela bebeu com as mãos em concha várias e várias vezes, como se nunca mais fosse se encher. Mas, assim que se afastou, sentiu o primeiro fio de sede retornar. O suor brilhava na pele, e as mãos estavam manchadas de lama alaranjada. Ela não podia mais passar os dedos pelo cabelo, e o amarrou na nuca, num grande maço, mais parecido com palha do que com a cachoeira lustrosa que conhecia.

O sol ainda os golpeava, mas eles não continuaram. Algum tipo de discussão ocorria numa extremidade do grupo. Paláquis se deslocou com uma onda de gente, seguindo juntas para ouvir e ver o que estava acontecendo. Ela não se surpreendeu ao ver Clearco, os outros oficiais agrupados ao seu redor. Esperavam que o espartano os salvasse, confiando na lenda. Ela rezou aos deuses para que ele conseguisse levá-los de volta. Enquanto ficava ali assistindo, viu que Clearco olhou diretamente para ela. Ele ergueu a mão em saudação, e alguns se viraram para ver quem atraíra a atenção dele. Paláquis não olhou em volta quando ouviu comentários sussurrados às suas costas. Ela não tinha nenhum protetor naquele lugar.

Um dos homens mais jovens parou para ouvir Clearco com rédeas enroladas no braço. Um belo cavalo baixou a cabeça sobre o seu ombro, buscando um petisco na mão fechada do rapaz. Sem dúvida, o animal estava tão faminto quanto todos eles, pensou Paláquis. Ela viu o rapaz notá-la e sorriu para ele. Ela gostava de cavalos. Eram um tipo de liberdade. Sem dúvida, mais liberdade do que ela jamais conhecera a pé. O rapaz sorriu de volta, e Paláquis se obrigou a desviar os olhos, percebendo que tinha de tomar cuidado.

— Água, temos; comida, temos — disse Clearco aos que o cercavam. — Encontraremos aldeias quando avançarmos, não duvido. É verdade que esta paisagem é dura, mas podemos sair dela. Abrigo... não, esse não há. Embora não veja nenhum sinal de tempestade chegando. Acho que, se vier alguma, deveríamos recebê-la bem, só para nos sentirmos limpos mais uma vez.

— Não podemos defender tanta gente — disse Mênon, sem se importar de ser ouvido pela multidão. — Sozinhos, com uma semana de marcha forçada, estaríamos fora do alcance do rei persa. Com dez mil seguidores, você vai matar a todos nós.

Clearco deu um passo na direção do tessálico.

— Em tempos de guerra — disse Clearco —, como gostaria que eu respondesse a um homem que enfraquece o moral?

— Você foi o líder escolhido pelo príncipe Ciro, que jaz decapitado na planície lá atrás. Os deuses disseram que você deveria nos liderar para sempre, Clearco? É porque você é espartano, o favorito deles? Eu digo que deveríamos eleger um novo líder. Eu me candidato, e só levarei os mais velozes e em melhor forma dentre os seguidores do exército. Não reclamem comigo! — ralhou ele com os homens que o cercavam e rosnavam em discordância. — Clearco nos deu a opção entre deixar alguns para trás e a morte de todos os homens, mulheres e crianças aqui.

— Você nos subestima — disse Clearco. — Mas, se é o que deseja, faremos uma votação. Se está insatisfeito com o meu comando.

Mênon deu uma olhada rápida em volta e viu imediatamente o resultado que teria a votação na expressão zangada dos generais.

— Não — respondeu. — Você não está disposto a escutar, ainda não. Não serei aquele que reclama em tempos de guerra, como você diz. Faça-se de herói, espartano. Mostre a sabedoria e a capacidade de avaliação que nos fez seguir um príncipe morto até este deserto, cercados de inimigos. Eu lhe digo, você vai matar a todos nós.

Próxeno pôs o braço imenso no ombro de Mênon e começou a murmurar algo em seu ouvido. Mênon o rechaçou, praguejando. Afastou-se do resto do grupo pisando forte, levando um odre de couro para encher no rio. A multidão se abriu diante dele, trocando olhares.

Clearco observou-o se afastar e se virou para o resto, como se Mênon não tivesse dito palavra.

— De acordo com o último mapa que vi, o rio Zapatas fica ao norte daqui, a dois ou três dias de marcha. Os morros que vemos a distância são verdes, e deve haver animais e pássaros para caçar onde houver água. Comeremos os animais de tração e deixaremos as últimas carroças para trás. Imagino que os nossos rapazes consigam derrubar com bastante facilidade as abetardas do deserto. Alguns arqueiros em boa forma só precisam seguir os pássaros. Eles não voam longe e se cansam mais facilmente do que nós. Será um banquete diário! — Ele sorriu, embora os olhos permanecessem frios.

— O mais importante é que dizem que o rio tem curso rápido. Gostaria de deixar pelo menos um rio de curso rápido atrás de mim. Não acho que o rei persa permitirá simplesmente que partamos, não sem luta.

— Qual a distância até saímos do território dele? — perguntou Neto.

Ele sofrera um ferimento no combate e amarrara o braço esquerdo junto ao peito. De todos eles, parecia o menos capaz de marchar, e Clearco suprimiu a careta com a ideia.

— Se nos deixarem partir, uns três mil quilômetros. Setecentas parasangas, mais ou menos. Tentaremos chegar à Estrada Real.

— Onde o rei Artaxerxes pode nos caçar com mais facilidade — murmurou Neto, sem muita disposição de defender essa ideia.

Clearco lhe deu uma olhada antes de continuar.

— Se seguirmos para o norte, sairemos de terras persas em cerca de um mês e entraremos em território não contestado. Não temo as tribos e os selvagens das montanhas, cavalheiros. Não comparados a todo o exército persa. O deserto não dura para sempre, e há rios. Se me deixarem comandar, eu nos levarei para o norte, no melhor ritmo que conseguirmos. Estaremos magros no fim disso tudo, mas acredito que conseguiremos.

— Cerca de um mês no ritmo dos soldados — disse Próxeno. — Mas há velhas e crianças no acampamento. Com que rapidez conseguimos avançar com elas?

— Está concordando com Mênon? — respondeu Clearco, zangado. — Deixará gregos serem massacrados e estuprados por persas aos guinchos? Já viu a derrota de um exército, Próxeno? Neto? Algum de vocês? Eu já. Vi uma cidade ser saqueada e incendiada. Dei as ordens para isso.

Ele fechou a boca com firmeza e ali ficou, ofegante. Aos poucos, abriu o punho direito e forçou um sorriso.

— Bem, não podemos mudar o passado. O máximo que podemos fazer é proteger estas pessoas que confiaram que as manteríamos vivas. Podemos mandar os nossos poucos cavaleiros ficarem de olho no inimigo e recusar o combate enquanto pudermos. Se virem que estamos decididos a abandonar o seu território, talvez nos deixem partir.

— Você não acredita nisso — disse Neto, cansado.

Clearco fez que não.

— Não, acho que teremos de lutar, pelo menos uma vez. O rei tem um excesso de generais jovens e impulsivos, e um outro velho e gordo, que querem pregar a nossa pele na parede. Mas vi a qualidade dos homens que estão conosco, generais. Eles não tiveram igual ontem, não nas linhas persas. O nosso esquadrão marchou diretamente sobre os seus presunçosos Imortais, as suas legiões nobres. Nós os evisceramos. Eles terão cuidado conosco agora. E, por todos os deuses, estarão certos.

Todos os homens ali ouviram o tumulto começar ao mesmo tempo, de modo que se viraram para o som como uma matilha de cães de caça que captasse um cheiro. Na multidão, Paláquis sentiu o coração bater forte de medo enquanto Clearco começava a dar ordens numa voz completamente diferente. Ele não era mais o líder brusco, mas bondoso. O tom de voz não permitia discordâncias, e ele mandou os outros saírem correndo de volta às suas posições, puxando as espadas pelo caminho. Ela ficou na ponta dos pés para ver o que acontecia, mas todos à sua volta fizeram o mesmo, e ela não era muito alta, de modo que só viu as costas dos outros. Então sentiu a mão de um marido que pouco antes franzira a testa para ela descansar no alto da sua coxa. Paláquis lhe deu um tapa com força e se afastou na multidão sem olhar para trás. Um homem daqueles nunca ousaria tocá-la no dia anterior. A sua arrogância mostrava que a estrela dela caíra, e isso a deixou com medo. Ela decidiu que precisava arranjar uma faca. Talvez Clearco lhe emprestasse uma cópis.

Enquanto abria caminho pela multidão, ela meio que temia um surto súbito de pânico quando fossem atacados. Em vez disso, viu três homens a cavalo se aproximarem das fileiras organizadas de hoplitas gregos que estavam de guarda à frente. Paláquis estava longe demais para ouvir o que diziam, mas viu que erguiam a palma da mão, como se quisessem mostrar que não estavam armados. Uma trégua, então. Ela não ousou ter esperanças depois do terror no acampamento. Os persas podiam ser gentis com aqueles que amavam. Eram inacreditavelmente cruéis com os que consideravam escravos ou inimigos. Todos os estrangeiros estavam fora das suas castas, de modo que o mais vil mendigo de Persépolis se consideraria senhor ou igual a qualquer um dos gregos. Ela se perguntou se Clearco entendia que era assim que pensavam.

O seu antigo status ainda era respeitado por alguns, e os gregos amontoados a deixaram passar até a frente. Clearco fora até aquela parte do esquadrão, sorrindo para os cavaleiros como se não fossem inimigos mortais recém-vindos de uma batalha. Paláquis sentiu o coração se apertar no peito ao ver aquilo. Como o seu príncipe podia estar morto? Como Ciro podia não estar ali, com toda a sua juventude e grandeza, com a sua visão da Pérsia renascida? Ele a inspirara dúzias de vezes com os seus sonhos, e agora, de certo modo, tudo acabara e ela estava sozinha. Paláquis sentiu as lágrimas chegarem e ignorou os olhares dos que as viram e cochicharam entre si.

Clearco ergueu os olhos para Tissafernes, o persa sentado numa bela montaria branca e com um sorriso irônico, como se não tivessem tentado se matar apenas um dia antes.

— Não vai acreditar em mim, espartano, mas estou contente de ver que sobreviveu — disse Tissafernes. — As cicatrizes do açoite sararam? Imagino que já.

— Por que tenta me irritar, Tissafernes? — perguntou Clearco. — Eu gostaria muito de matá-lo, como poucos outros homens na vida. Você não é burro. Quer que eu o ataque?

Tissafernes abandonou o fingimento e o olhou com desdém, contente por estar sentado tão acima do grego.

— Você fala a língua do rei com um sotaque selvagem, espartano, sabia? Soa como um pastor ou um criado. Só posso imaginar quem lhe ensinou. E sou o nobre Tissafernes. O rei Artaxerxes me recompensou pelo que lhe contei sobre os seus planos. Já percebeu isso? Fui eu quem convenceu o Grande Rei a formar o exército, a estar pronto em campo para os traidores do oeste. Foi o meu aviso que salvou o trono para o seu legítimo dono. Imagino que ele me recompensará com um palácio, agora que tudo acabou a nosso favor.

Clearco esfregou o queixo, sentindo a aspereza da barba. Percebeu que teria de deixá-la crescer. Não haveria fila para ser barbeado pela manhã, não por algum tempo.

— Tissafernes — começou. — Você veio aqui pedir uma trégua. Mas parece decidido a me enraivecer. Se isso é um jogo, acho que está jogando sozinho. Agora, por que não diz simplesmente o que o mandaram dizer? Deixe as decisões da guerra para aqueles que as entendem.

Tissafernes corou e se remexeu na sela.

— Tudo bem, espartano. Prefiro que isso termine hoje. Eu poderia ter trazido cem mil homens para cercá-los e flechar a sua garganta...

— Deram-lhe algum tipo de mensagem, talvez? Do rei? — interrompeu Clearco, cansado do rancor do outro.

Ele adoraria ver Tissafernes engolir a própria língua e morrer sufocado, mas, se o homem relutava em falar, talvez houvesse algo que valesse a pena ouvir.

Tissafernes o fitou friamente em silêncio algum tempo e depois falou como se recitasse algo que deixava um gosto desagradável ao passar pelos seus lábios.

— O rei Artaxerxes não guarda rancor contra aqueles que o seu irmão pagou. Ele entende que o erro é do príncipe Ciro, o traidor. O rei testemunhou a grande bravura dos gregos em combate. E convida os generais a discutir a melhor maneira de mandá-los para casa sem mais combates nem derramamento de sangue.

— Pronto — disse Clearco em voz baixa, os pensamentos disparados. — Assim é melhor. Onde o rei está acampado, nobre Tissafernes?

O uso do título não deixou de ser percebido, mas ainda assim o homem balançou a cabeça.

— O exército está à sua volta, espartano. Mas não direi onde está o meu rei, ainda não. Diga-me a sua resposta e eu a levarei até ele. Retornarei esta noite para guiá-lo até o rei.

— Aceito — respondeu Clearco.

— O convite é a todos os generais gregos — disse Tissafernes, olhando além de Clearco as linhas de soldados e a multidão que se esforçava para ouvi-los.

— Tenho um ou dois que preferiria deixar para trás — disse Clearco, pensando em Mênon e no dano que poderia causar se ficasse diante do rei persa.

— General Clearco, acha que sou algum lavrador persa? Algum inocente? Interrogamos homens que vieram de Sárdis com vocês. Com ferro e fogo, até que revelaram todos os seus segredos. Sabemos que Ciro prejudicou a reputação do rei em Bizâncio, tomando emprestados recursos que não seriam pagos. Sabemos até a última tigela de grãos quanto gastaram, quanto devem, quantos buscaram tão tolamente proteger. O Grande Rei pediu para ver os oficiais gregos que tanto dano causaram ontem aos seus Imperiais. — O persa sorriu, os seus traços brilhando. — Agora, eu preferiria vê-lo morto onde está, mas obedeço às ordens do rei. Assim, a menos que queira ofender Sua Majestade, você irá acompanhado de Neto de Estinfália, Mênon da Tessália, Próxeno, Xênias da Arcádia, Sósias de Siracusa, Paixão de Mégara...

Clearco levantou a mão.

— Está bem, Tissafernes. Irei. Quanto aos outros, discutiremos.

— Quem sabe — disse Tissafernes. — Talvez você recuse. Talvez ainda decida ofender o meu senhor uma última vez. Mal posso esperar essa resposta. Até a noite, Clearco.

Os três cavaleiros deram meia-volta juntos, deixando Clearco a observá-los até virarem pontinhos no horizonte. O espartano praguejou entre dentes, e Próxeno riu ao ouvir.

— Acha que é uma armadilha? — perguntou Próxeno.

— Não tenho como saber — admitiu Clearco. — Pode ser. Irmão, estou confuso. Não daria a Mênon a satisfação de concordar com ele em nada, mas a verdade é que não vejo como proteger essas pessoas neste lugar. Talvez eu devesse ter marchado direto e abandonado todos eles.

— Não — respondeu Próxeno com firmeza. — Eu não obedeceria a essa ordem. Não ouviria os gritos destas crianças nos meus últimos momentos. Você não os deixaria para trás.

— Mênon deixaria — murmurou Clearco, olhando a multidão. Ele viu Paláquis lá outra vez, de certa forma atraindo o seu olhar enquanto passava pelo rosto de desconhecidos.

— Você não é Mênon — respondeu Próxeno. — Você é um homem melhor. Irei com você esta noite. Se quiserem nos trair, acabarei com aquele gordo idiota.

— É um risco — disse Clearco. Ele tomou a decisão, e a tensão terrível o abandonou. — Muito bem, Próxeno. Ficarei com você, aconteça o que acontecer.

— Ou podemos simplesmente fugir. Estou aberto a essa ideia também.

Ambos olharam a multidão, que incluía crianças pequenas, velhos, mulheres, mancos, lentos. O acampamento viera se arrastando em carroças desde Sárdis. Se fugissem, eles não durariam um dia.

— Acha que servirão vinho numa discussão de trégua? — perguntou Próxeno.

Clearco se animou consideravelmente.

— Imagino que sim.

22

Clearco esfregou o dedo no queixo, onde uma linha de suor o incomodava. Sentia falta das rotinas e dos rituais de um acampamento adequado. Com cavaleiros persas surgindo das sombras, parecera sensato abandonar tudo o que não pudesse ser rolado ou levado em instantes. Naquela situação, os bois que restavam avançavam em ritmo tão lento que seriam alcançados até por uma criancinha numa mula, que dirá pela cavalaria imperial. Ele teria ordenado que fossem chacinados e esquartejados se houvesse um modo fácil de levar a carne. Ainda assim, sentia falta da ordem simples das filas do rancho. Sentia falta das tendas e dos criados cuja prioridade era o seu conforto. Pareciam ter sumido, mortos ou escravizados. Ele esperava que não fosse o fim. Os persas usavam mal os escravos, que raramente viviam muito. Ele preferia o estilo espartano, no qual os escravos de um homem eram valorizados e bem alimentados. Clearco encontrara quatro hilotas seus nas fileiras. Eles o viam quase como um pai, pensou. Desconfiou que amaldiçoavam o seu nome quando os obrigava a se exercitar ou quando os mandava em longas corridas pelos morros, mas eles precisavam estar em boa forma. Levar o equipamento e proteger as costas do general exigia coragem e paciência.

Ele não correu naquele dia, com o peso da decisão sobre si. Alguns que tinham abandonado o acampamento trouxeram consigo um pouco de comida. Outros saíram para caçar avestruzes e abetardas, e três voltaram como heróis conquistadores com um veado macho. Foi mais difícil achar lenha suficiente para preparar a carne. Uma das famílias teve de ser segurada enquanto assistia à sua única carroça ser desmontada para ser queimada. Clearco olhou o velho que ainda praguejava e fazia gestos obscenos na sua raiva. Os deuses eram caprichosos, embora dificilmente parecesse o momento de lembrá-lo deles. O espartano se perguntou se a indignação do homem dizia alguma coisa sobre os gregos, que podiam erguer os punhos para o Destino e os próprios deuses, ou se significava simplesmente que alguns eram tolos.

A ideia não melhorou o seu humor, embora uma fatia grossa de carne de veado estivesse sendo tostada para os generais que encontrariam um rei naquela noite. O seu estômago roncou com esse pensamento.

A notícia se espalhara depressa pelo acampamento, de modo que todos os doze oficiais graduados apareceram para discutir ou lhe dar conselhos. Sem dúvida, o cheiro da carne teve o seu papel nisso também, mas Clearco recebeu calorosamente cada um deles.

Mênon foi o último a chegar, parecendo azedo e irritado. Nisso, o sol começava a se pôr, e, até onde Clearco sabia, o homem não comera nada o dia todo. Mênon se aproximou dele com relutância óbvia, o mau humor confirmado pelas primeiras palavras a saírem da sua boca.

— Suponho que você gostaria que todos nos aproximássemos de joelhos. Entendo por que se dava tão bem com o príncipe persa, espartano. Tem a mesma arrogância. Devo me prostrar no chão à sua frente? Isso agradaria Vossa Alteza?

— Acho que você deveria ficar aqui, Mênon — respondeu Clearco, ignorando a implicância.

Ele achava Mênon mesquinho e mal-humorado, mas os seus homens tinham lutado bem. Apesar do ressentimento com os outros tipos de grego, Mênon realmente conhecia bem o seu ofício.

Mênon olhou Clearco, depois o rosto dos outros. Ele sabia que Próxeno e Neto eram como unha e carne com o espartano. Um ou dois dos outros tinham concordado particularmente com ele e o achavam arrogante, mas mesmo assim o grupo todo o encarava como se Mênon estivesse de fora.

— Sou um general com vinte anos de serviço — disse Mênon. — Pelo que me disseram, você foi desautorizado pelos seus próprios éforos de Esparta. Achou um príncipe disposto a despejar ouro pela sua garganta, mas isso não faz de você o líder aqui, não importa o que esses tolos pensem. Porque Ciro disse que era? Então talvez devêssemos perguntar ao príncipe agora, não é? Levante a mão, príncipe Ciro, se acha que Clearco deveria nos comandar. Não? Nada? Então decidirei o meu próprio destino, espartano... e o destino dos meus homens, que esperam ordens minhas.

— Você é um patifezinho venenoso, não é? — disse Próxeno. — Clearco está lhe dando uma responsabilidade, Mênon. Caso haja traição esta noite. Não entende?

— O seu amigo é um pensador — respondeu Mênon. — Na medida do possível. Enquanto houver algo a ganhar. Eu me pergunto o que os persas lhe ofereceram hoje de manhã quando vieram falar em nome do Grande Rei. Não consigo parar de me perguntar se o general Clearco contou tudo o que disseram. Fique em paz, Próxeno. Não sei se tenho muita confiança em vocês.

— Muito bem! — disse Clearco de repente. — Então venha conosco. Talvez eu quisesse me poupar dos seus queixumes, Mênon. Próxeno, você deveria ficar.

— Eu não — disse Próxeno imediatamente. — Ficarei ao seu lado.

O seu tom de voz não permitia discordância, mas Mênon falou acima da voz dos dois.

— Não importa o que vocês dois planejaram, descobrirei. O que é, então? Próxeno vai afastar o acampamento enquanto estamos distraídos? Não, eu gostaria de ver Próxeno ao meu lado também.

Clearco descobriu que cerrara o punho direito e que, em silêncio, media a distância necessária para dar dois passos rápidos e um golpe que derrubasse o tessálico. Era uma possibilidade satisfatória, mas ele estrangulou a ânsia de perder a calma, como fazia desde os sete anos. As lições de Esparta tinham sido duras, mas lhe deram uma força de vontade férrea. Em vez disso, ele sorriu para Mênon e baixou a cabeça.

— Como quiser, então. Caminharemos juntos para o covil do leão. E, se ele nos engolir, terei o seu nome nos lábios, Mênon.

— Você faz belos discursos — disse Mênon dando de ombros. — Mas não me deixará para trás. Isso eu posso lhe jurar.

Tissafernes voltou assim que a noite caiu no deserto, o sol puxado do céu claro para o submundo abaixo. Encontrou os doze generais gregos à espera, parecendo novos e descansados. Não levavam lanças nem escudos sob a proteção da trégua, mas cada um deles decidiu manter o gládio e, no caso de Clearco, a cópis que descansava na parte baixa das costas.

Milhares vieram observar a sua partida em silêncio. Tissafernes olhou todos aqueles lá atrás e fez um muxoxo para si. Não pareciam vencidos nem assustados. Ele não conseguia entender um povo tão estranho que nem parecia saber quando perdiam.

— A ordem do rei é que os seus seguidores fiquem aqui enquanto os senhores se afastam — disse o persa. — O meu senhor Artaxerxes garantirá a trégua enquanto ficarem neste ponto, mas não caso se desloquem para a frente ou para trás. Entendido?

Clearco não respondeu por algum tempo. Os seus olhos mostravam um brilho antinatural na penumbra.

— Entendido — disse finalmente. — Trégua se ficarmos, guerra se nos movermos.

Ele falava de um jeito que fez parecer mais uma ameaça do que uma concordância. Foi Tissafernes quem desviou os olhos e pôs o cavalo em movimento.

Depois de andarem uns trinta estádios ou a passagem de uma hora, a escuridão caiu.

— Quanto mais longe será que fica? — perguntou Próxeno em grego. — Estou com as pernas rijas.

— Como vou saber? — respondeu Clearco. — Se estão rijas, podemos correr um pouco.

— Correr para onde? Não se esqueça de que estou ferido — disse Neto, apontando o braço enfaixado.

— Como poderíamos esquecer? Você só fala disso — respondeu Mênon, olhando-o com raiva.

— Mal é um ferimento, de qualquer modo. Já aguentei coisa pior da minha mulher — acrescentou Próxeno.

De repente, Neto passou por ele, o braço atado balançando para cima e para baixo.

Tissafernes olhou com espanto uma dúzia de generais gregos começar a correr, empurrando-se entre si como meninos numa corrida. Por algum tempo, eles dispararam à frente, depois reduziram para um ritmo de treino. Tissafernes ouviu os seus risos e pragas pelo caminho.

O persa ergueu os olhos para o céu e pôs o cavalo a trote para acompanhar. As fogueiras do acampamento do rei foram avistadas num espaço entre os morros à frente e, é claro, os gregos gritaram uns para os outros. Não precisavam mais ser guiados. Assim, o seu ritmo aumentou, de modo que os persas ficaram para trás.

Tissafernes sentiu os olhos dos companheiros sobre ele, dois rapazes sérios que não conheciam os gregos. Eles o olhavam buscando explicações, mas ele só deu de ombros.

— São loucos — disse, ferido pelos olhares. — Quem consegue entender esses homens?

Os três persas alcançaram os gregos e os ultrapassaram antes de chegarem aos arredores do acampamento. Com irritação, Tissafernes descobriu que suava no ar quente. Os generais gregos sorriam quando os criados vieram buscar os cavalos. Tissafernes se perguntou se deveria trocar de túnica antes de ir para junto do rei, mas as ordens eram de retornar prontamente. Ele se perguntou se Artaxerxes o esperava tão cedo.

— Sigam-me — disse em persa da corte.

Tissafernes fez um gesto. Sabia que alguns gregos falavam a língua, mas se adequava à sua sensação de superioridade guiá-los com um gesto, como se fossem crianças ou inocentes.

Por sua vez, os gregos caminhavam unidos, o bom humor sumindo ao ver os soldados persas que os observavam. Fileiras fechadas estavam em posição de sentido em ambos os lados do caminho até o acampamento, formando uma avenida de Imperiais. Confuso, Tissafernes viu Clearco ir para o lado e parar diante de um homem grande como um touro, que fitava o nada com olhos vítreos. Tissafernes observou espantado o grego endireitar a túnica do homem e dizer no seu ouvido algumas palavras que provocaram uma contorção de humor na abertura da boca, profundamente oculta pela barba negra.

A ação pareceu divertir os outros, que chamaram o espartano com a sua linguagem líquida. O avanço pelo caminho se tornou uma inspeção, como se os Imperiais estivessem reunidos para a aprovação dos gregos. Tissafernes trincou os dentes. Eles eram bárbaros e, o mais importante, hóspedes do rei naquela noite. Ele só podia dar um sorriso tenso, chamá-los com um aceno e esperar por eles.

— Aquele gordo fala grego? O que você acha? — perguntou Mênon.

— Haverá alguém que fale — respondeu Clearco. — Não diga nada que não quiser que ouçam.

— Você é sábio, espartano. Em vários aspectos, você me lembra a minha mãe.

— Acho que já a conheci... — começou Clearco.

O que ele ia acrescentar se perdeu quando as trombetas soaram à frente. A entrada de um grande pavilhão se abriu, e a luz se derramou na escuridão em torno deles.

Foi difícil não ficar olhando os gregos que entravam numa tenda real construída no chão do deserto naquele mesmo dia. Longe de areia ou meros tapetes jogados na terra, o piso parecia feito de pedra polida. Acima deles, o teto subia em vários picos, e o ar estava denso, com fragrâncias e sabores fortes. Dançarinos se moviam languidamente ao som de um instrumento de corda, as mulheres com um simples saiote, os meninos com ruge e kohl no rosto. Devia haver centenas de soldados persas ladeando as paredes como besouros pretos ou brancos, o rosto lustroso de calor e narcóticos para aquecer o sangue. O ar em si era denso, embora se por causa do calor do deserto ou do aroma dos óleos esfregados na pele nua fosse difícil dizer.

Os doze gregos entraram em pares, com Clearco e Mênon à frente, Próxeno e Neto logo atrás. Mênon não escolhera ficar no lado direito do espartano, mas se viu ali enquanto abria a boca e piscava sob a luz de mil chamas. As lâmpadas descansavam sobre varas de bronze presas em buracos na pedra ou seguras nas mãos de escravos cuja única tarefa era fornecer luz quando necessário.

No centro do pavilhão havia uma mesa de banquete, posta com facas, assentos e pratos, tudo sobre uma toalha vermelho-sangue. Um grande lustre girava devagar acima do comprimento da mesa, arrastando as chamas de velas brancas em voltas e mais voltas. A mesa se estendia para a direita e para a esquerda diante dos generais gregos, com oficiais persas a observá-los atrás. Clearco sentiu uma mistura estranha de emoções ao ver Arieu entre eles. O seu primeiro pensamento foi de alívio por vê-lo vivo. Mas o sorriso tenso e a expressão controlada do homem eram bastante claros. Clearco não deveria se surpreender ao ver um homem como Arieu restaurado às graças do rei. O persa era um sobrevivente, acima de tudo.

Clearco fez um cumprimento de cabeça a Arieu. Não devia ao homem mais cortesia do que isso, embora o persa baixasse os olhos para o chão em resposta. Então Clearco olhou para o que dominava a cena, o rei Artaxerxes. O deus-imperador da Pérsia tinha alguma semelhança com Ciro, de modo que não havia como confundi-lo, mesmo que não estivesse cercado de escravos e tão ricamente vestido e pintado que lembrasse um tapete dourado. O rei também tinha a compleição mais forte do que Ciro descrevera, mais um guerreiro do que um guarda-livros. Artaxerxes usava túnicas largas de um tecido leve e parecia fresco, apesar do calor da tenda. A barba fora untada e puxada em ponta. Clearco viu que o rei usava um peitoral egípcio de bronze dourado sob as ondas de pano e uma adaga no cinto. Mas Artaxerxes sorria de forma quase sonhadora e não havia ameaça imediata.

— Boa noite, cavalheiros — disse um homem, chamando a atenção para si.

O homem se curvou, e Clearco achou que tinha a aparência de um criado de alto nível.

Não deveria ser uma surpresa ouvirem-no falar grego. Mas Clearco ainda piscou ao ser abordado no idioma de casa, tão longe de tudo o que conhecia e amava. Tentou não ver com o canto do olho as figuras voluptuosas que se contorciam, embora os músicos e os seus instrumentos não encobrissem completamente o sibilar da pele. Havia naquele lugar uma emoção perigosa no ar, um cheiro de sangue, talvez, encoberto por perfumes fortes. Era um lugar de calor e desejo, não de frieza e segurança.

Clearco alcançou a imensa mesa, surpreso com o tamanho dela ao se aproximar. Apoiou-se num joelho e baixou a cabeça. Ele e os outros tinham discutido a melhor maneira de saudar o rei, pelo que conheciam de Ciro. Todos concordaram que Artaxerxes esperaria que se prostrassem no chão, mas, ao mesmo tempo, Próxeno argumentou que isso mostraria fraqueza — e que homens como o rei só se inflamariam à violência com tal demonstração. Clearco sabia que era um risco, ainda mais diante da corte do rei e das suas meretrizes. Ele se abaixou e ouviu um sussurro sibilado correr o pavilhão, embora não soubesse dizer se era um murmúrio de espanto ou de diversão.

— Bem, eu lhe disse — sussurrou Mênon em reação junto ao seu ombro. — Você matou a todos nós.

Sem levantar a cabeça, Clearco respondeu em voz baixa:

— *Você* se prostre então, Mênon, se acha que isso vai salvá-lo. É sério.

— Eu não. Sou um grego tão bom quanto você, espartano. Melhor do que você.

Clearco se levantou e sorriu para o rei. Falou em persa fluente.

— Majestade, viemos em trégua ao seu pavilhão. Vejo que o senhor poupou o general Arieu, e dou graças à sua misericórdia. Sou Clearco de Esparta. Foi uma honra para mim comandar esses homens na paz e na guerra.

Um a um, ele apresentou os outros que estavam em pé atrás dele. Os que não falavam o idioma se ajoelharam ao serem citados.

O rei permaneceu calado durante toda a apresentação. Clearco viu que Artaxerxes estava corado, de olhos vidrados, como se já tivesse bebido bastante naquela noite. O general esperou receber permissão para se sentar. Sabia, pela sua relação com Ciro, que os persas levavam muito a sério os costumes da hospitalidade. Se fossem bem recebidos na mesa do rei, ele e os seus companheiros seriam hóspedes. Depois disso, qualquer pequena quebra de etiqueta ou costume poderia ser perdoada. Clearco esperou, embora sentisse novas linhas de suor correrem pelo couro cabeludo e escurecerem a sua túnica.

Tissafernes passou pelos generais que levara àquela tenda, prostrou-se e ocupou um lugar na extremidade da mesa. Clearco viu que ele não ousou se sentar sem permissão, mas a sua chegada rompeu a tensão. O Grande Rei da Pérsia piscou devagar, como se o olhar tivesse voltado do infinito para aquele lugar de calor e doçura.

— Seja bem-vindo, Clearco de Esparta. Por favor, faça os seus seguidores se sentarem. Vocês todos são hóspedes à minha mesa esta noite.

Uma tensão sutil saiu do cômodo quando todos os soldados da Pérsia ouviram as palavras e souberam que não seriam chamados a matar os gregos insolentes. Clearco soltou uma respiração longa, embora não ligasse muito. Sentira o olhar de muitos homens que ficariam felizes em vê-lo morto. Os espartanos eram os inimigos mais famosos que a Pérsia enfrentara, o adversário nunca vencido. Clearco esperava ter acrescentado algumas linhas à lenda em Cunaxa quando mostrou que podia ir aonde quisesse no campo de batalha. Sua crença particular era que, se Ciro não tivesse caído tão depressa, eles teriam esmagado o exército persa, embora levasse um mês para matar o último deles. No entanto, achou que não seria uma opinião a revelar à mesa naquela noite.

Os gregos se sentaram nos lugares indicados, escondendo o desconforto de ter tantos desconhecidos e inimigos às costas.

Clearco olhou nos olhos do rei. Não pôde deixar de medir a largura da mesa, achando-a grande demais para mergulhar com a sua cópis. Era o tipo de detalhe que Ciro adoraria, recordou. Sem dúvida, havia uma história da construção da coisa, embora ele não fizesse a mínima ideia de como chegara a uma planície no meio do deserto. O general grego só podia se maravilhar com o número de escravos em torno do rei persa. Fazia sentido que o acampamento real fosse dez vezes maior do que o deles — uma Sárdis ou até uma Atenas em marcha. Grandes mesas, tabernas, uma casa da moeda, joalheiros e tecelões, escultores de marfim e pedra. Numa única noite, tinham erguido uma civilização no deserto, mas ele ainda se perguntava se voltaria a ver o sol nascer. Clearco inspirou fundo e sorriu. Pousou as mãos sobre a mesa à sua frente e ficou contente ao ver que estavam firmes.

— Vocês brindam aos caídos, homens da Grécia? — perguntou Artaxerxes.

Clearco fez que sim.

— Brindamos, Majestade, para homenageá-los e apressar o seu caminho.

O rei fez um gesto no ar, e os criados encheram cálices diante de cada homem. Mênon olhou o seu com expressão sombria, mas sabia que não devia insultar o anfitrião recusando-o. O rei se levantou, e todos os doze generais o copiaram, erguendo as taças. A tensão voltou à sala quando os soldados persas tocaram as espadas e se prepararam para puxá-las ao primeiro movimento brusco.

— O meu irmão Ciro era um traidor e... um tolo. Mas era filho do meu pai. Que Deus lhe conceda um lugar na eternidade. Ao meu irmão Ciro, cavalheiros.

— Ao príncipe Ciro — disse Clearco.

Ele ouviu a voz de Arieu se juntar ao resto quando disseram as palavras e depois se sentaram, todos conscientes da súbita ameaça de violência que tinham sentido. Artaxerxes pareceu não ter notado. Sorriu quando os primeiros pratos fumegantes foram trazidos, levando a sua atenção para o modo específico como a comida era apresentada. Clearco aceitou os primeiros bocados no prato e recusou tudo mais. Não tinha apetite, e viu que Próxeno também escolhera um prato de sopa e algo de farinha frita que pudesse ser mergulhado. Mênon enchia o prato com tudo o que lhe era oferecido e só deu de ombros quando sentiu o olhar dos outros.

Comeram até cada homem ali dizer não muitas vezes aos criados, até Clearco não aguentar mais as ofertas. O rei arrotou no punho e esvaziou a taça de vinho mais uma vez. O espartano mantivera a contagem e sabia que era a oitava vez que o rei via o fundo da taça.

— O que devo fazer com vocês, gregos? — disse Artaxerxes de repente.

Clearco viu Tissafernes erguer os olhos do prato enquanto o limpava com algum tipo de pão achatado.

— Majestade, somos mercenários — respondeu Clearco. — Homens contratados. Não desejamos nada além de permissão para nos retirar de volta à Estrada Real.

— Mas vocês vieram à Pérsia como força invasora — disse Artaxerxes.

A sensação de perigo voltou a se esgueirar pela tenda, e Clearco ficou contente de não ter comido demais e ficado lento. Podia sentir a ameaça crescer nos movimentos rígidos de homens armados que achavam que não eram observados. Tudo era ainda mais perigoso por isso, e ele teve uma sensação de resignação. Estavam cercados. Se o rei quisesse matá-los, não haveria a mínima chance de saírem, não daquele lugar.

— Viemos por ouro e prata, Majestade. O seu irmão Ciro nos pagou para marcharmos. Somos a mesma coisa que seleiros e carpinteiros, só que o nosso ofício é a espada. Quando o nosso patrão morre, temos esperança de recuar. Na vitória ou no desastre, não buscamos rancores.

Artaxerxes grunhiu uma risada.

— Talvez você se decepcione aqui. Na Pérsia, nossa memória é longa, general. O senhor veio às minhas terras buscando a minha cabeça, o meu trono. Veio destruir tudo que me foi concedido. E ainda assim espera ir embora no final e aceitar a minha mão com amizade! O general Arieu me contou a verdade, como foi forçado a servir ao meu irmão. Como ele é persa, bastou rebaixá-lo nas fileiras, para ser usado pelos meus guardas para seu entretenimento.

Clearco deu uma olhada em Arieu e viu o pesar e a humilhação nos seus olhos. Não era mais um homem favorecido, ao que parecia. Arieu balançou a cabeça um tiquinho, como alerta. Havia pena na sua expressão, e Clearco sentiu o estômago se apertar.

— Mas vocês... — continuou o rei. — É verdade, é como disse o nobre Tissafernes. Vocês, gregos, são todos bárbaros... selvagens. Agora, a refeição terminou. Entendem? Comeram o seu quinhão, cada um de vocês? Podem se queixar aos deuses de que os tratei com desdém ou rompi o meu juramento de hospitalidade com vocês, meus hóspedes?

Houve uma imobilidade perfeita no pavilhão. Até as mulheres que se contorciam pararam como estátuas, e as últimas notas musicais sumiram, parecendo pender no ar por muito tempo. Clearco sentiu um braço forte agarrar o seu pescoço por trás. Puxou a cópis e a enfiou na articulação do cotovelo, fazendo o atacante berrar no seu ouvido. Mas havia dúzias de soldados querendo segurar os gregos sentados. Próxeno quebrou o braço de um sobre a borda da mesa, fazendo o homem guinchar e cair. Mênon se levantou e nocauteou outro persa antes de ser derrubado, praguejando e amaldiçoando a cada respiração. A mesa balançou e quase virou com a luta. Mas só poderia haver um fim. Naquele lugar pequeno, os gregos foram esfaqueados e vencidos em momentos.

Artaxerxes se levantou mais uma vez, olhando de cima os inimigos caídos. Um ou outro ainda se contorcia sob o peso dos que os estrangulavam ou esfaqueavam. Ele viu que a consciência permanecia nos olhos do espartano, embora o rosto do homem estivesse tão rubro quanto as capas do seu povo.

—O que vocês, gregos, farão agora, general? Sem os seus líderes? Eu lhe digo, não deixarão as minhas terras vivos. Leve esse conhecimento consigo ao morrer.

Ele achou que Clearco tentava dizer alguma coisa. O rei franziu a testa com surpresa ao ver que o homem ria, mas o sangue do espartano correu pelo seu peito numa grande onda, e Clearco morreu antes que Artaxerxes pudesse lhe pedir que explicasse.

23

Os guardas despertaram o acampamento com as trombetas quando ouviram cavaleiros se aproximarem. Com o rei persa a poucos quilômetros, a reação foi instantânea. As trombetas fizeram espartanos e tessálicos saírem aos tropeços dos cobertores, as espadas nuas enquanto reagiam a uma ameaça.

Tochas se acenderam nas profundezas da noite para ver os cavaleiros. Atrás delas, linhas de homens se formaram com lança e escudo. Não relaxaram ao ver que apenas meia dúzia de homens se aproximara do acampamento. Clearco e os generais estavam ausentes, e não havia ninguém para ordenar que voltassem aos seus cobertores. Nem teriam voltado se houvesse.

Dois capitães de Próxeno ficaram deliberadamente à frente do resto quando os cavaleiros chegaram e pararam. Escravos corriam ao lado dos persas, segurando as tochas de lado para que o óleo não escorresse sobre a pele nua.

Paláquis ficou além da luz, sem ousar se aproximar. Ela reconheceu Tissafernes mais uma vez, com Arieu sombrio e pesaroso ao seu lado. Ela não sabia se o general persa era prisioneiro, embora parecesse que Arieu cavalgava livre. Foi Tissafernes quem se dirigiu aos capitães em pé no seu caminho — e depois ergueu a voz para que todos o ouvissem na escuridão.

— Em trégua, me aproximo deste acampamento. Tenho notícias graves para todos vocês, com uma decisão a tomar antes do amanhecer. Os seus generais estão mortos. Desagradaram ao rei Artaxerxes e foram decapitados. Vocês têm ordens de se render. Caso o façam, podem esperar algum tipo de misericórdia. Serão escravizados, mas a maioria terá permissão para viver. Se não entregarem as armas quando o sol nascer, serão caçados como cães e mortos, um a um, como exemplo para todos os que preferem a prata à honra. O Grande Rei não aprova mercenários. Vocês têm até a aurora para escolher. Entenderam a sua posição?

Ele dirigiu a pergunta ao par de capitães, que não falavam uma palavra de persa. Ao sentir que o olhar e o tom de voz dele significavam que tinham lhes feito uma pergunta, ambos fizeram que não. Tissafernes ergueu os olhos com frustração e acenou para Arieu, que levou a montaria um passo à frente e traduziu para o grego o discurso do conterrâneo persa para todos os que escutavam.

Paláquis mordeu a língua entre os dentes, sentindo as lágrimas subirem. Clearco fora em confiança até o ninho de vespas que era o pavilhão do rei. A sua perda tão perto da de Ciro lhe deu vontade de se encolher como uma criança, com as mãos abraçando os joelhos. Ela não conseguiria continuar. Pensou em se tornar escrava de algum nobre ou soldado persa e entrou em desespero. Nunca mais veria a Grécia. Chorou, embora não fizesse som nenhum. Observou Arieu repetir a mensagem mais uma vez e viu que ele se encolheu quando Tissafernes ergueu a mão. Talvez não fosse prisioneiro, mas aquele não era mais o general dourado que ela conhecera.

Paláquis observou os persas darem meia-volta nos cavalos, a luz das tochas visível na noite por muito tempo enquanto retornavam. Então ela limpou as lágrimas, sentindo sua trilha morna nas costas da mão. Sem dúvida, o kohl dos olhos tinha manchado. O ar da noite era frio, e, embora soubesse que tremia, ajudava estar escondida na escuridão. Mil conversas sussurradas começaram em torno dela, que não participava de nenhuma. Mas, pouco a pouco, o acampamento ficou outra vez em silêncio. Eles tinham sofrido choques e reveses demais em pouquíssimo tempo. O último golpe atordoara todos, ver os seus generais partirem tão cheios de confiança e esperança só para sumirem para sempre. Era coisa demais para aguentar. As estrelas giraram no céu, e Paláquis achou que não dormiria. Era a sua última noite de liberdade, afinal de contas. Ela tentou não pensar no que viria com o sol.

Xenofonte observou Arieu e Tissafernes partirem. Ficou nas sombras, a alguns passos das tochas, invisível para eles. Achou que metade do acampamento se virara para ouvir o que estava acontecendo; os gregos já eram bastante curiosos, mesmo quando a sua vida não estava em jogo. A notícia de que Clearco não voltaria foi como levar um golpe no peito. Xenofonte praguejou baixinho. A ideia de que alguém conseguiria vencer o espartano parecia impossível. Mas não havia como não ver o triunfo venenoso no rosto de Tissafernes. O homem era uma serpente, mas em geral esses homens prosperam, como Sócrates sempre dizia.

Xenofonte andou até onde pusera um lençol no chão arenoso, dormindo de costas com as mãos cruzadas sobre o peito. Pensou em se deitar, mas sabia que o sono não retornaria. Mais cedo, comera um pouco, os restos de algum pobre animal de tiro que era mais osso do que carne. Tirou um pedacinho dele dos dentes ali em pé, olhando o céu claro e as estrelas numa grande faixa que se estendia como névoa.

Ele se virou violentamente quando Hefesto falou junto ao seu ombro.

— O que você vai fazer?

— Por Zeus! Você precisa se esgueirar até mim no escuro?

Hefesto deu de ombros, quase invisível sob o luar. Xenofonte o olhou com raiva. Ensinara o líder de quadrilha ateniense a cavalgar e, desde então, o homem parecia procurá-lo atrás de orientação, como se ele tivesse todas as respostas. Xenofonte mordiscou um pedacinho de pele do polegar. Era difícil admitir que não fazia ideia. Ainda tremia com a notícia de que Clearco, Próxeno, Neto e Mênon tinham se ido com os outros. Alguns ele admirara, outros lhe eram desconhecidos. Saber que todos tinham sido varridos do tabuleiro de repente o abalou muito.

Uma ideia lhe chegou, e ele se pôs em movimento. Hefesto só hesitou um instante antes de segui-lo e alcançá-lo.

— O que é? Ouviu alguma coisa? O que vamos fazer?

Xenofonte parou e percebeu que ofegava. Virou-se para o rapaz ao seu lado, 19 anos enrijecidos por uma vida de violência e refeições não confiáveis desde cedo. Ainda era um mistério por que Sócrates sugerira que ele acompanhasse Xenofonte. Hefesto reagia à maioria dos desafios com os punhos, às vezes também segurando uma pedra. Mostrara-se um companheiro difícil, embora demonstrasse um jeito surpreendente com os cavalos, Xenofonte tinha de admitir.

— Preciso falar com os capitães de Próxeno. Havia dois deles em pé perto dos persas.

Ele não disse mais nada e fechou a boca para a necessidade de tagarelar sobre o plano maluco que brotara totalmente formado na sua cabeça. Para um homem como Hefesto, pareceria loucura. Xenofonte voltou até onde Tissafernes e Arieu tinham ficado nas suas montarias. Uma tocha ainda ardia lá, a vara profundamente enfiada na areia. Ele viu os dois capitães ali perto, a cabeça baixa em conversa preocupada. Xenofonte se aproximou deles, mantendo a voz firme, embora saísse como um grasnido.

— Cavalheiros, se eu tivesse vinho, brindaria aos senhores esta noite.

Os dois homens fecharam a cara na sua direção.

— Acha mesmo?

— O rei matou os nossos generais, capitão. Fará o mesmo conosco. A noite está passando. Quando o sol nascer, nós os veremos chegando, não duvido. Só estou surpreso... mas, não, é tarde demais.

— Tarde demais para quê? — perguntou imediatamente o mais novo dos dois, agarrando-se a qualquer coisa que lhe desse esperança.

— Se formos docilmente para as mãos do rei, tudo acabou para nós. Ele é o homem que cortou a cabeça do próprio irmão. O que podemos esperar de um rei desses? A maioria será morta e o resto, escravizado. Nenhum de nós jamais voltará para casa. Mas metade do acampamento voltou a dormir! Achei que lhes restaria mais vontade para lutar. Afinal, não fomos derrotados em combate. Não, suportamos o calor, o frio e a exaustão melhor do que qualquer persa, mas eles esperam que entreguemos as nossas espadas e escudos e mostremos o pescoço para a lâmina?

Mais homens se aproximavam para ouvir Xenofonte falar. Os dois capitães se viraram de repente para ver quem eram, desconfiados de todos.

— Acha que podemos enfrentar aquela grande hoste persa sozinhos? — disse o capitão mais velho. — Com dez mil seguidores para proteger? Sem comida para mais do que poucos dias?

O tom de voz não era de desdém, percebeu Xenofonte. O homem falava sem raiva, mas quase com necessidade na voz. Realmente queria que Xenofonte tivesse uma resposta e esperou que ele respondesse. Xenofonte respondeu como Sócrates lhe ensinara, pensando em voz alta, de modo que a sua voz se mantivesse calma e tranquilizadora.

— Eles não conseguiram romper a nossa formação em combate — começou. — Nenhuma vez. Parecia que o número pouco significava. Mas só temos seis cavalos, pouquíssimos. Assim, se atacarem, não importará se vencermos; não poderemos persegui-los, que é quando se causa o verdadeiro dano. Se perdermos, eles podem mandar cavaleiros para chacinar o nosso povo. Sim, a cavalaria será a maior ameaça.

Ele parou e olhou em volta os doze capitães que tinham vindo escutar. Precisava que entendessem o que ele pretendia. Não queria falar só para ouvir a própria voz nem para fazer as horas passarem. Certa vez, perguntara a Sócrates como o homem deveria viver, e o filósofo respondera "pensativamente", dizendo que era isso que nos separava dos animais sem inteligência.

— Cada um de vocês foi promovido por Próxeno ou Neto para ter autoridade sobre os outros. Quando tivermos um plano, me disponho a segui-los. Sei que não ficarão simplesmente aqui como cordeiros e cabras, esperando o inimigo calar a nossa voz. Somos gregos. Falamos, mas então agimos. Portanto...

Ele sorriu com a atenção deles, com o jeito como a sua própria confiança começava a afetá-los, de modo que pareciam mais eretos. Não importava que o seu estômago se contorcesse de medo se ele não demonstrasse.

— Antes de marcharmos, temos de procurar aqueles dentre nós que caçam com funda ou arco. Precisamos dar um jeito de rechaçar os cavaleiros persas, senão eles nos cercarão a cavalo e lançarão flechas o dia todo para perfurar o nosso esquadrão. Não puderam fazer isso na batalha, mas, se marcharmos em campo aberto, eles nos desbastarão até o toco. Façam que sim então, cavalheiros! Digam-me que concordam, que compreendem! Não pode haver muitas horas até o nascer do sol, e até lá precisamos estar em movimento. Por que facilitar para aqueles que assassinaram os melhores homens à mesa? Por que lhes dar o que querem? Não, precisamos de fundeiros nos flancos. Depois disso, nas palavras de Clearco, precisaremos de comida e abrigo...

— Isso é loucura. Você nos destruirá a todos.

Xenofonte se calou com a voz de um homem que não conhecia. Os outros em volta murmuraram com a interrupção e disseram o nome do camarada. Xenofonte levantou a mão para pedir silêncio e ficou contente quando ele se fez.

— Apolônides, não é? Talvez seja você quem nos comande amanhã. O que sugere?

O homem corou à luz da tocha, parecendo pouco à vontade.

— Não estou pedindo para comandar, mas pediria misericórdia ao rei persa por todos nós. Não há possibilidade de segurança sem a permissão dele. Estamos praticamente num deserto, cercados pelas suas cidades e pelos seus regimentos. Não vamos a lugar nenhum sem o seu selo.

O capitão ergueu o queixo quando parou de falar, quase em desafio. Hefesto observava os dois com cara de espanto. Eles queriam alguém que os comandasse para sair de uma situação impossível. Precisavam de um homem que pelo menos parecesse saber o que fazia. Foi como um gole de vinho no sangue de Xenofonte, fazê-los esperar pela sua resposta. Ele quase conseguiu ouvir Sócrates rindo dele, mas balançou a cabeça para limpá-la de todas as velhas vozes. Talvez o capitão Apolônides expressasse os temores de todos, mas não podia ter o seu ponto de vista aprovado. Xenofonte conseguia ver o caminho que teriam de seguir. No instante de falar, aquele homem se tornara o seu obstáculo. Xenofonte se obrigou a expirar toda a raiva. Perguntou-se se era assim que Clearco se sentia todos os dias.

— Você estava aqui quando concordamos com a trégua do rei, Apolônides. Quando Clearco, Próxeno e os outros partiram com boa-fé, sem escudos nem lanças, confiando na palavra de Artaxerxes. Rezo agora para que estejam realmente mortos e não sendo torturados e insultados pelos nossos inimigos. Quer que confiemos na palavra de quem já demonstrou os seus logros? Deveríamos nos ajoelhar para Tissafernes, que traiu o príncipe?

Xenofonte leu a postura do grupo de capitães e percebeu que não apoiavam o homem que falara. Olharam Apolônides com raiva. Isso fez a sua própria raiva subir sem restrições. Xenofonte se aproximou e fez de si mesmo uma ameaça.

— Se esse é o seu desejo, digo que você não é um de nós, Apolônides. Digo que a sua fraqueza custará a vida de todos os que trouxemos para este lugar. Isso faz de você meu inimigo, Apolônides, e não um grego.

Enquanto o homem gaguejava, Xenofonte se virou para os outros.

— A escolha é de vocês, cavalheiros. A minha opinião é de que esse homem deveria perder o cargo e ser obrigado a carregar bagagens quando formos para o deserto.

— Como ousa falar assim comigo! — respondeu Apolônides.

Ele começou a puxar a espada curta do quadril, mas o pulso foi agarrado por outro, de modo que ele abriu a boca e lutou, mas não conseguiu se mexer.

Um capitão espartano chamado Crísofo estendeu a mão e puxou o lóbulo da sua orelha, embora Apolônides se esquivasse.

— As orelhas dele são furadas como as de um lídio — disse Crísofo. — Eu já tinha dúvidas sobre ele.

— Lídio? Sou grego! — respondeu Apolônides com voz rouca.

Ele lutou enquanto lhe retiravam o cinto da espada, mas não conseguiu impedir e ficou ofegante.

— Vá para o deserto — disse um dos outros capitães. — Não vou ficar olhando para trás com medo de espiões e traidores.

Apolônides se virou para os outros num apelo mudo, mas só havia raiva implacável no rosto deles. Ele se tornara o foco de todo o desespero e da sensação de traição daquele grupo e não receberia misericórdia deles. Com uma olhada venenosa em Xenofonte, deu meia-volta e se afastou na escuridão.

Quando levantaram as tochas para vê-lo partir, mais soldados se revelaram, os olhos refletindo a luz. Todos os capitães e pentecontarcos da força grega tinham vindo ouvir a conversa. Procuravam líderes, e Xenofonte se sentiu mais uma vez como se tivesse esvaziado uma taça de vinho. Estava no lugar certo no momento certo, dava para sentir. Havia muitas vozes sussurrando, mas, quando elevou a sua, todos se calaram para ouvir.

— Só sabemos que os nossos generais foram traídos. Doze homens bons não retornarão das garras do rei persa, um homem sem honra. Mas não é o fim. A nossa primeira responsabilidade é com aqueles que cuidam de nós: os soldados e os seguidores do exército. A nossa tarefa é enfrentar o inimigo com riso e violência. Que vejam que não nos abatemos! Vocês são oficiais, afinal de contas. Que eles vejam a coragem que lhes trouxe o melhor soldo!

Ele parou um instante para que rissem e murmurassem que não era tanto assim. Se havia uma coisa de que os soldados gostavam era reclamar de não serem bem pagos.

— Os persas nos tiraram os nossos oficiais porque acharam que seríamos incapazes de agir sem eles — continuou Xenofonte. — Eles não entendem os gregos, cavalheiros! Antes que o sol nasça, escolheremos novos generais entre os que recebem o respeito dos seus homens. Estão desanimados na escuridão, seu caminho no fim. A nossa tarefa será reacender a esperança para que, em vez de dizer "O que me acontecerá?", perguntem "O que vou fazer?". A nossa tarefa é restaurar essa força de ânimo que faz de nós o terror das nações.

Um resmungo passou pelo grupo e se espalhou mais além na escuridão. Havia milhares além do círculo das tochas, e outros ainda chegavam para ouvir o seu destino. Mas Xenofonte percebeu que não poderia falar diretamente àqueles homens e mulheres. Ele empurrara a pedra morro abaixo e tinha de correr ao lado dela por um tempo.

— Já vi em outras ocasiões — disse ele — que os que buscam salvar a própria vida têm mais probabilidade de perdê-la. Os que buscam apenas lutar com honra têm mais probabilidade de continuar vivos quando termina a batalha. Na verdade, soube que chegam à velhice e passam os seus anos na filosofia, a violência como uma simples lembrança.

Ele sabia que falava como um homem que passara a vida no serviço militar, embora, na verdade, só conhecesse Cunaxa. Mas fora um cataclismo, e ele achou que era bem verdade que todos ali no deserto eram veteranos. Tinham visto o oráculo e se banhado em sangue.

— É disso que vocês devem se lembrar, se quisermos sobreviver ao dia de amanhã. — Ele apontou para o leste, vendo a direção pela Estrela Polar. — Quando virmos a luz novamente, teremos outra vez regimentos, generais, oficiais, ordem. Não me entendam mal, precisaremos de mais disciplina do que antes. As ordens não podem ser questionadas quando temos o mundo inteiro contra nós. Seremos dez mil generais gregos, dez mil generais espartanos. Os persas nunca conseguirão entender nem copiar uma coisa dessas. Se conseguirmos, voltaremos a ver o lar. Marcharemos até sair da Pérsia e veremos a Grécia.

O silêncio foi tão denso quanto o calor no ar quando ele parou. Xenofonte conseguiu ouvir homens respirarem e arrastarem os pés no mesmo lugar, porém mais ninguém falou em implorar misericórdia ao rei. Parecia que encontrara as palavras para atingi-los.

A capa vermelha que Crísofo usava o destacava dos capitães de Próxeno. Além disso, tinha vinte anos de serviço e não era de cerimônias nem bons modos. Em vez disso, soltou um pigarro alto e deliberado.

— Até este momento, Xenofonte, eu só o conhecia como ateniense e cavaleiro. Mas sabia que o príncipe Ciro e o general Clearco confiavam em você. Você falou bem. Obrigado. Acho agora que os capitães deveriam eleger novos generais para estarmos prontos para a abordagem persa quando o sol nascer.

Xenofonte baixou a cabeça em resposta. Os outros se afastaram dele, e o seu coração se apertou. Por alguns momentos preciosos, vira-os esperando que ele os comandasse. Sabia que conseguiria, embora não soubesse se aquilo nascera com ele ou se aprendera nas suas discussões com Sócrates. Mas eles escolheriam novos generais entre si. Ele estava com sede e dor, com hematomas que não se lembrava de ter adquirido em combate. Por pouco tempo, fora erguido pela fé e pela confiança dos outros, se é que não tinha imaginado. Ser deixado para trás enquanto soldados de verdade escolhiam os seus líderes foi como se um peso o fizesse se curvar.

Ele levou um susto ao sentir um toque leve no ombro. Xenofonte se virou de repente, e os seus olhos se arregalaram para a moça que lá estava, a ponta dos dedos ainda apertadas contra a sua pele.

— Acho que você falou bem — disse Paláquis. A voz dela mal passava de um sussurro, como se ainda pudessem ser ouvidos. — Você lhes deu esperança. Pude ver na postura deles.

Ele trincou os dentes e baixou a cabeça. Ela afastou a mão, e ele percebeu que ainda sentia o lugar onde o tocara.

— Obrigado. Devo admitir que pensei por um momento que...

A aproximação de passos interrompeu o que ia dizer, e ele se virou, a mão na direção da faca caso fosse o homem que ajudara a banir. Em vez disso, viu que Crísofo voltava. Os outros capitães estavam atrás dele e andavam com nova determinação.

— Já discutimos, Xenofonte — disse Crísofo. — Temos um espartano, um árcade, um estínfalo e um beócio. Encontramos homens dispostos a comandar no lugar dos que foram mortos.

O homem fez uma pausa, e Xenofonte o olhou, confuso.

— E o elegemos como comandante, senhor. Como general. O senhor será o nosso estratego.

Xenofonte sentiu um sorriso se abrir devagar no rosto, fora do seu controle, embora sentisse que deveria ficar sério e determinado. Crísofo deu uma risadinha ao ver isso.

— Fico contente ao ver que temos a sua aprovação, general Xenofonte.

Ele baixou um pouco a voz, dando uma olhada em Paláquis, que continuava boquiaberta ao lado de Xenofonte. Era uma mulher extraordinária, pensou Crísofo.

— Eu... eu... há... — disse Xenofonte.

— Não se apresse, senhor. Parece que sabe o que fazer, e ninguém mais se levantou antes do senhor. Isso é importante. Aguardamos as suas ordens. Farei questão de que sejam executadas quando estiver pronto.

A distância, uma linha de rosa pálido podia ser vista no horizonte. Xenofonte viu e sentiu o coração bater mais depressa.

— O dia nos alcançou, capitão. Desperte o acampamento. Resistimos ou caímos, dependendo de como saudamos a aurora.

Crísofo ia lhe dar um tapa no ombro, mas pensou melhor. Em vez disso, se curvou.

— Sim, general.

— Crísofo... acha que aquele homem era mesmo um espião lídio?

— Apolônides? Talvez. Mas ele teria discutido até o sol nascer. Disso eu sei.

O espartano sorriu e bateu o punho no peitoral em saudação antes de sair correndo, levando as mãos aos lábios para berrar o toque de despertar.

24

— Queimem o resto das carroças. Temos de aprender a marchar, e as carroças são a parte mais lenta.

Xenofonte deu a ordem e ficou contente ao ver que os protestos mal passaram de um ronco pela multidão, mais um suspiro do que uma objeção expressa. Todos ali tinham ouvido o destino de Clearco, Próxeno e dos outros. Ao contrário de antes, compreendiam que a sua vida estava em jogo, que o sol nascente poderia iluminar seus cadáveres. Os soldados gregos fizeram questão de se mover entre eles, procurando itens volumosos que tentassem esconder. Tudo foi para a fogueira, e eles sacrificaram o último carneiro para dar uma boa refeição ao máximo possível de gente.

Quando o sol saiu dos morros a leste, estavam prontos e decididos. Pouquíssimos conheciam Xenofonte até aquele dia, mas ele fora aceito pelos espartanos e pelos capitães de Próxeno. Não havia imprecisão nas suas ordens, e a maioria ficou contente de entrar em linha e observar os pertences da sua vida arderem, embora enxugassem as lágrimas no calor arrasador das chamas.

Antes que pudessem partir, uma força de trinta cavaleiros apareceu com um oficial desconhecido à frente. Xenofonte e Crísofo foram recebê-lo, gostando da sua evidente confusão.

— Sou Mitrídates, cavalheiros. O nobre Tissafernes me mandou para aceitar a sua rendição.

— Pela sua fala, você é grego? — perguntou Crísofo. — Um de nós? Tem o mesmo sangue, os mesmos deuses? E mesmo assim fica com os persas. Você serve a um rei que assassinou os nossos generais. Isso é muito estranho, Mitrídates.

Um rubor surgiu nas faces do homem, mas, apesar do tom leve das suas palavras, o espartano observou que ele não piscava, como uma cobra imóvel prestes a atacar.

— Vai se render, espartano? — perguntou Mitrídates.

Nervoso, ele olhou os persas de expressão vazia que o ladeavam. Tissafernes era um homem perspicaz. Sem dúvida, alguns falavam grego o suficiente para relatar cada palavra.

— Pensamos na sua oferta — disse Crísofo —, e decidimos que a nossa resposta é não. Em vez disso, vamos lhe fazer uma contraoferta. Deixaremos o território do rei e causaremos o mínimo dano possível. Se formos atacados, lutaremos. Entendeu, traidor? Pode levar estas palavras de volta aos seus senhores no outro lado do morro? Imagino que não estejam longe.

Embora a cor do rosto se agravasse, Mitrídates fez um esforço para dar de ombros, tentando parecer mais indiferente do que estava.

— Você fala comigo, mas é um morto falando. Você...

— Vá, Mitrídates — disse Xenofonte de repente. — Uma longa marcha nos espera. Não perderei mais tempo com você.

Ele e Crísofo se afastaram do grego boquiaberto. Praguejando, Mitrídates puxou as rédeas e voltou por onde viera. Só então Xenofonte e Crísofo se viraram para vê-lo ir embora.

— Precisamos partir depressa — disse Xenofonte. — Dê a ordem.

— Não fui um dos generais eleitos — Crísofo disse.

— Bem, essa escolha foi sua, espartano. Diga aos homens que partam em meu nome, então.

Crísofo baixou a cabeça e se foi correndo. As fogueiras ainda cuspiam e tremulavam pelo acampamento, mandando a fumaça preta e gordurosa para o céu claro. O esquadrão de hoplitas se formou em torno dos seguidores do exército, todos em fileiras mal organizadas. Alguns tinham posto crianças pequenas nas costas e nos ombros. Pareciam uma paródia de soldados nas suas linhas, mas estavam bastante decididos. Xenofonte deu as costas a tudo o que ficava para trás. Viu que Hefesto lhe trouxera o cavalo e fez que sim.

— Obrigado, Hefesto — disse.

O rapaz que comandara uma dúzia de assaltos às feiras de Atenas não estava muito em evidência naquele momento. Hefesto aprendera a cavalgar, a marchar e a ficar em formação enquanto o mundo virava um inferno em torno dele. Deixara boa parte da juventude no campo de batalha de Cunaxa. Quando se inclinou à frente, estava seriíssimo.

— Sabe comandar? — perguntou, a voz um murmúrio. — De verdade? Diga que sabe o que está fazendo, Xenofonte. Diga que não é nenhum joguinho seu.

Xenofonte pensou. Conhecera Sócrates, Clearco e um príncipe da Pérsia e aprendera com todos eles. Pôs o pé nas mãos em concha que Hefesto estendia e se instalou na sela. Assistira ao desespero da noite anterior. Diante da derrota total, Xenofonte simplesmente falara com eles. Fizera as perguntas que revelaram o que já sabiam — e eles o aceitaram. Sabia que tinha de mantê-los em movimento, para que nunca tivessem a oportunidade de medir a probabilidade contrária à sobrevivência. Naquele momento, entendeu que não poderia dividir os seus temores com ninguém.

— Você me conhece, Hefesto — disse ele. — É claro que sei comandar.

Nos olhos castanhos, pareceu que Hefesto sopesava o homem que tanto lhe ensinara, desesperado para acreditar. Xenofonte o olhava com firmeza. Depois de um tempo enorme, Hefesto deu um tapinha no cavalo e recuou.

Xenofonte viu que Crísofo observava a conversa, e assim levantou o braço, quase em saudação, e o baixou, fazendo-os avançar. Atrás deles, tanto Tissafernes quanto o rei da Pérsia saberiam da sua recusa à rendição. Xenofonte recordou o exército que parecera um mar escuro. Não duvidava que a reação seria selvagem, mas ainda se orgulhava de não irem docilmente para o cativeiro. Estavam muito longe de casa, mas, pelo menos, não sumiriam da face da terra sem lutar.

Eles já tinham marchado a manhã toda e parte da tarde quando os quatro batedores voltaram para falar de uma aldeia a uns doze quilômetros. Era só um grupo de casas cercado por um muro e um rio, com alguns campos de trigo e cevada, algumas árvores e meia dúzia de vacas magras. Esses lugares se agarravam à terra pela ponta dos dedos, mal se aguentando em vida. Mas significavam comida, de que precisavam com desespero. Xenofonte lembrou aos oficiais que não fizessem escravos nem matassem quem encontrassem. Só queriam ser deixados em paz pelo exército persa, e não tinham necessidade de antagonizá-los. A comida era fundamental, é claro; qualquer boi ou ovelha seria levado com os poucos animais que ainda tinham.

Enquanto avançavam com a intenção de chegar ao lugar antes do pôr do sol, correu a notícia de que o inimigo se aproximava à retaguarda. Xenofonte virou o cavalo e retornou, com Crísofo se esforçando para correr ao seu lado. Juntos, fitaram o sul, sombreando os olhos.

— Menos do que eu esperava — disse Crísofo. — Quantos eles têm lá, duzentos cavalos? Aqueles homens a pé não podem ter muita armadura, não nesse ritmo. Os meus olhos não são tão bons quanto já foram. Eles têm azagaias?

— Arcos — disse Xenofonte, sombrio. — Mitrídates voltou com arqueiros e cavalaria para nos atacar a distância. Duzentos cavaleiros... não mais do que quatrocentos arqueiros.

— Deve haver mais marchando para nos interceptar — disse Crísofo. — Uma força tão pequena só pode querer nos retardar.

— *Já* somos lentos — Xenofonte respondeu e balançou a cabeça. — Precisamos chegar à aldeia à nossa frente. Passe a ordem de aumentar o ritmo. Traga os escudos para a retaguarda. Os seus espartanos, Crísofo. Não podemos ir mais depressa do que a cavalaria nem do que os homens que seguram a cauda daqueles cavalos e correm quase tão depressa. Mas podemos lhes dar trabalho para nos alcançarem. Pelo menos, isso não vai melhorar a mira deles.

Crísofo saiu correndo, dando ordens que trouxeram para a retaguarda uma linha de portadores de escudos. Mal foi suficiente, pois os cavaleiros persas aceleraram assim que avistaram as fileiras gregas na vastidão. Alguns se puseram a meio-galope, puxando os homens atrás. Outros galopavam sozinhos e lançavam azagaias em rápida trajetória. Elas caíram com grande força, mas os escudos aguentaram.

Xenofonte permaneceu na retaguarda, observando e pensando, praguejando baixinho quando um dos homens foi atingido e teve de ser carregado pelos colegas, tonto e ensanguentado. Mais azagaias voaram. Algumas que caíram no chão foram pegas por guerreiros gregos e lançadas de volta com precisão selvagem.

Muito piores foram os arqueiros, assim que chegaram ao alcance. Parecia que os persas sabiam que só restavam poucos arqueiros cretenses depois da batalha. Os arqueiros persas andavam numa larga fileira, quase num passeio, ajustando os arcos e flechas pelo caminho e dando os primeiros tiros. Podiam avançar na mesma velocidade do esquadrão em retirada, e dificilmente errariam a lenta fera que tentava se afastar deles.

Xenofonte sentiu Hefesto se encolher ao seu lado e se virou de repente para ele.

— Quer parar com isso? Você vai me envergonhar na frente dos homens.

— Certo. Desculpe — disse Hefesto.

Ele se manteve rígido quando quatrocentos arqueiros correram atrás deles como lobos, lançando flechas e mais flechas no ar. O alcance era quase o máximo, e Xenofonte agradeceu por isso. Se estivesse no comando dos persas, mandaria se aproximarem uns cem passos para escolher os alvos. A mais de duzentos, seus homens tinham tempo de ver as flechas vindo. Os escudeiros da retaguarda quase se divertiam, erguendo os discos de bronze para aparar as flechas no ar, como se fosse uma competição. Davam vivas uns aos outros até que um deles foi atingido diretamente no pescoço. Não havia como parar e recuperar o corpo. Os outros se calaram enquanto, passo a passo, o viam ficar para trás. Os arqueiros persas deram vivas ao pisar no cadáver. Os gregos observaram-nos pegar o morto e fazê-lo em pedaços.

— Passe a ordem para as últimas três fileiras atacarem quando eu mandar — disse Xenofonte a Hefesto.

Ele precisava de um auxiliar formal para transmitir as suas instruções, mas tudo o que tinha era Hefesto. Fizera do bandido ateniense um cavaleiro. Não sabia se conseguiria fazer dele um soldado. Hefesto ficou boquiaberto.

— Passar? Como?

— Procure algum general, ou Crísofo, o espartano que comanda mas não aceita títulos, e então repita a minha ordem. Eles a transmitem aos capitães e pentecontarcos que organizam os homens.

— E se recusarem? — perguntou Hefesto.

Ele observou a expressão de Xenofonte se contrair com surpresa.

— Estamos em guerra, Hefesto, diante do inimigo. Se recusarem minhas ordens numa hora dessas, a vida deles acabou. No entanto, não recusarão. Eles me elegeram com a compreensão de que a disciplina, acima de tudo, é o segredo da nossa sobrevivência. Precisamos ser dez mil espartanos, Hefesto, entende? Senão, não voltaremos para casa.

— Entendo — respondeu Hefesto.

— Então passe a minha ordem! E cavalgue depressa. Agora, a aldeia não pode estar longe.

Xenofonte parou a montaria e olhou por cima do ombro por um tempo que pareceu enorme, a dor no pescoço só aliviada quando deu a volta completa com o cavalo para examinar o inimigo. Pareciam ter trazido um bom suprimento de flechas, pensou de mau humor. A primeira esperança era que elas acabassem, mas a cavalaria devia ter trazido flechas sobressalentes. De fato, o ritmo dos tiros se intensificou, em vez de se reduzir.

Xenofonte viu que as três últimas fileiras o observavam, prontas para a sua ordem. Faziam parte do contingente espartano, e ele ficou grato por isso, sabendo que cumpririam a ordem sem reclamar nem discutir.

Alguns hoplitas mais na retaguarda andavam de costas com os escudos erguidos, enquanto outros os tinham pendurado nos ombros para andar como se não fossem atacados por inimigos. Todos os espartanos usavam elmos de bronze e, eretos, desdenhavam a ameaça vinda de trás. Pareciam bastante descansados. Xenofonte esperou que estivessem. Ainda assim, ignorou os olhares até um dos batedores voltar e lhe avisar que a aldeia ficava a pouco mais de um quilômetro.

Xenofonte apontou duas vezes os arqueiros inimigos, a mão se movendo bruscamente. Em resposta, as fileiras da retaguarda viraram-se de repente e atacaram, novecentos homens se separando e cobrindo o chão com velocidade espantosa. Os arqueiros persas estavam quase duzentos metros atrás e sabiam que não tinham nenhuma chance contra hoplitas de armadura em luta corpo a corpo. Dispararam para trás como lebres assim que viram o que estava acontecendo.

Com raiva crescente, Xenofonte viu os arqueiros que os tinham importunado durante horas desaparecerem. Viu a distância entre o ataque das suas fileiras e o resto do esquadrão aumentar de cem passos para trezentos, depois quatrocentos, e eles ficavam menores aos olhos, com as nuvens de pó ainda subindo. Balançou a cabeça.

— Trombetas — gritou, praguejando entre dentes. Torcera por um massacre súbito. — Tragam-nos de volta.

Ele esperou, carrancudo, enquanto os espartanos paravam o ataque, visivelmente relutantes. Xenofonte imaginou que conseguiriam ultrapassar os homens numa distância suficiente, mas ele não poderia expor a retaguarda do esquadrão. Eles voltaram em boa ordem, mas, antes de se unirem à força principal, as flechas voltaram, densas e velozes, ferindo três que tiveram de ser carregados à frente pelos outros até a segurança do esquadrão. Xenofonte rosnou de frustração. Conseguia ver exatamente onde mandar uma carga de cavalaria para romper as vespas que os picavam... mas não tinha cavalos.

O muro da aldeia, de tijolos de argila, era pouco mais alto do que um homem, mas ainda servia para oferecer sombra e abrigo. O mais importante era que, com ele, nem os arqueiros nem os cavaleiros persas continuariam o ataque. Caso se aproximassem o suficiente para ameaçar, estariam ao alcance de azagaias ou de outro ataque súbito. No chão poeirento fora da aldeia, os persas pararam em silêncio, as fileiras se apoiando no joelho para descansar. Lá ficaram por um bom tempo, mas, ao primeiro sinal do crepúsculo, os seus oficiais deram novas ordens e os levaram embora.

Na praça da aldeia, os soldados gregos se sentaram e ofegaram. Teriam recebido bem um ataque direto, mas não aconteceu. O sol começava a descer rumo ao oeste, e podiam-se ver as sombras dos aldeões correndo pelos campos a distância.

Os poucos que estavam lá foram bem-tratados por ordem de Xenofonte, embora em parte fosse porque não passavam de meia dúzia de velhas e um menino persa aleijado que não podia correr. Até onde Xenofonte sabia, o ataque lhes dava o direito de saquear e escravizar, fazer o que quisessem, embora a aldeia não fosse um bom lugar para começar. Havia comida e vinho, com cevada suficiente para os cavalos, e assim eles postaram guardas e se instalaram para descansar.

Quando sombras róseas e roxas tocaram o céu, Xenofonte mandou convocar os capitães e generais. Conhecia Crísofo, mas não os outros. Quando se instalaram na praça da aldeia, ele percebeu que teria de descobrir os pontos fortes e fracos de cada um deles para usá-los bem. Eles o cumprimentaram ao se reunir e ficou claro que não o condenavam pelo ataque inútil daquele dia. Embora nada conseguisse, demonstrara a prioridade, se queriam continuar. Ele inspirou fundo e se inclinou um pouco à frente, querendo que todos ouvissem e compreendessem.

— Cavalheiros, o nosso maior ponto fraco é a falta de cavalaria e arqueiros. Fiz os homens atacarem hoje, mas eles não puderam se aproximar de um inimigo levemente armado com apoio de cavalaria. Hoje encontramos abrigo, mas em todos os próximos dias haverá ataques, e nós não temos defesa em marcha.

— Então, qual é sua resposta? — perguntou Crísofo.

Xenofonte lhe deu uma olhada, mas o homem sorria. O espartano sabia ser irritante. Era um líder natural tão óbvio que Xenofonte se perguntou por que Crísofo escolhera segui-lo. Torceu para que fosse porque via nele a mesma capacidade, mas, quando o homem sorria assim, parecia que estava apenas se divertindo.

— Eu disse antes que precisamos de fundeiros. Agora essa necessidade é urgente. Vi homens de Rodes entre nós. Eles são famosos pela habilidade com a funda. Alguns talvez tenham mais talento e possam treinar os outros. Antes de partirmos amanhã, quero que façam fundas de couro para quatrocentos homens e o máximo de horas de treino que for possível. O alcance delas é quase tão bom quanto o dos arcos persas, mas não precisam de exatidão. Não vamos atacar, afinal de contas. A tarefa é fazer o inimigo pensar duas vezes em ficar à nossa sombra e ir nos atacando um a um. Podemos mascarar os bons fundeiros nas pedras do resto.

Naquela praça havia uma oliveira larga e antiga, com o tronco tão retorcido e nodoso que devia ter uns mil anos. Um homem que Xenofonte não conhecia estava apoiado nela com o braço direito esticado. Era um sujeito pernalta, tostado de sol e em boa forma, com a barba castanha e espessa que precisava ser aparada. Ele avançou e ocupou posição diante dos outros. Xenofonte então o reconheceu como um dos escolhidos para substituir os generais assassinados. Ele não recuou, embora esperasse o homem falar.

— Sou Filésio da Tessália. Sobrinho de Mênon. Eu o represento.

Xenofonte sentiu a tensão percorrer seu corpo, como se a pele tivesse sido envernizada. Não concordara em comandar com um conselho de generais. Enquanto o inimigo literalmente os rondava, não podiam se dar ao luxo de debater cada ordem. Essa conduta lhes traria a destruição.

— Alguns sabem que às vezes o meu tio era um homem difícil, embora eu ache que ele acertava mais do que a maioria. Ainda assim, um ou dois me procuraram à noite para dizer que eu deveria comandar. Falo hoje porque não me calarei. Podemos sobreviver a isso se cometermos menos erros do que os persas que querem nos deixar para as aves de rapina. Xenofonte foi escolhido primeiro pelos capitães de Próxeno, e eu o aceito. Se não aceitasse, manteria o passo mesmo assim, porque a única coisa que acabará conosco são as discussões mesquinhas e a briga entre facções. Somos um só sangue, uma só cultura. Portanto, digo aos que cochicham e reclamam que estou surdo a vocês. Isso é tudo o que tenho a dizer.

O homem voltou à árvore e se apoiou mais uma vez. O peito se movia como se ele ofegasse, mas não havia outro sinal de tensão. Xenofonte inclinou a cabeça com espanto e alívio.

— Obrigado, Filésio. As... há... — Ele parou um instante para recompor os pensamentos. — As velhas da aldeia dizem que há um rio largo a meio dia daqui. Eu diria uns doze ou treze quilômetros, sessenta ou setenta estádios. Dizem que há um vau estreito junto a um grupo de oliveiras antigas. Mandarei dois homens agora à noite a cavalo para achá-lo. Não haverá tempo amanhã para perambular pelas margens. Os nossos fundeiros podem manter as forças persas a distância por algum tempo, mas precisamos atravessar. Por enquanto, digo: comam o que puderem e durmam bem. Estamos tão seguros aqui quanto em qualquer outro lugar, e os poucos homens que vimos hoje temerão um ataque nosso à noite. Recuaram na sua covardia, mas acordaremos antes deles e estaremos a caminho do rio.

— E depois? — perguntou um dos capitães.

Os oficiais de Próxeno pareciam ter um interesse possessivo por ele, pois tinham ajudado a promovê-lo. Xenofonte deixou um momento passar antes de responder, embora encarasse o homem e o visse corar.

— Depois, veremos o que há à frente — respondeu. — E farei o que tiver de ser feito.

Xenofonte se virou para não incentivar a discussão. Viu Hefesto, e, naquele momento, o ateniense pareceu um rosto amistoso na quela praça. Xenofonte foi até ele só para ter para onde andar. Só quando se aproximou viu a mulher que notara antes em pé atrás de Hefesto.

— Senhora — disse Xenofonte, baixando a cabeça.

Paláquis se ajoelhou em resposta, mostrando a nuca, onde prendera o cabelo.

— General — respondeu ela. — Eu desejava pedir...

Ela cerrou o punho e ele ergueu as sobrancelhas, curioso. O fato de ela ser bonita fazia parte daquilo, é claro. Fazia tempo que ele sabia que as mulheres bonitas são mais interessantes para os homens em todos os aspectos. A verdade era que a beleza sempre pode pedir ajuda e ter certeza da resposta. Num breve momento de alívio, ele pensou que era agradável que os homens se julgassem uns aos outros por padrões diferentes. Violência, habilidade e tática podiam ser aprendidas, afinal de contas. A beleza era rara e mais difícil.

— Eu desejava pedir... Alguns homens veem que não tenho proteção. Estão me pressionando para visitá-los. Mais de um. Não sou meretriz, general. E não tenho nenhuma vontade de ser forçada. Se o senhor é responsável por nós, é ao senhor que faço o meu apelo.

Xenofonte deu uma olhada em Hefesto e viu fascínio. Uma resposta rápida se sugeriu. Ele tinha problemas mais difíceis.

— Diga a eles que Hefesto, o ateniense, é o seu protetor. Tenho certeza que ele torcerá braços e quebrará cabeças para satisfazê-la... e não exigirá *nada* em troca.

Xenofonte disse as últimas palavras com certa ênfase para Hefesto, que corou profundamente. Paláquis se ajoelhou de novo. Ele achou que havia decepção na expressão dela, embora talvez fosse só imaginação.

— Obrigada, general — disse ela enquanto ele passava.

*

No escuro, estavam prontos para avançar. A aldeia fora privada do seu estoque, e a carne-seca e o pão foram distribuídos pelas crianças e pelos feridos. Não era suficiente, nem perto do suficiente. A maioria estava com fome, mas os espartanos não se queixavam, então o resto permaneceu calado, embora a barriga doesse e resmungasse.

Antes que a luz viesse, eles partiram na direção do rio, recorrendo às estrelas para se manter na direção correta. O batedor confirmara que não eram mais do que duas ou três horas de marcha forçada, e o sol nasceu pelo caminho.

Atrás deles, um grito de alerta veio das bordas do esquadrão. Xenofonte praguejou e foi a meio-galope até lá. Viu Crísofo saindo para encontrá-lo. Irritou-se ao ver que o tal Filésio vinha também. Xenofonte o admirava bastante pela postura que adotara no dia anterior. Com aquele único discurso, Filésio, quase com certeza, evitara uma rebelião, e pela mais nobre das razões. Xenofonte baixou a cabeça e o cumprimentou pelo nome, embora todos os olhares estivessem na força que se aproximava atrás do esquadrão.

Mitrídates cavalgara muito e rapidamente na noite anterior, ao que parecia. Xenofonte não podia fugir à sensação de que um vasto exército persa ainda o seguia para ser capaz de fornecer tantos homens. O seu único alívio era que continuavam subestimando o efetivo de que precisariam. Ele viu mil cavaleiros e quatro mil arqueiros, presumivelmente tudo o que o rei persa conseguira reunir numa única noite. Sem dúvida, também estavam cansados da longa marcha, enquanto os seus gregos tinham descansado bem.

Mais irritante era o fato de que os persas tinham aprendido uma tática e decidiram aumentá-la em uma ordem de magnitude. Ainda temiam os gregos, mas estavam dispostos a persegui-los como um grupo de moleques de rua, jogando lanças e pedras.

Xenofonte se lembrou das gangues que o atormentavam em Atenas e mostrou os dentes, querendo vê-los destruídos.

Ainda assim, não tinha cavalaria. Os seus seis batedores não poderiam vencer aquele tipo de inimigo. Era como um ácido amargo, mas os persas não estavam errados. O seu esquadrão era vulnerável exatamente àquele tipo de ataque.

— Teremos de aguentar — disse Filésio, fitando a distância.

Sem a proteção da cavalaria, eles enfrentavam a destruição, homem a homem. Sozinhos, os hoplitas conseguiriam ficar à frente de qualquer força a pé que os perseguisse. Mas os seguidores do exército tinham desacelerado, no mínimo. Simplesmente não estavam acostumados a marchar naquele ritmo. Quando o calor aumentava, cambaleavam ou caíam desmaiados, pedindo água. Isso reduzia à metade a velocidade do esquadrão grego.

— Mênon queria abandonar os seguidores do exército — disse Xenofonte, observando Filésio com atenção.

O homem tinha mais ou menos a sua idade, mas não parecia inexperiente, não era um menino fingindo ser homem. Também suportara a batalha de Cunaxa e era tão veterano quanto Xenofonte, talvez mais.

— Então se enganou — disse Filésio baixinho. — Eu não deixaria um inimigo para ser atacado por esses chacais, muito menos os que cuidam de nós. Desobedecerei a essa ordem, general, se a der.

Xenofonte grunhiu como se descontente. Não precisava de amigos, lembrou a si mesmo. Precisava de homens que o seguissem sem questionar. Continuou como se Filésio não tivesse falado.

— Tragam os fundeiros à retaguarda. Os espartanos os protegerão com os escudos. Eles podem nos conseguir algum tempo.

A ideia de pedir a fundeiros da qualidade de camponeses que fossem para trás girar as suas pedras sobre as cabeças chegava aos limites do desespero, mas ele precisava tentar qualquer coisa que impedisse os persas de se aproximar demais. Eles teriam de desacelerar para atravessar o vau, disso Xenofonte tinha certeza. Naquele momento, o inimigo poderia escolhê-los à vontade. Ele trincou os dentes, pensando numa saída. Sócrates o ensinara a procurar o âmago da questão: a descascar todas as futilidades e mentiras que os homens contam a si mesmos. No fim, quando a verdade jaz nua, o homem pode atuar com base no que aprendeu. Ainda se perderiam vidas, é claro, talvez a sua. Mas eles o tinham escolhido para comandar porque acreditavam que conseguiria. Porque ele acreditava que conseguiria.

— Cavalheiros — disse Xenofonte de repente. — Eis as minhas ordens.

25

Com o rio à vista, os arqueiros persas se aproximaram a ponto de escolher os alvos. Escudos e peitorais salvaram muitos gregos que eles atormentaram, como moscas que picassem um cavalo. Mas as flechas ainda acertaram as fileiras. Os feridos eram arrastados à frente, sobre a cabeça dos que ainda marchavam, e colocados em macas para serem carregados. Poucos gritaram de dor, e os que se contraíram com os ferimentos só baixaram a cabeça e continuaram marchando.

O vau mal tinha vinte passos, um leito de cascalho antigo remexido em lama castanha assim que as primeiras fileiras mergulharam. Atrás deles, os persas ficaram ousados. Os arqueiros inimigos avançaram, e Xenofonte sentiu o ar sibilar com as flechas. Viu Filésio dar a ordem, e os fundeiros finalmente reagiram com tudo o que tinham. Ao contrário dos persas, esses homens só precisavam de pedras lisas. Havia milhares delas ao longo do rio, e os gregos fizeram as fundas zunir com velocidade espantosa, cada homem segurando um borrão até soltar a pedra e imediatamente pegar outra.

Os arqueiros se espalharam em pânico. Não mais do que doze deles foram atingidos pelo primeiro ataque, mas, como já tinham enfrentado fundeiros, mergulharam no chão. É verdade que as pedras continuaram a matraquear entre eles mesmo assim, mas, no pânico, os persas supuseram uma força maior do que a que realmente enfrentavam. Os oficiais berraram para que se levantassem e atirassem, mas eles relutavam. Um a um, os arqueiros se levantaram e viram que eram poucas pedras, que poucos dos seus realmente se feriram. Então fecharam a cara e pegaram o arco mais uma vez.

Nesses segundos preciosos, os gregos ribombaram pelo rio. Quando o último deles chegou ao outro lado, os fundeiros cansados voltaram para as fileiras. Os hoplitas da retaguarda desistiram de erguer os escudos e se viraram para sair correndo. Centenas olharam para trás com medo quando os cavaleiros persas viram o inimigo fugir. Aqueles homens deram gritos agudos uns aos outros, apontando com a espada e brandindo as lanças no ar. Os arqueiros podiam ter fracassado, mas os cavaleiros viram um inimigo em fuga, as costas dos homens. O vau não estava guardado. Nunca haveria uma hora melhor.

Num instante, eles fincaram os calcanhares e galoparam, espirrando borrifos. À frente deles, as fileiras em retirada pararam e se viraram de repente. Os cavaleiros persas gritaram e uivaram, mas se viram diante de uma linha firme de guerreiros de capa vermelha, sem nenhum sinal do pânico que tinham percebido antes. Eles caíram sobre os espartanos enquanto estes erguiam os escudos e baixavam os elmos, apresentando o bronze ininterrupto dos soldados de elite da Grécia. Os cavaleiros começaram a parar, embora os de trás os instassem a continuar com gritos selvagens.

Três fileiras de espartanos atacaram os cavaleiros inimigos, avançando a trote, com os escudos prontos e as lanças na altura da cintura. O vau era um gargalo perfeito, e Xenofonte o avaliara bem. Os seus melhores homens cercaram a cavalaria persa que saía do rio, negando-lhes espaço para se moverem. Nem os arqueiros puderam dar apoio no outro lado, não com a sua própria gente lutando na confusão. As flechas ainda zumbiram e atingiram, mas uma metade inteira da cavalaria persa teve de recuar, deixando cavalos na água ensanguentada e centenas de compatriotas para serem retalhados.

Não demorou para os gregos se retirarem de verdade com bom ritmo. Tinham perdido homens, mas causado confusão nos perseguidores. Os persas cobriam o chão atrás deles. Muitos tinham sido chacinados com selvageria proposital, para assustar os que vinham atrás.

Em troca desse risco, tinham conseguido cavalos. Xenofonte ficou contentíssimo ao inspecionar cada nova montaria e entregá-la a voluntários, a quem quer que afirmasse que sabia montar. Ele nomeou Hefesto seu oficial e retirou o cavalo de um ateniense que fez objeção, forçando o homem a pedir desculpas.

— Esse foi um triunfo, não uma pequena vitória — gritou Xenofonte para todos. — Nunca mais ficaremos tão vulneráveis.

Ele olhou lá atrás os corpos junto ao rio e depois à frente, onde havia morros a distância. A Pérsia se estendia por meio mundo, mas eles marchariam até sair dela, jurou.

Com o inimigo enraivecido ainda enxameando na outra margem, Xenofonte ordenou que o esquadrão avançasse. Não houve oportunidade de encher os odres, não com os arqueiros à espera, furiosos e humilhados pelo modo como tinham sido enganados. Em vez disso, os gregos caminharam de boca seca por terrenos que mostravam vestígios de verde. Andaram o dia todo e, quando os cavaleiros persas finalmente apareceram à retaguarda, eles tinham cavalos e azagaias para mantê-los longe.

Quando o sol voltou a se pôr, eles tinham perdido a empolgação da manhã. A fome e a sede eram os maiores problemas, embora parecesse que haveria abrigo naquela noite. Os batedores tinham falado de uma cidade abandonada no limite do seu alcance. Os gregos viram as muralhas crescerem à frente durante horas até marcharem por uma antiga brecha, sobre um derramamento de pedras quebradas.

As ruas estavam empoeiradas e não havia sinal de vida. Era um lugar vasto para estar tão silencioso, embora lagartos de cauda comprida corressem por todas as paredes, pulando de medo com a presença de homens onde houvera silêncio por tanto tempo. Todos os que sabiam caçar saíram em bandos pela cidade, pegando todas as coisas vivas que encontrassem. Um desses grupos encontrou um leopardo, e um homem foi gravemente ferido antes que matassem o animal com as lanças. Outros derrubaram pombos, e o chocalhar de pedras soou pela cidade quando os fundeiros continuaram a treinar, decididos a se tornar a ameaça que antes só tinham fingido ser.

Xenofonte encontrou uma grande pirâmide numa praça da cidade, com uns sessenta passos de altura. Não encontrou entrada e não tinha explicação para a sua existência ali. Um dos capitães lhe entregou o que parecia uma lente de vidro, com o formato do olho redondo de um peixe, encontrada caída na estrada empoeirada. Havia ossos preservados dentro de alguns prédios e pedaços de armadura de bronze caídos onde antes tinham protegido um guerreiro. A cidade sofrera um desastre em algum momento do passado, inimaginavelmente distante.

Os gregos tinham feito prisioneiros no rio e mantinham viva uma dúzia de homens para serem interrogados. Xenofonte ordenou que o primeiro fosse morto como exemplo para os outros e depois os interrogou a noite inteira, enquanto os seus soldados levavam comida para as mulheres do acampamento. Foram acesas fogueiras com madeira antiga, tão seca que rugiu em chamas com apenas uma fagulha de ferro e pederneira. O cheiro de carne frita encheu as bocas de água e, embora não houvesse vinho, eles encontraram jarras de argila que já o tinham contido e um poço de água limpa. A mistura dos dois criou uma bebida não completamente desagradável e que, pelo menos, tinha uma lembrança das uvas.

Um dos prisioneiros afirmou que a cidade se chamava Lárissa, outro disse que era Ninrode, que já fora a capital dos povos medos. Tudo tinha de ser traduzido pelos que sabiam as duas línguas, e a coisa era lenta. Xenofonte andou pela crista das muralhas da cidade enquanto os prisioneiros balbuciavam sobre as forças do rei lá embaixo. Ele lhes prometera a vida em troca de tudo o que sabiam. O que estava em jogo era a sobrevivência, e ele não sentia nenhuma pontada de culpa por ordenar a vida ou a morte. Xenofonte lhes disse, com clareza e voz baixa. Com um dos seus já morto nas pedras empoeiradas, eles acreditaram e cantaram como passarinhos.

Ele ouviu um assovio e viu Hefesto e Paláquis, homem e mulher subindo até o nível do alto da muralha por degraus de pedra abertos na lateral. Xenofonte suspirou para si, mas sorriu para eles. Clearco nunca mencionara que liderar pessoas significava tão pouco tempo a sós, mas parecia que era assim mesmo. Xenofonte sabia que Sócrates gostava da companhia dos outros, e o velho parecia ficar mais vivo e inteligente numa multidão. Já ele achava tensa uma simples conversa. Preferia ter um propósito sério e usar a sua inteligência e a sua força para resolver cada problema que aparecesse. Perguntou-se rapidamente como mandar o par embora. Mais uma vez, a beleza da mulher o fez mudar de ideia. A cidade, em sua maior parte, era um lugar de morte e silêncio, fantasmagórica em todos os séculos que já vira. Paláquis tinha uma massa de cachos negros que usava num halo naquele dia, e quase parecia uma medusa na brisa.

— Pedi para vê-lo, Xenofonte — disse Paláquis.

— É mesmo? — respondeu Xenofonte, dando uma olhada em Hefesto.

O jovem ateniense parecia tão apaixonado quanto um cachorrinho. Xenofonte se surpreendeu com uma pontada de inveja quando Paláquis tocou o braço do outro. Achou que não lhes mostrara nada, mas desconfiou que Paláquis provavelmente era boa em ler homens.

Xenofonte suspirou.

— Minha senhora, preciso... — Ele se calou antes de ofender, recordando a disciplina que vira nos espartanos. Tinha de comandar. Se isso representasse o fim da privacidade, ele aceitaria. — Minha senhora, o que quer de mim?

— Apenas a sua companhia, general — disse ela. — O povo está com medo, e homens e mulheres temerosos não são boa companhia. Queria conversar sobre as nossas chances.

Xenofonte deu uma risadinha e balançou a cabeça.

— Eu seria um mau general se dissesse que são poucas, não é? Mas não posso prever o futuro, nem mesmo como o mais humilde oráculo.

O seu sorriso sumiu quando ele viu a tensão nela. Falou com mais seriedade.

— Não falharei por falta de esforço. Isso eu lhe juro: serei responsável por todos os homens, mulheres e crianças que vieram até este lugar. São o meu povo, Paláquis. Clearco não os abandonaria num campo estrangeiro para serem mortos ou escravizados. Nem eu, enquanto houver ar dentro de mim. — Ele esperou até que ela concordasse com a cabeça e aceitasse o seu juramento. — Eu lhes pedirei tudo o que puderem dar. Peço o mesmo a mim. Além disso...

Xenofonte olhou para longe e se enrijeceu, de modo que tanto Hefesto quanto Paláquis se viraram para onde ele virara os olhos.

Uma força de infantaria persa podia ser vista bem distante. Parecia que o rei Artaxerxes desistira de esperar a sua rendição e de confiar numa força pequena de arqueiros para acabar com eles. Um número imenso de regimentos marchava para a cidade abandonada como uma mancha na terra, uma tempestade de verão.

— Quantos homens? — perguntou Paláquis com assombro na voz.

— Quem sabe? Oitenta, noventa mil? Mesmo assim, não é tudo. Isso é estranho.

— Talvez o rei tenha retornado ao palácio — disse Hefesto. — Ele venceu a batalha, afinal de contas. Voltará para os desfiles e banquetes em casa.

Xenofonte se surpreendeu ao perceber que concordava.

— Assim espero. Se voltou, é para o nosso bem. — Um pensamento lhe ocorreu, e ele fez uma careta. — A menos que comande outro exército tão grande no outro lado da cidade. Pode ir lá ver, Hefesto, por favor?

O homem que já zombara dele numa feira ateniense correu de volta até os degraus e sumiu sem mais palavras. Xenofonte sorriu de leve com satisfação. Nada moldava mais um homem do que a guerra, para o bem ou para o mal.

Naquele instante, ele percebeu que pela primeira vez ficava sozinho com a amante do príncipe. Parecia que ela sabia que os seus pensamentos tinham se voltado para o lado pessoal, mesmo que ele observasse o inimigo caminhar rumo à cidade.

— É casado, general? — perguntou ela.

Xenofonte tossiu e corou.

— Ah, não, desculpe. Não, não sou casado. Dediquei a minha vida à política, em apoio a Esparta. Não foi... uma decisão popular em Atenas. De certo modo, todas as oportunidades passaram por mim naquela época. — Ele voltou a franzir os olhos para o inimigo, reafirmando para si que só chegariam à cidade depois que escurecesse. — Tentei... encontrar a melhor maneira de viver, a melhor maneira de passar esses poucos anos que nos são dados pelos deuses. Com esse fim, me dediquei a grandes professores e a ofícios como a equitação e a administração de uma propriedade. Sou aluno de Sócrates, já tem quatro anos.

— Não conheço o nome — disse ela, frustrando-o. — Mas esse estudo de como viver melhor... não viu uma esposa como parte disso?

Ela parecia genuinamente surpresa. Ele corou mais e soltou um pigarro na mão fechada.

— Não, não vi. Pensarei um pouco nisso, senhora. — Ele afastou o estranho estado de espírito e falou com mais certeza. — Por enquanto, temos de nos preparar para partir ou defender uma cidade morta.

Ele pegou a mão dela, e ela o deixou guiá-la até o alto da escada. Paláquis sorria quando ele a olhou, curiosa com um homem muito mais interessante do que esperava. Ela decidira incentivar o interesse óbvio que ele tinha por ela, como alguém que poderia mantê-la a salvo e proteger o seu status. Ela não esperava se sentir agitada quando ele pegou a sua mão. Era estranho. Ela admirava homens como Ciro ou Clearco. Sem dúvida, pareciam não duvidar da própria força. Mas eram homens que lutavam que a faziam se apaixonar. Paláquis se conhecia muito bem e, quando desceu até a praça da cidade, exigiu cautela da sua voz interior. Queria ser necessária, essa era a verdade. Ela sentia que Xenofonte estava desesperadamente solitário e precisava muitíssimo dela. A ideia era inebriante.

Xenofonte dormiu na muralha. Com o estômago encolhido e a cabeça latejando, estava decidido a não se queixar enquanto tantos outros passavam fome. O resto do produto dos caçadores foi dividido naquela noite. Ele sentia o cheiro da carne assando nas fogueiras feitas com móveis antigos, secos como o vento do deserto que uivava em torno da cidade. Do lugar onde descansava, podia ver as fogueiras persas como fagulhas espalhadas na escuridão.

Xenofonte apertou o punho na barriga que roncava e murmurava, soando para o mundo inteiro como uma vozinha. O primeiro quinhão de carne tinha de ir para os soldados, é claro, depois as crianças, que não tinham reservas e não sobreviveriam de ar e água por muito tempo. Em teoria, depois os outros receberiam a sua parte, que nisso mal passava de um caldo, embora eles fizessem o possível para aumentá-lo e encher o máximo de barrigas.

Enquanto pensava nisso, soaram passos, e ele viu uma luz crescer enquanto alguém subia a escada. Xenofonte se levantou, irritado por ser incomodado até mesmo de madrugada. Sentiu-se obscuramente decepcionado ao reconhecer o espartano Crísofo. O homem trazia algo que fumegava numa das mãos e um frasco na outra.

— Ainda não comeu, general — disse ele.

— E você? — contrapôs Xenofonte.

Crísofo deu de ombros.

— Sou espartano — disse, como se fosse resposta suficiente.

Xenofonte ergueu a sobrancelha e esperou, ignorando o prato e o frasco que lhe eram estendidos. Crísofo suspirou e cedeu.

— Nunca havia comida suficiente quando eu era menino. Eu só me lembro de me sentir satisfeito duas vezes na vida, talvez, as duas em banquetes reais. Éramos incentivados a furtar pão, é claro, mas nunca fui muito bom nisso. Acho...

— Vocês eram incentivados a furtar? — perguntou Xenofonte com surpresa.

— Como eu disse, não éramos bem alimentados. Se conseguíssemos enganar os cozinheiros e furtar um pouquinho, isso nunca era punido. A menos que nos pegassem, mas aí éramos punidos por ser pegos. Acreditamos que a fome torna o menino rápido, e a satisfação o deixa lento e burro. Acho que talvez seja verdade.

— Mas está com fome agora?

— É claro. Resistimos à carne, general. A carne é uma coisa gorda e tola que quer nos controlar. É um cavalo lento, se é que me entende... um cavalo que não sabe por que é lento. Mas não me entenda mal. O senhor precisa comer porque tem de estar em forma amanhã. Além de certo ponto, fome é vida.

— Não tenho apetite, Crísofo. No entanto, divida o prato comigo e comerei. Isso é uma ordem.

O espartano olhou o prato que estendia. Passou a ponta da língua nos lábios, permitindo-se saborear o cheiro do feijão e da carne que havia no grosso guisado. Ele fez um gesto, e Xenofonte pegou o prato e o frasco, sentando-se de pernas cruzadas para comer. Crísofo tirou um pão pequeno de baixo do braço e o rasgou no meio, estendendo uma metade. Cada homem pegou o guisado com um pedaço de pão e comeu devagar, recusando-se a correr ou a revelar a ânsia desesperada de se apressar. Xenofonte ficou ainda mais lento, decidido a não ser superado pelo espartano, embora o seu corpo gritasse por sustento.

— Não podemos ficar neste lugar — disse Xenofonte afinal. — Se nos cercarem, perdemos. Passe a palavra quando descer, por favor. Uma hora, talvez duas, não mais do que isso. Precisamos ficar à frente dos nossos perseguidores.

— Não será fácil — disse Crísofo baixinho. — Agora não há animais de carga, não depois desta noite. As crianças terão de andar ou ser carregadas.

— Então divida o trabalho, uma dúzia de homens e mulheres para se revezar levando as crianças. Se nos desacelerarem, seremos comidos por trás. Não podemos proteger os seguidores do exército e travar a guerra com os persas.

— Não? — perguntou Crísofo. Ele vira um esquadrão grego perambular quase à vontade no campo de batalha.

— Não — disse Xenofonte. — Você quis que eu comandasse, espartano. Não questione as minhas ordens agora. A nossa meta é deixar as terras sob o controle do rei Artaxerxes. Não o desafiar novamente onde ele é mais forte. Só precisamos ficar à frente deles.

— Agora eles têm cavalaria em grande número. Temos o quê? Duzentos cavalos? Acho que não é suficiente.

— É suficiente para proteger a retaguarda... — disse Xenofonte.

Ele sabia que o espartano era um soldado experiente. Por menos que gostasse de ser cutucado e empurrado, entendia que havia razão para aquilo, do mesmo modo que Sócrates quando lhe pedia uma dúzia de vezes que dissesse o que era o amor.

— Somos lentos — disse Crísofo, contando nos dedos. — Temos pouquíssimos fundeiros, portanto somos vulneráveis a distância. Estamos decididos a recuar em ritmo constante...

— Eles ficarão ousados — admitiu Xenofonte. — Quando virem que não conseguem nos fazer parar. Vão nos atormentar e morder os nossos calcanhares. Ah, o que eu não daria pela guarda pessoal do príncipe! Aqueles seiscentos cavaleiros os caçariam e os rechaçariam durante um mês. Sem eles...

Ele se calou, fitando os pontos de luz a distância.

— Esses persas preferem não acampar muito perto de nós. Não sei por quê.

— Muitos temem um ataque noturno — disse Crísofo. — Somos famosos entre eles pelos nossos truques. Eles não confiam em nós quando estamos próximos.

— Se for verdade, significa que começaremos cada dia antes deles — disse Xenofonte. — E, se acamparem mais perto, podemos nos arriscar num ataque para espalhar os seus cavalos.

— Esse é o espírito — respondeu Crísofo. Mas o espartano parecia sombrio, e Xenofonte percebeu o seu estado de espírito.

— Acha que conseguimos escapar?

Não houve resposta por um longo tempo, até que Xenofonte achou que o homem não responderia ou que tinha cochilado.

— Não importa o que penso — disse Crísofo. — Marchamos de rio em rio. Setecentos ou novecentos quilômetros... não é muito longe. Mas tentarão nos derrubar, como cães atrás de um veado. Se tivermos sucesso ou morrermos, isso não muda o que temos de fazer. Portanto, partirei com o coração alegre. O meu povo está todo à minha volta, e os meus inimigos todos atrás. Será um bom dia.

Para surpresa de Xenofonte, Crísofo lhe deu um tapinha no ombro ao se levantar e esticou as costas.

— Tente dormir, general. Precisamos do senhor em pé amanhã cedinho.

— Vou até lá despertá-lo — disse Xenofonte.

Ele mais sentiu do que viu o espartano sorrir na escuridão enquanto descia.

Todos os espartanos na praça se conheciam quando se reuniram para marchar mais uma vez. Saudaram os amigos e murmuraram comentários sobre o dia longo à frente ou a estranha cidade em volta. A noite fora quente o bastante para dormir ao ar livre, em vez de se arriscar com os escorpiões nas casas há muito abandonadas. Esvaziaram bexigas e tomaram goles dos odres, embora a sede continuasse aguda em todos.

Com a lua ainda no céu e nenhum sinal de aurora no leste, a força inteira partiu, os seguidores contidos nas suas próprias fileiras dentro do esquadrão, formando um coração móvel e incansável com soldados por todos os lados. Eles deixaram a cidade para trás e marcharam com arrepios da friagem da manhã na pele. Alguns olharam para trás, temendo um grande uivo ou o som de cascos correndo na sua direção, mas não houve nada além da imobilidade e do silêncio da noite.

Quando o sol finalmente nasceu, estavam a quase vinte quilômetros da cidade e continuavam avançando. Xenofonte deu ordem a Hefesto de manter batedores atrás e na frente. Ter cavalos lhes dava olhos e alcance onde antes tinham ficado quase cegos. Mas não havia sinal dos persas, e foi a fome que os forçou a parar perto de duas aldeias. Encontraram cabras cercadas na terra seca e um depósito de inverno cheio de pistaches e amêndoas prontos para serem vendidos. Os aldeões não protestaram ao ver os celeiros serem esvaziados, mas também não foram mortos nem escravizados. Xenofonte teve de dar ordens quanto a isso. Mal conseguiam cuidar dos seguidores que tinham; seria impossível se aumentassem o seu número.

Os batedores vieram a galope antes que passassem meio dia na aldeia, mas foi tempo suficiente para encher todos os recipientes e até para pôr novamente as crianças menores em duas pequenas carroças puxadas por mulas. Os donos observaram desconsolados os gregos partirem.

Eles viram a cavalaria persa antes que a noite chegasse. Uma linha deles foi observar o esquadrão em marcha, guerreiros grandes e poderosos que portavam sabres e cimitarras numa ameaça inconfundível. Não havia sinal do próprio rei nem de nenhum dos seus nobres. Xenofonte ficou contente de não ver regimentos a pé junto deles. Sozinha, a cavalaria não conseguiria romper a sua formação, não contra lanças. Ele ousou ter esperanças de que o rei tivesse dado ordens simplesmente para escoltá-los até fora das suas terras.

Naquela noite, eles foram mantidos acordados por cavaleiros que passavam perto do acampamento. Tinham encontrado um riachinho e vadeado para descansar do outro lado, mas era difícil dormir com uivos e guinchos soando na escuridão. Hefesto queria cavalgar e tirar sangue, mas Xenofonte recusou. Precisavam manter a salvo os poucos cavalos que tinham. Dormir era menos vital do que a proteção, pelo menos por algum tempo.

As estrelas tinham contornado o campo quando as trombetas de alarme soaram. Os batedores vieram a toda, rugindo com incoerência, acordando todos para pegarem em armas. Xenofonte se levantou, coçando uma axila onde o suor irritara a pele. A exaustão o arrastara para um sono mais profundo do que estava acostumado, mas os bocejos sumiram quando ergueu os olhos. A luz era cinzenta antes da aurora, mas ele viu um oceano de soldados escuros se aproximando em fileiras caladas, a menos de quatrocentos passos de onde estava. Tinham marchado até mais perto, avançando no último fôlego da escuridão. Quando a luz ficou dourada, Xenofonte viu Tissafernes montado à frente daquela massa de homens, resplandecente em trajes brancos.

Xenofonte sentiu o coração bater forte de pânico. O persa bateu no peito em falsa saudação. As fileiras inimigas rugiram como uma só e atacaram.

26

Xenofonte praguejou quando o suor fez arder um corte na bochecha. Foi uma passagem de raspão de uma flecha, mas não parava de sangrar. Sempre que limpava a transpiração, os dedos abriam a ferida outra vez.

Tissafernes lançara toda a sua força contra o esquadrão grego, tentando dar fim à caçada num só golpe. Chegou perto disso. Xenofonte tentou não pensar nos primeiros momentos de selvageria. Vira uma mulher correr atrás da filha aos gritos, bem no meio do ataque persa quando eles chegaram. Elas foram derrubadas, e a mulher e a criança sumiram sob os pés.

Talvez cem tenham ficado para trás quando o esquadrão se formou e avançou, ainda aberto. A cavalaria persa disparara como lobos, matando velhos e doentes. Mataram mulheres, homens, todos os que alcançaram. Alguns persas excessivamente ansiosos foram derrubados por hoplitas que correram para fechar a formação, mas não houve consolo para os que foram pegos. A maioria foi morta no local, enquanto outros foram mantidos vivos para gritar e estender as mãos num apelo lamentável, apertados sobre a sela de homens que riam.

O esquadrão se fechou, e os gregos marcharam, ferroados e furiosos com o ataque. Xenofonte sentiu sobre si olhares zangados, enquanto tinha vontade de enforcar Hefesto por não ter avisado a tempo. Ele chamou o ateniense e viu que o homem parecia tão sombrio e obstinado como nunca ficara nas ruas da cidade.

— Onde você estava? — perguntou Xenofonte.

Ele manteve a voz baixa, em parte porque a responsabilidade era dele mesmo, não importava o que Hefesto pensasse. Não podia culpar o inexperiente chefe de quadrilha por não vigiar adequadamente.

— Deixei os batedores a uma hora do acampamento — disse Hefesto.

Ele baixou a cabeça enquanto falava e, por um momento, pareceu que estava prestes a cair em prantos. Em vez disso, endireitou-se com uma força de vontade que impressionou Xenofonte.

— Fui com eles, mas então... voltei ao acampamento. Sinto muito.

Xenofonte olhou o rapaz. Hefesto não sabia ler nem escrever o próprio nome. Aprendera a cavalgar na viagem para leste até a Pérsia. Se havia erro, era de quem o deixara sozinho, sem ninguém para orientá-lo.

— Conte o que aconteceu — disse ele.

Hefesto desviou os olhos, incapaz de enfrentar os de Xenofonte.

— Eles deviam ter cavaleiros esperando... com arqueiros. — Ele fez um gesto rápido, cortando o ar. — Alguns rapazes se safaram, mas perdemos muitos homens. Eles vieram depressa, Xenofonte. Eu ainda estava no caminho de volta. Quando consegui dar o alarme, eles estavam quase sobre nós. Sinto muito.

Ele ficou em silêncio, pronto para o julgamento que o aguardava.

— Eu não devia ter deixado você sem oficiais mais experientes — disse Xenofonte. — O erro é meu, entende? Não culpo você pelo meu próprio erro. — Ele deixou a voz ríspida, como se o caso já estivesse esquecido. — Agora, amanhã à noite, você terá de pôr os batedores em pares, mas sempre ao alcance uns dos outros. Se um cavaleiro ou um par cair, os outros correm de volta ao acampamento. Sempre à vista, Hefesto. Essa é a lição a aprender.

— Sinto muito — disse Hefesto de novo.

Xenofonte o olhou sem expressão.

— Não é preciso. Aprenda. Eles venceram uma pequena escaramuça, isso soergueu o seu espírito. E não muda nada! Quanto já avançamos? Só precisamos ficar à frente deles.

Enquanto ele falava, novos gritos subiram dos que vigiavam os persas na sua esteira. Um gemido de medo soou no centro aberto do esquadrão, a primeira vez que Xenofonte ouvia um som daqueles vindo dali. Ele trincou os dentes, zangado consigo, mas também com um inimigo que simplesmente não os largava.

Quando voltou pelo flanco do esquadrão em marcha, Xenofonte viu uma massa de cavalaria passar num meio-galope tranquilo, como num desfile. Eles ultrapassaram os gregos a uma distância de seiscentos ou oitocentos passos, longe demais para lanças e flechas. Os cavaleiros persas se viraram para observar o inimigo que deixavam para trás, é claro, mas cavalgavam à frente dos gregos em marcha usando a vantagem da velocidade e da mobilidade.

Xenofonte observou Crísofo se aproximar. O espartano parecia saudável, mal ofegando, apesar do peitoral de couro e bronze que usava.

— Alguma nova ordem, general? — gritou Crísofo.

Xenofonte começava a entender como o outro pensava. O espartano ficava mais à vontade com as sutilezas do que Clearco.

— Nenhuma, por enquanto — disse Xenofonte. — Alguma ideia sobre aqueles cavaleiros?

— Imagino que prepararão uma emboscada à nossa frente — disse Crísofo. Ele fora até o flanco para ter certeza de que Xenofonte entendia exatamente essa questão. — Vão procurar um lugar onde a estrada se estreite, talvez nos morros. Derrubarão árvores ou rolarão pedras, o que encontrarem para nos prender num lugar só. Os que vêm atrás atacarão ao mesmo tempo. É o que eu faria.

— Não posso impedir que avancem — disse Xenofonte. — Nem podemos espalhar os que ainda nos seguem. Se pararmos e oferecermos combate, eles podem recuar no mesmo ritmo. E, se aceitarem nosso desafio, nossos seguidores ficarão vulneráveis. Esse é o âmago de nossa posição.

Ele piscou ao ter dito isso, sentindo-se subitamente desamparado. Consciente dos olhos em volta, balançou a cabeça de leve, pondo de lado tais temores. O comandante tinha de parecer confiante, mesmo para homens experientes como Crísofo. Tinha de estar além das dúvidas e fraquezas.

— Ainda assim, não queremos engajar esses persas. Já lhes mostramos que não são páreo para nós em campo. Não há glória em atormentá-los mais. Não, a nossa tarefa é sair do seu território. Pretendo fazer isso, Crísofo. Se ocuparem as terras altas, marcharemos com escudos sobre a cabeça. Se nos atacarem a pé, os derrubaremos até desistirem. Lutaremos se for preciso, mas a nossa vitória virá quando chegarmos ao Mar Negro. Há cidades gregas no litoral norte. Quando chegarmos lá, estaremos ao alcance de casa.

Crísofo baixou a cabeça enquanto andava.

— Prosseguir em boa ordem, general. Entendido.

Então ele sorriu como um menino, e Xenofonte sentiu sua máscara rachar quando também sorriu. Dera voz aos problemas à frente, mas só por dizer em voz alta viu que não eram insuperáveis. Sentiu-se alegre pela primeira vez naquele dia.

— Continue — disse.

*

Eles marcharam uns vinte quilômetros até um rio, onde uma ponte de madeira fora construída sobre a corrente. Xenofonte deu ordens de parar em ambos os lados daquele ponto, controlando a travessia por tempo suficiente para armazenar água. Os espartanos ficaram com escudos e lanças prontos para qualquer carga súbita enquanto os seguidores enchiam todos os frascos e odres. Embora o deserto estivesse para trás, ainda existia vida entre os rios naquele lugar.

Enquanto isso, Tissafernes parou o cavalo a certa distância, inclinando-se sobre o cepilho da sela no meio de uma linha de soldados persas barbados. Eles fitavam os inimigos, como se eles fossem lobos e os gregos fossem corças que viessem beber. Xenofonte sorriu com a ideia. Seus homens eram guerreiros sem igual, como tinham provado em Cunaxa. Aquele gosto amargo para a sensibilidade persa era tudo o que os mantinha vivos.

Tissafernes deixou os seus homens se aproximarem devagar e ameaçar os que aguardavam para atravessar, mas não se formou nenhuma linha de ataque, nenhum avanço de lanças e espadas. Não contra os espartanos de capas vermelhas, sentados conversando ou olhando ociosos. Alguns gregos se lavavam e espirravam água na parte rasa, espalhando borrifos e rindo. Outros cantavam ou recitavam poemas uns para os outros, declamando para pequenos grupos. Sabiam que essas cenas enfureceriam o inimigo que vigiava, mas Xenofonte sentiu o seu próprio estado de espírito se alegrar com a indiferença do seu povo. Por que baixariam o olhar com medo, mesmo contra tantos? Os espartanos eram arrogantes, é claro, mas era uma arrogância conquistada.

Mesmo sem cavalaria, os regimentos persas se estendiam pela terra, dezenas de milhares deles. Tissafernes pareceu perceber que os gregos enchiam as suas últimas cabaças e odres e começavam a se preparar. O movimento entre as linhas persas se agitou, com os soldados se estimulando até a fúria com cantos e exortações, incentivando-se uns aos outros. Alguns se aproximaram o suficiente para atirar lanças, e Xenofonte praguejou entre dentes ao ver os espinhos escuros formarem um arco no céu. Deu a ordem de terminar a travessia, passando a palavra em voz baixa pelos capitães.

Os persas ficaram mais frenéticos, e dois grupos avançaram sem aviso. O primeiro parou perto das lanças, uma floresta que não poderiam atravessar. Sentiram que os espartanos não abririam as fileiras, e, portanto, se postaram pouco antes das pontas, rosnando e atacando o ar.

No outro flanco, um par de cavaleiros se separou dos regimentos persas e galopou, os dois abaixados nas selas e se erguendo para lançar azagaias com imensa força. As duas atingiram homens nos pés, as lanças encontrando espaços entre os escudos. Os cavaleiros uivaram em triunfo, erguendo os braços para os camaradas atrás.

Um dos coríntios saiu da fileira com três passos rápidos e atirou uma longa lança. Ela atravessou diretamente um dos cavaleiros, que caiu do cavalo e ficou subitamente imóvel, toda a vida e todo som tirados dele num instante.

Foi a vez de os gregos rirem e darem vivas, enquanto o resto avançava rapidamente pela ponte. Cada novo passo trazia os persas mais para perto, forçando-os a continuar. Xenofonte atravessou a ponte com as últimas linhas dos seus homens, dando as costas aos arqueiros e guerreiros com capas em painéis, que rosnavam e se aproximavam o tempo todo. Ele chegou ao outro lado quando a travessia virou uma corrida louca.

Os oficiais persas perderam o controle que tinham. As fileiras da vanguarda dispararam para a ponte com as espadas nuas, enquanto os últimos gregos recuavam de costas, com lanças e escudos erguidos. Tiveram de suportar centenas de golpes, espadas de ferro cortando e marcando o bronze dourado, todos sem resposta enquanto se afastavam.

Xenofonte ergueu o punho no alto quando a ponte se encheu de fileiras persas em marcha. Ele o baixou para o lado, e a extensão toda rachou e caiu, desmoronando nas águas turbulentas. Nas horas em que guardaram a travessia, os pilares originais foram cortados e substituídos por simples troncos. Com a sua ordem, bastaram alguns golpes fortes para derrubá-los. A ponte quebrou sob o próprio peso e despencou na mesma hora, esmagando a hoste que ainda atravessava com armadura completa.

Xenofonte tirou os olhos do horror e do pânico dos persas para fitar Tissafernes, que ainda observava na outra margem. O nobre persa lhe respondeu com uma chusma de milhares de flechas. Ele trouxera os arqueiros em segredo, mas perder a ponte desfez o efeito. Mesmo assim, as flechas subiram no ar, e todos os gregos mergulharam sob os escudos, num grande estrondo de ferro em bronze e madeira.

Xenofonte se manteve imóvel, confiando na boa sorte que o protegera até aquele momento. Tissafernes não se arriscara a estar entre os primeiros a atravessar. Isso teria completado o dia. Em vez disso, o persa e os seus homens teriam de encontrar outro vau, subindo e descendo o rio.

Xenofonte franziu os olhos para o terreno ascendente e os morros que estavam à frente. A terra era mais verde ao norte, menos hostil à vida. Sabia que havia uma emboscada à espera, mas esse era um problema para outro dia.

— Mantenham um bom ritmo! — berrou para os gregos várias vezes até ter certeza de que todos tinham ouvido. — Vamos deixar todos eles para trás...

Ele se forçou a sorrir, mostrando uma confiança que não sentia. Viu quantos seguidores do exército mancavam e tropeçavam pelo caminho. Muitos tinham desgastado botas e sandálias e tiveram de enrolar os pés com panos. Tinham água, e por isso ele agradeceu a Poseidon, mas pouquíssima comida. Olhou à frente como se buscasse possibilidades mais claras. Os gregos não podiam ver seu desalento nem o temor do que Tissafernes tinha planejado para eles nos morros.

Eles andaram sem parar a tarde toda, numa paisagem que mostrava mais sinais de vida. Vinte mil bocas nunca poderiam ser satisfeitas, mas os capazes de usar arco ou funda saíram por todos os lados e trouxeram tudo o que conseguiram matar para comer. Eles se afastaram bem além do esquadrão em marcha e se tornaram os olhos da força grega enquanto a terra começava a subir. Xenofonte ignorara o fato de que morria de fome até ver uma dúzia de veados sendo trazidos, uma manada de pequenos machos que os seus homens tinham conseguido surpreender e prender numa prega de terra, um grupo de quarenta animais. Muitos tinham fugido com seus saltos prodigiosos, pulando alto no ar para evitar a armadilha. Significava pouco mais de uma única refeição para alguns naquela noite, mas também trouxe esperança.

 Cada hora de marcha revelava novas cristas e desfiladeiros, enquanto o sol lançava sombras longas num caminho largo entre penhascos. Xenofonte mandou Hefesto sair com os cavaleiros remanescentes para procurar outras rotas, mas havia mil canais que acabavam em paredes de pedra e apenas uma grande passagem pelas montanhas. Não era difícil demais adivinhar onde aconteceria a emboscada, e mesmo assim não poderia ser evitada. O seu destino ficava ao norte.

 Eles acamparam num pomar de antigas macieiras que se agarravam à vida num vale raso. A estrada se estendia diante deles, amortalhada pela escuridão. Nenhum deles queria continuar antes de ver a luz do sol mais uma vez. Os seguidores do exército quebraram galhos de árvores mortas e juntaram o máximo de lenha seca que conseguiram achar. Os caçadores entregaram os preciosos veados às mulheres que sabiam eviscerar e preparar as carcaças. Dezenas de outros buscaram verduras frescas nos morros em volta, colhendo ervas e folhas que sabiam ser capazes de manter o corpo e a alma em bom estado. O mais importante é que sabiam que participar da preparação lhes dava uma probabilidade melhor de receber o seu quinhão. Os caçadores acrescentaram faisões, perdizes e um bode velho e magro que fugira deles às cegas até que um menino o prendeu ao chão. A necessidade era maior do que a do seu antigo dono, embora ele ainda usasse um cabresto no pescoço. Foi feito em pedaços por uma cópis espartana e assado num escudo sobre uma fogueira, vigiado por crianças de olhos famintos enquanto chiava e respingava.

Embora não houvesse vinho, a água que tinham era limpa e fria, e o estado de espírito no acampamento era leve. Xenofonte conversou com os oficiais sobre o dia que viria, mas só conseguiram fazer planos vagos até saberem que forma assumiria o próximo ataque. De certa maneira, era isso que estava no centro do bom humor de Xenofonte quando ele se instalou para dormir, fitando as estrelas. Passara a acreditar na engenhosidade do seu povo. Não podiam ser apressados, era verdade. Tinham uma tendência terrível de discutir durante as crises, mas, quando se moviam, era com certeza e inteligência. Ele se orgulhava de todos.

Xenofonte só percebeu que dormia quando foi despertado, sentindo uma pressão contra o lado do corpo. Seus olhos se abriram e viram Paláquis no chão ao seu lado, enrolada no próprio cobertor. Ele se sentou no escuro, consciente de que o acampamento dormia ao seu redor, milhares de pessoas que dependiam dele para salvar a vida.

— Senhora — murmurou. — A senhora não precisa de outro protetor. Hefesto não a mantém em segurança?

Ele a ouviu se virar para ele no escuro, tão perto que sentia a respiração dela no rosto.

— Na vida, há mais do que segurança — disse ela.

— Sim. É claro, você era amante do príncipe Ciro — respondeu ele, sentindo que ela se enrijecia na escuridão. — E vi que, pelo menos, foi companheira de Clearco depois. Agora está aqui, ao meu lado, embora eu tenha dado a Hefesto a tarefa de cuidar da senhora.

— E depois mandou-o embora — disse ela, a voz de repente insegura.

Ele fez uma careta, sentindo a estranheza do momento.

— Porque ele é meu mestre dos cavalos, Paláquis. Ele comanda os batedores, e eu o mando partir quase todas as noites... Espere aí, você foi ameaçada?

De repente, ela se sentou ereta, ajoelhando-se para dobrar o cobertor.

— Não. Hefesto é respeitado entre os homens. Sabem que estou sob a proteção dele. Pensei... Desculpe.

Xenofonte sentiu o rosto arder, mas falou, antes que ela sumisse na noite:

— Fique, agora, pelo menos, já que está aqui. Não pode demorar até o amanhecer.

A figura escura ao seu lado estava muito imóvel, fitando-o. Então, deitou-se novamente. Ele ficou lá, alerta e acordado por um bom tempo.

Pela manhã, Xenofonte abriu os olhos e viu que Paláquis sumira. Perguntou-se rapidamente se ela fora até ele em sonhos, mas pôs o pensamento de lado quando Hefesto apareceu com sua montaria de sempre, tendo examinado os arreios e dado água ao animal. Todos os cavalos pareciam magros, embora pelo menos pudessem pastar o capim das montanhas, antes negado a eles. Ao contrário dos homens, não conseguiam avançar muito sem serem bem alimentados, algo que deixava tanto Hefesto quanto Xenofonte preocupados. Sem cavalaria e batedores, não conseguiriam sobreviver, essa era a verdade.

Hefesto estava taciturno ao entregar as rédeas e ajudá-lo a montar. O ateniense lhe passou a espada, e Xenofonte a afivelou enquanto pensava se mencionava a visitante noturna. Não prometera Paláquis a Hefesto, nem estava em seu poder fazê-lo. Mas ele vira que o rapaz estava apaixonado por ela, e não precisava de nenhum problema entre eles. Xenofonte preferiu não dizer nada. Manteria distância de Paláquis, e o problema se resolveria sozinho.

Os persas foram avistados atrás deles antes que desmontassem o acampamento e estivessem prontos para avançar. Xenofonte teve vontade de agradecer a Tissafernes por ajudar os seguidores mais preguiçosos a correr até as suas posições e se preparar para outro dia de marcha. Eles não puderam formar o quadrado dentro do quadrado que ele preferia; o desfiladeiro pelas montanhas era estreito demais para vinte mil passarem em formação. Apesar dos seus receios, Xenofonte combinou com Crísofo a formação em coluna. O espartano insistia em agir como se fosse o segundo em comando, e ninguém questionava o seu direito de fazer isso. Os outros generais que tinham sido escolhidos pareciam satisfeitos de comandar os seus e deixar a estratégia geral com ele. Xenofonte se perguntou quantos erros mais cometeria antes que isso mudasse.

O contingente espartano insistiu em ficar na vanguarda da coluna enquanto atravessavam os penhascos. Xenofonte ordenou que todos os escudos estivessem prontos na linha inteira, caso os persas tivessem ocupado os lugares mais altos. Nervoso, cavalgou até a frente, tentando pensar em tudo o que poderia dar errado e temendo deixar de ver algo fundamental. Todos esperavam ordens suas, e ele sentia o peso, embora gostasse do exercício da autoridade que ainda não conhecia. Ter um pequeno poder político em Atenas não se comparava a levar um exército pelas montanhas.

Os persas pressionavam atrás, cavalgando até bem perto enquanto os gregos partiram. Os estínfalos guardavam a retaguarda naquela manhã, com fundas e a maior parte dos cavalos aonde estariam mais bem posicionados para rechaçar um golpe inimigo. Aqueles homens marchavam com o pescoço doendo de tanto olhar para trás, mas para isso não havia solução.

Xenofonte ouviu um grito à frente e trotou pelo flanco, forçando soldados e seguidores a se afastarem e deixá-lo passar. O caminho tinha quase sessenta passos de largura, uma grande avenida para qualquer um, menos para um exército. Adiante deles, os penhascos se dividiam e cresciam bruscamente nos dois lados da estrada — e lá, nos flancos de uma montanha verde, estava uma força persa, esperando por ele. Então ele entendeu por que Tissafernes pressionava a retaguarda. Os persas sabiam que os seus homens estavam próximos, e tentavam forçar os gregos a se aprofundar no desfiladeiro.

Xenofonte era o único cavaleiro na vanguarda. Franziu os olhos para a distância, depois sorriu devagar. Os espartanos marchavam impávidos, prontos a suportar a barragem que, sem dúvida, fora preparada para eles. Naquele momento, poderia ser quase qualquer coisa, de pedras a óleo quente e flechas mergulhadas em imundície. Os espartanos começaram a preparar os escudos, mas Xenofonte balançou a cabeça.

— Crísofo, a posição persa está lá em cima. Escolheram aquele ponto largo e plano, mas olhe mais alto: há terreno acima deles. Terreno que podemos alcançar.

— Eles nos verão chegando — respondeu Crísofo. Embora não fosse uma discussão, era mais uma sensação de prazer que surgia.

— Teremos de correr, então — disse Xenofonte. — Seiscentos comigo. Os seus melhores homens. Correremos por aquele morro e cairemos sobre eles de cima, exatamente como pretendiam fazer conosco.

Ele virou o cavalo para fora do caminho, rumo ao flanco musgoso do penhasco que subia. Atrás dele, Crísofo gritou ordens rápidas. Seiscentos homens se separaram e vieram se unir aos dois líderes. Pareciam contentes de receber um desafio.

— Soldados! — gritou-lhes Xenofonte. — Lembrem-se disso. Vocês persistem pelos que vão salvar, mas também para ver a Grécia. Lutam pela sua honra e para voltar a ver as suas esposas e os seus filhos. Continuem e jogarão aqueles persas desse penhasco!

— Para você, tudo bem, você está montado — respondeu um dos homens. — Estou me cansando carregando esse escudo.

Xenofonte o fitou, o bom humor se evaporando. Com cuidado deliberado, apeou e andou até lá. O cavalo baixou a cabeça para mascar tufos de capim, e Xenofonte ficou diante do homem que tinha falado.

— Então fique aqui — disse Xenofonte.

Ele arrancou o escudo do homem e disparou correndo morro acima. O resto se pôs em movimento atrás dele. Foram a toda velocidade encosta acima, enquanto lá embaixo os companheiros do homem pegaram pedras e as jogaram nele, deixando claro o seu descontentamento.

Xenofonte correu e pulou até ficar com o rosto vermelho e ofegante, embora atingisse a crista do morro com todos os outros. Ergueu o escudo como um troféu, e os que estavam abaixo deram vivas. Os persas que tinham esperado emboscá-los já tinham abandonado a sua posição, descendo por outro caminho assim que perceberam que a sua vantagem se perdera. Os vivas dos gregos ecoaram pelas montanhas em volta, chegando aos ouvidos de Tissafernes enquanto os seus regimentos se esgueiravam pelo vale. Ele parou os homens, sem vontade de continuar a perseguição num lugar onde a terra furtava a vantagem do grande número. Xenofonte desceu e se juntou à força principal que prosseguia pelo desfiladeiro, rumo às planícies na outra ponta.

27

As planícies no outro lado das montanhas eram abrigadas e mostravam muitas marcas de seres humanos. Um rio largo cintilava a distância enquanto os gregos olhavam de cima as aldeias e fazendas de pedra. Podiam ver fumaça de lenha e um rebanho de cabras sendo conduzido. Muitos gritaram de alívio com uma paisagem que significava comida e água, sem sinal do inimigo avançando sobre eles.

Xenofonte chamou Hefesto para organizar os batedores. Ele encontrou o jovem ateniense calado, de lábios franzidos, embora cavalgasse com bastante rapidez quando entendeu as ordens. Xenofonte o observou partir com um vestígio próprio de raiva, mas, se era assim que tinha de ser, ele conseguiria aceitar. Não tinham sido amigos em Atenas, e ele tinha preocupações maiores. Hefesto mal saíra de vista e Crísofo trouxe o novo general Filésio para andar ao seu lado.

— Obrigado por virem, cavalheiros — disse Xenofonte enquanto desciam a pé para a planície. — Estive pensando em formar uma pequena força com os nossos melhores guerreiros. Se formos importunados em desfiladeiros e pontes, precisamos de uma retaguarda armada com as lanças mais longas e acompanhada pelos melhores fundeiros e alguns arqueiros cretenses.

— É uma boa ideia — disse Crísofo. — Escolherei seis companhias de cem e nomearei capitães para comandá-los. Na maior parte, será um trabalho sem recompensa. Duvido que haja muitos voluntários para uma tarefa tão ingrata. Posso sugerir...

— Não pode sugerir os espartanos, se era isso que ia dizer — interrompeu Xenofonte. — Por mais impressionantes que sejam, eles são melhores na vanguarda, como você já me disse inúmeras vezes.

— Muito bem, general — disse Crísofo, baixando a cabeça. — Mas o procurei porque o general Filésio queria conversar.

Xenofonte deu uma olhada no outro homem e fez que sim de má vontade. Ouvira Filésio falar no acampamento apenas uma vez, quando demonstrara apoio. Mesmo assim, Xenofonte não confiava em sua súbita reaparição.

— Entendo. Enquanto conversamos, Crísofo, encarregue-se de entrar nessas aldeias. Pegue a comida que encontrar, além de todos os animais de tração, rebanhos e carroças que possamos usar. Precisamos de caldeirões e odres novos para substituir os que quebraram. Além disso, precisamos de sapatos. Que essa gente ande descalça por uma estação. Eles não têm de percorrer um império a pé com o exército persa fungando em sua nuca. Entendido?

Crísofo se apoiou num dos joelhos, e Xenofonte o deixou para trás quando o cavalo continuou a passo. Ele olhou para trás para ver o espartano, mas Crísofo já se afastava correndo, chamando os capitães e pentecontarcos de que precisaria.

Filésio observou o espartano se afastar um momento e soltou um pigarro. Não estava contente de falar com Xenofonte no nível das panturrilhas, mas não havia sinal de que o ateniense apearia.

— Quer conversar comigo? — perguntou Xenofonte.

— Sim... quero. Gostaria de ressaltar que atravessamos uma serra e não há sinal de Tissafernes nem dos persas, muito menos do próprio rei. Parece-me que, embora antes não fosse da minha conta, talvez agora seja a hora de discutir qual a melhor maneira de levar os soldados em segurança.

— E os seguidores do exército — interrompeu Xenofonte com animação.

— Sim, é claro, os seguidores também. Quero dizer que a ameaça imediata se reduziu, pelo menos por enquanto. O senhor sabe que Mênon era meu tio. Passei catorze anos no serviço militar à sombra dele, embora, pelo meu entendimento, o senhor seja — ele trincou os dentes, revelando os músculos sob a pele — menos experiente do que isso.

— Ah, muito menos — respondeu Xenofonte. — Embora eu note que o seu tio não o nomeou segundo no comando. Ainda assim, você aproveitou a oportunidade quando ela apareceu, e os seus homens o aceitaram. Foi um passo ousado, e não tive a oportunidade de lhe agradecer pelo apoio. Estou grato, Filésio. Sem homens como você, não teríamos sobrevivido nem para chegar a esta planície. Sem a sua coragem e disciplina, não veremos o lar. Tenho certeza disso. Sem obediência absoluta *o tempo todo*, tanto dos homens que você comanda quanto daqueles que os comandam, pereceremos no império da Pérsia e nunca voltaremos a provar o vinho e as azeitonas da Grécia. Não assistiremos às peças de Eurípides nem escutaremos as conversas na ágora de Atenas. Pior ainda, se falharmos aqui, seremos esquecidos pelo nosso povo.

Ele falava quase fascinado, tecendo as palavras num sonho que surpreendeu os dois com a intensidade da emoção despertada. Filésio piscou enquanto reunia os seus pensamentos.

— Vi a *Medeia* em Atenas. O próprio Eurípides estava presente, e o público todo se levantou para homenageá-lo. Foi... espantoso. Quando fui embora, senti que tinham tirado um peso dos meus ombros pela primeira vez em anos.

Filésio pensou em forçar a conversa de volta aos assuntos práticos, mas decidiu que não. Ele nunca quisera comandar, não mesmo. O tio compreendera isso, embora os seus capitães o forçassem. Filésio deu um sorriso tenso e baixou a cabeça.

— Muito bem, estratego. Rezo para que leve todos nós em segurança para casa.

— É tudo o que peço — respondeu Xenofonte.

Ele pôs o cavalo a trote e avançou. O sol se punha atrás dos morros, lançando sombras pelos campos. Xenofonte percebeu que tremia enquanto avançava. Ele notou que a colheita terminara. Isso era ainda melhor para os seus homens, que seriam capazes de pegar cereais preciosos nos celeiros. Mas significava que o ano avançava e que a estação ia virar. O vento frio pareceu responder aos seus pensamentos, e ele balançou a cabeça. O que quer que acontecesse, o que quer que viesse, eles teriam de continuar. Ele devia isso a Clearco.

— Quando voltarmos a nos encontrar, espartano — murmurou ele em voz alta, em oração —, quando me perguntar o que fizemos depois da sua morte, não sentirei vergonha. Isso eu lhe juro. Eu os levarei de volta.

Ele sabia que Filésio vinha tentando obter mais autoridade ou mais influência nas ordens. Xenofonte balançou um pouquinho a cabeça. Eles eram o seu povo. Ele era um nobre de Atenas e encontrara o seu verdadeiro propósito na vida. Não o cederia a ninguém.

Pela manhã, Crísofo mandou grupos buscarem comida, colher frutas nos pomares e procurar as fazendas mais remotas, longe das aldeias. Não estavam preparados para os milhares de persas que se derramaram de outro caminho das montanhas, a pé e a cavalo, todos correndo para isolar os que buscavam comida do resto das forças gregas. Homens e mulheres jogaram no chão cobertores cheios de frutas e recuaram à máxima velocidade, enquanto Crísofo levava correndo os sessenta espartanos mais próximos no sentido oposto.

Eles tinham sido pegos fora de formação, e seguiu-se uma batalha campal como uma revolta de rua em Atenas, com ambos os lados tentando golpear os adversários mais fracos. Os persas, satisfeitíssimos, derrubavam quem conseguissem alcançar, armados ou não, e saíam correndo em vez de ficar e lutar. Foi um caos, e dezenas de gregos morreram antes que Xenofonte levasse o esquadrão principal em apoio. A visão do avanço daquela linha firmou a coragem dos que corriam diante do inimigo, que se permitiram voltar às suas fileiras. Os corpos ficaram para trás nos campos, com ameixas e figos espalhados, em massas pisoteadas de frutas.

Diante da força principal, os persas recuaram mais uma vez, usando o vasto número de cavalos para manobrar. Os olhos de Xenofonte foram atraídos para uma figura de branco que observava, embora ele só pudesse amaldiçoar Tissafernes. A vingança de Xenofonte, se é que a teria, seria caminhar como um homem livre e deixar para trás aquele gordo nobre persa tentando descobrir o que teria acontecido.

O saque das aldeias foi muito mais rápido, agora que sabiam que eram vigiados. Xenofonte se culpou por não montar uma guarda melhor, mas não foi o único nisso. Crísofo andou horas pelo acampamento, rosnando para quem ousasse se aproximar dele. Tinham baixado a guarda num lugar hostil, com um inimigo ainda à espreita e observando a mais leve fraqueza.

A notícia pior foi que um grande rio bloqueava o seu caminho. O desfiladeiro das montanhas os levara para leste e para o norte, mas não podiam avançar sem atravessar uma corrente profunda demais para as lanças que atiraram nela. Xenofonte interrogou os prisioneiros das aldeias, e a notícia não era tão boa quanto esperava. Um fio de nervosismo se instalou nas forças gregas quando compreenderam que estavam presos num dos lados pelas montanhas, no outro por um rio que não podiam atravessar. Um dos gregos sugeriu usar bexigas de ovelha para flutuar, mas a ideia de tentar um empreendimento desses com Tissafernes e a sua cavalaria olhando era impossível.

Ao sul ficava a Babilônia e o retorno ao coração da Pérsia; o oeste os levaria de volta pelas montanhas. O rio bloqueava o leste, e os aldeões disseram a Xenofonte que Ecbátana, residência de verão dos reis persas e um lugar muito bem defendido, ficava naquela direção.

Xenofonte reuniu todos os seus oficiais na praça de uma aldeia, com linhas de hoplitas formadas em torno do acampamento.

— De acordo com os aldeões, há uma serra ao norte que se estende por meses de viagem para o leste e para o oeste. Se conseguirmos atravessar, o nosso caminho nos levará à Armênia. De lá, podemos continuar para o norte e para o oeste até chegarmos aos povoados gregos do Mar Negro. Não sei a que distância ficam das montanhas, mas não podemos contorná-las. Elas têm de ser atravessadas. — Ele parou, escolhendo as palavras. — Dizem que as tribos daqueles penhascos são extremamente selvagens e muito numerosas. O chefe desta aldeia fala deles como espíritos vingadores. Diz que não sobreviveríamos à tentativa.

— Esse discurso não é tão inspirador quanto o senhor pensa, general — disse Crísofo, provocando risadinhas dos seus homens. — Aquele sujeito queria nos assustar, mas que opção há além de enfrentar esses "carducos" das montanhas? Conseguimos chegar até aqui, mas talvez... não possamos suportar para sempre.

Xenofonte levantou a mão, e Crísofo cedeu imediatamente. Uma coisa que o espartano fazia bem era receber ordens.

— O rio é fundo e largo demais. Com a cavalaria persa a nos ameaçar, seremos massacrados tentando atravessar. Não, concordo que o melhor ainda é seguir para o norte: sair da Pérsia pelo caminho mais rápido.

Ele os olhou, e uma parte dele se alegrou. Apesar de todas as barbas e músculos proeminentes, apesar de tantos serem mais velhos do que ele, ali não estava só o seu rebanho, estavam os seus irmãos e irmãs, os seus filhos e filhas.

— Dizem que os persas têm medo dessas tribos carducas. Há uma grande probabilidade de que não ousem seguir os nossos passos pelos desfiladeiros. Poderíamos finalmente deixá-los para trás.

Então Xenofonte fez uma pausa, consciente de que um inimigo que aterrorizava os persas talvez não fosse uma boa alternativa.

— Se alguém tiver uma ideia melhor, que fale agora. Senão, vou levar a todos nós para o norte, pela planície e pelos picos mais altos. Reúnam os cobertores e capas que encontrarem aqui. Precisaremos de todos.

Ele ficou sentado em silêncio enquanto eles discutiam, sabendo que chegariam à mesma conclusão. Xenofonte não mencionara a história que o chefe da aldeia contara de um exército persa que passara por lá oito anos antes. Diziam que cento e vinte mil homens foram para as fortalezas carducas. Nem um único homem voltou vivo. Xenofonte torceu para que o velho enrugado só estivesse inventando histórias para assustar os invasores estrangeiros. O sujeito tinha um olho branco e dentes compridos e castanhos, num rosto que lembrava uma casca de noz. Se falara a verdade, ou parte da verdade, era possível que Xenofonte estivesse cometendo o maior erro da sua vida — e ainda assim era a única opção que via.

Além da praça daquela aldeia, os outros gregos entraram em formação. Vinte mil homens, mulheres e crianças pareciam um número imenso quando se espalhavam, mas, em formação, as fileiras eram apequenadas pela distância que tinham de percorrer. Xenofonte organizou em três lados colunas de quarenta homens de largura, com oitocentos espartanos na vanguarda. Eles cercavam quase o mesmo número por dentro, embora cada vez mais os seguidores do exército parecessem peregrinos esfarrapados que iam a um oráculo ou santuário para se curar.

Pelo menos, comer bem durante dois dias melhorou o humor e a saúde de todos. Crísofo supervisionou o saque das aldeias e foi meticuloso. Os que ficaram para trás passariam fome naquele inverno, mas Xenofonte sentiu que era um problema para Tissafernes, não uma preocupação sua. Se seu povo tivesse recebido permissão de partir em paz depois de Cunaxa, ele teria sido menos cruel com as aldeias por que passaram. Ele interrompeu o pensamento ao perceber que descrevera os vinte mil como seu povo. Dependiam dele para mantê-los vivos, e, naquele momento, soube que morreria tentando. Ele buscara um objetivo na vida em Atenas e nunca encontrara. Xenofonte balançou a cabeça e riu, se perguntando se teria oportunidade de descrever essa revelação a Sócrates.

Quando os oficiais terminaram de discutir o caminho à frente, os do esquadrão aguardavam com alguma impaciência e o sol quase chegara ao meio-dia. Quando as trombetas soaram, todos encontraram as suas posições por hábito, pelo rosto dos que os cercavam. Os mais fortes levavam carne enrolada em panos, redes com galinhas ou um odre ao ombro. Muitos outros levavam trouxas de casacos de inverno e cobertores de lã, todos os que conseguiram encontrar. Meninos conduziam um rebanho de cabras, estalando a garganta e açoitando-as com varas compridas.

Xenofonte cavalgou até a vanguarda assim que Hefesto e os batedores vieram a meio-galope. Nisso, o exército persa se derramou dos desfiladeiros atrás deles como o óleo de uma panela rachada, observando com malícia, mas sem sinal de ataque. Os gregos estavam seguros enquanto marchassem entre as aldeias. As casas e ruas tiravam a vantagem dos que os perseguiam. Xenofonte sabia que a planície seria outra história. O chefe da aldeia dissera que era uma marcha de muitos dias, umas cem parasangas ou mais. Xenofonte ainda esperava que o homem buscasse minar o seu moral.

— Vamos para o norte — gritou Xenofonte para aqueles que comandava, sentindo o coração se encher de orgulho. O seu povo. A sua família.

Os regimentos persas os seguiram de perto quando eles deixaram as aldeias para trás, mas a verdade era que todos do esquadrão grego ficavam em melhor forma a cada dia de caminhada. A pele e os músculos se enrijeciam com o uso, e os que estavam no centro começaram a adotar o olhar lupino dos que marchavam em volta deles. Certamente não havia brandura nos gregos. Ela fora queimada pelo deserto.

Tissafernes mandou grupos menores correrem aos lados, para alcançar o esquadrão em marcha e lançar flechas farpadas. Mas, quando chegavam perto o suficiente para atacar, eram ameaçados, por sua vez, com as pedras das fundas, lançadas por homens que melhoravam a cada dia.

Os cavaleiros persas eram uma ameaça maior. Cavalgavam depressa em grupos densos, atirando lanças ou azagaias, enquanto a retaguarda se esforçava para erguer os escudos e continuar andando. Os gregos perderam uma trilha de homens naquele primeiro dia, em pares ou trios, de modo que faltavam sessenta na contagem quando acamparam. Era difícil não imaginar a mesma sangria lenta pelo caminho todo até as montanhas, até que fossem muito poucos para se defender e o último deles fosse massacrado. O estado de espírito estava azedo quando pararam, doloridos e ofegantes.

Xenofonte observou o sol tocar o horizonte e os persas recuarem para os seus regimentos, puxando as rédeas. Ele ainda se espantava com tamanho medo de um ataque noturno que os fazia pôr uma grande distância entre os acampamentos. De acordo com Hefesto, que os seguira a pé, eles recuavam quilômetros até se sentirem seguros a ponto de amarrar os cavalos.

Xenofonte viu Tissafernes erguer a mão quase como um cumprimento antes de virar o cavalo e se afastar. A luz começava a diminuir. Ele agradeceu aos deuses pela boa sorte de lhe terem dado aquele inimigo. Um persa mais decidido poderia insistir nos ataques com o dobro do vigor e nunca ceder nem recuar até reduzi-los a nada.

Xenofonte pensou nos sessenta homens que perdera naquele dia e desnudou os dentes com raiva súbita. Eram demais. Ele sabia que alguns soldados queriam que ele parasse e lutasse. O orgulho persa forçaria Tissafernes a resistir, e os gregos poderiam massacrar metade do exército antes de expulsar o resto.

Era tentador, mas Xenofonte sabia que nada era certo. Se perdesse um quarto que fosse dos seus hoplitas, os que restassem seriam muito poucos para proteger os outros. Perderiam tudo. Ele apresentou o argumento aos seus generais, e eles o aceitaram, embora de má vontade. Ele era o estratego escolhido para comandá-los. Até que fracassasse, as suas ordens eram férreas.

Toda manhã, durante doze dias, eles partiram quando o movimento das estrelas mostrava que a aurora estava próxima. Mataram os animais e devoraram cada pedacinho da comida que tinham saqueado. Nunca era suficiente, e a fome logo retornou como um animal à espreita entre eles. Dali a algum tempo a comida acabou, e tiveram de se levantar e se pôr em movimento com apenas água fria.

Deixavam para trás montes de fezes para os persas pisarem, e esse era o único consolo de estarem barbados e fedorentos. A sujeira se entranhara naquela marcha, e, embora esvaziassem a bexiga em paz pela manhã, tinham de fazê-lo enquanto marchavam no resto do dia. As mulheres eram as que mais sofriam, mas não havia lugar ali para recato. No começo, os homens em volta viravam as costas, dando-lhes a privacidade possível. Em pouco tempo, o esvaziamento de bexigas se tornou tão comum que ninguém mais notava.

As noites ficaram geladas quando se aproximaram das montanhas. Para espanto de todos, nevou certa noite, e eles acordaram cobertos de neve, trêmulos e dormentes. Alguns se agrediram por uma palavra ríspida ou por absolutamente nada. A fome trazia ao acampamento uma raiva constante e turbulenta. Eles gemiam toda manhã ao partir, afrouxando os músculos e reclamando. Só os espartanos se punham em movimento como se pudessem fazer isso para sempre. Estavam com a barba comprida, e as suas tranças pendiam nas costas sobre as capas. Mas sorriam e lavavam a boca com um mero gole d'água, sorrindo com os lábios rachados.

Atrás deles, todo dia, os persas apareciam a distância, avançando em ritmo cruel para compensar o terreno que tinham perdido. Isso significava que a manhã era um descanso até o inimigo se aproximar o suficiente para lançar e atirar. Os gregos aguardavam esse momento, e era quase um alívio quando começava. Então eles se instalavam na penosa caminhada pela planície, com as montanhas crescendo lentamente à frente e os homens morrendo na sua esteira atrás. À noite, sorteavam a honra da retaguarda, mas os que sobreviviam a um dia sob ataque constante e tormentoso ficavam cansados demais para falar no fim, desgastados pelo medo e pela fúria.

No décimo oitavo dia, marchavam como fantasmas pela vastidão. Os caçadores partiam com fundas e lanças, mas a maioria só tinha água para se manter viva. Estavam com os olhos vermelhos por fitar a distância. As montanhas os atormentaram durante uma eternidade, parecendo flutuar no horizonte. Mas naquela manhã elas estavam visivelmente mais próximas, embora não mais receptivas do que antes. Os penhascos eram violentamente íngremes, erguendo-se do chão como adagas, não como encostas suaves. Um manto de neve descansava sobre os picos mais altos, que pareciam recuar para sempre.

Tissafernes ordenou um ataque enquanto eles estavam no sopé da serra, quando o seu destino ficou claro. Na vanguarda, Xenofonte podia até ver diretamente o primeiro vale, onde Hefesto fez o reconhecimento de um desfiladeiro até onde ousou. Parecia que os persas não os deixariam sair de vista sem derramar mais sangue. Os regimentos atrás deles também pareciam maltrapilhos, tendo de marchar seiscentos quilômetros atrás de um inimigo que não conseguiam vencer.

Quando os persas formaram uma linha ampla, os oficiais estavam tão próximos que as suas exortações foram ouvidas. Xenofonte fez um gesto para Crísofo, e os espartanos atravessaram o esquadrão para formar a retaguarda. Tinham perdido parte dos músculos lustrosos que exibiam antes. A barba estava desalinhada, e eram homens magros, de aparência selvagem, mas ainda mais bem treinados do que qualquer regimento persa. A sua confiança era visível, embora a brisa das montanhas fosse fria e os dentes batessem enquanto ficavam ali parados. As capas vermelhas giraram quando os persas avançaram. Com as montanhas às costas, os seguidores do exército foram para o desfiladeiro, deixando apenas os hoplitas. Dentes brancos lampejaram quando puxaram as espadas e ergueram as lanças.

Naquele dia, Crísofo não usava escudo. Na mão direita, levava uma espada curta, a lâmina do tamanho do antebraço. Na esquerda, segurava a cópis, ainda mais curta. Sopesou o peso das duas armas e sorriu para o inimigo que avançava.

— Adiante, Lacedemônia — rugiu para as fileiras. — Avancem todos! Esta é a única oportunidade que terão, seus filhos da mãe. Um único momento glorioso de ação antes de nos retirarmos deste império para todo o sempre. Escolham agora o que contarão aos seus filhos.

Os persas começaram a vacilar na sua aproximação assim que viram as capas vermelhas do antigo inimigo. Os oficiais lhes ordenaram que avançassem, e alguns usaram golpes de varas curtas para que continuassem quando hesitavam.

À frente, eles viam discos dourados de bronze, além de elmos brilhantes e perneiras do mesmo metal surrado. Os espartanos pareciam homens de ouro e vermelho e, pela primeira vez em muito tempo, não recuavam, mas avançavam numa grande corrida.

As linhas se encontraram, e os espartanos se chocaram com o inimigo que os importunara. Apesar da dor e da exaustão, eram como meninos finalmente capazes de pisar num ninho de vespas. Com prazer, aguentaram os cortes para golpear e furar, usando a lança e, depois, o escudo e a espada e, finalmente, a cópis, que tirava dedos e vidas em lances rápidos e cortantes.

Os persas recuaram do massacre, mas Tissafernes viu a oportunidade e mandou os regimentos avançar em torno dos flancos espartanos e atacar os homens mais cansados, alguns mal capazes de se manter de pé. Eles gritaram para avisar, e o som chegou a Crísofo, que matava na vanguarda. Ele praguejou, se esforçando para ver. Ele apostaria os seus espartanos contra uma força dez vezes maior, mas Tissafernes trouxera oitenta ou noventa mil por todo o império atrás deles. Os gregos não poderiam vencer. Só poderiam deixá-los ensanguentados.

— Recuem agora, espartanos, em boa ordem. Defendam os flancos e recuem. Peguem os nossos mortos. Vejam quanta gente da família vai chorar e se lamentar quando pensarem em nós.

Ele sorriu para o riso dos homens em volta quando começaram a retornar, erguendo o escudo mais uma vez e pegando as lanças caídas, para se eriçarem e não poderem ser atacados por cavaleiros, embora os persas enraivecidos berrassem maldições sobre a sua cabeça e prometessem vingança.

Tissafernes temia que os seus homens fossem atraídos até longe demais nas montanhas. Ele ouvira falar das tribos que infestavam aqueles picos. O império da Pérsia tomara reinos inteiros sob as suas asas, da Babilônia aos povos medos. Mas aqueles penhascos permaneciam isolados e selvagens. Ele observou os gregos recuarem e os corpos espalhados que deixaram para trás como trapos ou retalhos de carne no chão. O esquadrão em retirada parecia vomitá-los enquanto deslizava para as montanhas.

Por impulso, ele ergueu a mão como um adeus. Um oficial grego a cavalo se virou para observá-lo, alguém que Tissafernes não conhecia. O desconhecido levantou a mão em resposta, depois foi a trote para os penhascos. Tissafernes balançou a cabeça. Achara que eles se renderiam quando matou os generais no banquete. Jurara ao rei Artaxerxes que, sem líderes, ficariam indefesos. Em vez disso, eles tinham escolhido outros e sobrevivido, não se sabia como. Eram um povo estranho, pensou ele, se perguntando o que os carducos lhes fariam.

Tissafernes se virou para Mitrídates, o seu segundo no comando.

— Gostaria de ir com eles? — perguntou.

O grego fez que não.

— Nem por uma coroa, meu senhor. Não os veremos de novo.

— É o que penso. Quando retornar ao rei, direi que foram destruídos. Acha que é uma descrição exata?

O grego baixou a cabeça.

— É, sim, nobre Tissafernes. Eles não sabem, mas estão todos mortos. O senhor os levou para os carducos, portanto o sucesso é seu. Parabéns, meu senhor.

Tissafernes sorriu e guardou a pequena lâmina que segurava na palma da mão. O último dos gregos entrara no desfiladeiro e sumira, como se nunca tivessem existido. Os picos os tinham engolido.

De repente, ele pensou na engenhosidade dos gregos. Mais de uma vez, acreditara que estavam indefesos, mas eles sobreviveram.

— Ainda temos pombos? — perguntou.

Mitrídates fez que sim.

— É claro, meu senhor.

28

O frio aumentava a cada passo, enquanto o caminho se estreitava e subia. As linhas de hoplitas marchavam juntas, com os escudos prontos e as lanças servindo de bastões enquanto subiam por pedras irregulares. Os penhascos se elevavam bem acima deles, com a neblina impedindo que alguém visse os picos. Xenofonte deixou Hefesto na retaguarda para vigiar qualquer punhalada final de Tissafernes, mas havia algo definitivo no jeito como o persa tinha levantado a mão antes de sumir de vista.

Não demorou para as planícies virarem uma lembrança. Eles se ajudaram a transpor os rochedos, tremendo o tempo todo enquanto o frio parecia alcançar os ossos. Xenofonte logo entendeu que não seria capaz de levar o cavalo pelas montanhas dos carducos. Com um suspiro, apeou. O animal o servira bem, e foi difícil para ele pedir uma marreta. Matar um cavalo não é fácil, mas a necessidade era grande. Um dos coríntios disse que tinha sido açougueiro em outra vida. Xenofonte segurou as rédeas e se recusou a desviar os olhos quando o homem deu um golpe forte com a marreta e o cavalo afrouxou e caiu, a língua de fora. Homens e mulheres se aglomeraram em torno, como se pudessem reivindicar para si um pouco da carne pondo a mão nela.

— Recuem, todos vocês — ralhou Xenofonte. — A fome os deixa tolos. Temos uma dúzia de montarias. Pararemos aqui para comer... — Ele olhou em volta, mas naquele lugar havia pouca lenha. Algumas árvores mirradas se agarravam às pedras mais acima, insuficientes para assar carne para uma multidão faminta. Ele balançou a cabeça. — Carregaremos a carne até onde tivermos lenha e um lugar para defender.

A promessa aparentemente os satisfez, embora observassem como lobos o açougueiro cortar grandes tiras e nacos das costelas do animal.

O caminho os levou mais para o fundo até chegarem a uma grande bifurcação. Um lado devia ser uma trilha de cabras pela estreiteza, pouco mais do que uma linha branca que sumia numa curva. O outro era mais uma avalanche do que um caminho; as pedras cinzentas estavam manchadas de musgo, e parecia que nada se movera ali em mil anos. Xenofonte avançou, embora na verdade não fosse mais capaz de adivinhar o caminho do que a criança suja que andava ao seu lado havia algum tempo. Mesmo assim, esperavam que tomasse a decisão, e ele deu a ordem sem hesitar. Subiriam pelas pedras, para chegar mais alto. Assim que ele falou, o menino lhe sorriu, de olhos arregalados.

— Como se chama, filho?

— Adrios, senhor.

— Você concorda, não é, Adrios? — perguntou-lhe Xenofonte.

A criança fez que sim, levando Xenofonte a sorrir e lhe despentear o cabelo. Dali a pouco, a mãe do menino o encontrou e o carregou no quadril.

— Desculpe, estratego. O pai dele se perdeu no combate. Ele continua procurando entre os homens. Está sempre em algum lugar, puxando mangas e perguntando se o viram. Espero que não tenha incomodado.

— De jeito nenhum. Adrios concordou comigo sobre o caminho que devemos tomar, não foi? É um bom rapaz.

Ela piscou com surpresa ao ouvir isso, e Xenofonte descobriu que o seu estado de espírito melhorara.

Seguiu-se uma hora de esforço intenso, um processo extraordinário. Homens e mulheres escalaram, oferecendo a mão uns aos outros. Alguns subiram com dificuldade, enquanto outros pulavam de pedra em pedra como cabritos-monteses. O tempo todo, tentavam ficar atentos a ataques, mas era simplesmente impossível segurar uma lança pronta a atacar e, ao mesmo tempo, subir em pedras soltas que se espalhavam e tremiam sob os pés. Xenofonte avistou Hefesto se aproximando. Soube, pela expressão contraída do homem, como fora difícil abrir mão das outras montarias.

— Você deu ordem de matar o meu cavalo? — perguntou Hefesto quando se aproximou o suficiente. Parecia um desafio, e Xenofonte respondeu depressa:

— Dei. Eles não podem escalar.

Por um momento, o outro o olhou com raiva, mas aí uma sombra passou pelo seu rosto. Hefesto estava muito longe das ruas da cidade e das realidades de lá. Vira o suficiente para saber que Xenofonte fizera a única escolha possível.

— Os espartanos estão retalhando-os como ovelhas — disse ele com amargura. — Eles não têm alma, aqueles homens.

— Eles não têm sentimentos — respondeu Xenofonte. — Não é a mesma coisa.

— Como soube que caminho tomar?

— Escolhi o que sobe. Temos de subir bastante para passar por estas montanhas, Hefesto. Se houver alguma passagem, será perto do pico, o mais alto que conseguirmos chegar.

Hefesto parou, ofegante, para olhar a encosta. Toda vez que faziam isso, eles se espantavam com a distância percorrida. Logo aprenderam a descansar com frequência, mas por pouco tempo. Dessa maneira, avançavam mais depressa do que quando se forçavam à exaustão e desabavam.

Toda a trilha atrás estava cheia de gente que lutava para subir pelas pedras soltas e irregulares. Estavam desgastados, mas ainda bem longe de desistir. Xenofonte os olhou com orgulho, e Hefesto viu a expressão.

— Eles não vão lhe agradecer — disse ele. — Vejo o jeito como olha para eles, como se você fosse o pai. Acho que, no fim, vão partir seu coração.

Foi surpreendente ouvir isso de um homem que já tinha roubado frequentadores do teatro. Xenofonte se inclinou para trás como se quisesse ver melhor o ateniense, franzindo os olhos para ele.

— Você é um homem que pensa, Hefesto, embora esconda bem. A verdade é que teremos sorte se voltarmos a ver o nosso lar. Se sobrevivermos, duvido que qualquer um de nós continue o mesmo. E você não espera o suficiente dessas pessoas. Elas ainda vão surpreendê-lo, tenho certeza. Como me surpreenderam.

Ele viu Hefesto corar de prazer com o cumprimento quando se viraram para continuar.

No alto, na neblina acima deles, começou um estranho pio, mais como os gritos roucos de gaivotas ou macacos do que algo que sairia da garganta dos homens. O som ecoou de um lado para o outro pelos penhascos até encher o ar, e todos os gregos ficaram paralisados. Milhares deles pararam olhando para cima, quase como crianças com medo do desconhecido. Hefesto e Xenofonte se entreolharam com desconfiança assustada.

— Sabem que estamos aqui — disse Xenofonte baixinho.

O primeiro morro levou a um vale abrigado, onde havia cerca de trinta casas. Todas estavam abandonadas, mas havia comida e, o melhor de tudo, vinho em tonéis de argila enfiados no chão. Os sons de pios continuavam na escuridão e impediram muitos homens de beber demais e ficar inúteis. Eles só queriam passar pelas montanhas e voltar às planícies do outro lado o mais depressa possível. Acenderam tochas e se deslocaram pela aldeia quando a noite caiu, mas logo descobriram que as luzes atraíam flechas e pedras de algum lugar mais acima, sem aviso — e que os carducos eram habilidosos. Três homens morreram antes de aprenderem a não usar tochas e se transformar em alvo. Os que dormiriam ao ar livre permaneceram acordados, e outros dois hoplitas foram mortos antes que o sol voltasse a nascer. O pior, de certo modo, eram as fogueiras acesas a distância, muito no alto, que ardiam como estrelas amarelas. Xenofonte não tinha dúvida de que convocariam todas as tribos e famílias dos carducos. Ele não conseguia se livrar do frio nem do medo surdo que apertava as suas entranhas como a fome. No abrigo de uma das casas, o tremor sumiu junto ao fogo quente. Ele comeu melhor do que tudo o que tivera desde a partida, e sentiu lágrimas nos olhos com o pão fresco e a manteiga salgada que não estava rançosa. Era um pequeno prazer, mas, quando acrescentou um copo de vinho tinto jovem e quase azedo, foi quase demais.

Pela manhã, Xenofonte andou até o fim do vale com alguns homens. As montanhas se abriam além, e eles podiam ver figuras minúsculas se movendo nas encostas mais altas, embora fosse difícil saber se desciam para atacar ou aguardavam numa emboscada. Xenofonte bateu a mão na base de uma torre de pedra que se estendia até a neblina, perguntando-se se havia alguém sentado acima dele naquele momento, o coração cheio de fúria contra o invasor. Os assovios voltaram a soar em torno do vale todo, embora fosse difícil calcular a distância com os ecos.

— Precisamos capturar guias assim que os encontrarmos — disse Xenofonte com tranquilidade. — Há becos sem saída demais nestas montanhas. Poderíamos ficar um ano perambulando.

— Muito bem — disse Crísofo. — Você fica na vanguarda ou na retaguarda? Acredito que os meus espartanos deveriam liderar neste tipo de terreno. Não é muito diferente das montanhas de casa. Estou quase com saudade das brincadeiras da juventude.

Xenofonte piscou, sem saber se o homem brincava ou falava a sério. Mas ele aprendera a confiar em Crísofo.

— Comandarei a retaguarda. Manterei os nossos batedores como mensageiros entre nós. Hoje eles vão se cansar, depois de tanto tempo a cavalo. Não vá tão longe que fiquemos separados.

Crísofo baixou a cabeça em resposta, sem se incomodar de receber um conselho desses de um homem bem menos experiente. Ele passara a gostar do ateniense e aceitara que Xenofonte era um oficial do tipo que tentava manter os soldados vivos. Crísofo aprovava esses homens, muito mais do que aqueles que se apressavam a cada desafio sem um momento de reflexão.

— Acho que esse ponto mais apertado terá outro propósito hoje pela manhã — continuou Xenofonte, passando a mão na pedra. — Dois ou três podem passar por aqui de cada vez. Acho que devemos verificar o peso e os bens saqueados dos homens, Crísofo. Precisamos estar leves e rápidos, não sobrecarregados.

O espartano sorriu com essa ideia e foi convocar o acampamento a passar por um único espaço estreito, todos sob os olhos de Xenofonte. Os primeiros não demoraram a marchar pelo general — e só momentos depois os primeiros bens saqueados lhes foram tirados, formando uma pilha ao lado do caminho.

Era espantoso, pensou Xenofonte. Ele não percebera quantas coisas os soldados e seguidores do exército tinham simplesmente catado enquanto viajavam. Além de selas pesadas e armas estranhas, antigas demais para serem úteis, eles tinham sacos de sal e ervas, rolos de pano e grandes peles curtidas. Um homem levava uma porta, mas, quando afirmou que era um bom escudo, Xenofonte o deixou ficar com ela. De algum modo, os seus gregos tinham se agarrado a mil itens pesados, como ferramentas e arreios para cavalos que não tinham mais. Xenofonte foi impiedoso com esses, ignorando queixas e contra-argumentos. Eles mais lembravam uma feira em Atenas do que um exército enxuto lutando para abrir caminho pelas montanhas. Embora provocasse uma imensa sensação ruim, a pilha não parou de crescer até se tornar um achado espantoso para os carducos que a encontrassem. Xenofonte pensou em pôr fogo, mas achou que tudo aquilo seria mais útil para os habitantes da montanha do que como oferenda aos deuses.

Também permitiu que os soldados ficassem com os escravos que, de algum modo, tinham conseguido capturar durante a viagem. Muitos homens tinham tomado amantes, e seria cruel abandonar essas pessoas às tribos dali. Ainda assim, havia mais escravos estrangeiros do que Xenofonte acreditaria. Não admira que passassem fome. Parecia que ele alimentava metade da Pérsia. Seu humor estava péssimo com isso na hora em que o último deles passou.

Hefesto estava na retaguarda e andava ao lado de Paláquis, como se a reivindicasse com a proximidade. Xenofonte sentiu o olhar dela passar por ele, e o seu humor azedou ainda mais. Ele a rejeitara, mas mesmo assim tinha esperanças de que ela o desejasse. Não parecia ser o caso. Como se quisesse provar essa suspeita, Paláquis estendeu a mão até o pescoço de Hefesto e espanou algo, um gesto de intimidade que fez Xenofonte trincar os dentes. Não lhe ocorreu que ela fazia questão de que ele visse como tocava o outro ou que alguma parte da exibição fosse para ele.

Quando toda a força grega passou pelo ponto estreito e chegou a uma encosta mais larga, estavam bem menos sobrecarregados. Alguns olhavam com saudade a pilha de objetos de valor, mas Xenofonte fizera valer o seu ponto de vista. Percebeu que gozava de mais poder do que pensava quando foi para a retaguarda de mau humor e pôs a coluna em movimento com gestos.

No decorrer do caminho, os hoplitas ergueram os escudos e prepararam as lanças, enfiando os elmos sobre o cabelo comprido e espesso demais. Acima deles, os pios pararam de repente. Todos olharam bruscamente a neblina lá em cima. Tinham se acostumado ao som, de modo que a sua ausência era quase mais assustadora, como se os próprios morros os fitassem. Xenofonte tremeu.

À frente, Crísofo foi atacado quase imediatamente, com pedras caindo sobre seus homens enquanto os carducos se esgueiravam por caminhos estreitos lá no alto. As flechas vieram em rajadas, e os homens da tribo tinham boa pontaria. Crísofo respondeu com esperteza, mandando os espartanos mais jovens e em melhor forma subirem a montanha em torno deles. Sempre que encontravam uma trilha ascendente, uma centena se separava e subia por ela à máxima velocidade. Descobriram que a tática primária dos carducos era fugir dos ataques e se espalhar pelos penhascos, os pés leves como cabritos-monteses, e os gregos ficavam ofegantes, olhando os profundos precipícios.

Virou um jogo selvagem, mas os carducos estavam levando a melhor. Grupos de seis ou doze surgiam em alguma plataforma e disparavam um jorro de flechas contra escudos e armaduras. Quando tinham sorte, conseguiam ferir ou derrubar um homem. Antes que Crísofo conseguisse montar um desafio ou quando avistavam os espartanos a persegui-los pelos picos, eles sumiam de novo, piando e saltando.

Era enfurecedor, mas as baixas reais eram poucas, contanto que os gregos mantivessem a formação e usassem os escudos. A formação em coluna era útil, pois um único escudo podia abrigar dois ou três dos que marchavam e se sobrepor para frustrar o inimigo. Sem aqueles escudos e a disciplina para segurá-los com firmeza, teria sido um massacre.

Na retaguarda, Xenofonte viu uma grande força aparecer quando passou pela abertura de um vale ao lado. Lá, talvez uns cem carducos pulavam e ameaçavam, o rosto marcado de fuligem ou sangue. Estavam próximos e tentadores, igualmente prontos para fugir ou atacar, mas a sua tarefa era dar apoio a Crísofo, e ele não poderia se separar. Xenofonte ordenou que os escudos fossem unidos numa linha ininterrupta naquele lado, enquanto pedras e flechas se chocavam contra eles. Filésio estava lá para aguentar o grosso do ataque, com os tessálicos e os estínfalos logo à frente na coluna. Eram soldados sólidos e experientes, e não cambalearam. Xenofonte se instalava na rotina e aceitava-a quando o ritmo mudou à frente.

Sem aviso, Crísofo e toda a vanguarda da coluna se separaram dos seguidores do exército e saíram correndo, atacando uma ameaça invisível. Restou a Xenofonte avançar a retaguarda sem ideia do que acontecia nem de onde precisaria estar. Ele praguejou e chamou Filésio.

O tessálico parecia pálido, mas determinado. Saudou-o com um braço sobre o peito.

— Precisamos capturar alguns desses — gritou Xenofonte acima do ruído da marcha e do barulho de pedras e flechas que ainda vinham da esquerda.

Quando Filésio abriu a boca para responder, um hoplita da fileira da retaguarda recebeu uma flecha na cabeça ao espiar por cima do escudo. Ele caiu sem nem gritar, e tanto Xenofonte quanto Filésio ficaram olhando seu corpo ser deixado para trás.

— Não podemos parar aqui — disse Xenofonte. — Arranje-me um guia, Filésio. Essa gente conhece cada parte da montanha. Correrão em círculos à nossa volta enquanto não tivermos olhos. Crie uma emboscada para eles. Tente-os... com mulheres ou um homem ferido.

Filésio deu uma risadinha quando se pôs a trazer para a frente algumas moças relutantes. Uma delas estava acompanhada do hoplita que era seu amante e reclamava em voz alta até ver que era uma ordem de Xenofonte. Mesmo assim, o jovem soldado observou com olhos ciumentos as duas mulheres serem forçadas a correr para fora da linha de escudos, como se estivessem fugindo.

A batucada de flechas parou imediatamente. Mulheres que pudessem ter filhos nunca eram desdenhadas. Sem hesitar, oito carducos correram com os braços abertos para pegar as mulheres que guinchavam antes de serem trazidas de volta. Por sua vez, eles foram cercados quando a linha grega explodiu diante de seus olhos.

Os oito carducos que tinham avançado foram agarrados e arrastados para trás das fileiras. Quatro deles foram mortos na luta, os corpos jogados para ficar para trás. Os restantes foram amarrados e levados para dentro da coluna, onde não poderiam ser mortos nem resgatados. As flechas e pedras voltaram a batucar, mas a coluna continuou marchando. À frente deles, os seguidores do exército aceleraram o ritmo, tentando se reunir à tropa de Crísofo que sumira à frente numa grande carga.

Xenofonte se virou rispidamente para Filésio.

— Arranje alguém que saiba persa para falar com esses carducos. Quanto mais cedo soubermos onde estamos, melhor.

Ele viu os seguidores se arrastando com sofrimento à frente quando o caminho se curvou. Estavam extremamente vulneráveis, e ele não tinha nenhuma dúvida de que os carducos se esgueiravam por todos os lados junto a eles. Sem ninguém que os fizesse avançar, seu povo parava por conta própria, apavorado. Xenofonte só podia amaldiçoar Crísofo por caçar fantasmas e abandoná-los. Tomou uma decisão, embora parecesse que o coração ia sair do peito.

— Continuem. Dobrem o passo. Formem-se em torno dos seguidores da melhor maneira possível. Terreno hostil! Escudos erguidos e lanças prontas para rechaçar ataques. Ninguém para enquanto não virmos a vanguarda. Ninguém!

Acima deles, ele via linhas esguias de arqueiros deslizando em saliências mal capazes de aguentá-los nos penhascos íngremes. Flechas e pedras vieram assoviando pelo ar, e isso bastou para todos irem mais depressa, com os escudos a protegê-los. Enquanto avançavam, subindo em pedras e se enfiando em lugares estreitos, gritos de dor eram ouvidos sempre que os carducos atingiam carne em vez de bronze.

Xenofonte os forçou por um quilômetro e meio, embora nisso todos ofegassem, como se o ar ficasse rarefeito demais para respirar. Subiam a cada passo, e mesmo assim nunca era o bastante para interromper o granizo que vinha de cima.

À frente, avistaram as fileiras da retaguarda dos cinco mil de Crísofo, agachados como um besouro ou tartaruga, os escudos protegendo os homens. Xenofonte sentiu a irritação aumentar, mas a controlou como um espartano, dizendo a si mesmo que Crísofo não o deixaria desprotegido sem boas razões.

O próprio homem retornou para encontrá-lo quando a metade dos gregos da retaguarda voltaram a se unir à vanguarda. O alívio foi indescritível. Separados, sabiam que enfrentariam a destruição.

Crísofo se apoiou no joelho para se desculpar, o gesto tão bom quanto as palavras.

— Aonde você se meteu? — perguntou Xenofonte, com esperança de não ter avaliado mal o homem nem lhe dado autoridade demais.

— Sinto muito. Não houve tempo de avisar. Olhe lá e veja o que me fez correr.

Ele apontou, e Xenofonte fitou a distância. Ele chegara ao ponto onde Crísofo saíra correndo num ataque. Viu que o desfiladeiro pelas montanhas se encolhia num vale estreito — e a massa enxameante de homens das tribos que os esperava lá.

Crísofo ainda não se levantara.

— Eu os vi descendo pelas encostas e entendi que tentavam chegar àquele ponto antes de nós. Eu não sabia... não sei por que é importante, só que corriam para chegar lá. Rompi a cadeia de comando para impedi-los, general. Peço desculpas.

— Levante-se, Crísofo. Estou aliviado. Pensei que você tinha perdido a cabeça. Capturou guias? Tenho quatro e posso lhe emprestar dois. Talvez haja um caminho para contornar esse desfiladeiro. Não gostaria de passar por ele.

Quando se levantou, Crísofo estendeu a mão, e Xenofonte a apertou por impulso. Nada mais precisou ser dito entre eles.

— Capturei alguns também, estratego — disse Crísofo. — Vou interrogá-los. Em geral, há algum caminhozinho pelas montanhas, bom para cabras e pastores. Foi assim que os persas nos venceram nas Termópilas. Terei prazer em encontrar um caminho desses aqui.

Xenofonte chamou Filésio, que estava próximo.

— Traga aqueles malditos carducos e alguém que fale persa.

Ele só podia torcer para que os homens da tribo entendessem a língua imperial, senão seriam inúteis.

Filésio achou um grego que falava persa o suficiente para fazer perguntas simples. Para demonstrar a urgência da situação, mandou um dos seus tessálicos surrar dois carducos até a inconsciência com golpes firmes antes de se virar para o par restante e perguntar se havia outro caminho.

Um dos remanescentes era um homem de quarenta e tantos anos, envelhecido, mas pálido, como se nunca tivesse visto o sol naquele lugar. Jurou que o desfiladeiro era o único caminho para passar por aquela parte da montanha. Fez juramentos a Zaratustra e a Aúra-Masda e disse que só falava a verdade. Xenofonte viu os olhos do outro se virarem para ele e se arregalarem com os juramentos terríveis que ouvia.

— Leve o mais velho embora — disse Xenofonte. — Solte-o ileso com os outros dois. Não tenho mais uso para eles.

Ele sorriu para o último homem, mais ou menos da sua idade, que o observava com cautela.

— Diga-lhe que sabemos que seu amigo mentia, mas não entendemos o porquê. Diga-lhe que podemos ser misericordiosos ou cruéis. A escolha é dele.

O soldado grego traduziu as palavras para o persa simples que sabia, e o jovem mordeu o lábio inferior, pensando. Dali a pouco, uma torrente súbita de palavras se derramou, muito mais depressa do que o intérprete conseguia reproduzir em grego.

— Ele diz... o outro homem não quis lhe falar de um caminho... sobre a montanha, porque sua filha mora naquela direção, mas... ele existe, há uma rota estreita que contorna o desfiladeiro à nossa frente. Ele pede que o velho seja morto, se ainda não foi libertado, senão contará aos anciãos... Dirá que esse jovem ajudou o inimigo e a sua vida estará acabada.

Xenofonte deu uma ordem rápida, e o homem que estavam prestes a libertar foi morto. O mais jovem sorriu ao ver isso, relaxando visivelmente.

— Ele diz que o velho era amigo de seu pai e que está contente... em vê-lo morto.

Xenofonte piscou por ter sido usado dessa maneira.

— Mostre onde começa o caminho — disse ele.

29

Xenofonte chamou uma tropa de voluntários, os mais fortes e rápidos. Aceitou quatro capitães e dois mil homens e lhes explicou a tarefa e a velocidade necessária. Eles sorriram ao ouvir, preferindo subir a montanha correndo do que se arrastar em fila com todo o resto.

— Esse desfiladeiro tem de ser importante, senão eles não se reuniriam em número tão grande para defendê-lo — disse Xenofonte. — Vocês não podem falhar, cavalheiros. Agora, vão.

Enquanto ele falava, a chuva caiu das nuvens como uma cortina puxada sobre o vale. Num instante, todos ficaram encharcados, baixando a cabeça contra as gotas que se transformavam num aguaceiro constante. Xenofonte soltou uma praga entre dentes. A chuva dificultaria tudo. A neblina parecia descer a cada minuto que passava; nenhum dos picos acima era visível, e até o desfiladeiro era um contorno vago contra o céu mais claro.

— Sigam o guia. Estaremos prontos — disse Xenofonte.

Ele observou dois mil dos seus melhores rapazes saírem correndo. Eles deixaram o piso do vale, e Xenofonte observou o guia carduco correr com as mãos amarradas às costas. O rapaz os levou por um desfiladeiro onde uma trilha de animais sumia em samambaias densas. Parecia que não ia a lugar nenhum, sumindo nas pedras. A sua verdadeira extensão estava oculta para quem olhasse de baixo, e Xenofonte sabia que não a encontrariam sem ele. Ele sentiu uma pequena satisfação quando os carducos que Crísofo capturara não sugeriram nada de útil.

Por algum tempo, nada pôde fazer. A chuva continuava, e o seu povo ainda tremia e sofria. Sem ver o sol, era difícil saber que horas eram, embora ele achasse que a noite devia estar próxima. Tomou uma decisão rápida e ordenou que a coluna avançasse em boa ordem — só o suficiente para que os que aguardavam no desfiladeiro soubessem que avançavam. Naquele ponto, Xenofonte ordenou que descansassem. Não houve sinal de flechas nem pedras vindas dos rochedos lá em cima. Ele se perguntou se era porque aqueles homens também estavam encharcados na chuva. Os arqueiros se queixavam amargamente quando eram forçados a trabalhar com cordas molhadas, ele sabia. Ou talvez tivessem ouvido os passos dos dois mil gregos lá no alto e sentissem que eram caçados. De qualquer modo, isso ajudou a melhorar o seu humor, apesar da chuva. Estava realmente escurecendo. Os seus homens passariam uma noite fria lá nos picos. Ele só podia torcer que até a manhã a neblina se limpasse, para que pudesse ver os carducos sendo surpreendidos.

O piso do vale estava cheio de cursos d'água, e não havia lugar seco. Xenofonte viu muitos seguidores do exército se instalarem em pares ou grupos, as costas unidas, para manterem alguma parte do corpo livre da umidade. Mesmo com essa cooperação, seria uma noite horrível.

Paláquis veio se sentar ao lado dele quando a luz sumiu. Passou a mão sobre uma pedra larga e plana e se empoleirou nela, cruzando os tornozelos e juntando as pernas ao corpo para manter algum calor. Estava com um cobertor já escuro de umidade. Mesmo assim, os dentes batiam, e ele desejou ter algum abrigo para ela. Os gregos e o frio não combinavam.

— Você parece um passarinho semiafogado — disse ele, embora sorrisse.

O cabelo que se avolumava em cachos grossos tinha murchado, agarrado ao rosto em longos tentáculos. Ela esmorecia com a água.

— É como me sinto — respondeu ela. — Então, vamos passar a noite aqui?

— Até conseguirmos atravessar aquele desfiladeiro, é preciso.

— E se não conseguirmos?

— Então há um caminho mais difícil a escalar. De um jeito ou de outro, avançaremos amanhã.

Naquele momento, parecia que a noite se estenderia para sempre. Ele percebeu que também tiritava. Os dentes faziam um som audível, as mãos estavam brancas e tremiam visivelmente.

— Você está congelando, Xenofonte! — disse ela. — Sente-se ao meu lado. O meu cobertor está molhado, mas é melhor do que nada.

— Onde está Hefesto? — perguntou Xenofonte sem se mexer.

Ela se enrijeceu, uma linha dupla surgindo na pele lisa entre os olhos.

— Não sou dele, Xenofonte.

— Você não é minha, disso eu sei — ele respondeu, mais depressa do que o pensamento ou o bom senso.

Ela ficou um bom tempo sem dizer nada, fitando-o.

— Eu... pensei que era o que você queria, por algum tempo. Mas vi que estava sobrecarregado com tudo o que tinha de fazer para nos manter vivos. Entendo, Xenofonte. Está dizendo agora que quer que eu fique com você? Que me quer na sua cama? Não faça joguinhos comigo, Xenofonte. Fale ou se cale. Peça ou fique sem.

Ele engoliu em seco, fitando-a. Parecia que teria de dizer. Mas era loucura. Eles estavam em montanhas hostis, com pouca comida e inimigos ao redor. Xenofonte percebeu que queria a aparência do amor, mas talvez não a realidade. Queria trocar olhares de desejo com uma linda mulher que não ocupasse muito tempo. Não havia lugar na sua vida para conversas prolongadas, risos ou canções. O que ele queria poderia ser obtido em instantes — e, embora a desejasse muito, ele entendeu que não seria suficiente.

Os dias dela não seriam cheios de eventos e decisões. Ele não poderia ser uma distração para Paláquis. E, se ela o distraísse, todos pereceriam. Tentou recordar essas questões que giravam nos seus pensamentos. O silêncio aumentou em torno deles, e Xenofonte percebeu que ficara tempo demais sem responder.

— Aí está você! — disse Hefesto, vindo pelas pedras em passos largos.

O rapaz segurava um cobertor quente e o enrolou nos ombros de Paláquis sem mais palavras. Mais uma vez, aos olhos de Xenofonte, parecia que ele a reivindicava, pelo jeito como descansou o braço sobre ela.

Xenofonte sabia que Hefesto tinha plena consciência de que interrompera alguma coisa. Cada olhada rápida absorvia o rubor suave das faces dela ou o olhar intenso que Xenofonte teve de piscar para interromper. Hefesto também corou, os movimentos pouco à vontade.

— Há um pouco de comida lá atrás — disse ele. — Carne-seca cozida com algumas ervas. Um copo de vinho. O gosto é horrível, mas é melhor do que passar fome. Vamos, antes que acabe?

Ele fez a pergunta a Paláquis, e ela se levantou com facilidade, ocupando-se com o cobertor encharcado e puxando o seco para mais perto. Ela olhou Xenofonte mais uma vez antes de se virar. O olhar dele estava no chão, entre os pés. Uma expressão exasperada, quase de fúria, passou pelo rosto dela. O lábio inferior se afinou até quase nada, e ela pegou o braço de Hefesto, surpreendendo-o. A escuridão caiu sobre as montanhas, e os gregos cochilaram e tremeram sob os cobertores, acordando várias vezes com a água fria escorrendo pela pele.

A chuva parou enquanto a neblina clareava no alto, mostrando-lhe mais penhascos da montanha do que tinham visto antes. Xenofonte despertou a retaguarda enquanto Crísofo reunia os espartanos na vanguarda, prontos para o que desse e viesse. Estavam todos com fome, mas havia água fresca e limpa, e, embora ainda estivessem molhados, fediam um pouco menos. Alguns homens soltavam vapor enquanto se alongavam, liberando calor na manhã.

O exército de carducos começou a se mover no desfiladeiro. Não formavam fileiras e, aos olhos gregos, pareciam iguaizinhos a uma colmeia forçada a agir. O céu clareou além deles, e pareciam figuras pretas cabriolantes, mas eram tantos que não havia como passar. Os gregos se formaram diante deles, fazendo-os enfrentar a ameaça. Xenofonte mandou a coluna se preparar com os escudos quando ordenou que avançassem e depois parassem mais uma vez. O enxame ficara imóvel enquanto os carducos esperavam, mas os gregos os fitavam de volta, a menos de duzentos passos do ponto estreito que tinham bloqueado.

Xenofonte agradeceu aos deuses quando trombetas soaram no alto. A nota estava abafada, mas para ele ecoou com alegria. Ele temera que os dois mil que mandara tivessem se perdido na escuridão lá nas alturas. Tinham passado uma noite trêmula e silenciosa, suportando a chuva com menos proteção ainda do que os de baixo. Mas se esgueiraram até o inimigo às primeiras luzes, e ele teve vontade de abençoá-los.

Xenofonte viu a consternação dos carducos. Conheciam a guerra nos picos, e tinham horror a serem vistos de cima, isso era claro. Quando seus homens vieram rugindo encosta abaixo, Crísofo mandou os espartanos avançarem em passo duplo. Eles começaram a cantar o peã, a canção da morte. Xenofonte sentiu aquilo direto no peito, e se uniu a eles nas palavras, enchendo o pulmão de ar. Alguns gregos em torno dele o olharam espantados.

Os carducos desistiram de bloquear o desfiladeiro e fugiram como ratos. Xenofonte ouviu vivas subirem dos que ainda desciam pelo flanco. O caminho secreto os fizera contornar o desfiladeiro, de modo que já seguiam para o vale do outro lado. Por sua vez, tudo o que ele podia fazer era marchar com a retaguarda em boa ordem, passando pelos espinheiros e galhos de árvores que tinham sido derrubados. Os carducos tinham sumido e, embora ouvisse os pios recomeçarem atrás dele, era um som de luto, não um desafio.

O sol rompeu as nuvens baixas quando os gregos passaram, riscando raios como pontas de dedo no chão verde. Xenofonte viu grupos de casas e rebanhos de cabras e ovelhas. A boca se torceu com a ideia de carne assada. O vale podia ser estreito, mas tinha o chão verde e era claramente uma parte rica das montanhas, um coração oculto. Pelo que sabia, não havia nada parecido na serra inteira. Ele procurou Paláquis para lhe sorrir. Ela estava fora de vista, em algum ponto lá na frente, com Hefesto como seu companheiro.

Ao meio-dia, um dos anciãos carducos foi até a casa que Xenofonte ocupara. O desconhecido tinha hematomas recebidos por se aproximar das sentinelas gregas, embora estendesse as mãos vazias e mantivesse a cabeça baixa, aceitando a humilhação para ser ouvido. Xenofonte trouxe o jovem guerreiro que revelara a segunda rota em torno do desfiladeiro. Ele foi até o velho e lhe deu um tapa no rosto, olhando-o com maldade. Xenofonte teve de ordenar que o homem fosse afastado.

O velho carduco falou em sua própria língua e, quando cutucado com o cabo de uma lança, o guerreiro traduziu de má vontade.

— Ele pede que vocês não queimem as casas daqui. Diz que o seu povo quer ser deixado em paz, mas mente. Mandaram um velho porque não tem valor. Matem-no, se quiserem, não importa.

O velho magro começou a brigar e chutar o mais novo muito antes que as palavras fossem traduzidas para o grego.

— O que é isso? O que estão dizendo? — perguntou Xenofonte.

O jovem deu de ombros, resmungando em sua própria língua, embora o outro lhe sibilasse insultos.

— Fazemos a guerra para vencer. Não há regras. Se esse velho idiota está aqui, eu verificaria os seus guardas e me asseguraria de que não há ninguém por lá cortando gargantas. Temos muitos guerreiros.

O velho falou novamente enquanto Xenofonte escutava o intérprete. Ele não reconhecia o grego como palavras verdadeiras e falava por sobre o som, ainda defendendo a sua posição. Xenofonte levantou a mão para pedir silêncio e beliscou o ponto entre os olhos. Comera bem e se deliciara com o estoque que esse povo reunira para um longo inverno.

— Diga-lhe o seguinte. Só queremos passar. Não queimarei as casas se ele me devolver os mortos para serem sepultados e consagrados aos deuses. Diga-lhe isso e não acrescente mais nada.

O guerreiro carduco obedeceu de má vontade. Embora algumas partes derrotassem o intérprete, no fim o velho pegou a sua mão e se curvou. Xenofonte o despediu com um gesto, cansado de todos eles. Quando foram levados para fora, decidiu dar uma volta pelos limites do acampamento e verificar se os guardas ainda estavam vivos e a postos. Não confiava nos carducos.

Naquela noite, os corpos dos gregos apareceram na borda da aldeia carduca. Os guardas deram o alarme quando viram sombras se movendo, mas os que correram com tochas só encontraram no chão os corpos de homens que conheciam. Eles os levaram com reverência, como irmãos. Ninguém dormiu naquela noite enquanto ofereciam orações aos mortos. Os corpos foram limpos e ungidos pelas mulheres do acampamento e depois vestidos. As feridas foram costuradas, as barbas untadas. Nenhuma arma foi devolvida com os mortos, senão seriam divididas entre os seus amigos e aliados. Só o que puderam fazer foi cavar uma grande cova e pôr os corpos lá dentro. Era cruel ver aquilo à luz de tochas, e Xenofonte ouviu as mulheres chorando. Ele se perguntou se os carducos entenderiam o que estavam fazendo ou se abririam a cova assim que os gregos passassem. Deixou esse pensamento de lado. Aquilo era tudo o que podiam fazer. Sepultaram os corpos com dignidade, com choro e orações, antes de cobri-los gentilmente com terra.

O sol nasceu sobre um grupo decidido que marchava para fora do vale. Deixaram as casas intactas e não havia escravos para levar, mas novamente pegaram tudo o que poderia ser comido, inclusive rebanhos de cabras e ovelhas, que tocavam no meio deles. A coluna voltara a se formar em bom estilo, e o seu humor estava mais alegre do que antes.

Os primeiros ataques importunos começaram antes que o sol fosse visto acima dos penedos. Os carducos se esgueiravam aos milhares acima deles e, daquela altura, até uma pedra poderia derrubar um homem. Foi pior quando os homens da tribo rolaram grandes rochedos morro abaixo, pulando, batendo e esmagando quem fosse lento demais para sair da frente. Pelo menos, esses podiam ser vistos. A neblina se ergueu o dia todo, até os picos mais altos cintilarem ao sol do inverno. A temperatura parecia despencar, mas a luta os mantinha aquecidos.

Xenofonte e Crísofo elaboraram uma rotina entre eles. Quando os carducos atingiam a frente da coluna, Xenofonte mandava os homens da retaguarda pelos caminhos laterais, procurando a altura. Os carducos detestavam isso acima de tudo e abandonavam as posições assim que eram flanqueados dessa maneira. Quando Xenofonte era atacado, Crísofo fazia o mesmo com os seus espartanos, mandando homens para trás em apoio.

Era um trabalho duro e violento e, no fim do dia de inverno, eles estavam exaustos e frustrados. Os carducos tinham escolhido defender um pico, talvez porque não viam como descer. Com a neve rangendo sob os pés, tinham dado combate aos gregos. Por azar, era um grupo de cinquenta espartanos, que acabaram deixando a neve respingada de vermelho e jogaram cabeças carducas para o próximo grupo quando atacaram.

Quando a escuridão voltou, o preço em corpos tinha aumentado. Xenofonte se perguntou se fariam outro acordo para devolver os mortos, mas não havia mais casas para poupar. Não queriam nada dele, e ele não os viu quando o céu clareou e um frio terrível gelou o acampamento. Ele se perguntou quanto tempo mais aguentariam — e quantos quilômetros ele e os seus homens teriam percorrido naquele longo dia. Xenofonte fechou os olhos em oração.

Ele sonhou com correntes rompidas, com grilhões de ferro que caíam. Pela manhã, procurou Crísofo para lhe contar. Tinha de ser um bom augúrio, uma mensagem dos deuses. Xenofonte descobriu que acordara com o melhor humor desde que entrara nas montanhas. O sonho era o responsável.

Ele o contou ao espartano e viu o mesmo velho sorriso voltar ao rosto do homem. Xenofonte ficou contente ao ver isso. Sentia falta da amizade que brotara entre eles, separados como estavam pela própria coluna. Os homens precisavam de momentos de afeto e riso, senão começavam a murchar. Paláquis parecia evitá-lo, o que significava que Hefesto não estava mais por perto. Só restava Crísofo, que parecia exausto e magro. A barba do espartano estava emaranhada, com uma grande mancha branca no queixo.

— Foi um bom sonho — disse Crísofo. — Contarei aos homens. Talvez devêssemos sacrificar os bodes que trouxemos.

Ele esperou permissão, mas Xenofonte não hesitou.

— Nós os sangraremos como sacrifício, mas levaremos a carne conosco. Agora não vai demorar, Crísofo.

Os ataques foram esporádicos nos dois dias seguintes. Flechas voavam das fendas dos morros em volta, fazendo um arco alto; em geral, eram aparadas por um escudo. Na segunda manhã, um espartano foi morto por uma dessas flechas, que o pegou no lado do corpo, e ele tossiu sangue e se sentou, incapaz de se levantar. Não havia terra para sepultá-lo nem ferramentas para romper o chão, e eles construíram uma pilha de pedras lisas e a aumentaram até que parecesse um morro.

O jovem guerreiro carduco que Xenofonte capturara fugiu à noite, tendo roído ou esfregado as cordas que o prendiam enquanto os outros dormiam. Xenofonte se lembrou do sonho sobre grilhões caindo e torceu para que não significasse a fuga do prisioneiro.

Na terceira manhã depois do vale, a sétima desde que tinham entrado nas montanhas, chegaram a uma fenda do caminho que descia uma encosta íngreme de cascalho solto até uma vasta planície lá embaixo. Daquela altura, podiam ver um dia inteiro de marcha. Um rio imenso corria a menos de um quilômetro dos penhascos.

Além dele, numa planície verde e dourada, um exército os aguardava. Regimentos de cavalaria estavam acampados na planície, e a fumaça das fogueiras subia como fios de chuva no ar. Nos morros baixos, cintilavam esquadrões de infantaria. Tinham buscado terreno alto, embora fosse pouco, e se agarravam à crista das encostas como ilhas num oceano. Crísofo chamou Xenofonte à vanguarda quando chegou ao último desfiladeiro. Apesar dos inimigos que aguardavam no outro lado do rio, eles seguraram as mãos e os ombros um do outro e riram. As montanhas tinham ficado para trás.

— Eu me espanto com um sátrapa que espera por nós no inverno — disse Crísofo, protegendo os olhos para fitar a distância. — Provavelmente deve aos persas um grande favor para congelar aqui fora.

Xenofonte escondeu a sua decepção. Ele se libertara dos grilhões, mas tinha a esperança de deixar o combate e o derramamento de sangue para trás nas montanhas. Já suportara o suficiente, e a ideia de lutar de novo era extenuante. Quem quer que fosse o inimigo, qualquer que fosse a lealdade ou a promessa feita aos persas, eles o esperavam — e estavam no seu caminho.

— Precisamos atravessar aquele rio para voltar para casa — disse ele.

— Você vai dar um jeito — respondeu Crísofo. Xenofonte o olhou, mas não havia zombaria nem humor na sua expressão. — Já deu antes.

30

Em silêncio, a coluna grega desceu escorregando a encosta, abrindo arcos a cada longo passo. Alguns seguidores do exército rolaram, mas os hoplitas se espalharam em boa ordem, apoiando cada pé com cuidado. Os da retaguarda foram ainda mais devagar em caso de ataque, até que também sentiram o delírio puxá-los. Estavam fora. Estavam vivos. Começaram a correr em grandes saltos, cada vez mais depressa. Até o ar era mais doce do que a neblina úmida das montanhas. Eles riram e chamaram um aos outros com alegria ao chegar à terra mais quente lá embaixo. Os penhascos dos carducos eram lâminas atrás deles, em todos os sentidos.

Xenofonte marchou acima e abaixo dos flancos, exortando-os a se controlar e a entrar na formação adequada. Tinha saudade do cavalo. Todos os homens já tinham sido meninos, erguendo os olhos para o pai. Ele se perguntou se o simples fato de levantar a cabeça os deixava mais propensos a obedecer, movidos pelas primeiras lembranças. Não era tão fácil comandar grandes corpos de homens ao nível dos olhos.

Eles tinham espaço outra vez para formar o quadrado dentro do quadrado. Era quase confortador ver as velhas fileiras em volta, embora muitos rostos faltassem. Centenas tinham sido mortos nas montanhas, além de uma dúzia de mulheres roubadas nas batalhas, arrastadas aos gritos. Os que estavam naquele lugar tinham sobrevivido, mas não sem lembranças que os perseguiriam pelo resto da vida.

Xenofonte sentiu que envelhecera dez anos. Olhou com um tipo de raiva surda o exército que despertava para a sua presença no outro lado do rio. Ele não sabia quem eram nem por que tinham ido àquela planície. Zangava-se com eles porque estavam no seu caminho — e ele estava cansado dos que ousavam ficar no seu caminho.

Encontrou Crísofo aguardando as ordens pacientemente, com os espartanos em blocos organizados. Pareciam um tanto desgrenhados depois de tudo o que tinham suportado. Não eram só as barbas e tranças, mas a sensação de estarem desgastados, como se nem eles conseguissem avançar para sempre. Era um pensamento perturbador, percebeu Xenofonte. Ele confiara na resistência daqueles homens acima de todo o resto, usando-os primeiro e com mais vigor. Mas eram apenas homens. As longas capas vermelhas deixavam a luz passar por rasgos e buracos, esfarrapadas onde o pano fora cortado para enfaixar algum ferimento. Muitos espartanos usavam faixas vermelhas nos braços e coxas, escurecidas pelo sangue. Os escravos hilotas estavam entre eles, segurando escudos e espadas em silêncio. Juntos, eram uma elite, e Xenofonte sabia que não teria alcançado aquele lugar sem o sangue que derramaram.

Eles o fitavam sem raiva, aguardando ordens. Por sua vez, ele enfrentou os seus olhares sem piscar. Tinham feito a sua parte, mas ele também. Xenofonte olhou o outro lado do rio, onde regimentos de infantes ainda marchavam para se reunir, levados à loucura empolgada pela presença do inimigo. Talvez houvesse o triplo ou o quádruplo dos hoplitas gregos, uns trinta mil, mais ou menos. Seria um grande exército para quem não esteve em Cunaxa. Assim, Xenofonte fez um gesto para o outro lado da água e deu de ombros.

— Quem são esses tolos que se levantam contra nós? — disse, fazendo a voz ir longe e soar com raiva. — Nós, que andamos pelo exército do rei persa sem dificuldade. Nós, que atravessamos as montanhas dos carducos e sobrevivemos! Pois parece que o nobre

Tissafernes tinha pássaros mensageiros em sua trupe de dançarinos. Aqueles homens no outro lado do rio nunca viram os gregos. Não têm *ideia nenhuma* do que enfrentarão conosco. — Ele sorriu para os outros. — Imaginem a cara deles quando perceberem!

Até os austeros espartanos reagiram a isso, imaginando um inimigo em desordem. Eles se permitiam poucos prazeres, mas com certeza esse era um deles.

Atrás das fileiras de Crísofo, o grande esquadrão grego aguardava. Também pareciam surrados e magros, reduzidos a tendões e força de vontade. Tiveram pouquíssima comida por tempo demais... e muitos dias passados lutando pela vida. O fio das armas estava embotado, e nenhum deles se lavava havia mais de uma semana. Mas ele sentia tanto orgulho deles que seu peito poderia explodir.

Xenofonte fitou o outro lado do rio. Ele os levara àquele lugar. Era um peso sobre ele, mas não o trocaria pela chance de beber naquela mesma noite em Atenas e dormir na própria cama.

— Venha comigo até o rio — gritou para Crísofo. — Traga as suas lanças mais longas e alguns portadores de escudo para protegê-los. Acharemos um vau e mostraremos quem somos a esses vassalos do rei persa.

Um pequeno grupo avançou com ele até a margem do rio. Xenofonte conseguia ver flâmulas que não conhecia oscilando ao vento no outro lado. Os homens de lá usavam casacos blindados como os persas, embora decorassem as suas bandeiras com símbolos estranhos e parecessem ter menor estatura. Era difícil não se desesperar à vista de tantos, mas Xenofonte se forçou a andar até a margem do rio como se não visse nenhuma ameaça.

O rio era muito mais largo do que ele pensava e se estendia por uns cem passos, pelo menos, até o outro lado. Também corria muito depressa, vincando a água em formas que lembravam o voo dos gansos. Xenofonte observou arqueiros inimigos insolentes decidirem testar o alcance no outro lado, aproximando-se o máximo possível e puxando os arcos. Havia cerca de trinta deles, e Xenofonte teve de ficar atrás de dois escudos de bronze erguidos por espartanos, tentando não reagir ao choque e ao sibilar das flechas de ferro feitas para matar.

Entre as rajadas, lanças foram mergulhadas na água ao longo de toda a margem, mas nenhum vau se revelou. Vezes e mais vezes, as lanças mais longas sumiam até a mão que as segurava. Quando um dos homens foi atingido por uma flecha e levado para trás xingando e praguejando, os gregos saíram do alcance. Xenofonte sentiu que Crísofo o olhava enquanto se afastavam. Ele levantou as sobrancelhas numa pergunta, sem saber como continuar. Supusera que as forças inimigas conheciam o rio. Mas parecia que tinham vindo de longe para atender à convocação dos seus senhores persas, tão conhecedores dos vaus quanto ele. Não importava; sem um lugar para atravessar, ele não poderia responder ao desafio.

Xenofonte se sentiu um pouco abatido ao voltar para os gregos à espera. Só teriam de procurar mais. Ele vira lá do alto que não havia pontes até onde a vista alcançava. Teriam de encontrar um ponto onde o rio ficasse raso, onde alguma antiga crista de pedra ou cascalho ainda resistisse à corrente. Pior era a ideia de passar a noite numa planície tão nua. O vento estava mais forte, puxando pano e cabelo. O mais importante era que os gregos precisavam comer.

— Poderíamos mandar grupos de caça de volta à montanha, talvez para buscar ovos de passarinhos — disse Crísofo, ecoando os seus pensamentos.

Xenofonte já olhava, além do esquadrão do seu povo, os penhascos verdes e cinzentos que os tinham vomitado. Um movimento no desfiladeiro lá no alto chamou a sua atenção, e ele franziu os olhos antes de balançar a cabeça.

— Não creio que eles permitirão — disse, apontando.

No ponto onde os gregos tinham saído das montanhas, os carducos tinham se reunido em vasto número, mais do que Xenofonte achava que conseguiriam convocar. Milhares deles sacudiam lanças e arcos no ar e piavam, embora o som fosse enfraquecido pela distância e pela brisa.

— Ah. Então não podemos voltar nem avançar — disse Crísofo. — Acho que temos um dia para nos remendar. Para usar o resto de comida e vinho. Para curar e recosturar feridas também. Alguns homens estão febris, e temos gente demais em liteiras. Que os carducos uivem nos seus picos. — O espartano tremeu quando alguma lembrança passou pela sua mente. — Enquanto uivam, descansaremos e nos fortaleceremos.

— Pedirei a Atena que nos mostre o caminho à frente — disse Xenofonte.

Crísofo baixou a cabeça ao ouvir o nome.

— Nós a reverenciamos. Donzela do escudo, senhora da guerra e da sabedoria. Como não reverenciá-la? Ela é uma deusa muito espartana. Talvez tenha lhe mandado o sonho das correntes quebradas.

Xenofonte sorriu ao lembrar.

— Acho que sim. Ele me deu esperança num momento em que eu estava perto do desespero.

Crísofo parou, um ar de surpresa no rosto.

— Perto do desespero? Você não deu nenhum sinal.

Xenofonte desviou os olhos.

— Digamos que estou contente por ter saído daquelas montanhas. É como se atravessássemos a terra dos mortos e voltássemos ao mundo. Entende?

— É claro — respondeu Crísofo. — Mas saímos.

Não havia ninguém perto o suficiente para ouvi-los enquanto caminhavam de volta. Os outros homens tinham ido à frente enquanto os dois líderes andavam juntos, apreciando um momento de paz.

— Eu... Tem sido uma honra comandar os espartanos na guerra — disse Xenofonte, meio sem jeito.

— Sim. Sempre é — respondeu Crísofo. Dali a pouco, ele sorriu e continuou falando. — Vi aquele seu jovem amigo, Hefesto. Estava com a cabeça virada pela amante do príncipe Ciro... Como ela se chama?

— Paláquis — disse Xenofonte baixinho. O som foi um sopro nos seus lábios, e Crísofo notou.

— Gostaria que eu mandasse alguns rapazes afastá-lo? Ela é sua, se é que é de alguém.

Xenofonte balançou a cabeça, fitando o chão enquanto andavam.

— Não. Não vou forçá-la. Ela virá à minha mão por vontade própria ou não virá. — Ele abriu a boca outra vez para começar uma discussão consigo mesmo, mas pensou melhor.

— Eles pareciam muito amistosos — disse Crísofo.

Xenofonte se virou de repente para o espartano e o fez rir.

— Desculpe, só estou implicando.

— Achei que espartanos não riam — respondeu Xenofonte, sem vontade de ver a graça.

— Quem disse isso? Se não ríssemos, pelo menos no amor e na guerra, este mundo seria muito triste. Vi um leopardo cair sobre um homem uma vez. Dez anos se passaram, e a lembrança da expressão dele ainda me dá alegria.

Naquela noite, Xenofonte teve o sono entrecortado e acordou meia dúzia de vezes, de modo que achava não ter dormido nada quando voltou a ver o sol. Depois de sete dias nos altos penhascos, sentou-se para apreciar a aurora sobre a planície. O rio era uma fita de ouro, e até os vassalos persas convocados para obstruí-los perceberam a grandeza daquela luz. Era em momentos assim que se via o próprio significado de estar vivo, pensou. Mais do que alegria, era uma sensação de beleza e assombro. Ele tentou registrar o pensamento para ser capaz de descrevê-lo a Sócrates. Havia tantas coisas para contar ao velho patife! A principal delas era o desejo de agradecer ao filósofo pela sugestão de partir. Atenas azedara para Xenofonte, embora ele não fosse capaz de ver. Depois de Cunaxa, depois da longa jornada para sair da Pérsia, ele finalmente conseguia entender que as suas antigas preocupações eram pequenas. Voltaria a conhecer a paz e deixaria de lado a raiva corrosiva que o comera por dentro.

— Bom dia, general — disse Crísofo. — Tenho dois rapazes aqui. Acho que você vai querer ouvir o que eles têm a dizer.

Xenofonte sufocou um bocejo, sentindo-se sujo e eriçado naquela manhã enquanto esfregava os olhos. O seu aniversário fora semanas antes e se passara quase sem ser notado. Ele tinha 27 anos, mas se sentiu mais velho ao ver os jovens espartanos. Eles quase não vestiam nada além das sandálias. Um tinha a capa torcida numa corda grossa sobre o ombro, presa por um broche na garganta. Usava o cinto da espada como tanga, enquanto o outro estava nu e completamente à vontade enquanto ali ficava. Pareciam extraordinariamente saudáveis, pensou Xenofonte, esfregando o queixo.

— Sim, cavalheiros. Eu estava apreciando a aurora. Então me digam, seja o que for.

— Eu e meu irmão procurávamos lenha, estratego. Caminhamos uma ou duas horas ontem à tarde, uns trinta estádios rio abaixo. Estava escurecendo quando vimos um casal de velhos escondendo roupas ou pano nas pedras, no outro lado do rio. Tinham um pouco de pão e queijo. Pensamos que conseguiríamos nadar e atravessar, então...

O irmão o interrompeu com empolgação.

— Então, seguramos as facas entre os dentes e vadeamos, mas a água nunca chegou além da cintura o caminho todo. Quando chegamos ao outro lado, o casal de velhos tinha sumido, e voltamos.

— Foram vistos? Mexeram nas roupas? — perguntou Xenofonte, agora totalmente alerta.

Ele viu Crísofo rir da sua reação, mas o ignorou. Os dois irmãos fizeram que não em resposta. Xenofonte cerrou os punhos com prazer.

— Então merecem o meu agradecimento, vocês dois.

— Muito bem, rapazes. Agora, voltem e cuidem do equipamento — disse Crísofo. — Acho que não descansaremos hoje.

Xenofonte sorriu.

— Tenho um plano, Crísofo.

— É claro que tem.

Com a última refeição como mera lembrança, a demora só enfraquecia a coluna. Demorou um pouco para pôr de pé os seguidores do exército, mas o sol ainda subia no céu quando Crísofo comandou a força inteira pelas margens do rio, com os dois irmãos como batedores. O lugar do vau ficava a quase três quilômetros, mas o momento do verdadeiro perigo estava na travessia. Na água até a cintura e lutando contra uma corrente forte, eles ficariam horrivelmente vulneráveis. Na história da Grécia, mais de um exército fora pego num vau e completamente destruído.

Na outra margem, as forças inimigas que os observavam se puseram em movimento. A indecisão apareceu em sua reação à mudança. Formações de cavalaria começaram a seguir os gregos pela margem, enquanto milhares de infantes permaneciam nas elevações e platôs mais altos, preferindo a clássica posição vantajosa a ser tirados de lá.

Nas montanhas atrás, os carducos também estavam acordados. Enxameavam nas altas cristas, observando tudo. Xenofonte ficou de olho neles enquanto marchava na retaguarda. Ainda não entendia direito aquela tribo. Não poderia se planejar para ela.

Assim que Crísofo se afastou, os carducos desceram um pouco mais do que tinham ousado pela encosta solta, escorregando e saltando quase até a planície. Talvez não pretendessem atacar, mas, se uma oportunidade se apresentasse, era claro que cairiam sobre os gregos como lobos sobre cordeiros da primavera. Os carducos tinham sofrido uma surra terrível na sua própria montanha, e o orgulho ainda doía.

— Firmes, helenos — gritou Xenofonte aos homens.

Os capitães sabiam o que ele estava prestes a fazer e tinham aprovado. A travessia era um ponto simplesmente estreito e vulnerável demais para forçar caminho contra uma hoste bem armada. Além disso, os gregos estavam mais fracos do que antes; não fazia mais sentido negar. Precisavam de descanso e boa comida por um mês ou mais para voltar à forma física de combate.

Na margem oposta, milhares de cavaleiros circulavam. Enquanto mensageiros galopavam de lá para cá, o resto latia ordens uns para os outros, claramente confusos ou com medo de que houvesse um vau próximo. Xenofonte sombreou os olhos, tentando ver o resto das forças deles lá atrás. Talvez achassem que era um ardil ou estratagema. Talvez Tissafernes os tivesse avisado da perfídia grega. Ele mostrou os dentes.

— Retaguarda! Capitães e pentecontarcos... ao meu sinal... Agora!

Sua voz estalou através deles, e as primeiras fileiras com Crísofo correram para a água, lançando borrifos que refletiram o sol como asas cintilantes.

Na retaguarda, no mesmo instante, metade dos hoplitas se virou e correu de volta pela margem do rio. Saíram disparados como se estivessem numa corrida, empurrando-se e gritando uns com os outros, de modo que o efeito foi espantoso, uma torrente de gregos. Só os seguidores do exército permaneceram como ordenado, aguardando à margem. Alguns tinham espadas e lanças, caso fossem atacados. Essa fora a decisão mais difícil, mas Xenofonte dera a ordem. Nenhum exército conseguiria manobrar em campo com dez mil civis para proteger ao mesmo tempo. Xenofonte rezou a Atena para levar os seguidores em segurança enquanto ele corria feito menino e ria com a estranheza daquilo naquele lugar.

Na outra margem, a inversão e o disparo súbito de cinco mil soldados gregos causaram o caos instantâneo. Os comandantes da cavalaria viram um truque que só conseguiriam derrotar com a velocidade, a sua única grande vantagem. Metade dos cavaleiros que tinham se reunido para bloquear a primeira travessia galoparam para trás, à frente dos homens de Xenofonte que corriam, gritando para os que ficavam que se aprontassem. Regimentos de arqueiros em marcha que convergiam para o vau do rio foram detidos e mandados voltar correndo, encordoando os arcos pelo caminho.

Os gregos com Xenofonte estavam claramente indo para outro vau mais acima no rio. Se conseguissem atravessar sem contestação, poderiam atacar em duas frentes. Houve um caos total nas fileiras escuras que seguiam Xenofonte. Os regimentos que já se moviam encontraram outros que tinham recebido ordem de parar à margem; homens foram derrubados e comandantes berraram ordens conflitantes.

Xenofonte respirava bem. Estava em boa forma, mas magro. De certo modo, ver a confusão completa que causara lhe deu a sensação de que conseguiria correr o dia inteiro. O grupo dele era o ardil. Não havia segunda travessia.

— Façam barulho agora! Ergam as espadas e as lanças! — gritou ele aos capitães.

Cinco mil gregos sabiam rugir, descobriu ele. Conseguiriam abalar o céu, se quisessem. Enquanto corria, Xenofonte sabia que teria de avaliar com precisão. Ele voltara como se fosse atravessar em outro ponto. Mas não ousaria cansar os homens numa distância grande demais. Mais cedo ou mais tarde, teria de desistir e retornar sobre os próprios passos até o vau que os dois irmãos tinham encontrado. Sua tarefa fora afastar o inimigo de Crísofo. Os espartanos teriam de atravessar até lá. Era difícil não sorrir com a ideia do inimigo encontrando aqueles guerreiros pela primeira vez.

— Preparar! — berrou Xenofonte. — Já nos aquecemos, cavalheiros. Vejam o resultado no outro lado da água. Preparem-se agora para voltar ao lugar da travessia.

Houve risos nas fileiras. Estavam de bom humor, gostando do caos que tinham causado no outro lado.

Xenofonte percebeu movimento com o canto do olho e praguejou em voz baixa. Precisavam do estratagema para confundir o inimigo tempo suficiente para atravessar o rio. A única parte do plano que não podia ser prevista era o que os carducos fariam, assistindo a tudo do alto. Como ele temia, tinham visto que dividira as suas forças. Viram fraqueza e desceram numa grande onda, enlouquecidos pela necessidade de vingança. Xenofonte encheu o pulmão de ar.

— Parem ao meu sinal! Helenos... alto!

Eles pararam de repente, e os risos sumiram ao verem os carducos descerem as montanhas uivando.

— Gregos! Homens de Corinto e Estínfalo, da Tessália e da Arcádia, de Rodes, Creta e Tebas. Formar agora, cavalheiros. Escutem seus capitães... e lembrem-se. Já enfrentamos os carducos em suas montanhas. Agora eles nos enfrentam na planície. Nunca viram uma linha de escudos em combate com lanças e espadas curtas! Que venham, com todos os seus gritos e uivos. Nós os trataremos como os cães que são... e venceremos!

Ele gritou as últimas palavras, e eles rugiram novamente em resposta. Com prazer, ele viu alguns carducos hesitarem na corrida para o ataque. Longe da segurança das montanhas, eles sentiam o grande vazio da planície em volta.

Diante daquela carga enlouquecida, os gregos se puseram em formações que conheciam tão bem quanto a palma da mão. Confortaram-se estendendo o braço e tocando com a ponta dos dedos os que estavam à frente e ao lado para encontrar a distância perfeita.

— Cadê o meu escudo? — perguntou Xenofonte.

Um dos hilotas espartanos veio trotando com um escudo às costas e fez uma profunda reverência ao entregá-lo. Ele ficara para trás para servir. Com alívio, Xenofonte lhe agradeceu como a um homem livre, enfiou o braço esquerdo numa alça de couro e segurou a outra com força. Fazia parte do seu braço, e ele o girou no ar com expectativa agradável.

— Firmes, helenos! — gritou acima da cabeça deles. — Ainda há tempo. Avancem sessenta passos e parem. Lanças para repelir o ataque! Firmes!

Os carducos devem ter visto um bloco sólido de cinco mil gregos, mais metal do que carne, com o rio às costas. Xenofonte os fez avançar quando pensou nos arqueiros que se reuniam no outro lado. O movimento pareceu furtar parte da selvageria uivante dos que desciam sobre eles. Os carducos viram um grande animal se mover, uma tartaruga de bronze com a promessa da morte. Não havia seguidores do exército a proteger entre eles. Os gregos estavam magros, imundos e desgastados, mas *odiavam* os carducos.

Dois ou três mil homens da tribo se chocaram com a formação grega como o granizo que ricocheteia num muro de pedra. Foram feitos em pedaços ao longo da linha inteira. Saltaram e gritaram, mas, contra a disciplina de uma fileira de escudos, não conseguiram passar. Xenofonte observou, com assombro e exultação, os sobreviventes recuarem. Os que estavam atrás tinham desacelerado ao ver aquela formação inexpugnável e o sangue dos seus se derramar em quantidade.

— Sessenta passos à frente! Agora! — ordenou Xenofonte.

As fileiras se puseram em movimento, e os carducos deram meia-volta e recuaram como cães feridos, ainda selvagens, mas com medo. Mais e mais recuavam encosta acima e, por um momento, Xenofonte quis correr atrás deles. Em vez disso, observou centenas pararem na encosta, apoiados na lança, só observando os gregos. Não havia sinal de novo ataque. Xenofonte balançou a cabeça com prazer.

— Agora eles nos conhecem! — rugiu de repente.

Os gregos lhe responderam num triunfo sem palavras, e o som ecoou nas montanhas.

— Não atacarão de novo, mas, se atacarem, já os conhecemos. De volta pelo rio. De volta ao vau. No melhor passo, cavalheiros.

Alguns gemeram, e ele riu.

— O quê? Já tiveram seu descanso! Já se divertiram aqui, não foi? Hora de correr de novo, ou vocês deixarão os espartanos ficarem com toda a glória?

Houve um ribombo de concordância dos homens, e eles partiram outra vez. Atrás, os carducos estavam finalmente calados.

Era quase meio-dia quando os cinco mil de Xenofonte voltaram ao vau, empoeirados e sorrindo com o seu sucesso. Foram recebidos com vivas pelos seguidores do exército, com grupinhos se formando em torno deles e mãos dando tapinhas nas costas e nos elmos. O alívio foi palpável naquele lugar. Os seguidores tinham observado os seus protetores correrem em duas direções, deixando-os sozinhos num campo hostil pela primeira vez desde Cunaxa.

Xenofonte soube que os espartanos tinham atravessado sem muita oposição e limpado a margem de quem fosse tolo a ponto de ficar contra eles. As flâmulas cobriam o chão do outro lado, onde tinham sido derrubadas. Enquanto espiava o outro lado das águas, Xenofonte viu o caminho que Crísofo seguira pela trilha de corpos deixada. Trincou os dentes, se perguntando onde o espartano estaria. O plano era assegurar o ponto de travessia e então esperar que ele levasse os seguidores em segurança. O inimigo tinha cavalos demais para ser contido.

Xenofonte tremeu ao entrar na corrente e baixou as mãos para enchê-las de água gelada e esfregá-la no rosto. Estava desalentado porque Crísofo não ficara. Teve de se lembrar de que confiava no espartano, ainda mais depois das montanhas dos carducos. Se Crísofo decidira deixar a área do vau, devia haver uma boa razão.

Uma dúzia de hoplitas estava no fluxo para marcar o caminho do vau. Com gestos e gritos de estímulo, eles pastorearam os seguidores do exército, mantendo os olhos atentos a qualquer aparecimento súbito de cavaleiros ou arqueiros. Os cinco mil de Xenofonte atravessaram primeiro, numa grande corrida, depois cercaram a área enquanto o resto seguia aos tropeços, carregando-se uns aos outros.

Xenofonte ficou no vau, embora as pernas estivessem dormentes. Pretendera ficar lá pouco tempo, mas centenas dos outros lhe agradeceram ao passar, gritando bênçãos sobre a sua cabeça, até ele quase ficar tonto de tantos elogios por ajudá-los. Como se ele tivesse outra opção.

Quando estavam todos em segurança no outro lado, ele voltou a formar os hoplitas em torno deles. Sem Crísofo, as laterais do esquadrão eram finas, mas Xenofonte os fez marchar na subida para longe do rio, vendo o outro lado da planície pela primeira vez estando nela.

Havia regimentos de vassalos persas imóveis na crista dos morros baixos, não muito longe de onde Xenofonte parou o esquadrão para descansar. Ele viu alguns infantes que marcara no outro lado ainda em posição. Tinham ocupado o terreno elevado e decidido mantê-lo, quaisquer que fossem os ardis e jogos dos gregos no outro lado. Observou um pequeno esquadrão se deslocar pela encosta acima até onde estavam. Reconheceu os homens instantaneamente, e o seu coração se encheu de orgulho e preocupação.

Como o inseto que rasteja e mostra a sua carapaça, de repente os espartanos brilharam dourados. A força inteira ergueu os escudos, sobrepondo-os contra a chuva negra de flechas e lanças vindas de cima. Era a guerra que conheciam, e Xenofonte ordenou marcha firme rumo àquele ponto. O inimigo não saberia quantos no esquadrão eram homens e mulheres não treinados. Só veriam um avanço em massa. Ele sorriu com a ideia, sentindo o cansaço passar.

Marchando, Xenofonte percebeu que a planície estava bem mais vazia do que antes. Um vasto número de cavaleiros parecia ter sumido. Havia flâmulas abandonadas em toda a margem do rio, e eram demais até para espartanos derrubarem. Eram os sinais de um inimigo que abandonara o campo de batalha. Ele não ousou ter esperanças.

Os que ficaram estavam em ilhas, nas cristas e morros. Antes pareciam bem posicionados, mas, com a fuga de tantos, as posições ficaram isoladas.

Enquanto ele observava, os espartanos atingiram o platô ou crista e abriram caminho pelo inimigo como se comessem uma folha, mordida a mordida. Xenofonte viu figuras negras começarem a descer pela encosta em todas as direções. Ele já vira uma massa de filhotes de aranhas ser perturbada uma vez quando uma criança a cutucou. Foi o que aquilo lhe lembrou, com soldados correndo para se afastar dos escudos dourados e das capas vermelhas.

Os dias de inverno eram curtos, e não demorou para o sol ser uma linha de latão ao longo do horizonte. Crísofo desceu da crista conquistada, os homens trazendo toda a bagagem do exército que a abandonara no caos. Pelos prisioneiros, souberam que o líder que fugira do campo de batalha era o sátrapa armênio Tiribazo, amigo de infância do rei persa. Foi uma amizade que lhe custou uma fortuna. Crísofo levou a Xenofonte um cofre carregado pelos dois irmãos que tinham encontrado o vau. Estava cheio de moedas de prata, o pagamento de todos os mercenários que Tiribazo reunira.

— A maioria deles sumiu, mas os do morro ficaram no lugar — disse Crísofo. — Tomei a decisão de ver o que os mantinha lá enquanto o resto todo corria.

— Decisão correta — confirmou Xenofonte, absolvendo o outro.

Crísofo baixou a cabeça, aliviado. Ele temera que Xenofonte ralhasse com ele por abandonar os seguidores.

Naquela noite, Xenofonte reuniu os capitães e brindou com taças de vinho saqueado. O acampamento do sátrapa Tiribazo estava cheio de comida e bebida. Os gregos fizeram um grande banquete, e, na planície, imensas fogueiras foram acesas com lanças e arcos, estalando como risadas.

31

Eles marcharam quase cinquenta quilômetros em dois dias para longe das montanhas, um ritmo suave adequado aos seguidores do exército. Descansaram junto à fonte do rio Tigre, depois avançaram mais noventa quilômetros até as margens do caudaloso Teleboas. Não viram soldados dessa vez, e a terra por onde passaram tinha aldeias, cidades e até um palácio que pertencia ao sátrapa. Não havia sinal de Tiribazo na área, e eles se contentaram em saquear o seu tesouro. Os gregos voltaram a pegar carroças, mulas e escravos sempre que os encontravam. As carroças, em particular, logo ficaram muito carregadas. Xenofonte não tentou restringir as suas aquisições. Eles passaram por templos de esquisitos deuses estrangeiros, onde, por séculos, os peregrinos deixavam oferendas. Essas oferendas se foram com os gregos que passaram.

O inverno se aprofundou enquanto seguiam para o norte, estabelecendo uma rotina em que andavam dia após dia por paisagens que variavam de escuros campos arados a florestas ou filas organizadas de vinhedos nas encostas. Amizades se formaram e se romperam na longa marcha, com uma dúzia de casamentos celebrados. Xenofonte tinha as suas dúvidas sobre quantos durariam, mas os que fizeram os votos pareciam bastante satisfeitos, e aquilo deu a todos um breve momento de felicidade.

Para o resto, a labuta de mover o corpo pela face da terra desgastava. Nisso, cada homem cortava a barba em torrões, quando se dava a esse trabalho. Lavavam-se com a máxima frequência possível, mas, quando tiravam as roupas esfarrapadas, revelavam corpos tão magros que cada osso podia ser contado. Pegavam toda a comida que encontravam, mas nunca era suficiente.

Num longo trecho de noventa quilômetros e quatro dias por dunas de areia, Xenofonte se viu andando perto de Paláquis e Hefesto. Os dois caminhavam lado a lado, e ele achou que pareciam amantes. Era difícil ter certeza. Ele sentira os olhos dela sobre si mil vezes, ardendo na multidão. Quisera que ela esperasse por ele, que estivesse pronta para o dia em que ele não tivesse tantas almas nos ombros. Foi ele quem disse a Hefesto que a mantivesse em segurança! Ele estava mais forte então, de certo modo, distraído demais por todos os que precisavam dele. Enquanto caminhava, com o chão subindo à frente, não pôde evitar algumas olhadas nela, dizendo-se que não era mais frequente do que seria com qualquer outra mulher. Mas tinha a sensação de que ela sabia o que ele estava fazendo. Em geral, as mulheres sabiam quando os homens se encantavam com a sua beleza e tentavam não fitá-las.

Ele balançou a cabeça, imaginando que Sócrates riria ao saber. Todos os homens são tolos no amor, diria. O vinho existia exatamente por essa razão.

Houve uma comoção à frente que arrancou Xenofonte dos seus pensamentos. Ele franziu os olhos contra o sol fraco de inverno até onde os batedores tinham avançado, subindo uma encosta para procurar o melhor caminho. À distância de uns mil e duzentos passos, eram figuras pequenas, embora vê-los fosse uma mão gelada no peito de Xenofonte. Ele observou que pulavam e agitavam os braços. Seria um ataque? Ele olhou em volta, vendo novamente que seu povo estava maltrapilho. Vinham marchando havia tanto tempo que não pareciam mais um exército, e sim o êxodo de algum povo nômade. Ele começou a preparar as ordens, procurando Crísofo, mas, enquanto o fazia, viu que alguns lá na frente tinham corrido, chamados pelos batedores para ver. Também começaram a berrar e acenar, e ele ouviu suas vozes gritando "*Thalassa! Thalassa!*" — o mar. O mar.

Xenofonte largou o embrulho das costas e correu até a crista do morro com outras centenas enquanto os gritos cresciam sem parar diante dele. O mar. Tinham sonhado com ele no deserto. À frente deles havia povoados gregos, cidades gregas e, acima de tudo, navios gregos para levá-los aonde quisessem ir. Xenofonte viu homens e mulheres caírem de joelhos e chorar, cobrindo o rosto com os braços enquanto soluçavam de alívio. Ele ficou atordoado enquanto homens e mulheres o abraçavam, agradecendo-lhe por tudo o que fizera, por salvá-los. Sentiu as lágrimas correrem pelo rosto e limpou os olhos, tentando recuperar a compostura.

— Ali! Levem-no ao general! — ouviu Xenofonte, que virou a cabeça e viu um menino pastor sendo levado à sua presença. O menino parecia grego, mas, quando falou na sua língua, Xenofonte deu um grande grito de alegria, que se espalhou por todos os que enchiam aquele lugar.

— Sou um grego livre — disse o menino. — Filho mais velho de Lico. Vocês não podem me prender.

Xenofonte balançou a cabeça.

— Você está em segurança com todas as suas cabras, eu lhe juro. Mas me fale da Grécia. Tem notícias de Atenas? Estamos longe há mais de um ano, menino. Ela ainda existe?

O menino olhou em volta os homens e mulheres de aparência selvagem, todos a observá-lo com uma expressão quase de espanto.

— Existe, senhor. O orador Poliemo foi condenado à morte, assim como Sócrates. O conselho reconstruiu a muralha da cidade que os espartanos derrubaram e consertou os templos da Acrópole. Não pense que estamos no fim do mundo, senhor! Somos gregos tão bons quanto o senhor, uma das mil cidades, como se tivéssemos as nossas muralhas na Arcádia ou na Tessália.

O menino sorriu ao provar o seu conhecimento, embora a expressão sumisse quando percebeu os olhos arregalados e a palidez doentia de Xenofonte.

— Senhor? Eu disse alguma ofensa?
— Não, menino. Você disse que Sócrates foi condenado à morte?
— Ah, o senhor o conhecia? O julgamento ficou famoso. Disseram que ele não acreditava nos deuses e que os jovens de Atenas preferiam ouvi-lo falar a trabalhar. Eles lhe ofereceram o exílio ou o silêncio, mas o velho tolo escolheu a morte! Permitiram que tomasse veneno, senhor. Agora, Poliemo foi outra questão, assim disse o meu pai. Ele...

Xenofonte se afastou do menino tagarela e saiu empurrando a multidão. Por algum tempo, sentiu-se completamente vazio de tanta tristeza, como se nenhum pensamento conseguisse alcançá-lo. Ele percorrera um caminho tão longo e aprendera tanta coisa. Se Sócrates não estava lá para ouvi-lo... Percebeu que chorava e, dessa vez, não tentou esconder as lágrimas. Sentou-se sozinho, longe da multidão alegre, afastado deles em todos os aspectos.

Dali a algum tempo, ouviu passos e abriu os olhos, erguendo a cabeça dos braços. Ele esperava Crísofo, mas era Paláquis quem se aproximava. Ele ergueu para ela os olhos vermelhos e doloridos, o rosto pálido.

— Gostaria que você o tivesse conhecido — disse Xenofonte.
— Era um grande homem, de verdade, um homem raro. Mas acho que nunca escreveu nada! Dá para acreditar? O que são as palavras? Daqui a um século, ele será esquecido. Não há estátuas de Sócrates. Os homens nem saberão que viveu.

— Talvez você devesse escrever o que se lembra — disse ela. — Imagino que ele confiaria em você para isso. Está bem claro que você o amava.

Ela se sentou ao lado dele, e Xenofonte lutou com a onda de pesar que lhe dava vontade de se virar para ela e enterrar o rosto em seu ombro. Ele resistiu à ânsia, sentindo a força de vontade voltar. A mulher não era dele, embora considerasse que ela viera ficar ao seu lado. Talvez a sua causa não fosse tão sem esperanças, afinal de contas.

— O que vai fazer agora? — perguntou ela. — Temos ouro e prata. Vai dividir com os homens? Ou...

Ele piscou quando teve uma ideia. Num momento, pôs o pesar em algum lugar mais fundo para ser examinado depois. Jurou que brindaria a Sócrates com vinho e palavras escritas, mas naquele momento havia uma chance de algo ainda maior.

Xenofonte esfregou o rosto com as mãos e voltou ao grupo. Viu que Crísofo estava com uma expressão sincera de pena, mas a rejeitou, chamando o homem à parte.

— Oficiais, a mim! — gritou Xenofonte acima da cabeça deles. — Capitães, pentecontarcos, generais. Hefesto, você também, se possível.

Eles se reuniram rapidamente, e ele os levou de lado pela encosta até chegar a uma oliveira agarrada à areia, crescida de uma semente que poderia ter sido soprada por meio mundo. Deu tapinhas no tronco, os pensamentos em voo.

— Cavalheiros, esta árvore veio de muito longe e lançou raízes aqui. Como os gregos à beira-mar antes de nós, temos aqui a semente de uma cidade. Vejam todos os que trouxemos a este lugar! Temos soldados e mulheres, crianças e escravos. Temos ouro, prata e homens de artes e ofícios. Temos tudo o que é necessário para fundar nesta terra uma grande cidade da Grécia. Aqui. Gostariam que nos espalhássemos aos quatro ventos depois de tudo o que passamos? Eu lhes digo que sinto uma irmandade maior com vocês e com os outros do que jamais senti. Há algum de vocês que não possa dizer exatamente a mesma coisa? Mas, se retornarmos, será à antiga vida e às velhas preocupações. Por que não sermos a semente de um Estado? Uma nova nação. Os nossos filhos podem herdar um império a partir do que decidirmos aqui. Por que não? Toda a nossa preocupação foi sobreviver e chegar a este lugar. Agora que estamos aqui, agora que sabemos que pode ser feito, por que não construir? Somos suficientes para erguer muralhas e lares em um vale junto a algum rio.

Ele olhou Crísofo, observando-o com atenção.

— Podemos ser outra Esparta, outra Tebas. Se escolhermos um rio que corra para o litoral, podemos ser outra Atenas. Talvez velejemos até lá em navios que nós mesmos fizermos.

— Você nos comandará se escolhermos ficar? — perguntou Crísofo gentilmente.

Xenofonte lhe devolveu o olhar sem titubear.

— Se o desejarem, se me quiserem, sim. Seria uma honra e o maior propósito de minha vida. Pensei que era trazê-los a salvo até este lugar, mas talvez este seja apenas o começo.

Crísofo fez que sim.

— Teremos de perguntar aos outros — disse ele. — Você entende que uma decisão dessas não pode ser tomada sem discussão.

— Sim... é claro...

Xenofonte se calou, olhando a areia até onde o mar tremeluzia. Sentia aquilo como uma dor, mas, em Atenas, quem ele seria? Não o homem que os salvara. Não, ele voltaria a ser um desconhecido, não mais popular do que antes. Sem Sócrates para visitar, a sua cidade natal não era mais o seu lar.

— Escolha com cuidado, Crísofo, por favor. Esta é a única oportunidade que teremos de fazer isso. Somos todos gregos, meu amigo. Só nós poderíamos pensar nisso.

Eles ficaram naquele lugar, com o mar cintilando a distância, durante três dias. Xenofonte esperou que chegassem a uma conclusão. Respondeu às perguntas que lhe fizeram da maneira mais sincera possível. No fim, mandaram Crísofo em pessoa para dar o veredito, e Xenofonte não sabia se seria bom ou ruim.

Sentia a barriga leve e nervosa ao se levantar para cumprimentar o espartano. Crísofo foi até ele e pousou a mão no ombro do nobre ateniense que os trouxera a salvo através de um império.

— Sinto muito, Xenofonte. Só queremos ir para casa.

Xenofonte sentiu aquilo como uma faca enfiada entre as costelas, uma dor súbita que levou lágrimas aos olhos. Ele baixou a cabeça, soltou um pigarro e percebeu que tremia.

— É claro que... Tudo bem, meu amigo. Você terá de dividir o ouro e a prata entre eles. Deve ser o suficiente para um bom acordo, suficiente, pelo menos, para não passar fome até encontrarem trabalho.

— Não virá conosco? — perguntou Crísofo.

Os olhos dele estavam escuros de pesar, e Xenofonte sabia que era o fim entre os dois. Fez que não.

— Não, acho que não. Herdei uma pequena terrinha no Peloponeso, não muito longe de Esparta. Há um administrador lá que cria cavalos para mim. Tenho certeza de que, depois de tanto tempo, ele acha que é o dono. Não, Crísofo, não ficarei. Não sou bom em despedidas, meu amigo. Voltarei sozinho para lá. Talvez, com o tempo, você vá me visitar e leve consigo um odre de vinho. Eu... gostaria disso.

Crísofo pegou a mão dele e a apertou.

— Dou-lhe a minha palavra, estratego — disse ele. — E o meu agradecimento. Eu o verei de novo, prometo. Então nós brindaremos a tudo o que fizemos aqui... e aos amigos ausentes.

— Conseguimos, espartano — disse Xenofonte, sorrindo pelos olhos que brilhavam com as lágrimas.

Bastou. Sem mais palavras, ele deu um tapinha no ombro de Crísofo e desceu o morro com passos leves, seguindo para o mar.

Nota Histórica

O livro *Anábase*, de Xenofonte, pode ser traduzido como "a subida". É a história da rebelião do príncipe Ciro contra o irmão, o exército que formou, a batalha de Cunaxa que travou e perdeu — e, depois, a situação apavorante em que os mercenários gregos se encontraram. Estavam longe de casa, cercados de inimigos, mas ainda eram uma força combatente de elite que não poderia ser facilmente destruída. Isso ocorre oitenta anos depois das Termópilas e uns setenta anos antes de Alexandre, o Grande.

O contexto histórico persa: o rei Dario da Pérsia invadiu a Grécia em 490 a.C. e foi vencido em Maratona. Ele montava outro exército para tentar de novo quando morreu, e foi o filho Xerxes quem avançou por terra e por mar. Xerxes é o rei que os espartanos combateram nas Termópilas. Ele conseguiu chegar a Atenas e queimar a cidade, mas a marinha ateniense venceu uma batalha extraordinária contra a sua frota e reduziu a sua capacidade de manobra. Xerxes correu para casa e deixou o general Mardônio para enfrentar em terra um exército comandado pelos espartanos. Apesar da imensa desvantagem numérica, os gregos chacinaram o inimigo — e Xerxes foi morto pelo próprio guarda-costas em 465 a.C. O filho Artaxerxes se tornou rei e teve o bom senso de deixar os gregos em paz, gozando de um reinado pacífico até a sua morte, por volta de 424 a.C.

Aquele rei Artaxerxes teve três filhos. O mais velho foi rei durante algumas semanas até ser assassinado pelo segundo, então morto pelo terceiro, Dario II. Dario II teve dois filhos, Artaxerxes e Ciro, que é onde esta história começa.

Na Grécia, Esparta passou a dominar as mil cidades quando derrotou Atenas e impôs um conselho espartano para governá-la, os chamados Trinta. O jovem Xenofonte era um nobre ateniense que admirava mais os espartanos do que os seus contestadores conterrâneos atenienses, capazes de ter uma dúzia de opiniões opostas ao decidir se jantavam ou assistiam a uma peça. Xenofonte era aluno de Sócrates, é verdade, mas, ao contrário de Platão, o aluno mais famoso, o seu interesse estava menos em conceitos existenciais como a sociedade perfeita do que na aplicação prática da filosofia. Xenofonte era um daqueles atenienses que tentaram criar uma vida boa pela pura força de vontade, que queriam saber como viver. Ele achava admiráveis a disciplina e o autossacrifício espartanos, e sempre foi um homem dilacerado entre as duas culturas.

Nota sobre distâncias. Os persas do período tendiam a usar "parasanga" como unidade de tempo, mas com frequência, de modo um tanto confuso, ela também era usada como medida de distância em textos gregos. Um equivalente moderno seria "fica a uma hora daqui". Heródoto estimou a parasanga como cerca de trinta "estádios", ou 5,5 a 6 quilômetros. Fiz algumas menções a quilômetros no texto para dar aos leitores que não pensam em estádios e parasangas uma ideia mais clara das distâncias envolvidas. O "statmo" também não era uma distância precisa, e sim mais ou menos o trecho de estrada entre paradas, ou de 29 a 32 quilômetros. No caminho para o leste, ficou registrado que Ciro levava os homens em marcha por 35 a 39 quilômetros por dia — cerca de sete horas na estrada, incluindo as paradas. Esse é um ritmo equivalente ao das legiões romanas posteriores, e um bom avanço com muito calor. É interessante comparar com as distâncias registradas por Xenofonte depois, quando estavam com os seguidores do exército. Então, 24 quilômetros por dia eram mais comuns. O efeito da necessidade de parar a cada rio para se reabastecer de água fica óbvio.

Os eventos na Cilícia com a rainha Epiaxa, quando ela levou recursos para Ciro depois que ele ficou isolado e passou a noite com ele, são um incidente fascinante. Gostaria que soubéssemos mais, mas só temos Xenofonte. Ele descreveu o falso ataque encenado para impressionar a rainha, ataque que, acidentalmente, derrotou parte das forças nativas do próprio Ciro, quando viram que aconteceria. Ele também descreve uma reunião mais longa que envolveu o marido dela, o rei Sienésis, em Tarso, cujo maior interesse é ter sido, séculos depois, o local de nascimento de Paulo de Tarso, que viria a se tornar São Paulo.

A dificuldade de relatos históricos tão detalhados é que são impossíveis de encaixar num romance. Xenofonte pode descrever uma escaramuça num morro em três linhas; eu não conseguiria fazê-lo em menos de um capítulo. Quanto aos detalhes que não pude encaixar aqui, recomendo a leitura do livro de Xenofonte, principalmente aos leitores interessados em saber como os gregos pensavam e agiam. A obra merece ter sobrevivido mais de dois mil anos. Às vezes, como no caso de *The Secret History of the Mongols* (*A história secreta dos mongóis*), um livro importante pode ser um portal para outro mundo.

Xenofonte calcula o exército de Ciro em cem mil soldados, e o de Artaxerxes em 1,2 milhão, com duzentas bigas com foices e seis mil cavaleiros. É impossível saber se esses números são exagerados, embora eu tenha usado uma estimativa menor de cerca de seiscentos mil homens — ainda um número imenso que apequenaria as hordas de Gengis Khan.

Quatro comandantes lideravam o exército persa: Abrócomas, Tissafernes, Góbrias e Arbaces. Fora Tissafernes, não falei muito deles, com medo de fazer o leitor se perder com um excesso de nomes desconhecidos. A minha meta é contar a história. Como disse E. L. Doctorow: "O historiador lhe contará o que aconteceu. O romancista lhe dirá como foi." Aqui, é claro, a minha intenção foi fazer as duas coisas.

Sobre esse tema, o motim que o general Clearco resolveu foi descrito por Xenofonte com mais detalhes. Foi mais ou menos na época em que a coluna descobriu quem realmente enfrentariam — algo que os generais talvez soubessem, mas não os soldados. Clearco chorou diante deles e fez um certo drama interessante. Disse que o forçavam a trair o príncipe, mas que nunca os abandonaria.

Na ficção histórica, o escritor procura relacionamentos importantes, e ler que Clearco mandou um mensageiro a Ciro lhe dizendo que não se preocupasse indica uma verdadeira amizade. O espartano argumentou com eles e os convenceu a voltar para o seu lado, apelando à emoção e ao dever — e, finalmente, conseguindo um aumento de 50% do soldo para cada homem, o que resolveu a questão.

A batalha de Cunaxa vem de uma só fonte: a descrição de Xenofonte como testemunha ocular. O seu relato pessoal faz uma única menção a si mesmo, na terceira pessoa, em que ele troca algumas palavras com o príncipe Ciro antes que o combate comece. Não podemos saber se essa cena ocorreu ou se foi um artifício para inserir Xenofonte na narrativa.

*

O príncipe Ciro mandou os gregos avançarem, mas eles foram retardados pelo número imenso de soldados que enfrentavam. Tissafernes convencera o rei Artaxerxes a reunir uma hoste imensa; talvez o empreendimento como um todo estivesse condenado. É difícil dizer. Sempre é possível que um rei ou príncipe receba uma flecha, é claro. Talvez a maravilha dos líderes que participaram de batalhas, como César e Gengis, seja terem sobrevivido a tantos encontros com a morte.

Ciro viu que a batalha poderia ser vencida com um único golpe. Ele e a sua guarda pessoal cavalgaram diante dos exércitos que se aproximavam numa aposta que hoje parece louca. Ele alcançou o irmão e o feriu, mas foi derrubado por uma azagaia. É tentador pensar que a sua foi uma grande vida não vivida; esse foi um daqueles momentos da história em que uma dinastia poderia ter chegado à grandeza, mas foi derrubada. Não se passariam muitos anos até que o exército de Alexandre, o Grande saqueasse aqueles túmulos aquemênidas. O rei grego poderia ter tratado a terra de Ciro com mais respeito, talvez.

Xenofonte escreveu que a cabeça do príncipe foi erguida numa lança e exibida como prova de que estava morto. O grande tamanho do campo de batalha se demonstra com o que aconteceu em seguida. O rei Artaxerxes cavalgou até certa distância com o seu medonho troféu. Enquanto isso, Clearco e os gregos ainda não faziam ideia de que Ciro caíra. Continuaram a cortar caminho pelo inimigo e a acreditar que tinham vencido. A notícia da verdadeira situação chegou devagar aos dois lados — e de repente os gregos perceberam que estavam numa grande encrenca. O exército nativo levado a Cunaxa pelo príncipe Ciro foi tirado de campo pelo general Arieu. Parece ter sido uma tentativa sensata de continuar vivo, mas deixou os dez mil aliados gregos completamente expostos. Só a superioridade extraordinária daqueles soldados os manteve vivos. Em cenas que lembram Leônidas nas Termópilas, eles conseguiram marchar pelas formações inimigas e sair ilesos. Os persas simplesmente não estavam à sua altura em tática, armadura ou disciplina. Isso causou cenas muito estranhas em que os gregos tinham enorme desvantagem numérica, mas mesmo assim conseguiam ir aonde quisessem.

A Segunda Parte começa com uma situação extraordinária. Os gregos se reuniram no seu acampamento, e no total havia cerca de dez mil soldados e outros tantos seguidores do exército. Estavam a mais de 1.600 quilômetros da Grécia, sem apoio, comida nem água. Omiti a discussão quando os persas ordenaram aos gregos que depusessem as armas. Os gregos ressaltaram que ou eram aliados, e nesse caso seriam mais valiosos com as armas, ou eram inimigos, e nesse caso precisariam ainda mais das armas. De qualquer modo, não as entregariam. Esse é apenas um exemplo da lógica e da teimosia gregas e um marco da sociedade da época.

Incluí uma conversa em que disseram aos gregos que haveria guerra caso se movessem e trégua se ficassem no mesmo lugar. Em resposta, eles disseram ter entendido, mas repetiram os termos de maneira a parecer uma ameaça: "Trégua se ficarmos, guerra se avançarmos ou recuarmos." A confiança dos soldados de elite brilha há 25 séculos.

Abreviei o último mês de Clearco antes de sua morte, com cerca de cinquenta anos. A trégua que negociou com Tissafernes envolveu dias em que nada aconteceu. Outros gregos insistiram com Clearco que fugisse, mas ele se recusou. Tinha total consciência da falta de uma cavalaria que valesse mencionar e de que o rei persa tinha um número imenso de cavaleiros e bigas para persegui-los.

Em vez de uma traição imediata, como escrevi aqui, Tissafernes escoltou os gregos para longe de Cunaxa durante muitos dias, permitindo-lhes que tomassem comida, mas não escravos, quando encontravam aldeias. Os gregos passaram até por um exército persa ainda a caminho da batalha, tendo-a perdido por inteiro. A desconfiança cresceu entre os dois lados, mas Clearco se revelou um maravilhoso líder de homens nesse último estágio. Não pude dar mais do que um toque disso aqui.

Tissafernes convenceu Clearco a comparecer a uma ceia com cinco generais e cerca de vinte capitães, além de uns duzentos soldados para recolher provisões. Dentro da tenda, foram todos agarrados e mortos. Um moribundo conseguiu voltar ao acampamento principal, e a traição foi revelada.

Os gregos correram às armas, e Arieu e outros se aproximaram para lhes dar a notícia e exigir a rendição. O risco imediato de derramamento de sangue se dissipou com o passar da noite. Afinal de contas, os gregos estavam sem líderes. Quem restava para comandar?

Mudei o nome do espartano que ajudou Xenofonte num momento fundamental; ele foi registrado como Quirísofo, mas "Crísofo" ficou melhor aos meus olhos. Trivial, mas uma escolha, não um erro. Deve ter sido um homem interessante, pois Quirísofo guiou a multidão na aceitação de Xenofonte. Talvez pudesse assumir ele mesmo o comando geral, mas Xenofonte falara primeiro. Foi ideia de Xenofonte formar um quadrado dentro de um quadrado, foi Xenofonte quem viu que a falta de cavalaria era o maior problema tático. Em resumo, foi Xenofonte quem soube comandar durante a crise. É uma prova para todos que o assassinato dos generais gregos não destruiu o moral. Eles elegeram novos líderes assim que souberam — e nunca mais confiaram nos persas.

A história de Xenofonte correndo morro acima com os seus homens para superar uma emboscada é do relato original. Enquanto Xenofonte os incentivava em termos heroicos, um homem chamado Sotéridas disse: "Não somos iguais. Você está a cavalo! Estou exausto carregando o escudo." Com raiva, Xenofonte lhe tirou o escudo e saiu correndo, enquanto os outros apedrejavam o homem.

Os gregos atacados só se livraram dos perseguidores persas quando entraram nas montanhas dos carducos, ou Kardoukhoi. A história de um vasto exército persa entrando naquelas montanhas e sendo massacrado é do relato de Xenofonte, embora não haja como confirmá-lo. É a primeira menção existente dos carducos. É possível que fossem ancestrais dos curdos modernos no norte do Iraque, no Irã e na Síria. Xenofonte descreveu aldeias, pecuária e agricultura, assim como um inimigo impiedoso e implacável que era mestre no terreno acidentado. Foram necessários sete dias para atravessar aquelas montanhas. O relato de Xenofonte da luta nos picos e de como os gregos compensaram a vantagem dos inimigos é extraordinário.

Depois da luta para atravessar o rio, a jornada pelo oeste da Armênia no inverno é brutal. Eles sofrem nevascas com congelamentos, perda de dedos dos pés e cegueira pela neve. Toda noite morriam homens, e o empreendimento como um todo ficou por um fio, derrotado não pelo inimigo, mas pelo frio mais intenso que já tinham encontrado. O conselho de Xenofonte para prevenir a cegueira pela neve mantendo algo preto diante dos olhos é fascinante. Ele descreve soldados que se sentaram na neve, recusando-se a prosseguir, e foram deixados para morrer. Alguns pediram para ser mortos. Só a ameaça de uma força inimiga atrás os forçava a agir.

*

Eles percorreram 24 quilômetros por dia durante mais uns 320 quilômetros. É aí que ocorre a cena mais famosa do relato de Xenofonte, quando os batedores à frente avistam um litoral que sabem conter povoados gregos e gritam "*Thalatta! Thalatta!*" — o mar, o mar. A ênfase é na primeira sílaba, e, embora Xenofonte registrasse em grego ateniense como *Thalatta*, prefiro a versão dialetal alternativa *Thalassa*. Os gregos se abraçaram com lágrimas nos olhos. Tinham finalmente encontrado o caminho de casa.

No relato de Xenofonte, a viagem realmente não termina nesse ponto, e o diário de bordo continua pelo país dos macrões, onde irritam alguns guerreiros locais. Depois disso, andaram até Trapezos, cidade grega onde descansaram cerca de trinta dias e realizaram eventos esportivos: luta corporal e boxe, corridas curtas e de longa distância. Foi ali que Xenofonte soube que Sócrates tinha sido executado, um homem que preferiu a morte ao exílio, dizendo: "A vida não examinada não vale a pena conhecer." É verdade que Sócrates não escreveu nada; tudo o que sabemos dele vem de Xenofonte e de Platão, seus alunos.

Os gregos tomaram navios de guerra em Trapezos e fizeram expedições de saque, decididos a deixar a costa com o máximo que pudessem carregar. O quinhão de Xenofonte lhe permitiu comprar uma propriedade na estrada de Esparta a Olímpia, onde escreveu quase toda esta história.

Cortei a parte posterior a verem o mar, pois em essência foi um anticlímax. No entanto, tive de incluir a ideia de Xenofonte de fundar uma cidade — e o fato de que, depois de tudo o que tinham passado juntos, os gregos recusaram a sua oferta. Pareceu-me o fim natural deste evento extraordinário: a marcha dos dez mil para fora da Pérsia.

Conn Iggulden

Este livro foi composto na tipologia Adobe Garamond Pro,
em corpo 12,5/16,7, e impresso em papel offwhite
no Sistema Cameron da Divisão Gráfica
da Distribuidora Record.